Un été si tranquille

Mary McCarthy

Un été si tranquille

FRANCE LOISIRS
123, boulevard de Grenelle, Paris

Ce roman a paru sous le titre original : *And no Bird Sang.*
Édition originale : Poolbeg Pres Ltd, Irlande.

Traduit de l'anglais par Danièle Darneau.

Une édition du Club France Loisirs, Paris,
réalisée avec l'autorisation des Presses de la Cité.

© Mary McCarthy, 1997.
© Presses de la Cité, 1999, pour la traduction française.
ISBN 2-7441-2711-6

REMERCIEMENTS

À tous ceux qui m'ont aidée, encouragée et soutenue
pendant l'écriture de ce livre, un grand merci !

Pour Maeve « Accroche-toi ! » Kelly

PROLOGUE

Carol était paisiblement étendue dans l'herbe haute, à l'abri des regards. L'endroit était parfaitement choisi : c'était un coin bien isolé, juste derrière Coill Wood. Là, personne ne la verrait. Personne ne viendrait l'ennuyer, ni interrompre son repos. Du moins pendant un bon moment. Cette soirée de juillet était encore chaude. Lourde. Des nuées de moucherons volaient dans l'air moite. Le bleu clair du ciel était teinté de rouge par le soleil couchant. La terre était silencieuse. Calme. Une mouche bleue atterrit sur le nez de Carol. Elle n'eut pas un geste pour la chasser. Cette mouche ne la dérangeait pas. Un délicat papillon jaune vint danser autour de sa tête.

Dans les prés voisins, les vaches blanches et brunes paissaient en agitant leur queue pour tenter de chasser les mouches qui les harcelaient sans relâche. En bas, près du lac, un pêcheur isolé assis sur un rocher lançait ses lignes. Seul l'aboiement lointain d'un chien troublait le silence du soir. C'est sûrement Major, le nouveau chiot labrador du Lodge, se dit le pêcheur. Il est petit mais bruyant, le bougre ! Il est sans doute enfermé dans la cour. L'aboiement se transforma en une longue plainte, puis cessa. Ah ! miss Laffan a dû le laisser entrer. Tant que le chien restait à bonne distance, il ne gênait pas le pêcheur. L'important était de ne pas effrayer le poisson.

Carol était couchée au creux de l'herbe, bien cachée. Une douce brise soulevait l'ourlet de sa robe blanche, dévoilant ses cuisses bronzées. Elle était si belle, ainsi étendue... si paisible. Ses yeux étaient clos. L'innocence même.

La personne qui l'observait en secret abaissa un regard triste sur son corps inerte.

À quelques centaines de mètres de là, un crissement de pneus annonça l'arrivée de nouveaux clients au Lodge. Un groupe de trois touristes français sortit d'une Peugeot, riant, gesticulant et parlant fort. Le pêcheur les maudit entre ses dents. Inutile d'espérer prendre quoi que ce soit, ce soir ! Mieux valait laisser tomber. Ah ! c'était rageant ! N'avait-il pas choisi de passer ses vacances à Coill justement parce que c'était un bon coin pour la pêche, un coin tranquille ? Il avait le droit d'être au calme, il avait payé pour ça ! Ah ! vraiment, ces gens ne pensaient qu'à eux !

Il rangea son matériel et partit.

Carol continuait à dormir. Les aboiements des chiens et les bruyantes manifestations des touristes ne la dérangeaient pas. Elle ne pouvait les entendre.

La personne qui l'observait s'approcha d'elle.

— Tu as de la chance, Carol. De la chance.

Carol ne répondit pas.

— Tu as trouvé la paix, mon amour. Tu n'as plus à t'inquiéter de rien.

L'expression de Carol ne changea pas.

— Je l'ai fait pour nous. Pour toi aussi. Tu peux le comprendre, hein, Carol ? l'implora son assassin. Il fallait que je le fasse. Tu ne m'as pas laissé le choix. Nous ne pouvions pas continuer comme ça. Je t'aimais, Carol. Tu me manqueras. Toujours.

Après avoir déposé un baiser de Judas sur la joue encore chaude de sa victime, l'assassin rebroussa chemin à travers les arbres. Personne à l'horizon. Finalement, il n'aurait aucun problème pour rentrer chez lui comme si de rien n'était. Sa tâche n'avait pas été facile. Carol lui était apparue si jolie, ce soir ! Si vulnérable ! Elle lui avait tendu les lèvres avec tant de confiance ! Pour son dernier baiser... Dommage d'avoir dû la tuer. Mais la laisser en vie eût été trop compliqué, trop dangereux. C'était beaucoup mieux ainsi. Il n'y aurait plus de disputes, plus de déchirements. Plus de souffrance.

L'assassin sortit du bois, en nage. Son T-shirt, blanc à l'origine, était maculé de taches de transpiration et d'herbe mêlées. Il faudrait s'en débarrasser. Ce T-shirt lui rappellerait des souvenirs trop douloureux. Et les gants de protection en laine blanche, il faudrait les brûler. Ce soir même. Un autre regard circulaire... Pas un bruissement.

Ce qu'il lui fallait maintenant, c'était une bonne douche froide. Se laver. Se purifier. L'assassin se mit à fredonner. C'était fini. L'épreuve était enfin passée. Lorsque le corps de Carol serait découvert, le public serait secoué par l'atrocité du crime. Les gens parleraient de meurtre. Mais ce n'était pas un meurtre. Personne ne comprendrait la nécessité de son acte ; d'ailleurs, comment serait-ce possible ? Personne ne pourrait le prendre pour ce qu'il était : une libération. Une purification.

C'était terminé. Carol était libre à présent. Sauvée. Et son assassin également.

Là-haut, au Lodge, une main invisible repoussa le rideau de dentelle d'une fenêtre du troisième étage. Un témoin.

13

Quelqu'un qui avait tout vu. Qui avait tout vu et qui comprenait. Mais l'assassin poursuivit allègrement son chemin. Il ne leva même pas les yeux. Il ne vit pas le visage troublé du mystérieux personnage à sa fenêtre.

Trois jours plus tard, le sergent Mullen entreprit sa traditionnelle promenade de l'après-midi. Alors qu'il sortait du bois, plongé dans la page sportive de son journal, il tomba inopinément sur le cadavre. Plus exactement, il trébucha dessus. Il mit un certain temps à la reconnaître. La chaleur avait fait son œuvre. Les mouches et autres insectes grouillaient sur les restes en décomposition de ce qui avait été autrefois l'adorable visage de Carol. Le sergent Mullen émit un son étouffé.

En l'espace d'une demi-heure, la terrible nouvelle se répandit partout. Le paisible petit village de Coill fut bientôt en effervescence. Lorsque les médias eurent vent de l'affaire, une véritable tempête se déchaîna.

1

Comment pouvait-on faire tenir toute une vie dans quatre valises ?

C'était pourtant ce qu'Eleanor Ross venait de faire. Ce soir-là, après des mois de remords, d'anxiété et de dérobades, elle s'était forcée à monter au premier et à s'exécuter.

Assise sur le lit de la chambre d'amis, elle regardait avec abattement les valises pleines à craquer. Elle avait entassé tant d'affaires dans la dernière qu'elle avait dû s'asseoir dessus pour pouvoir la fermer.

Enfin, elle y était parvenue.

Les valises étaient là, face à elle, accusatrices. Était-ce là tout ce qui restait de Larry ? Quatre paquets impeccables ?

Ses livres, ses documents, ses dossiers, ses disquettes... Elle avait soigneusement entreposé tout cela au grenier. Ses vêtements, elle les avait donnés depuis longtemps aux œuvres de Saint-Vincent-de-Paul.

Et maintenant, il ne restait plus à Eleanor qu'à emballer leur album de mariage. Leurs sourires heureux, qui devaient être démentis par leur avenir commun.

Ils avaient emménagé dans cette maison seize ans auparavant...

Il la souleva dans ses bras, poussa la porte d'entrée du

bout de son pied et lui fit franchir le seuil. Crofton Avenue. Leur nouveau départ.

— Ça y est, Eleanor ! Notre maison à nous !

Il chancela et il s'en fallut de peu qu'il ne la laisse choir au beau milieu des sacs et des cartons encombrant l'entrée.

— Tu peux me lâcher, Larry ! Garde tes forces pour des choses plus importantes ! s'écria-t-elle en l'enlaçant. Ah ! ça valait le coup d'attendre ! Quatre ans dans un appartement... je ne m'y suis jamais vraiment sentie chez moi.

— Non, mais ici, dans notre maison, tu seras chez toi. Et tu auras un jardin, Eleanor, toi qui en rêves depuis toujours !

Il rejeta en arrière les cheveux blonds qui tombaient sur son front et lança un regard affolé vers le fouillis jonchant le sol.

— Tu veux qu'on s'y mette ?

— Quoi ? s'exclama-t-elle, incrédule. Tu veux défaire les cartons ? Maintenant ? Tu es sérieux ?

Il eut un large sourire.

— Non, après tout. Peut-être que... peut-être bien qu'on pourrait essayer notre nouveau lit ?

— Enfin une parole sensée, Larry Ross !

Elle le chatouilla et s'échappa prestement pour se précipiter dans l'escalier. Arrivée à l'étage, elle s'arrêta devant la chambre qu'ils avaient choisie pour eux, car c'était la plus claire.

— Dis donc, lui cria-t-elle, tout excitée, j'y pense, redescends vite ouvrir le petit carton qui est près du portemanteau !

Il avait déjà gravi la moitié des marches et s'était débarrassé de son T-shirt.

— Tu sais ce que tu veux, ma belle ?

— Allez, vas-y ! Et prends deux verres. Maman nous a offert une bouteille de champagne !

Il y avait seize ans de cela. Que de projets, que de rêves...

— Passe-moi la marmelade, Eleanor.

Il examina l'étiquette collée sur le pot.

— Ce n'est pas la même marque que d'habitude, je me trompe ?

— Tu n'as pas répondu à ma question, Larry.

— Tu disais que tu voulais te mettre en libéral ?

Elle lui servit une autre tasse de café.

— C'est ça. Qu'est-ce que tu en penses ?

— J'en suis ravi, Eleanor. C'est toi qui travailles le plus, dans ce cabinet. Autant le faire pour ton propre compte. De plus, tu n'auras plus de problèmes de transport.

— Mais le fait que je reçoive les patients ici, dans notre maison, ne te dérange pas ?

Il lui tapota la tête, comme il l'aurait fait à une petite fille.

— Je ne vois pas pourquoi ça me dérangerait ! Nous avons suffisamment de place. Tu pourras utiliser le salon pour les recevoir, et tu mettras ton ordinateur et tes dossiers à côté, dans la petite pièce. Tu en feras ton bureau. Tu ne me dérangeras absolument pas, puisque je travaille à l'extérieur et que je ne suis pas là de la journée.

— Quand tu n'es pas en voyage d'affaires à l'étranger ! renchérit-elle tout en lui passant le sucrier. Je commencerai tout doucement et je prendrai mon temps pour me constituer ma propre clientèle.

— Madame mon épouse, la psychothérapeute ! Je reconnais que cela ajoutera un petit plus au quartier. Dans la mesure où tu n'attires pas trop de cinglés dans le coin, je ne vois pas ce que les voisins auraient à redire.

Mrs Riordan, à côté, ne pourra qu'en être enchantée : elle aura enfin des choses intéressantes à mater derrière ses rideaux !

— Mes clients ne sont pas des cinglés, Larry, protesta-t-elle en l'accompagnant dans l'entrée. Et Mrs Riordan ne mate pas derrière ses rideaux !

— Si tu le dis !

Il consulta sa montre et ajouta :

— Il faut que j'y aille. J'ai une réunion au bureau à dix heures.

Il lui déposa un baiser machinal sur la joue, attrapa l'*Irish Times* et sa serviette posés sur le guéridon et arrangea sa cravate devant le miroir.

— Tchao. Vas-y, fonce ! Donne ton préavis ce matin et on en reparle ce soir.

Tout se déroula à merveille. Le fait d'avoir installé son cabinet à domicile ne posa pas le moindre problème. La clientèle augmenta régulièrement. Le bouche-à-oreille se révéla la meilleure des publicités.

Larry connut le succès lui aussi : il devint associé dans sa compagnie d'assurances. Le temps passa et la routine s'installa. Dix années de bien-être. Ils étaient très occupés tous les deux. Entièrement absorbés par leur travail, les décisions à prendre, les rendez-vous à organiser, les délais à respecter, ils vivaient à un rythme effréné. Dans quel but ? Pour payer leurs factures, de plus en plus importantes ? Rembourser leur emprunt ? Mener la grande vie et être vus là où il fallait se montrer ?

— Larry, chuchota-t-elle un soir, au lit. Ça marche bien pour nous. Tu ne crois pas qu'il serait temps de songer à avoir des enfants ?

Il cessa aussitôt de l'embrasser.

— Des enfants ?

— Ben oui, je ne rajeunis pas, tu sais.

— Ah, Eleanor ! Je ne suis pas pressé du tout d'avoir des mômes qui braillent et qui courent dans tous les sens. On est bien comme ça, non ? Et c'est la vie que nous voulions tous les deux.

— Je sais, répondit-elle d'un ton calme. Mais si nous avions un bébé, les choses n'en seraient pas changées pour autant.

— Quoi ? Tu plaisantes ! Les couches pleines de merde, les vomis, les nuits sans fermer l'œil, les coliques, les jouets partout, les biberons, les stérilisateurs et...

— Larry ! Arrête ! Je parle d'un seul bébé, pas de quintuplés !

— Plus tard, peut-être, gémit-il. Pas maintenant, Eleanor. Je ne suis pas prêt.

Dix ans de mariage et il n'était pas prêt. Quand donc le serait-il ? Et elle qui avait déjà trente-cinq ans ! Plus ils attendraient, plus elle aurait de difficultés à concevoir.

— Larry...

— Chut, Eleanor. On en parlera plus tard.

Il l'attira sur lui.

Il ne voulait pas en entendre parler. À chaque tentative de sa part, il la faisait taire.

Trois ans plus tard, alors qu'ils fêtaient leur anniversaire de mariage à Copenhague, elle aborda le sujet une fois de plus. Ils étaient installés à la terrasse d'un petit restaurant de Frihavn. Des nappes à carreaux rouges et blancs, des bougies blanches dans des chandeliers en terre cuite peints en rouge profond... Un violoniste et un accordéoniste jouaient des airs traditionnels très gais en se promenant entre les tables et en souriant aux clients. Quelques couples dansaient et tout le monde frappait dans ses mains en cadence. Les œillets qui s'épanouissaient dans des corbeilles suspendues parfumaient l'air.

Il lui tendit une petite boîte contenant une bague magnifique.

— Je t'aime, Eleanor. Tu es une femme merveilleuse.

Elle l'embrassa. Le couple assis à la table voisine leva son verre en leur honneur et Larry fit tinter le sien contre celui de sa femme :

— Merci pour les treize ans de bonheur que tu m'as donnés. Et pour le bonheur à venir.

C'était le bon moment.

— Larry, j'ai décidé d'arrêter la pilule.

— Oh ! laissa-t-il échapper, pétrifié.

— Nous ne pouvons pas repousser l'échéance plus longtemps. Je veux avoir un bébé.

Son front se rembrunit.

— Eleanor, je pensais que tu avais compris. Je ne veux pas d'enfants, tu le sais depuis toujours. Quand nous nous sommes mariés, tu n'en voulais pas non plus.

— Mais il y a des années de cela ! Comment aurais-je pu savoir à l'époque ce que je ressentirais maintenant ? J'ai trente-huit ans. Désirer un bébé est une chose normale, tout de même ! C'est la chose la plus naturelle au monde, Larry ! C'est comme ça que nous sommes faits.

— Eh bien moi, je ne suis pas fait comme ça, grogna-t-il en attaquant son steak. Moi, je suis content des choses telles qu'elles sont. Tous nos amis nous envient. Nous n'avons pas d'obligations, nous pouvons partir en vacances où nous voulons, nous n'avons pas de soucis financiers.

— Oh ! Larry, écoute-moi ! Notre couple est solide. Nous nous aimons...

— Justement, l'interrompit-il en pressant son genou

sous la table. Nous avons tout ce que nous pouvons souhaiter. Pourquoi tout gâcher ?

— Tout gâcher ? Il n'y aura rien de gâché. Mona et Des... Regarde comme ils sont heureux avec Justin et Shane. Tu le dis souvent toi-même. Ce sont des gosses adorables. Tu te souviens, quand nous les avons eus à la maison ? Tu as été fantastique avec eux.

— Eleanor, les enfants de ta sœur sont adorables, c'est vrai. Tu as raison, je les aime beaucoup. Mais c'est facile d'aimer les enfants quand on sait qu'on peut les rendre à leurs parents. J'ai passé toute mon enfance à m'occuper de mes frères et sœurs. Jamais je ne l'oublierai.

— Je le sais et...

— Non, Eleanor, tu ne le sais pas. Tu as été élevée dans une maison civilisée. Toi, Mona et vos parents. La famille idéale.

— Larry, c'est ridicule...

— Non, non, ce n'est pas ridicule. Tu as bien vu où j'ai grandi. Cette maison minuscule, avec sept enfants entassés dans deux chambres. Aucun espace vital. Aucune intimité. Après la mort de mon père, ma mère a dû se mettre à travailler le soir pour faire bouillir la marmite. Tu n'imagines pas ce que c'était, Eleanor. Elle faisait des ménages dans les bureaux... à genoux par terre, à frotter les sols, désinfecter les toilettes, faire briller les bureaux. Nettoyer la crasse des autres.

Elle prit sa main et la caressa doucement.

— Larry, tout ça, c'est du passé.

Il ne l'écoutait pas.

— Et qui restait à la maison pour s'occuper des autres ? Moi. L'aîné. J'étais chargé de tous les autres, à quatorze ans. J'ai eu une drôle d'enfance, je t'assure. Le seul souvenir que j'en aie, c'est celui d'une interminable routine :

faire la vaisselle, le ménage, torcher les enfants au milieu des mauvaises odeurs... La misère... Je ne pouvais pas jouer au foot avec des copains. Je ne pouvais pas faire partie de l'équipe de basket. Pourquoi ? Parce que j'étais coincé dans cette baraque puante, soir après soir. Voilà pourquoi. J'étais coincé. Et après, pour pouvoir suivre mes études, j'ai dû prendre deux jobs. C'était un vrai cauchemar.

— Larry, je comprends à quel point la situation était dure pour toi. Mais pour nous, ce sera complètement différent ! Je ne veux qu'un seul enfant. Deux tout au plus. Tu ne seras pas coincé à la maison. Nous pouvons nous permettre de prendre quelqu'un à domicile. Je n'ai pas l'intention de renoncer à mon travail. Je pourrais diminuer le nombre de mes patients et peut-être renoncer à mes heures à la clinique.

— Renoncer à la clinique ?

— Juste pour quelques années. Jusqu'à ce que...

Il soupira bruyamment :

— Ne nous disputons pas ce soir, ma chérie.

— Entendu. Ce week-end a été fantastique. Simplement, réfléchis-y, d'accord ?

Il appela le garçon pour demander une deuxième bouteille de vin.

— D'accord.

— Mais... acceptes-tu que j'arrête la pilule ?

Elle prit son silence pour un acquiescement.

Six mois plus tard, elle eut un retard de règles. Elle fut folle de joie, mais Larry sembla terrorisé. Peu importait. Il s'habituerait. Une fois son enfant né, il serait ravi d'être papa. Mais, le mois suivant... elle eut les règles les plus abondantes de sa vie.

Elle fut au désespoir. Pour couronner le tout, elle reçut un coup de fil de son beau-frère :

— Ellie, je ne te réveille pas ? C'est Des. J'appelle de la Rotonde.

— Mona est entrée à la clinique ?

Le ton préoccupé d'Eleanor réveilla Larry, qui grogna et se retourna en tirant sur la couette pour l'enrouler autour de son cou.

— Oui, ce matin très tôt. Le temps de tondre la pelouse, et voilà !

— Elle va bien, j'espère ? Tout s'est bien passé ?

— Oui, oui. Mona va bien. Je suis très fier d'elle.

— Et le bébé ?

— Quoi ?

Eleanor sourit.

— C'est un autre garçon ?

— Non. Ellie, c'est une fille ! Une adorable petite fille. Quatre kilos, tu te rends compte ? Ton père est complètement surexcité. Il est en train de distribuer les cigares à la ronde ! Après deux garçons, une petite fille ! Justin et Shane sont ravis, eux aussi... Bien sûr, ils ne voudront jamais l'avouer. Elle est magnifique, Ellie. Attends de la voir ! Elle a beaucoup de cheveux, tout dorés, exactement comme Mona.

Mona, sa sœur cadette, était maman... pour la troisième fois.

Le jour suivant, elle se rendit à la maternité, jouant son rôle de tante dévouée. Mona, assise dans son lit, tenait tendrement la main de Des. Son beau-frère était aux anges. La chambre respirait le bonheur.

Eleanor prit l'enfant endormie dans ses bras. Ces cheveux blonds, doux et duveteux, ces joues roses, ce joli nez retroussé, cette petite bouche en bouton de rose... Et cette odeur de lait et de talc mêlés... Elle lut le nom inscrit sur le bracelet d'identité et sa gorge se serra. Jennifer Mona Herlihy. Et elle se mit à pleurer, avec le tout petit paquet blond et doux blotti au creux de ses bras.

Elle pleura dans sa voiture sur tout le chemin du retour. Elle voulait désespérément avoir un bébé à elle.

Son quarantième anniversaire. Un cap qui lui faisait peur. Ils étaient dans leur chambre, en train de se préparer à aller le fêter au restaurant avec sa famille.

Ses règles étaient toujours aussi régulières, et aucun signe de grossesse ne se dessinait. Et pourtant, elle essayait depuis deux ans : deux ans à prendre sa température, à consulter le calendrier, à guetter les changements d'aspect de ses sécrétions, à planifier leurs étreintes. Elle s'était soumise à tous les tests possibles. Et, d'après les médecins, il n'y avait aucune raison pour qu'elle ne conçoive pas. Peut-être était-elle trop angoissée, tout simplement. Elle essaya la méditation, allant jusqu'à prendre des cours de yoga. Elle en arriva à se demander si le problème ne venait pas de Larry. Ce dernier refusa tout net de se soumettre à quelque test que ce soit.

— S'il te plaît, Larry ! J'irai avec toi. Ce n'est rien du tout ! Ce n'est pas une question de virilité ou je ne sais quoi... Je ne comprends pas pourquoi tu refuses de m'accompagner. Les médecins aimeraient te voir, te parler. Nous sommes bien trop vieux maintenant pour adopter un enfant. Allez, fais-le pour moi... C'est peut-être une chose très simple... ce n'est peut-être rien du tout...

Il était en train de choisir une chemise propre dans l'armoire.

— Eleanor, il n'y a rien qui cloche de mon côté, dit-il sans s'interrompre.

Elle s'examina dans le miroir de la coiffeuse, brossa ses cheveux noirs vers l'arrière et mit ses nouvelles boucles d'oreilles en or.

— Mais si je n'arrive pas à être enceinte, c'est qu'il y a quelque chose, Larry. Il y a obligatoirement une raison.

Il se tourna vers elle, le visage livide.

— Il y a deux ans... deux ans, quand tu as arrêté la pilule...

Elle cessa d'appliquer son rouge à lèvres et leva la tête.

— Quoi ? Qu'y a-t-il, Larry ?

Il vint se placer derrière elle pour boutonner sa chemise. C'était une chemise de marque.

— J'ai pris peur, Eleanor... Je... Je me suis senti incapable d'assumer. J'ai essayé de te l'expliquer, mais toi, tu étais bien décidée. Quand tu es partie à Cork pour une conférence, j'ai... J'ai pris peur.

Elle n'avait jamais aimé cette chemise. Elle avait bien envie de lui demander d'en mettre une autre. La bleue, peut-être ? Et pourquoi se mettait-il en costume ? C'était trop conventionnel pour le Little Caesar. Il serait mieux en jean.

Il la dévisagea.

— Eleanor, tu m'as entendu ?

— Pourquoi ne mets-tu pas ta chemise bleue, Larry, ou la vert pâle ?

— Eleanor, il faut que tu m'écoutes. Ne me complique pas la tâche.

Il posa la main sur son épaule et y imprima une douce pression.

Non, non, non. Elle ne voulait pas écouter. Elle ne voulait pas entendre ce qu'il avait à lui dire. Elle refusait de lui laisser prononcer les mots qui la tueraient. S'il ne les prononçait pas, ils ne seraient pas vrais.

Il la regarda dans le miroir.

— Je me suis fait faire une vasectomie. Je suis désolé, ma chérie. Je suis vraiment désolé.

Le visage d'Eleanor se figea. Les murs de la chambre vinrent à sa rencontre...

Eleanor reprit son album de mariage pour le regarder une dernière fois. Ce jour-là, elle avait remonté la nef en croyant vivre un rêve.

Sur les pages glacées du cahier, elle vit deux jeunes mariés au sourire rayonnant... Mona, sa petite sœur, en robe de demoiselle d'honneur devant l'église de l'Université... Les frères de Larry en smoking, et ses sœurs dans leurs plus beaux atours... Les toasts portés au champagne en l'honneur du jeune couple... La dernière photo les montrant tous les deux agitant la main par la vitre du taxi qui les emmenait vers leur lune de miel, à Bali.

Elle songea à leur première nuit en tant que mari et femme. Ils avaient bu du vin sur le balcon et fait l'amour jusqu'à l'aube. Le rêve était devenu réalité.

Eleanor referma l'album.

— Je voulais un enfant, Larry, notre enfant, chuchota-t-elle, bien que personne ne pût l'entendre.

Pourquoi était-elle restée avec lui ? Pourquoi ?

— Eleanor, s'il te plaît, murmura-t-il en essayant de faire glisser les bretelles de sa chemise de nuit.

— Non, Larry, je ne peux pas.

Il avança la main vers sa poitrine.

— Je t'aime, Eleanor.

— Non ! se défendit-elle.

Il l'embrassa dans le cou.

— Allez, s'il te plaît, on fait l'amour. Ça fait des semaines... J'ai besoin de toi.

Il posa la main sur ses cuisses, mais elle eut un frisson de dégoût.

— Arrête ! s'écria-t-elle en le repoussant à l'autre bout du lit. Je ne veux pas que tu me touches !

— Eleanor, ne me dis pas ça. Je ne supporte pas de t'entendre parler comme ça.

D'un geste décidé, elle serra sa chemise de nuit autour de ses jambes.

— Bonne nuit, Larry, dit-elle en lui tournant le dos.

Il ne supportait pas ? Quel culot ! S'il s'imaginait pouvoir encore la toucher, l'embrasser, entrer en elle après ce qu'il avait fait, il se trompait !

— Pourquoi fais-tu ça ? Pourquoi est-ce que tu détruis tout ? demanda-t-il d'une voix tremblante.

— Je ne détruis rien du tout, Larry. Tu t'en es chargé tout seul.

— Je sais que tu es fâchée, mais...

— Fâchée ? Oh ! oui, Larry, je suis fâchée à mort ! Je voulais avoir un enfant, c'était ce que je désirais le plus au monde. Tu le savais et tu m'en as empêchée délibérément.

— Il le fallait, Eleanor, je n'étais pas fait pour avoir des enfants. Je...

— Laisse-moi tranquille. Je voudrais dormir.

Il se leva en criant :

— Tu veux que j'aille m'installer dans la chambre d'amis, c'est ça que tu veux ? Ce n'est pas un mari qu'il te faut, mais un donneur de sperme !

Il alluma la lumière et vint se placer devant elle en hurlant de plus belle :

— Très bien, allons-y pour la chambre d'amis. J'y vais de ce pas. À partir de maintenant, on dit que je suis ton pensionnaire. Ça te va ?

— Si ça peut te faire plaisir, dit-elle en gardant les yeux obstinément clos pour ne pas le regarder, ne pas voir son regard blessé...

Quatre ans passèrent et l'amertume d'Eleanor se mua progressivement en indifférence. Ils se livraient à leurs occupations quotidiennes, toujours courtois l'un envers l'autre, presque amicaux. Elle organisait des dîners pour ses relations d'affaires, l'accompagnait dans sa famille, à ses soirées professionnelles. Elle continua de lui faire la cuisine, de repasser ses chemises et de prêter une oreille attentive à ses soucis. Lui, de son côté, repeignit le salon, lui installa des placards pour sa garde-robe, aménagea le jardin. Ils sortaient régulièrement avec Marie et Derek, gardaient les garçons de Mona, partaient en vacances ensemble comme par le passé, mais prenaient des lits jumeaux. Eleanor et Larry Ross, le couple à qui tout réussissait. Ils menaient une vie de gens bien sous tous rapports, mais dans le mensonge permanent...

— Il faut que nous parlions, Eleanor, dit-il en repoussant son dîner. Nous ne nous parlons plus. Plus vraiment.

— C'est que nous sommes très occupés tous les deux. Tu travailles tard presque tous les soirs.

— D'accord, mais je ne suis pas obligé. Cependant je n'ai aucune raison de rentrer plus tôt le soir, si c'est pour te trouver plongée dans tes satanés dossiers. Et le matin, au petit déjeuner, tu es toujours pressée.

— Toi aussi ! C'est bien ce que tu voulais, Larry ! Le succès, l'argent... Eh oui, tout ça, ça se paie. Si tu ne finis pas le plat, mets-le dans l'évier. Il y a du diplomate au frigo.

— Je ne veux pas de dessert ! jeta-t-il. Je veux...

— Qu'est-ce que tu veux ?

Elle le dévisagea, le regard froid.

— Je veux retrouver ma femme, répondit-il d'un ton triste. Tu me manques, Eleanor. Autant nous séparer...

Elle se leva pour mettre le percolateur en route.

— Ce n'est peut-être pas une mauvaise idée, tu sais, prononça-t-elle doucement, le dos tourné.

Une fourchette tomba sur le carrelage.

— Tu ne parles pas sérieusement !

Elle prit le temps de disposer du fromage et des biscuits salés sur un plat. Puis elle inspira profondément et répondit sans se retourner :

— Si, je parle sérieusement.

— Non, protesta Larry d'une voix étranglée. Non, Eleanor.

— Je pense que ce serait une bonne chose.

— Non !

Il se précipita vers elle et la serra dans ses bras.

— Non, Eleanor, j'ai besoin de toi. Je serais perdu sans toi. Tu ne peux pas me quitter, non, tu ne peux pas me faire ça.

Resserrant son étreinte, il poursuivit :

— Faisons un nouvel essai, donne-nous une seconde chance !

Elle se dégagea. Elle ne supportait plus le contact de son corps.

— Il est tard, Larry. Je suis trop fatiguée pour réfléchir.

Elle se détourna pour gravir l'escalier, et il la suivit du regard, les yeux pleins de larmes.

Elle fit un essai. Larry avait raison, elle n'était pas correcte vis-à-vis de lui en le privant d'amour physique. Mais lui... avait-il été correct envers elle ? Il lui avait ôté tout espoir de devenir mère. Ne comprenait-il pas l'énormité de son acte ? Ne voyait-il pas à quel point elle était blessée ?

Un soir, elle lui permit de la caresser sur le canapé. Auparavant, pour se donner du courage, elle avait avalé une bouteille et demie de vin. Mais en sentant sur elle le contact de sa bouche, elle lutta pour cacher sa répulsion.

La main qu'il avait posée sur ses seins se déplaça vers le bas.

— Ellie, oh ! Ellie...

Il défit son corsage, lui ôta ses sous-vêtements. Elle était ivre. Complètement ivre. Je me laisse faire. Ce soir, je me laisse faire. Peut-être que ce sera très bien.

Il se coucha sur elle.

Prise de nausées, elle ferma les yeux et le laissa poursuivre. Faire l'amour. Ce n'était pas faire l'amour, ça. Elle se sentait mal, mais il ne s'en apercevait pas. Il s'affaira sur son corps récalcitrant et jouit très vite. Ce fut leur dernière relation physique.

Elle se laissa un peu de temps avant de prendre sa décision définitive. Jusqu'à ce jour affreux, ce matin de février où il régnait un froid glacial...

Il s'était glissé dans sa chambre. Il était tôt, huit heures environ. Elle était encore à demi endormie, essayant de prolonger un peu un rêve délicieux. Il l'embrassa légèrement sur les lèvres. Incapable de lui rendre son baiser, elle ne broncha pas. Il prit le lobe de son oreille entre ses lèvres... un prélude à ce qu'il espérait transformer en une nouvelle séance amoureuse.

— Arrête, Larry ! Arrête !

— Je t'en prie, ne me repousse plus, s'il te plaît...

Elle se souleva pour attraper son déshabillé de soie posé sur la chaise.

— Ce n'est pas la peine, c'est fini. Nous le savons tous les deux.

— Non, Eleanor, tu ne crois pas ce que tu dis. Ce n'est pas possible.

— Écoute, notre couple n'est plus qu'un simulacre de couple. Et ce, depuis quatre ans. Tu le sais, je le sais. Je vais te quitter. J'ai cru pouvoir arranger les choses, recommencer à t'aimer, mais...

— Eleanor, tu m'aimes ! Vingt ans passés ensemble, ça compte, quand même ! Je t'en prie, ne...

— Mais j'ai essayé ! J'ai essayé de toutes mes forces de m'ôter tout cela de la tête, je n'ai pas réussi ! Ce que tu as fait est impardonnable.

— Je sais, je sais. Je regrette, Eleanor.

— Moi aussi, répondit-elle d'une voix douce. Moi aussi, Larry. Nous ne pourrons plus jamais être comme avant. Nous avons essayé tous les deux. C'est peine perdue.

— Eleanor, la supplia-t-il, au désespoir, tu ne peux pas me quitter. Nous sommes bien ensemble. Je t'aime.

Cinq jours plus tard, il était mort.

Elle était en train de regarder les informations à la télévision lorsque l'on sonna à la porte. Elle pensa qu'il avait encore oublié ses clés. Mais, en ouvrant, elle aperçut deux inconnus sur le seuil. L'un des deux policiers, une femme, arborait une expression de compassion sans équivoque. Un accident de voiture. La mort avait été instantanée. Il n'avait pas souffert. Un horrible accident. Ses genoux lâchèrent. Le policier la rattrapa pour l'empêcher de tomber.

Du thé chaud et sucré. Les coups de fil à la famille. L'enterrement. Les poignées de main formelles. Les condoléances creuses.

Elle traversa tout cela dans une sorte d'hébétude.

L'année suivante se passa dans le flou total. Elle s'étourdit de travail, prenant beaucoup trop de nouveaux patients. Pendant les séances, elle restait sagement assise, hochait la tête, écoutait. Cependant, elle faisait l'impossible pour éviter d'être atteinte par la souffrance des autres. Elle jouait pleinement son rôle de thérapeute, mais sans s'impliquer dans leurs terribles histoires.

Pour survivre, elle devait rester détachée.

Elle essaya de contenir la sollicitude de ses parents et de sa sœur. Ceux-ci étaient tout bonnement en train de l'étouffer sous leurs témoignages de tendresse. Ils l'entouraient de tous leurs soins, de toute leur affection pour essayer de chasser sa tristesse. De même que Marie et Noreen, ses amies, qui lui téléphonaient quotidiennement...

— Je vais bien, Noreen. Non, sincèrement, ce n'est pas parce que je cherche à t'éviter ! Comme je l'ai dit à Marie, je suis vraiment très occupée en ce moment. J'ai...

— Je sais bien que tu es occupée, insista Noreen. Mais nous n'avons pas réussi à te voir depuis l'enterrement. Tu as besoin de passer une soirée à l'extérieur. Tu vas devenir folle à rester enfermée tout le temps !

Eleanor sourit.

— Je ne peux pas me permettre de devenir folle. Mes patients n'apprécieraient pas.

— Ah ! Ellie, tu sais très bien ce que je veux dire. Écoute, Marie et moi avons prévu de sortir mardi soir. Un nouveau restau vient d'ouvrir à Blackrock. Il paraît que c'est très bien et...

— Écoute, je vais faire mon possible mais je ne te promets rien. J'ai vraiment du travail par-dessus la tête.

— Je sais, je sais. Ton travail compte beaucoup pour toi. La mort de Larry a été un tel choc... tu as vraiment assuré, Ellie. Je t'admire beaucoup, comme tout le monde, d'ailleurs. Mais tu ne peux pas te couper de tout comme tu le fais. Tu as besoin de sortir ! Tu ne veux pas vivre comme une recluse, non ? O.K., O.K., je me tais. Je ne veux pas me mêler de ce qui ne me regarde pas...

— Non, non, ce n'est pas du tout ce que je pense. J'apprécie beaucoup ta gentillesse.

— Ellie, viens avec nous, je t'en prie.

— Je ne pense pas, Noreen. Je ne serais pas de bonne compagnie.

— Mais pour qui tu nous prends ? Tu as perdu ton mari, vous avez passé vingt ans de votre vie ensemble, c'est normal d'être triste. Vous étiez si unis...

Eleanor ne répondit pas.

— Nous savons à quel point il te manque.

— Oui, oui... dit-elle en jouant avec le fil du téléphone.

— Allez, viens. Nous ne te demandons pas de...

— Je t'appelle la semaine prochaine, promis !

Comment eût-elle pu avouer que la mort de Larry n'avait pas été pour elle un chagrin, mais, au contraire, une délivrance !

Un choc, oui, dont la soudaineté l'avait perturbée. Mais le sentiment qui avait pris le pas sur les autres avait bel et bien été le soulagement. Finie la mascarade, la comédie du bonheur conjugal. Le problème, c'était qu'elle lui avait annoncé qu'elle le quittait. Était-ce à cela qu'il pensait en rentrant à la maison, l'autre soir, au volant de sa voiture ? Elle était peut-être la cause de son accident. Comment se sortir de ce sentiment de culpabilité ? Il n'avait pas mérité de mourir de cette façon atroce, brutale, à quarante-trois ans. Quel désastre ! Sa famille était plongée dans le chagrin...

— Jamais je ne pourrai m'en remettre, Eleanor, soupira la mère de Larry en lui servant une nouvelle tasse de thé. Il était si bon, si attentionné ! Je ne sais pas ce que j'aurais fait sans lui, après la mort de Joe. Il m'a aidée à les élever, vous savez. Il a été un frère extraordinaire. Je dirais même un père pour les plus jeunes.

Eleanor prit la main de sa belle-mère entre les siennes.

— Oui, je sais.

— J'ai toujours pu compter sur lui. Ah ! il me manque...

Eleanor but une gorgée de thé.

— Mais je suis là à gémir sur mon sort et je ne vous demande pas comment vous allez vous-même.

— Je vais bien, Anne.

— Vous avez de la chance d'avoir vos parents. Ce sont des gens charmants. Et Mona, son mari et ses enfants...

— C'est vrai, ils m'aident beaucoup.

— Quel dommage que vous n'ayez pas d'enfants vous-même, Eleanor ! C'est dramatique.

Eleanor sentit le sang se retirer de son visage.

— Mais c'est le destin qui en a décidé ainsi, je suppose... murmura sa belle-mère.

Puis elle se tut.

Le destin en a décidé ainsi ! Non, c'était lui qui l'avait décidé ! Sa mère brisée par le chagrin, ses frères et sœurs inconsolables... Tout le monde la plaignait de ne pas avoir d'enfants pour la réconforter. Mais au fond d'elle-même, Eleanor ne pleurait pas sa mort, elle en était incapable. La vérité, c'était que la mort de Larry représentait pour elle une porte de sortie. C'était monstrueux, mais c'était comme ça !

Et maintenant, à la fin de l'histoire, elle se retrouvait dans la chambre d'amis, face à quatre valises pleines à craquer. La coiffeuse débarrassée de ses objets, le dessus de lit plié, l'armoire vide... Une impression de néant la submergea.

Lentement, elle se leva, les jambes tremblantes, pour accomplir la dernière étape : gravir les marches qui menaient au grenier et y monter les valises, une par une.

Elle aimait faire les choses systématiquement et soigneusement. Elle avait besoin d'ordre. Quand elle aurait terminé, elle serait prête pour sa nouvelle vie. Elle était en train de se réinventer.

— Qu'est-ce que tu faisais, Ellie ?

Mona entra comme une tornade, suivie de Des, qui présenta ses excuses pour leur arrivée impromptue. Eleanor conduisit sa sœur et son beau-frère dans le salon.

— J'ai toujours aimé cette pièce, déclara Des en s'installant confortablement sur le canapé. Elle est d'une couleur très douce. Et les lampes donnent une jolie lumière.

— Tais-toi, Des ! Nous ne sommes pas venus pour admirer le décor, s'écria Mona en décochant un regard furieux à son mari.

Elle attrapa la bouteille de whisky posée sur le buffet et se servit sans même penser à en proposer aux autres.

— Nous venons de faire un saut chez les parents. Papa est au lit avec la grippe. Pauvre maman ! Elle passe la journée à monter et à descendre les escaliers, à lui apporter ses repas, son journal, à vider son cendrier... C'est un très mauvais malade. Maman a dit qu'elle préférerait repasser par les douleurs de l'enfantement plutôt que de soigner papa. Tu l'as entendue comme moi, Des ?

Eleanor servit un whisky à Des et se prépara un gin-tonic.

— Alors, qu'est-ce que tu faisais, Eleanor ? Tu es couverte de poussière.

— Je redescends du grenier.

Eleanor frotta son jean noir avec un mouchoir en papier. Un geste inutile, mieux valait le mettre à la machine.

— J'ai rangé les dernières affaires de Larry. Regarde ce que j'ai retrouvé !

Elle tendit à Mona une enveloppe marron toute passée.

— Oh ! de vieilles photos ! Il y en a même de très vieilles ! Regarde un peu la touche de papa sur celle-ci ! Et là, Ellie en pattes d'éléphant ! Qui c'est ce type avec toi, sur celle-là ? Oh ! attends, je m'en souviens ! Il faisait partie d'un groupe. Comment il s'appelait, déjà ?

Eleanor sourit.

— Ryan Brady.

— Ryan Brady ! s'exclama Mona en tendant la photo à son mari. Regarde, Des. C'était un vrai fou. Papa a failli avoir une attaque quand Ellie l'a amené à la maison pour la première fois.

— Ne l'écoute pas, dit Eleanor à son beau-frère.

— Si, si, c'est vrai, je t'assure. Ryan Brady était un hippie. Il portait de vieilles fringues usées jusqu'à la corde, des vestes en peau retournée, des chemises rouge vif, et toute la panoplie. Il avait de longs cheveux noirs et la guitare toujours à la main... Un vrai Dylan qui aurait mal tourné !

Cette description amusa beaucoup Eleanor.

36

— Imagine que tu aurais pu finir avec lui, Ellie ! Non, bien sûr, ça ne pouvait pas coller entre vous. Il avait vraiment la tête dans les nuages. C'était un type totalement irresponsable. Mais il était très sympa, il faut le reconnaître.

— Il était adorable, précisa Eleanor à l'intention de Des. Mon premier béguin... J'étais folle de lui. J'emmenais Marie traîner dans les dancings pour le voir jouer avec son groupe. Ils étaient très mauvais, mais je m'en fichais. Il me faisait rêver.

— Tu l'as dit, il te faisait un effet terrible, gémit Mona. Il fallait la voir quand il l'appelait au téléphone, elle n'en pouvait plus tellement elle était excitée !

— Mona ! s'insurgea sa sœur. Et toi, tu ne te rappelles pas que tu n'arrêtais pas de te mêler de nos conversations ? La vérité, Des, c'est qu'elle prenait un malin plaisir à me mettre dans l'embarras. Par exemple, un soir, j'étais dans le salon avec Ryan, et elle s'est mise à jouer *La Marche nuptiale* au piano. J'ai failli la tuer.

Des sourit.

— Je m'en doute ! dit-il en lui rendant la photo. En tout cas, il est vraiment beau garçon.

— Ah ! nous étions des gamins ! soupira rêveusement Eleanor. Et en plus, il embrassait très bien...

— Ils étaient toujours en train de se bécoter, ricana Mona tout en se servant un autre whisky. Ça, ou alors il grattait sa guitare. C'était drôle.

Eleanor devint silencieuse, tout à coup. Des lui jeta un regard préoccupé :

— Ça va ?

— Oui, répondit-elle. C'est simplement que... le fait de revoir toutes les affaires de Larry, ce soir... ça me rend un peu... ça faisait si longtemps que je reportais à plus tard...

Des hocha la tête.

— Je t'aurais aidée, tu aurais dû me le demander !

— Non, ce n'était pas la peine, merci beaucoup. Il n'y avait pas grand-chose. Il valait mieux que je m'en occupe toute seule.

— Des t'aurait aidée quand même, insista Mona. Tu as l'air un peu pâlotte. Est-ce que tu manges ?

Eleanor tripota nerveusement son mouchoir en papier.

— Oui, oui, je mange.

Elle se dépêcha de lui faire passer un cendrier avant que la cendre de sa cigarette ne vienne tacher le tapis beige. En temps normal, elle n'était pas maniaque, mais elle avait fait nettoyer les tapis. Elle voulait que tout soit impeccable pour ses futurs locataires.

Des s'éclaircit la voix :

— Tu as bonne mine, Ellie...

— Elle n'a pas bonne mine du tout, le coupa sa femme. Même maman est de cet avis. Elle pense que tu devrais partir un peu, Eleanor. Papa est d'accord avec elle. Quelques jours de vacances te feraient le plus grand bien. Je pourrais prendre des congés et partir avec toi. C'est une idée, non ?

Eleanor se dit qu'il fallait immédiatement mettre un terme à ce plan avant de laisser s'enflammer sa sœur.

— Tu dois avoir du travail par-dessus la tête en ce moment à l'agence de voyages, non ? s'enquit-elle. Vous êtes sûrement débordés, avec tous ces gens qui prévoient leurs vacances à la dernière minute... Sans compter que tu ne peux pas laisser ton mari en plan ! Tu le vois se débrouiller tout seul avec trois enfants ?

— Hum... réfléchissons. Je pourrais parler à mon patron. Je suis sûre qu'il ne me causera pas de difficultés. Il faut absolument que tu partes. Je lui expliquerai. Et Des

38

n'y verra pas d'inconvénient, n'est-ce pas, mon chéri ? Il suffit de s'organiser. Justin ira au centre de loisirs dans la journée. Il n'a rien d'autre à faire. Ces longues vacances d'été sont une véritable plaie. Quatorze ans, c'est le mauvais âge. Il est trop jeune pour prendre un petit boulot et trop âgé pour jouer. Shane ne sera pas en vacances avant la fin juin et je suis sûre que la nourrice sera d'accord pour garder Jenny jusqu'au retour de Des, le soir.

— Aucun problème, renchérit Des. Mona a raison, Ellie. Il faudrait absolument que tu souffles un peu, ça te ferait du bien.

Eleanor hésita, puis se jeta à l'eau :

— En fait, je pars.

Mona leva un sourcil :

— Ah bon ?

— Oui. La semaine prochaine.

Des applaudit en ignorant la mine renfrognée de son épouse.

— C'est très bien, Ellie. Tu pars dans un coin sympa ?

— À Wicklow.

— À Wicklow ? répéta Mona, ébahie. Tu es devenue complètement dingue ? On ne va pas passer ses vacances à Wicklow quand on habite Dublin ! C'est à deux pas !

— Ah ! je ne suis pas d'accord, ma chérie ! intervint Des. Le comté de Wicklow est très joli. Tu as l'intention de circuler un peu, Ellie ?

— Je voudrais trouver un cottage à louer là-bas.

— Bon, elle a définitivement pété les plombs ! confia Mona à son époux, comme si sa sœur n'était pas présente.

Jetant à cette dernière un regard suspicieux, elle répéta :

— Un cottage ? À Wicklow ?

— C'est bien ça, Mona, lui répondit Eleanor en

adressant un clin d'œil à Des, qui avala une bonne gorgée de whisky.

— Mais pourquoi ? insista Mona d'une voix haut perchée, éraillée, qui trahissait sa perplexité.

Eleanor lui sourit.

— Parce que j'en ai envie, voilà pourquoi.

— Ah ! mon Dieu, Eleanor, ça va vraiment pas, la tête !

Mona donna un coup de coude à son mari pour lui réclamer une autre cigarette.

— Combien de temps comptes-tu rester là-bas ? Une quinzaine de jours ?

— Je pense y rester un an.

Mona s'étrangla et fit une tache de whisky sur le devant de son corsage de soie blanche.

— Un an ? s'exclama-t-elle. Et ton travail ?

— J'ai trouvé une remplaçante, Thelma Young. Tout est organisé. Mon travail me pèse, depuis un certain temps. Il faut que je prenne un peu de recul.

— Mais ta maison ! Tu ne peux pas abandonner cette jolie maison pendant toute une année !

— Non, reconnut Eleanor, mais elle ne sera pas abandonnée. Je la laisse à un jeune couple qui émigre en Australie dans quelques mois. Ils s'appellent O'Leary. Ils ont récemment vendu leur propre maison, et ils cherchaient à louer. Ce n'est pas la peine de me regarder comme ça, Mona ! Tu m'as dit toi-même que j'avais besoin de changement.

— Ce n'est pas ce que je voulais dire et tu le sais très bien. Je n'arrive pas à croire que tu vas vraiment quitter cette maison pendant un an. En la laissant à des gens que tu ne connais ni d'Ève ni d'Adam ! Tu ne consultes jamais personne ! Et nous, alors ?

— Comment ça ? En quoi êtes-vous concernés ?

— Ne monte pas sur tes grands chevaux ! Ce que je veux te faire comprendre, c'est que nous sommes ta famille. Nous sommes tout ce qui te reste, maintenant. Tu as besoin de nous. Et tes amis ? Tu y as pensé ? Ils vont te manquer ! Tu n'es jamais seule, ici. Tu seras malheureuse, enterrée dans un trou comme Wicklow. Qui connais-tu là-bas ? Au moins ici, à Dun Laoghaire, tu es entourée de gens qui te connaissent, qui prennent soin de toi !

Eleanor s'arma de patience. Inutile de vouloir arrêter sa sœur lorsqu'elle était lancée dans l'un de ces sermons dont elle était coutumière. Des, quant à lui, resta coi et se contenta de boire son whisky en les regardant alternativement l'une et l'autre d'un air contrit. Il ne prenait que rarement position, quel que fût le sujet.

— Mona, je te suis reconnaissante de tout ce que tu as fait pour moi. Plus exactement, de ce que vous avez fait pour moi, toi et Des. Cela compte aussi pour les parents, et pour mes amis. Mais j'étouffe, j'ai besoin de respirer. J'en ai besoin pour m'en sortir. C'est si difficile à comprendre ?

Mona secoua la tête d'un air exaspéré.

— Tu vas bientôt nous dire que tu veux te trouver toi-même ?

— Eh bien... fit Eleanor, oui, c'est vrai.

Sa sœur donna un nouveau coup de coude à son mari :

— Dis, tu ne veux pas essayer de la raisonner ? Elle est en train de faire une grosse connerie, à mon avis. Elle va le regretter !

— Je ne crois pas, Mona, répliqua son époux d'un ton léger. Eleanor est adulte, elle a le droit de prendre ses décisions toute seule.

— Merci, Des, lui répondit Eleanor avec un sourire

reconnaissant. J'ai quarante-quatre ans, je sais ce que je fais.

— Non, tu ne le sais pas, tu crois que tu le sais. On se demande vraiment ce que tu vas fabriquer à Wicklow pendant un an ! Qu'est-ce que tu vas faire de tes journées ? Admirer le paysage ?

— Je vais écrire.

— Écrire ? Écrire quoi ? Tes mémoires ? persifla Mona, au bord de l'apoplexie.

— Non, j'ai commencé un travail. Je consigne des expériences vécues par mes patients, des expériences ayant valeur d'exemple. J'envisage de les mettre dans un livre.

— Un livre ? répéta sa sœur d'un ton ironique. En utilisant les histoires de tes clients ? Je ne sais pas, mais pour moi, ça sent un peu l'exploitation.

— Non, ce ne sera pas ça du tout. Bien sûr, je n'utiliserai pas leurs vrais noms, ni même les détails de leur histoire. J'y ai beaucoup pensé. Le deuil, le vide... Je peux aussi parler de ma propre expérience.

Mona n'en était pas convaincue pour autant.

— Un manuel sur le deuil ? Tu vas encore te complaire dans tes histoires de psy... Cela te fera plus de mal que de bien, Eleanor.

Elle écrasa sa cigarette dans le cendrier.

— Tu fais une connerie, je t'assure ! Des, parle-lui, toi !

Des croisa les bras et se tourna vers sa belle-sœur :

— Eh bien moi, Ellie, je pense que c'est une excellente idée.

Sa femme bondit :

— Vous êtes cinglés tous les deux ! Et maman, qu'est-ce qu'elle va dire de ça ?

— J'espère qu'elle m'approuvera, répondit tranquillement Eleanor, mais de toute façon, ma décision est prise. La semaine prochaine, à la même heure, je serai au Lodge.

Mona attrapa son sac.

— Où ça ? lança-t-elle tout en marchant d'un pas décidé vers la porte.

— Au Lodge, répéta Eleanor en élevant sa voix d'un ton. C'est une jolie pension de famille située dans un petit village qui s'appelle Coill.

— Jamais entendu parler, jeta sa sœur d'un ton dédaigneux.

— Cela ne signifie pas que ça n'existe pas, mon chou ! fit remarquer Des en posant un bras sur les épaules d'Eleanor. C'est près de Bray, n'est-ce pas, Ellie ?

— Je pense que c'est plus près de Kilmacanogue. C'est une de mes clientes qui m'en a parlé. La maison d'hôte est dirigée par une dame du nom de Victoria Laffan. Apparemment, c'est une superbe vieille demeure de campagne. La propriétaire ne prend pas plus de six à huit pensionnaires à la fois. J'ai réservé pour un mois. Cela me donnera le temps de trouver quelque chose.

Mona ne désarma pas :

— Mais comment vas-tu faire pour l'argent ? De quoi vas-tu vivre jusqu'à la publication de ton œuvre ?

— J'ai l'assurance vie, lui rappela sa sœur. Et j'aurai les loyers mensuels de cette maison. L'argent ne sera pas un problème.

Dieu merci, ils étaient dans le couloir, près de la sortie, maintenant. Eleanor pria le Ciel pour qu'ils ne s'éternisent pas. Elle en avait eu assez pour la soirée.

— Il faut qu'on y aille, déclara Mona à son mari. C'est Justin qui garde les deux autres, et je n'aime pas le laisser seul trop longtemps, surtout le soir. Et je veux coucher Jenny avant vingt-deux heures. Si elle recommence le même cirque qu'hier soir, je ne dors pas avant deux heures du mat'. Enfin, tu ne sais pas ce que c'est, Eleanor, tu n'as pas eu d'enfants. Tu as de la chance, toi, tu es libre d'aller et venir comme tu veux, personne ne dépend de toi, et tu n'as de comptes à rendre à personne. Il y en a qui ont la belle vie.

Les yeux d'Eleanor se mirent à brûler. Mona n'avait pas eu l'intention d'être cruelle ; non, simplement, elle manquait de sensibilité.

Des l'embrassa sur la joue :

— Bonne nuit, Ellie. Viens, Mona, ajouta-t-il en ouvrant la porte.

— J'arrive.

Mona l'embrassa aussi, non sans un dernier petit discours :

— Je t'ai peut-être fâchée, j'en suis désolée. Mais j'appelle toujours un chat un chat. À mon avis, tu es déprimée, et c'est pour cette raison que tu as agi de façon aussi impulsive. Je sais, ce ne sont pas mes oignons, mais moi, je vais droit au but. Je dis toujours ce que je pense.

— Bonne nuit, Mona. Je t'appelle dans quelques jours. Je passe demain chez les parents et je les mets au courant. J'aimerais mieux que tu me laisses leur expliquer moi-même.

— Ne t'inquiète pas, la rassura sa sœur, je n'ai pas l'intention de parler de tout ça avec eux. J'ai assez à faire avec mes propres problèmes. Tu passeras à la maison dire au revoir aux enfants avant de partir, j'espère ?

— Bien sûr.

— Très bien. Fais un saut lundi. Je te laisserai tranquille d'ici là.

Mona monta dans la Golf rouge et boucla sa ceinture de sécurité. Des démarra. Du seuil de la porte, Eleanor agita

44

la main, heureuse de voir enfin disparaître sa sœur... Mais on ne se débarrassait pas d'elle aussi facilement. Par la vitre baissée, elle cria encore une dernière recommandation :

— Je suis persuadée que tu devrais encore réfléchir. Il n'est pas trop tard.

— Bonne nuit, Mona.

Eleanor ferma sa porte.

Ses parents habitaient tout près, dans la rue principale, au-dessus de la boucherie de son père. À soixante-huit ans, il avait atteint l'âge de la retraite, mais il n'y songeait pas : il aimait son travail. Il adorait bavarder avec ses vieux clients, dont la plupart vivaient dans le quartier depuis aussi longtemps que lui, voire plus, et se vantait de vendre la meilleure viande de tous les environs.

Eleanor entra et gravit l'escalier jusqu'à la cuisine, où elle trouva sa mère en train de préparer le repas.

Cette cuisine faisait sa joie et sa fierté : meubles de chêne encastrés, plancher et plafond en bois, carrelage bleu, appareils ménagers rutilants. Eleanor trouvait tout ce décor plutôt laid et préférait son petit coin-repas intime de Crofton Avenue. Mais chacun ses goûts !

— Ellie, quelle bonne surprise ! Tu as pris ta journée ? Assieds-toi, ma chérie. Sers-toi.

Eleanor s'exécuta et se versa une tasse de café fumant. Il fallait rendre cette justice à sa mère : elle savait faire le café.

— Merci, maman. Comment va papa ?

— Il prétend qu'il est mourant ! Tu connais ton père. Il lui suffit d'éternuer trois fois pour qu'il modifie son testament.

Eleanor éclata de rire.

— Alors, raconte, pourquoi ne travailles-tu pas aujourd'hui ? Tu n'es pas malade, j'espère ?

En guise de réponse, sa fille l'informa de ses projets. Comme Eleanor s'y attendait, sa mère prit la chose avec sérénité.

— Tu fais très bien, Ellie. N'écoute pas Mona, cela ne la regarde pas. Mais je suis surprise que tu aies choisi cet endroit.

— Coill ?

— Oui. Il y a eu un meurtre, là-bas, il me semble ? Une femme du coin ?

— Oh ! c'est vieux, cette histoire ! répondit Eleanor tout en beurrant son scone.

— Je ne me souviens plus des détails, mais je ne crois pas que la police ait trouvé le coupable. Et s'il était toujours sur place ? Je pensais que tu saurais éviter de te mettre dans ce genre de situation dangereuse, Ellie. Dieu sait que tu en as assez vu !

— Oh ! tu sais, on assassine des femmes à Dublin aussi, maman ! répliqua Eleanor avant de reprendre une gorgée de café. Ça peut arriver n'importe où, malheureusement.

— Tu as raison, ma chérie. De nos jours, les femmes ne sont plus en sécurité nulle part. Ah ! c'est dur, tu ne trouves pas ? Quand j'étais jeune, on ne fermait jamais sa maison à clé. Tu imagines ?

— Les temps ont changé, murmura Eleanor.

Sa mère poussa un gros soupir :

— Tu peux le dire. Bien, tu es donc déterminée à partir ?

— Oui. C'est un endroit charmant, maman, à tous points de vue. Miss Laffan est très gentille, d'après ce qu'on m'a dit. Sa maison d'hôte est bien tenue et son neveu s'occupe des travaux de la ferme.

— Ah ! ils ont une ferme, en plus ? Pourquoi ont-ils besoin d'une maison d'hôte, dans ce cas ? Il y a des gens qui vous ôteraient le pain de la bouche !

La mère d'Eleanor nourrissait un sentiment de suspicion inné à l'encontre des gens de la campagne. Elle était dublinoise d'origine, de souche et de descendance... Comme son époux !

Tout en posant des sandwiches au jambon et une part de tarte aux pommes sur un plateau, elle compléta sa pensée :

— Cette femme, cette miss Laffan, comme tu l'appelles, m'a tout l'air d'être une grippe-sou.

Sa fille s'empara du plateau :

— Je l'apporte à papa.

— Merci. Tiens, Eleanor, apporte-lui aussi sa blague à tabac, s'il te plaît.

— Il ne fume pas dans la chambre, tout de même ?

— Dans la chambre ? persifla sa mère. Il n'irait même pas aux toilettes sans sa satanée pipe. C'est le prolongement de son bras droit ! Certains soirs, l'odeur me fait pratiquement tomber à la renverse ! Mais enfin, il y a pire, tu ne crois pas ?

Oh oui ! Ses parents partageaient le même grand lit depuis quarante-cinq ans. Cela en disait long sur leur couple. Ils étaient unis comme les doigts de la main.

Eleanor posa le plateau sur la table de chevet et remonta les oreillers de son père. Ce dernier engloutit ses sandwiches et aspira sa tisane à grand bruit, en homme peu habitué à boire au lit.

Elle lui raconta ses projets de départ par le menu.

— Magnifique ! s'exclama-t-il. C'est une sacrée bonne idée ! Va donc voir dans l'armoire et attrape-moi mon cure-pipe, mon briquet et l'essence, comme une gentille fille que tu es. On va causer sérieusement.

Renonçant à lui faire la leçon sur sa mauvaise habitude de fumer au lit, la « gentille fille » s'exécuta. Dire qu'il s'entêtait à utiliser ce vieux briquet, alors que Des lui avait offert un beau Ronson pour Noël ! Mais non, il n'y avait rien à faire. Il remplissait religieusement cette antiquité depuis trente ans au moins.

Il vida la cendre dans une page de journal et Eleanor mit le tout à la poubelle.

— Coill, tu dis.

— Oui, c'est ça. C'est un petit village avec un lac très poissonneux, d'après ce qu'on m'a dit. L'endroit devrait te plaire, c'est très calme.

— Sûrement, reconnut-il. Ils doivent pêcher la truite, probablement. Mais je ne crois pas que ce soit ton idéal de vacances à toi, Ellie.

— Non, tu as raison. Mais je cherchais avant tout un endroit tranquille. J'ai l'intention d'écrire.

— J'ai toujours dit que tu avais raté ta vocation, commenta-t-il avec un grand sourire. Tu as toujours aimé les mots.

— Je vais faire un essai, et on verra bien. C'est une expérience à tenter, dit-elle en lui tendant un énorme cendrier Silk Cut subtilisé dans un pub.

— Ah ! ce sera une expérience, oui, oui !

Il alluma sa pipe et en tira voluptueusement plusieurs bouffées.

— Coill... Il y a eu un scandale, là-bas, il y a quelques années... J'espère que tu as entendu parler du meurtre.

— Oui, vaguement. Je ne connais pas les détails, et je t'avouerai que je ne cherche pas à les connaître.

— Bien sûr, ma chérie, dit-il en lui tapotant le bras. Oh !

de drôles d'histoires circulaient, à l'époque, je m'en souviens ! Des histoires d'échangisme, figure-toi !

— Tu plaisantes !

— Non, non, je suis très sérieux. Des partouzes, des orgies etc., compléta-t-il en tirant une nouvelle bouffée.

Eleanor laissa échapper un petit rire incrédule. Son père avait une forte propension à l'exagération, c'était connu.

— Mais si, poursuivit-il d'un ton entendu, il y a eu un gros scandale, avec enquête de police et tout le tintouin.

— Dans une affaire d'échangisme ? s'exclama-t-elle, narquoise. La police qui s'occupe d'une affaire d'échangisme ?

Il agita un index courroucé dans sa direction :

— Ne fais pas ta maligne ! Apparemment, le meurtre a eu lieu à l'époque où se déroulaient ces partouzes. Je suppose qu'il y avait un lien. L'affaire a fait la une de tous les journaux à sensation. Avec les récits des témoins oculaires, comme d'habitude... des mouches du coche qui veulent se faire mousser. Que veux-tu, il y a des gens qui aiment être sur le devant de la scène.

— Tu as sûrement raison, dit-elle, conciliante.

— Demande donc à ta mère ! Elle aime bien ces histoires horribles. Elle a un petit côté macabre.

— Non, je préfère ne pas lui demander, papa.

Il hocha la tête d'un air grave :

— Excuse-moi, Ellie, mais c'est plus fort que moi. Je préfère prendre les petites faiblesses humaines par le rire. C'est la seule façon de s'en sortir, tu ne crois pas ? Avec un peu d'humour, on arrive à bout de tout.

Elle tenta un sourire :

— Bon, eh bien il ne me reste plus qu'à cultiver mon humour !

— Ah ! tu as toujours été une enfant joyeuse, dit-il avec

nostalgie. Tu étais drôle. Nous avons eu de bonnes parties de rire, toi et moi.

— Il y a bien longtemps, papa. J'ai changé depuis...

— ... la mort de Larry. Je sais, ma chérie. C'est tout à fait compréhensible.

Elle avait perdu sa joie de vivre bien avant la mort de Larry, mais elle s'abstint de le contredire.

Il se pencha vers elle :

— Écoute, Ellie, tu vas partir et prendre un peu de bon temps. Tu le mérites. Peut-être trouveras-tu tout ce qu'il te faut dans ce village !

Elle l'embrassa sur le front :

— Je l'espère, papa.

2

Elle avait passé la journée précédente à s'occuper du jardin, à nettoyer le chemin, tailler les bordures, asperger les roses et arroser les massifs. C'était son jardin qu'Eleanor regretterait le plus en quittant Crofton Avenue. Ses locataires en prendraient-ils autant soin qu'elle ?

Il était temps de faire une dernière inspection de la maison avant l'arrivée de Mona, qui devait la conduire à Coill. Sa sœur avait insisté pour l'emmener et elle n'avait pu refuser : c'était sa manière à elle de lui faire comprendre qu'elle avait fini par se faire à son départ. Elle ne l'approuvait toujours pas, bien entendu — ce serait trop lui demander — mais elle avait commencé à accepter le fait que sa sœur ne changerait pas d'avis. C'était déjà quelque chose.

Eleanor ne possédait pas de voiture. Elle avait vendu sa Suzuki bleue après la mort de Larry, dont la Spitfire blanche n'était plus qu'une épave.

Elle n'avait pas conduit depuis. L'horreur de cet accident l'avait détournée définitivement de la conduite. D'ailleurs, elle n'avait jamais aimé cela. Elle n'éprouvait aucun plaisir à se battre au milieu des embouteillages de Dublin ; les jurons des conducteurs furieux, les bouchons, les travaux permanents qui venaient compléter la course d'obstacles, la recherche vaine d'une place de parking... elle renonçait à tout cela avec plaisir.

Elle travaillait chez elle et le supermarché de son quartier lui livrait ses achats de la semaine : elle n'avait donc pas réellement besoin de voiture. Dun Laoghaire était bien desservi par les bus, et la gare était juste au bout de la rue, ce qui lui permettait de se rendre facilement en ville lorsqu'elle en avait besoin.

Faire la queue à la station de bus ou attendre un train était infiniment moins désagréable que de fulminer derrière son volant. Au moins pouvait-elle bavarder avec les autres passagers et s'adonner aux joies du passe-temps national, autrement dit, critiquer les politiciens, l'Église et la justice, dans l'ordre.

Elle alla jeter un dernier coup d'œil dans sa chambre. La pièce était impeccable : pas un faux pli sur la couette toute propre, pas un grain de poussière sur le tapis, pas une marque sur la coiffeuse ou sur les armoires. Ainsi, elle paraissait complètement anonyme. Nue. Désolée.

Elle évita la chambre de Larry. Elle ne pouvait plus l'affronter. Ranger ses affaires, la semaine précédente, avait été une épreuve très difficile. Elle savait dispenser des conseils aux autres pour les aider à surmonter un deuil, mais lorsqu'il s'agissait d'elle-même...

Elle descendit au salon. Le canapé et les deux fauteuils verts avaient été nettoyés. Elle avait même pensé à dépoussiérer les abat-jour de couleur crème. C'était la pièce dans laquelle elle avait coutume de passer ses soirées d'hiver, avec Larry, près d'un bon feu ronflant... dans les premières années de leur mariage.

C'était là aussi qu'elle recevait les patients pendant la journée. Eleanor Ross, celle qui guérissait, écoutait, réparait. Que d'histoires n'avait-elle entendues... Les problèmes familiaux, les mariages brisés, les abus sexuels sur les enfants, l'usage de stupéfiants, les dépressions nerveuses, l'alcoolisme et ses effets destructeurs... Les deuils...

Le vieux Mr Welsh s'agrippa à sa canne.

— Mrs Ross, je ne peux accepter. Je n'accepterai pas. Je me demande pourquoi j'accepterais.

C'était sa troisième séance avec Eleanor.

— Ce n'est pas juste ! Ça n'a pas de sens. À trois ans ! Elle était tout pour moi, ma vie entière était concentrée sur cette enfant.

— Je sais...

— Quand ma femme est morte, l'année dernière, j'ai été capable de faire face. Sa mort a été terrible pour moi, mais c'était... un soulagement. Elle souffrait le martyre depuis des années à cause de ce maudit cancer. Je priais pour qu'elle meure, vous vous rendez compte ? Je ne pouvais plus supporter de la voir souffrir comme ça ; et elle qui essayait de me cacher sa souffrance, uniquement pour me ménager... Non, sa mort a été un soulagement. Mais ma petite Daisy... Non, non, non ! Ce n'est pas juste ! J'habite juste à côté d'eux... de mon fils et de ma belle-fille... Je ne sais pas comment les aider. Vous voulez que je leur dise d'accepter et d'avoir confiance en Dieu ? Non, Mrs Ross, il n'y a pas de Dieu. En tout cas, s'il existe, il ne nous aime pas. Pourquoi prend-il un petit enfant à ses parents ? Une petite fille rousse aux yeux bleus... un ange...

Ses yeux se remplirent de larmes. Il enleva ses lunettes pour les nettoyer avec son mouchoir.

Sagement assise, elle écoutait la litanie des misères humaines. Depuis un an, elle prenait de plus en plus de monde. Il lui était plus facile d'écouter les problèmes des autres que d'affronter les siens. C'était son métier. Ces gens qui souffraient venaient chercher un réconfort auprès d'elle. La plupart du temps, elle était en mesure de les soulager. Ils avaient besoin d'une oreille attentive. Ils avaient besoin que leur souffrance soit reconnue.

Un coup de sonnette impérieux la dispensa de sa dernière corvée : l'inspection de la salle à manger. Tant mieux. Cette pièce lui rappelait trop les innombrables dîners qu'elle avait été obligée de donner pour les acolytes de Larry, ces hommes d'affaires coincés assortis d'épouses complètement fabriquées et bêtes à pleurer.

La silhouette qu'elle aperçut à travers les petits carreaux de la porte d'entrée était clairement reconnaissable : Mona. En avance, comme d'habitude.

Elle ouvrit la porte et sa sœur s'engouffra dans le couloir en se prenant les pieds dans l'amoncellement de sacs et de cartons.

— Mais c'est dingue le nombre de trucs que tu emportes ! Tu as vraiment besoin de tout ça ?

— Je te rappelle que je m'en vais pour un an. Il n'y en a pas tant que ça, ce sont mes vêtements et d'autres petites choses indispensables. J'ai monté la plupart de mes affaires au grenier.

Mona tenta de soulever un gros carton.

— Mais qu'est-ce que tu as foutu là-dedans ? Des cailloux ?

— Mon ordinateur. Fais attention. Je vais t'aider.

S'y mettant à deux, elles se frayèrent un chemin vers la porte.

— Ouf ! tu as laissé la portière de la voiture ouverte. Je vais passer devant, et toi, tu vas pousser derrière. Fais bien attention !

Mona trébucha sur la seconde marche.

— Merde, j'ai failli me casser la figure ! Si j'avais su que tu emporterais tout ça, j'aurais demandé à Des de venir nous aider. C'est un boulot de déménageur que tu nous fais faire !

— Il ne faut quand même pas exagérer. Je l'ai descendu toute seule de là-haut. Ce n'est pas si lourd que ça.

— Oh si ! Je n'ai pas envie de me démolir le dos. Tu sais très bien que j'ai des problèmes depuis la naissance de Jenny.

— À propos, pourquoi ne l'as-tu pas amenée avec toi ?

— T'es pas bien ? se récria Mona en regardant sa sœur comme si elle avait proféré une monstruosité. Pour qu'elle hurle pendant tout le trajet ? Merci beaucoup !

Inutile de lui faire remarquer que le voyage ne durerait que quarante minutes.

— Eh là, doucement ! Tu pousses trop fort, je vais finir par me rétamer pour de bon !

— On y est tout de suite. Allez, laisse-moi faire, je m'en occupe.

Mais il n'y avait pas de place sur la banquette arrière, encombrée par le siège-auto du bébé.

— Je pense que tu ferais mieux de l'enlever, suggéra Eleanor.

— Ah ! quel chantier !

Mona détacha le siège et le posa par terre d'un geste furieux.

— Jamais je n'aurais pensé qu'il y aurait tant de boulot !

— Mona, va te faire du thé à la cuisine. Je m'occupe du reste toute seule.

Une expression de soulagement non déguisée se peignit sur le visage de la jeune femme.

— Tu es sûre ?

— Absolument.

Mona mit le cap sur la cuisine.

C'était signé. Inutile de compter sur elle pour vous aider. Si elle avait proposé à Eleanor de la conduire à Wicklow, c'était uniquement parce qu'elle mourait de curiosité, impatiente de la noyer sous un flot de critiques.

Débarrassée de son encombrante présence, Eleanor chargea la voiture en un temps record.

Puis elle alla rejoindre sa sœur, pour constater que celle-ci avait réussi à mettre le désordre partout dans la cuisine. Elle avait taché le plan de travail avec un sachet de thé humide, répandu du sucre en poudre sur le sol et éclaboussé la cuisinière avec du lait. Tout cela, en moins de cinq minutes.

— Tu en veux une tasse ? s'enquit Mona, qui avait également vidé la boîte à biscuits.

— Non, merci.

Eleanor s'assit et sortit sa liste de son sac. La dernière chose qui lui restait à faire était de s'assurer que les fenêtres étaient bien fermées et que l'alarme était coupée. Elle avait laissé des instructions écrites à l'intention de ses locataires pour leur en expliquer le fonctionnement.

— À quelle heure arrivent-ils ? demanda sa sœur en mâchant un biscuit.

— Mes locataires ? Vers deux heures, je pense. Je laisse les clés à côté, chez Mrs Riordan.

— Très bien. Au fait, je n'ai pas pu éviter de voir que ton placard était plein.

Pas pu éviter de voir ? Dis plutôt que tu as fouillé partout !

— Il y a un tas de trucs, des boîtes, etc. Et tu as laissé des légumes dans le frigo.

Décidément, elle avait l'œil !

— Je laisse ces provisions pour mes locataires. C'est une façon de leur souhaiter la bienvenue.

— Et le sucre, et la farine ?

— Oui, aussi ! répondit Eleanor, le visage crispé. Je n'ai pas envie de les jeter.

La voix de Mona s'éleva d'un demi-ton :

— Pourquoi ? Qu'est-ce qu'ils ont fait pour toi ? Tu ne les connais même pas !

Eleanor préféra ignorer cette sortie.

— Je vais vérifier si les fenêtres sont bien fermées. Après, nous pourrons partir.

— D'accord, répondit sa sœur, l'air furibond. Et cette boîte de gâteaux, tu leur laisses aussi ?

Eleanor capitula.

— Non, tu peux l'emporter pour les enfants. (Elle lui tendit également un paquet.) Tiens.

— Qu'est-ce que c'est ?

— Ouvre-le.

C'était un petit T-shirt rouge assorti d'une salopette en jean bleu marine.

— Pour Jenny ? Oh ! c'est chou ! Merci Eleanor !

Midi. L'heure du départ sonna.

Avant d'attacher sa ceinture, Eleanor contempla une dernière fois sa maison. C'était une sensation étrange que de quitter ce chez-soi où elle vivait depuis près de dix-sept ans. Une bonne partie de sa vie s'était déroulée dans ce cadre formé aussi par son travail, ses voisins, les boutiques, le train-train quotidien. Les choses familières avaient un côté très rassurant.

Mona la dévisageait en essayant de décrypter ses pensées.

— On y va ?

Eleanor répondit d'une voix ferme :

— Oui, on y va.

Mais elle était moins sûre d'elle qu'il n'y paraissait. Le doute l'envahit. Ne s'était-elle pas crue plus forte qu'elle ne l'était en délaissant son travail, en quittant sa maison, en partant s'installer à la campagne ? Avait-elle perdu la tête ?

Dès qu'elles furent sorties de Dun Laoghaire, Mona appuya sur le champignon. Eleanor vit avec horreur sa sœur se transformer en une version femelle de Damon Hill. Multipliant les manœuvres douteuses et les dépassements dangereux, Mona rejoignit l'autoroute à une vitesse folle. Plus rien ne la retint alors. Vitres baissées, cheveux au vent, elle fonça droit devant en laissant derrière elle les voitures, motos et autres camionnettes qui avaient le tort de rouler à une allure trop sage à son gré. Son petit rire excité acheva d'énerver Eleanor.

— Ralentis, Mona, supplia-t-elle, terrorisée. Nous ne sommes pas pressées.

— Oh ! il n'y a pas de problème, je ne fais que du cent vingt ! Cette autoroute est un vrai billard. Tu ne risques rien avec moi, je suis prudente. Pas de panique, tu arriveras entière, tu sais.

Soudain, Mona se rendit compte de ses paroles et un rouge profond envahit sa nuque.

— Excuse-moi, ce n'est pas ce que je voulais dire.

Eleanor tourna la tête et fit semblant d'admirer le paysage, la gorge nouée. Larry aussi était un fou du volant. Il sollicitait au maximum le moteur de sa Spitfire et roulait à toute allure en pestant contre la lenteur des autres conducteurs. Le souvenir de la voiture, en miettes, écrabouillée, ratatinée, revint la hanter.

Mona mit la radio. Parfait, se dit Eleanor. Au moins, la musique m'évitera d'entendre ses remarques déplacées.

Un quart d'heure plus tard, elles arrivaient à la hauteur d'un panneau qui annonçait : « Vous entrez dans le Jardin d'Irlande. Bienvenue à Wicklow. »

La vue de ce panneau rasséréna Eleanor. Oui, elle se sentait la bienvenue. Même si elle n'avait pas la moindre idée de ce que serait sa vie à Wicklow, elle sentait que cette expérience constituerait un changement. Un changement bienvenu.

Les grands arbres qui bordaient l'autoroute semblaient les saluer gaiement. C'était bon de quitter la ville.

— Hé ! lança Mona, interrompant sa rêverie. Tu vois la rivière, là-bas ? C'est là que la femme s'est noyée, tu te souviens ?

— Oui, oui.

— Il paraît qu'elle se promenait à cheval et qu'elle est morte dans des circonstances très mystérieuses.

C'était tout à fait elle. Juste au moment où Eleanor commençait à se sentir bien, sa sœur se sentait obligée d'aborder des sujets pénibles. Elle possédait le don de la contrarier, même sans le vouloir. Et cela, depuis leur plus tendre enfance.

— Ah oui, Eleanor, papa m'a parlé de l'autre femme... celle qui a été assassinée à Coill. Je trouve que tu n'es pas très nette d'avoir réservé dans ce Lodge. Tu savais que son corps avait été retrouvé juste à côté, dans les bois ?

— Oui, oui.

— Et comment a-t-elle été tuée ? Elle a été poignardée ?

— Je ne sais pas, et d'ailleurs, je ne veux pas le savoir. O.K. ?

— Quoi, tu ne veux pas le savoir ? Mais je rêve ! Moi, à ta place, je peux t'assurer que je chercherais à savoir ! Quand on pense que le meurtrier court toujours ! C'est sûrement un maniaque du coin qui a fait le coup.

— Mona, tu arrêtes, s'il te plaît ? Ce meurtre s'est passé il y a des années, et moi je n'ai rien à voir avec. Ni toi. D'accord ?

— Mais pourquoi avoir choisi cet endroit ? Je ne comprends pas, insista sa sœur.

— Laisse tomber, tu veux ? Comme je l'ai dit à maman, un meurtre, ça peut se passer n'importe où. S'il y en avait un à Dun Laoghaire, est-ce que tu déménagerais ?

— Peut-être bien... surtout si le meurtrier n'a pas été retrouvé. Tu crois ce qu'on dit, toi ?

— Qu'est-ce qu'on dit ?

— Que, la plupart du temps, l'assassin est un familier de la victime. Est-ce qu'elle était mariée ? C'est peut-être son mari qui a fait le coup ?

— Je n'en sais rien, moi. Et maintenant, changeons de sujet.

Soudain, il surgit à l'horizon. Le Sugarloaf, le pain de sucre.

C'était l'un des monts les plus spectaculaires du pays. Il

ressemblait vraiment à un cône de sucre dressé au-dessus du paysage. Son ombre bleutée scintillait dans le lointain.

— C'est merveilleux, tu ne trouves pas ? s'enthousiasma Eleanor.

— Oui. Comment s'appelle cette montagne, là, à gauche ?

— Je ne sais pas.

— Elle est beaucoup plus basse. Drôle de forme, non ? Tu sais à quoi elle me fait penser ?

— À quoi ?

— À un nichon ! lança Mona, toute contente d'elle. Tu vois cette petite chose ronde sur le dessus ? C'est le mamelon !

Sacrée Mona !

— L'autre, là, c'est Bray Head, poursuivit-elle. Tu es déjà montée dessus, tu te souviens ?

Non, elle n'en avait aucun souvenir.

— Ah ! tu as failli mourir de peur quand on est arrivés au sommet ! Tu n'aimes pas les hauteurs, hein !

Eleanor augmenta le son de la radio et sa sœur reçut le message cinq sur cinq. Elles étaient arrivées à Kilmacanogue.

— Ralentis, Mona ! cria Eleanor pour couvrir la musique. Il faut tourner à droite.

— À droite ? Tu es sûre ?

— Oui. Voilà la poste de Kilmacanogue. Donc c'est à droite.

Mona s'arrêta brutalement en faisant crisser ses pneus. Le conducteur qui la suivait, surpris, donna un coup d'avertisseur furieux.

— Va te faire foutre ! hurla-t-elle en accompagnant ses paroles d'un geste éloquent.

Eleanor tint sa langue.

Mona bifurqua pour se diriger vers les montagnes. Coill n'était plus qu'à une vingtaine de minutes.

Le paysage était splendide, composé de vertes prairies, de bosquets et de feuillages luxuriants. Les arbres, surtout des hêtres, des hêtres pourpres et des chênes, étendaient leurs branches, offrant leur ombre paisible. L'atmosphère était un peu irréelle.

— C'est pas mal par ici, commenta Mona, mais ça me fiche un peu la trouille.

Eleanor trouvait l'endroit ravissant. Si calme !

— Regarde, là-bas, une garenne !

— Une garenne ? Oh ! c'est intéressant ! Mais tu sais, je ne peux pas regarder, je conduis, moi. Et il y a quelques virages que je préférerais ne pas rater.

Un point pour elle.

— On arrive, Mona. Voilà le panneau de Coill. Tourne à gauche.

Elles remontèrent lentement la petite route et passèrent devant un bureau de poste, puis un garage. Une rangée d'adorables cottages peints en blanc bordait le côté droit de la route. Ce village paraissait suranné, d'un autre âge. Un vieil homme accompagné d'un chien leur fit un signe amical de la main. Le moral d'Eleanor remonta. Oui, elle se plairait ici.

La rue principale était étroite et pittoresque, mais le village était plus grand qu'elle ne l'imaginait. Les façades des boutiques étaient joliment peintes en vert, en bleu ou en blanc. Nulle trace du rose affreux qui sévissait partout ailleurs dans le pays. À quelque distance de là, Eleanor aperçut la place du village ornée de géraniums, de bégonias et d'alysses blanches. Une place accueillante, où des bancs étaient prévus pour les flâneurs.

— Oh ! c'est joli, non ? s'exclama Eleanor, aux anges.

— Oui, tu as devant toi le centre-ville de Coill, répondit Mona avec une moue de dédain.

Elle arrêta la voiture devant le supermarché Spar.

— Bon Dieu, Eleanor, regarde bien autour de toi. C'est ici que tu as l'intention de passer une année complète ? Je deviendrais maboule, moi, dans ce bled paumé ! Alors, voyons voir ce qu'il y a de ce côté-ci ? Deux marchands de journaux et un pub. Chez Coyle. Il ne m'a pas l'air très recommandable, comme établissement... Plus loin... Un dentiste. Sa baraque est plutôt délabrée. Et de l'autre côté de la rue... Une boulangerie, une boucherie et un autre pub... Chez O'Meara. Mouais, ça me paraît un peu moins miteux que chez Coyle...

— Je ne passerai pas ma vie au pub, Mona ! protesta Eleanor. Allez, redémarre. Il faut qu'on trouve le Lodge.

Mona s'exécuta.

— Elle t'a donné des indications, ta bonne femme ?

— Elle m'a dit de traverser le village et de tourner à gauche à l'église.

Mona remonta la rue à une allure d'escargot en se livrant à un examen approfondi de toutes les boutiques, comme si elle était une cliente potentielle. Arrivée au bout, elle s'arrêta encore, sous les regards curieux des passants.

— Tu as vu la tête qu'ils font, ils nous regardent comme si on tombait de la lune ! ironisa-t-elle. Comment vas-tu réussir à tenir dans ce trou ?

— Ne t'inquiète pas pour moi, j'y arriverai, répliqua Eleanor. Pas étonnant qu'ils nous regardent : tu les dévisages comme des bêtes curieuses ! Allez, démarre !

— Ils peuvent toujours regarder ! rétorqua sa sœur avec hauteur. Au fait, j'y pense : l'un d'entre eux pourrait très bien être l'assassin ! Ils ont l'air assez louches pour ça !

— Mona !

— Ah ! voilà l'église ! Un vrai monstre de laideur. Je parie qu'ils ont dépensé des millions pour ça, pendant que la moitié de la population crevait de faim. Quel pays pourri, je te jure ! Bon, alors, c'est par où ?

— À gauche, répondit Eleanor. On m'a dit que c'était à cinq minutes d'ici en voiture.

— Donc, ça veut dire qu'il faut vingt bonnes minutes à pied. Je préfère être à ma place qu'à la tienne. Mais toi, tu aimes marcher, bien sûr ?

Elles franchirent de hautes grilles de fer forgé et remontèrent une longue allée envahie par la végétation. Il se mit à bruiner. Mona se plaignit du gravier et des dégâts qu'il faisait subir à ses pneus. Puis elles aperçurent la maison.

— C'est ça ? s'étonna Mona, qui en resta bouche bée. C'est ça, le Lodge ?

Eleanor était trop surprise elle-même pour répondre. La maison était vraiment imposante. Bien plus grande qu'elle ne l'avait imaginé. C'était une demeure de campagne à trois étages, en pierre grise, avec de hautes fenêtres et une énorme porte d'entrée. Un manoir ! Victorien, certainement.

— Eh ben ! fit Mona. On ne peut pas dire que tu fasses les choses à moitié. C'est comme ça que tu imagines les maisons d'hôte à la campagne ? Que va-t-il te rester une fois ta pension payée ?

— Ce n'est pas si cher que ça ! C'est même très raisonnable.

Mona se gara devant l'une des baies vitrées. Eleanor descendit de voiture et respira l'air frais de la campagne à pleins poumons pendant que sa sœur s'acharnait sur la porte du coffre.

— Viens m'aider, Eleanor, on n'a pas le temps de bayer aux corneilles. Il faut que je rentre. Jenny doit être...

— Juste un instant, s'il te plaît. Il faut que j'aille me présenter avant de débouler avec tous mes paquets.

Mona leva les yeux au ciel.

— O.K. Bon, on y va alors.

Eleanor ne tenait pas du tout à sa présence, mais comment faire pour l'empêcher d'aller fourrer son nez à l'intérieur ?

Déjà, avant de lui laisser le temps de s'exprimer, Mona se précipitait au sommet des marches et actionnait vigoureusement le heurtoir de laiton.

Quelques secondes plus tard, un jeune homme âgé d'une vingtaine d'années ouvrit la porte. Il était très beau, grand, mince et brun, avec de grands yeux bleus surmontés d'épais sourcils. Eleanor eut le sentiment étrange de l'avoir déjà rencontré quelque part.

— Bonjour, je suis Eleanor Ross. J'ai réservé par téléphone.

Elle lui tendit la main, mais il ignora son geste.

— Entrez, dit-il d'un ton bourru.

Mona décocha à sa sœur un regard qui signifiait clairement : "Je te l'avais bien dit !"

Elles le suivirent dans l'entrée. Celle-ci était magnifique, avec son haut plafond, son parquet et sa rampe d'escalier en bois d'acajou, son immense tapis légèrement passé. Une odeur d'encaustique flottait dans l'air.

Le jeune homme s'apprêtait à les planter là, mais Mona le rappela :

— Sommes-nous censées attendre ici ? lui demanda-t-elle d'un ton bref destiné à lui faire comprendre que ses manières de rustre ne l'amusaient pas du tout.

Il se contenta de hausser les épaules et disparut dans une pièce, au fond du couloir.

— Quel malotru ! lança la jeune femme, écœurée. Ils sont tous pareils !

Elle s'assit sur une élégante chaise longue bleu marine placée le long d'un mur.

— Regarde ces tableaux, Ellie. Il y a de l'argent là-dedans. On se croirait dans une galerie. Mais ils pourraient investir dans une nouvelle carpette. Et donner un coup de peinture sur les murs.

La carpette, comme elle disait, était un tapis persan qui devait valoir une fortune. Eleanor forma des vœux pour que la voix de sa sœur ne déraille pas, comme bien souvent.

— Regarde, cette porte, à ta droite. C'est marqué « Salle à manger ». C'est là que tu vas manger avec les autres internés.

— Dis donc, ce n'est pas un asile ! chuchota Eleanor avec humeur.

— Oh là ! Je n'en suis pas sûre, après ce que j'ai vu. Je réserve mon jugement. Je demande d'abord à voir l'illustre maîtresse de céans.

Eleanor frissonna.

Sa sœur n'eut pas le temps de commettre de nouveaux impairs, car elles furent rejointes par une femme grande et brune, aux gestes gracieux, vêtue d'une robe bleu pâle très simple.

— Mrs Ross ? s'enquit-elle avec un sourire poli.

Eleanor se leva et lui serra la main.

— Oui, je suis Eleanor Ross. Bonjour, madame. Voici ma sœur, Mona.

— Victoria Laffan.

Cette dernière sourit faiblement à Mona puis, visiblement troublée, s'adressa de nouveau à Eleanor.

— J'avais cru comprendre que vous vouliez une chambre pour une personne, Mrs Ross.

— Oui, oui, c'est exact. Ma sœur m'a accompagnée jusqu'ici, et elle attend simplement pour m'aider à porter mes affaires, se hâta d'expliquer Eleanor.

Miss Laffan parut soulagée.

— Oh ! il est inutile de vous retarder davantage ! dit-elle à Mona d'une voix douce. Mon neveu sera enchanté d'aider votre sœur à s'installer.

— Mais...

— C'est bon, Mona, intervint Eleanor d'un ton ferme. Tu peux repartir, tu m'as dit que tu étais pressée.

Mona lui décocha un regard assassin.

— Très bien, fit-elle d'un ton rogue.

Arrivée à la porte, elle se retourna :

— Oh ! il a laissé tes cartons et tes sacs dans l'escalier ! Tu veux que je t'aide à les monter dans ta chambre ?

Miss Laffan s'éclaircit bruyamment la gorge.

— Mon neveu Richard le fera, comme je vous l'ai déjà dit, chère madame.

Les mots "chère madame" furent prononcés sur un ton dénué d'amabilité.

— Bien. Au revoir, miss Laffan. Salut, Ellie ! Appelle-moi.

Elle tourna les talons avec un petit signe de la main. Eleanor ferma la porte derrière elle et, lorsqu'elle se retourna pour parler à son hôtesse, celle-ci avait disparu.

Quel drôle d'accueil !

Une porte s'ouvrit sur la gauche.

— Pouvez-vous me rejoindre ici, Mrs Ross ?

Victoria Laffan, à nouveau débordante d'affabilité et de

condescendance, introduisit sa nouvelle pensionnaire dans un petit salon de réception. Eleanor se fit la réflexion que ses yeux bruns, en dépit de leur beauté, manquaient de chaleur.

La pièce était très claire, grâce à la présence d'une grande baie vitrée qui laissait passer l'air et la lumière. Cependant, des rideaux de chintz et des coussins assortis lui donnaient une note douillette et accueillante. Un énorme miroir ancien trônait au-dessus de la cheminée. Le mobilier était très vieux et magnifiquement conservé. Les deux fauteuils roses et le canapé dataient probablement de l'époque de la reine Anne, mais Eleanor ne s'y connaissait pas assez en antiquités pour pouvoir l'affirmer.

Depuis la fenêtre, on avait vue sur le lac scintillant où se miraient les collines environnantes.

— Venez prendre un petit rafraîchissement, Mrs Ross.

Miss Laffan lui indiqua le canapé et lui tendit une tasse de thé qu'elle accepta avec reconnaissance.

— Ainsi, vous avez l'intention de rester chez nous pendant un mois, dit-elle. Vous prenez de longues vacances ?

— Pas exactement, répondit Eleanor d'un ton hésitant. Je pense rester un an à Wicklow. J'ai l'intention d'écrire.

— Ah bon ? s'exclama son hôtesse, enchantée. Vous êtes écrivain ! Comme c'est passionnant !

Mon Dieu, mon Dieu...

— Je ne suis qu'un écrivain novice, se hâta de préciser Eleanor avant de laisser à son interlocutrice le temps de poser d'autres questions. Mais il fallait que je quitte Dublin, vous comprenez. Je recherche le calme.

— Eh bien, vous ne pouviez pas mieux tomber. Pour un an, dites-vous ? Et Mr Ross ? Est-ce que vous n'allez pas lui manquer ?

Ce n'était pas la discrétion qui l'étouffait !... Lui poser des questions aussi intimes alors qu'elle n'avait pas encore défait ses valises...

— Mon mari est mort l'année dernière.

— Oh ! murmura son hôtesse. Je suis désolée. Bien, j'espère que vous vous plairez ici, Mrs Ross.

Eleanor prit une gorgée de thé avant de répondre :

— Oui, je pensais pouvoir trouver un cottage à louer. Quelque chose de pas trop cher, de petit et de simple.

Miss Laffan leva les sourcils, exprimant ses doutes quant aux chances de trouver une occasion aussi rare.

Eleanor vida sa tasse et se leva.

— Merci beaucoup pour le thé, c'est très aimable à vous, dit-elle poliment.

— C'est du Darjeeling. Je trouve qu'il a un effet calmant.

Miss Laffan décroisa ses longues jambes et se leva dans un mouvement plein de grâce.

— Je vais vous envoyer Richard ; il va vous conduire à votre chambre. Je vous ai mise au numéro quatre. C'est une grande chambre avec une jolie vue sur le lac. J'espère que vous vous y sentirez bien.

— J'en suis certaine, miss Laffan. Vous vivez dans un endroit superbe : la maison, le lac, les bois, la propriété. C'est extraordinaire !

Son hôtesse la fixa d'un œil perçant.

— Je suis heureuse que vous aimiez, répondit-elle d'un ton formel.

Curieusement, son attitude démentait ses paroles.

3

Richard attendait la nouvelle arrivante dans le couloir. La beauté de ses traits était gâchée par une expression revêche qui ne semblait pas le quitter. Il y avait de quoi s'interroger à son sujet.

— Je suis dans la chambre numéro quatre, je crois, dit Eleanor.

Il se contenta de répondre par un grognement et lui tourna le dos en se dirigeant vers l'escalier.

— Mes bagages ! lui cria-t-elle.

Richard désigna le palier d'un signe de tête. Donc, il les avait déjà montés dans sa chambre. Il avait sûrement dû se battre avec l'ordinateur.

Eleanor gravit les marches sans perdre une miette du décor qui l'entourait. Le bleu du tapis était passé, mais les tringles de marche en laiton étaient rutilantes. Visiblement, on accordait une grande importance à la propreté et à l'entretien de cette maison, même si elle était un peu ternie par les années. Les murs étaient décorés de tableaux, dont la plupart étaient des aquarelles et des peintures à l'huile. Elle s'arrêta pour regarder un portrait entouré d'un cadre doré. Il représentait un homme grisonnant, de haute taille, au visage barré par une énorme moustache en crocs. Il montait un magnifique étalon noir.

— Qui est-ce ? s'enquit-elle.

Richard fronça les sourcils.

— C'est m-mon g-grand-père, répondit-il en rougissant. P-par l-là, poursuivit-il.

C'était un bègue ! Voilà qui expliquait ses façons frustes.

— Il est... intéressant.

Intimidant, rectifia-t-elle en son for intérieur.

— Votre grand-père... C'est le père de miss Laffan ? poursuivit-elle, soucieuse de montrer au jeune homme que son bégaiement ne la gênait pas.

— Oui. Mais m-moi, j-je ne l'ai pas connu.

Il monta les dernières marches quatre à quatre et s'arrêta au second. Les couleurs du tapis et des murs étaient identiques à celles des autres étages. Eleanor trouva que cette uniformité trahissait un manque d'imagination.

Richard indiqua une chambre à l'extrémité du corridor :

— La quatre. L-la dernière ch-chambre s-sur votre droite.

Il disparut avant de lui laisser le temps de le remercier. Il était clair que son bégaiement lui posait un problème. Eleanor se rappela la petite fille qui avait suivi une thérapie chez elle l'année précédente. Il lui avait fallu des semaines pour gagner sa confiance, mais sa persévérance s'était finalement révélée payante...

Jessica, une petite fille de dix ans, était une perfection-niste. Elle ne supportait aucune forme d'échec.

— Prends ton temps avant de commencer à parler, lui disait Eleanor pour l'encourager.

— Oui, m-mais a-alors j'oublierai c-ce que j-je veux dire, gémit l'enfant.

— Non, non, pas du tout. Allez, respire bien et recom-mence. Bon, alors, pourquoi dis-tu que ta maîtresse te fait des misères ?

La petite fille mit son pouce dans sa bouche avant de répondre :

— P-parce qu'elle m-m'a donné d-des mauvaises n-notes en maths.

— Moi non plus, je n'ai jamais été bonne en maths, la rassura Eleanor.

— M-mais m-moi, si ! répliqua Jessica. P-papa d-dit qu'il f-faut que j-je sois bonne en m-maths.

— Ah bon ?

C'était son père qui était à l'origine de sa nervosité. Son bégaiement était-il le résultat de ce désir de lui plaire ?

Quelle était la cause du bégaiement de Richard ?

La chambre quatre. La clé était dans la serrure. Elle ouvrit la porte et entra. La pièce, immense, était plutôt une suite. Démodée, haute de plafond, directement tirée d'un roman noir. Le grand lit était surmonté d'un baldaquin de mousseline blanc cassé. En face du lit, une imposante armoire d'acajou occupait une alcôve, et une coiffeuse assortie était placée contre le mur opposé. Dans une autre alcôve, près de la fenêtre, une grande table et une chaise à haut dossier étaient surmontées d'étagères massives. L'éclairage était parfait à cet endroit, idéal pour son ordinateur.

Mais il n'y avait pas de prise !

Elle en découvrit deux à côté du lit : l'une pour la lampe de chevet, l'autre servirait pour son radio-réveil. Mais elle avait besoin d'une troisième prise pour son ordinateur. Il lui faudrait investir dans une rallonge. Le lendemain, elle ferait un tour à Coill. Elle trouverait certainement une quincaillerie quelque part.

Elle jeta un coup d'œil par la fenêtre : comme le lui avait annoncé Victoria Laffan, elle jouissait d'une vue superbe sur le lac. Soudain, elle vit quelque chose émerger de l'eau, puis redisparaître. Une tête. Une tête dorée, mais qu'elle ne pouvait voir clairement à cette distance. Peut-être était-ce un enfant qui se baignait ? La tête glissa vers le bord en provoquant de petites ondes à la surface de l'eau. Un chien au poil d'or jaillit alors du lac et se secoua

71

vigoureusement. Dressant soudain les oreilles, il bondit vers la gauche. Elle aperçut alors Richard, un fusil en bandoulière. Le chien se mit au pied et suivit docilement son maître dans le bois. Donc, le jeune homme était chasseur. Que chassait-il ? Des lapins ? Des écureuils ? Des oiseaux ? Mieux valait ne pas y songer...

Elle s'apprêtait à défaire ses valises lorsqu'elle aperçut une porte dans un angle, derrière la coiffeuse. Elle découvrit une salle de bains. Il n'y avait pas de baignoire, mais une douche, des toilettes et un lavabo. Excellent !

Eleanor passa ses trois premiers jours à Wicklow à lire, se promener et faire quelques tentatives d'écriture. Elle n'eut aucun mal à prendre le rythme ralenti propre à la campagne. Le petit déjeuner était servi de huit à dix, heure à laquelle elle descendait habituellement. Compte tenu de cette heure tardive, elle ne rencontrait que deux autres pensionnaires, ou internés, comme les avait si gentiment désignés Mona. Il s'agissait de Mr et Mrs Rowland, un couple de personnes âgées qui séjournait régulièrement au Lodge.

Niamh Byrne, une collégienne qui travaillait en extra pendant la saison, préparait très bien les harengs du matin, ou la traditionnelle friture irlandaise, au choix. Il y avait belle lurette qu'Eleanor avait renoncé à tout régime. Elle avait bien quelques kilos à perdre, mais elle n'y tenait pas particulièrement. Aussi savourait-elle avec délice le poisson et le pain noir tout chaud.

Niamh était aimable et appartenait à la race spéciale des gens qui parlaient le matin. Elle parlait même sans discontinuer. En même temps, elle présentait l'avantage de pouvoir répondre à toutes les questions sur le Lodge et sur le village lui-même.

72

Niamh lui apprit qu'en plus de l'église, des quatre pubs, du supermarché, du foyer communal, de la quincaillerie, il y avait un sculpteur, un menuisier et un tailleur. À l'entendre, les gens venaient depuis des kilomètres à la ronde pour faire leurs courses à Coill. En revanche, il n'y avait ni médecin ni vétérinaire. Pour cela, il fallait aller plus loin. Mais, contre toute attente, il y avait un dentiste, ce qui arrangea bien Eleanor car, dès le quatrième jour, elle se réveilla avec une rage de dents.

Elle descendit pour avertir Niamh de ne pas s'inquiéter de son petit déjeuner. Une demi-heure plus tard, on frappait timidement à la porte de sa chambre.

— Entrez ! cria-t-elle.

On s'acharna en vain sur la poignée de la porte. Quelle poisse ! Il lui fallait quitter son ordinateur pour aller ouvrir... juste au moment où elle mettait la touche finale à un paragraphe. Pour une fois qu'elle était contente d'elle, elle courait le risque de perdre le fil de ses idées !

Elle alla ouvrir et se trouva nez à nez avec Richard, chargé d'un plateau d'argent.

— J'-j'ai pensé que v-vous p-p-pourriez a-a-voir envie d'une t-t-tasse de thé. Niamh m-m-m'a dit qu-que vous av-viez mal aux d-dents.

— Merci, Richard. C'est gentil de votre part. J'ai pris un analgésique.

— C-ça v-va mieux ?

Il entra dans la pièce et posa le plateau sur la coiffeuse.

— Ça va un peu mieux, mentit-elle.

Elle souffrait d'une dent du bas et la douleur était intolérable. La gencive également était enflammée.

— P-peut-être qu-que vous d-devriez voir l-le Dr Boy-Boylan, suggéra timidement le jeune homme.

— Le dentiste du village ? Vous avez peut-être raison, mais je n'ai pas rendez-vous.

— J-je pou-pourrais venir a-a-avec vous et l-l-lui expliquer. J-je suis sûr qu'il vous pren-prendra en-en urgence.

— Vous croyez ? Ce serait merveilleux. Je pense que j'ai besoin d'un plombage ou quelque chose comme ça. Ma gencive me fait horriblement mal.

— M-mieux vaut être prudent, lui conseilla-t-il.

— Vous avez raison. Je vous retrouve en bas dans quelques minutes, si ça vous va.

Il hocha la tête et se dirigea vers la porte.

— N'oubli-n'oubliez pas votre thé. Il n'est p-p-pas trop ch-chaud, vous au-aurez peut-être m-moins mal après.

Eleanor se dit qu'elle avait été injuste envers lui.

Pendant qu'ils se rendaient au village, elle s'efforça de mieux faire sa connaissance. Ce fut extrêmement difficile. Il ne répondait que par monosyllabes à toute tentative de conversation.

Elle fut agréablement surprise par le confort du cabinet dentaire. En dépit de son extérieur "délabré", comme avait dit Mona, il était impeccable et très bien agencé à l'intérieur. Il était situé dans une maison particulière de la rue principale de Coill, juste à côté du magasin Spar. La jolie réceptionniste salua Richard avec empressement.

— Salut, Rich, ça va ?

Elle adressa un signe de tête à Eleanor.

Richard fit les présentations à sa manière bougonne. Puis il les planta là, sans les saluer... un grognement, et il avait disparu !

La réceptionniste éclata de rire devant l'expression embarrassée d'Eleanor.

— Voilà, c'est Rich dans toute sa splendeur ! Donc, vous êtes la nouvelle pensionnaire du Lodge ? Et vous vous y faites ?

Ainsi, elle était déjà au courant de son arrivée... Mona avait raison : les villageois aimaient bavarder et, en tant qu'étrangère, elle était la nouvelle curiosité.

— Je m'adapte, répondit Eleanor en posant la main sur sa bouche pour éviter de souffrir encore plus.

— Oh ! ça ne va pas fort, à ce que je vois ! Asseyez-vous dans la salle d'attente, sur votre gauche. Je vais voir si le docteur peut vous prendre entre deux. Il est de bonne humeur aujourd'hui. Le jeudi, il prend son après-midi pour jouer au golf.

La jeune fille lui adressa un sourire chaleureux et ouvrit la porte de la salle d'attente.

Deux canapés, de la musique d'ambiance diffusée par le plafond de bois et deux aquariums remplis de poissons exotiques... Sans doute tout ce décor était-il destiné à calmer les patients. Mais il resta sans effet sur elle.

Un vieil homme lisant l'*Irish Farmers' Journal* attendait son tour. Il la dévisagea sous sa casquette de tweed crasseuse. Elle lui fit un signe de tête aimable, mais il continua de la fixer sans même lui adresser l'ombre d'un sourire. Elle prit alors un magazine posé sur une petite table et fit semblant de lire.

Quelques minutes plus tard, la réceptionniste ouvrit la porte :

— Mrs Ross.

Eleanor lança un regard au fermier, mais celui-ci ne sembla pas remarquer qu'elle lui prenait sa place.

— Je meurs de peur, confia-t-elle à la jeune fille dans le couloir. C'est ridicule, non, à mon âge ? Mais c'est parce

75

que je déteste avoir affaire à un dentiste que je ne connais pas.

— Ça, vous avez bien raison !

Elle était rassurante !

— Que voulez-vous dire ?

— Rien, c'était juste pour plaisanter ! répondit la réceptionniste avec un sourire.

— Sérieusement, il est bien, j'espère ?

— Ne vous inquiétez pas, il est parfait. Au moins avec les patients.

— Pourquoi ? C'est difficile de travailler avec lui ?

— Oh oui ! gémit-elle. Et c'est encore pire de partager sa vie !

Eleanor se demanda ce que tout cela pouvait bien signifier, mais elle fut introduite dans le cabinet avant d'avoir eu le temps de réfléchir à la question.

Elle quitta le Dr Boylan une demi-heure plus tard, sérieusement secouée mais soulagée. Les dentistes la terrorisaient, y compris le sien, qu'elle connaissait pourtant depuis son enfance. Et il ne s'agissait pas simplement de placer un plombage, comme elle l'avait pensé, mais de soigner un abcès. Ce qui impliquait une visite quotidienne et un traitement par antibiotiques.

Elle retourna donc à la réception pour prendre un nouveau rendez-vous.

— Un abcès, je n'avais vraiment pas besoin de ça !

— Bon courage ! compatit la jeune fille. Je vous donne rendez-vous demain à la même heure, ça ira ?

Eleanor hésita :

— Pourrais-je plutôt venir l'après-midi ? Je travaille le matin.

Maintenant qu'elle avançait dans son livre, elle n'avait

pas envie de subir de nouvelles interruptions. Elle avait écrit cinq pages en deux jours. L'écriture demandait un effort bien supérieur à ce qu'elle avait imaginé. Elle avait réellement cru qu'il lui suffirait de s'asseoir devant son ordinateur pour que vienne l'inspiration. Mais la réalité était légèrement différente. En relisant son texte paragraphe par paragraphe, elle s'apercevait avec désespoir que les mots ne décrivaient pas ce qu'elle voulait exprimer. Le seul moyen d'y arriver était d'établir une routine de travail.

— Très bien, Mrs Ross. Demain à quinze heures trente, O.K. ?

— Parfait.

La jeune fille sourit, dévoilant une rangée parfaite de dents blanches et brillantes. Quelle bonne publicité pour le cabinet !

— Ne le prenez pas mal, reprit-elle, mais si jamais vous vous ennuyez là-bas, on pourrait peut-être aller prendre un verre ensemble un de ces soirs ? Je vais chez O'Meara tous les vendredis soir.

Voilà qui était inhabituel. Pourquoi une jeune fille qui devait avoir dans les vingt ans rechercherait-elle la compagnie d'une femme de son âge ?

La réceptionniste lui adressa un nouveau sourire.

— J'imagine très bien comment vous devez vous sentir au Lodge. Ce n'est pas facile de débarquer dans un endroit où on ne connaît personne. Alors, pourquoi ne viendriez-vous pas avec moi pour rencontrer des gens d'ici ? Ce n'est pas compliqué, je vous assure. De mon côté, je vous avoue franchement que je serais bien contente d'avoir un peu de compagnie.

Eleanor se dit que ça lui conviendrait aussi. Elle avait

besoin d'intimité et de solitude pour écrire, mais ce n'était pas pour autant qu'elle devait se transformer en ermite.

— Eh bien oui, je le ferai. Merci de votre invitation... euh...

— Oh ! c'est vrai, je ne me suis même pas présentée !

La jeune fille se leva et contourna son bureau pour lui tendre la main.

— Je suis Brenda Boylan, la fille du dentiste, ou, comme diraient certains, du boucher !

Eleanor rit.

— Non, c'est moi, la fille du boucher ! Mon père est effectivement boucher... Votre père à vous fait des miracles, j'ai beaucoup moins mal.

— Tant mieux. Mais tous les dentistes ont des penchants sadiques, vous savez, ajouta Brenda en raccompagnant la nouvelle patiente à la porte. Donc, à demain après-midi. Et vous me donnerez votre réponse, pour ce verre.

Le lendemain matin, au petit déjeuner, Eleanor décida d'aborder un sujet qui lui trottait dans la tête depuis son arrivée.

— Niamh, qu'est-il arrivé aux parents de Richard ? Pourquoi vit-il ici avec sa tante ?

Niamh posa les bols de céréales de Mr et Mrs Rowland qu'elle attendait d'une minute à l'autre.

— Sa mère est morte quand il était tout bébé, à Londres. Comme son père ne pouvait pas s'en sortir seul, il est revenu ici pour vivre avec miss Laffan. Elle aimait beaucoup sa sœur, et elle s'est occupée de son neveu comme de son propre enfant. Richard l'aide bien aussi, avec sa mère.

— Sa mère ?

Niamh jeta un regard autour d'elle pour être sûre de se trouver loin des oreilles indiscrètes.

— Alzheimer, chuchota-t-elle.

— La mère de miss Laffan a la maladie d'Alzheimer ?

— Oui, c'est moche, hein ?

— Elle est dans un établissement spécialisé ?

— Oh là, non ! Jamais sa fille ne ferait ça ! La pauvre, elle est ici, au troisième. Miss Laffan dort dans la chambre voisine. Elle fait le chien de garde. Bien obligée... (Niamh se pencha en avant d'un air conspirateur.) Sa mère se sauve.

L'Alzheimer. C'était dur. Pour le malade et pour ceux qui s'en occupaient. Quelle charge pour Victoria Laffan !

— Ouais, ouais... poursuivit Niamh. Mamie Laffan, c'est comme ça qu'on l'appelle, elle se balade dans toute la baraque. Elle débarque sans prévenir, surtout là où il ne faut pas qu'elle soit ! Ah ! ça met de l'ambiance, je vous assure ! Un jour... (Niamh se mit à glousser)... Un jour, elle a failli plonger dans... dans... dans le lac.

La jeune fille riait tant que ses yeux étaient remplis de larmes. Puis elle s'arrêta en poussant un gros soupir.

— Pauvre miss Laffan, dit Eleanor, cela doit être très dur pour elle. Et cette pension lui donne beaucoup de travail...

Niamh hocha la tête d'un air sombre.

— Et ça n'a pas été facile pour Richard non plus. Il a pas eu une enfance très rose.

Eleanor hésita, puis se lança :

— Est-ce qu'il a toujours bégayé ?

— À ma connaissance, oui. Il a toujours été très nerveux, même à l'école primaire. Il était pas comme les autres. Je le voyais à la récréation, il faisait jamais de conneries avec ses copains. D'ailleurs, des copains, il cherchait pas vraiment à s'en faire, il préférait rester tout seul dans son coin. Et je vous dis pas comment ils le traitaient, les autres.

— Comment ?

— Eh ben, comme un débile, pardi ! Mais moi, je l'aimais bien, ajouta-t-elle avec un sourire. Il est pas mal, hein ?

Visiblement, Niamh avait le béguin...

— Oui, il est beau. Mais il est un peu plus âgé que vous ?

— Oh ! il a que quatre ans de plus que moi !

La jeune fille remplit le sucrier et plaça des serviettes roses dans les assiettes de Mr et Mrs Rowland.

— Où j'en étais ? Ah ! oui, eh ben son père, il s'est tiré il y a quelque temps.

— Il s'est tiré ?

— Oui, il s'est cassé, il est parti, quoi ! C'était un beau salaud.

À ce moment-là, Mr et Mrs Rowland firent leur apparition, débordants de grâce et de sourires. Mr Rowland avança la chaise de son épouse et s'assit en face d'Eleanor. Niahm lui passa la boîte de céréales.

— Bonjour, Mr Rowland, Mrs Rowland, dit-elle en leur adressant son sourire le plus suave.

— Bonjour, et merci, mon chou, répondit le vieux monsieur avec un clin d'œil.

Mrs Rowland regarda son mari en fronçant discrètement les sourcils et prit son journal.

— Bonjour, Mrs Ross.

Eleanor lui répondit par un sourire.

— Vos œufs sont prêts dans un instant, Mrs Rowland, annonça Niamh tout en enlevant l'assiette d'Eleanor d'un geste très professionnel.

— J'ai tout mon temps, merci, répondit la vieille dame en ouvrant la page féminine.

La jeune fille s'éloigna, et Mr Rowland en profita pour lui pincer les fesses au moment où elles furent à sa portée. Niamh lui adressa un sourire en coin. Mrs Rowland détourna les yeux.

Quel vieux libidineux ! se dit Eleanor. Elle savait qu'il ne couchait pas avec sa femme : c'était ce qu'il avait tenu à lui raconter dès le premier matin. Il lui avait expliqué qu'il avait sa propre chambre parce que ses ronflements empêchaient son épouse de dormir.

En dépit de son expérience professionnelle, elle ne cessait d'être surprise de la facilité avec laquelle certaines personnes se confiaient à de parfaits étrangers. Mr Rowland eût été parfaitement à l'aise dans un talk-show télévisé.

Il était âgé de soixante-quinze ans environ, avec des cheveux blanc-jaune et une fine moustache.

Mrs Rowland apprit à Eleanor que son époux était très en forme pour son âge ; la preuve, la veille, ils avaient fait le tour d'une bonne partie du Wicklow Way, d'Enniskerry à Glendalough. Non, ils n'avaient pas fait tout le trajet jusqu'à Glendalough, il aurait fallu trois jours pour cela, mais ils avaient tout de même marché pendant quatre heures. Cet exercice avait fait le plus grand bien à Mr Rowland. Eleanor se dit qu'il n'eût pas refusé de pratiquer un exercice d'un autre genre.

— Pourquoi ne vous joindriez-vous pas à nous pour notre promenade matinale, Mrs Ross ? lui proposa le vieux don Juan avec un regard appuyé.

— Je vous remercie, mais j'ai du travail, répondit-elle, soulagée d'avoir une excuse réelle à lui opposer.

— Nous pourrions attendre cet après-midi, insista-t-il.

81

Son épouse intervint :

— Mrs Ross a mieux à faire.

— Effectivement, je suis occupée, je vais chez le dentiste.

Finalement, un abcès pouvait se révéler utile...

— Avez-vous déjà visité le monastère de Glendalough ? s'entêta Mr Rowland.

Eleanor hocha négativement la tête.

Niamh revint avec les œufs brouillés de Mrs Rowland. Cette dernière la remercia et proposa une tasse de thé à Eleanor. Alors qu'elle s'apprêtait à refuser, Mrs Rowland lui adressa un regard insistant : sans doute était-elle heureuse de la présence de cette jeune femme, qui donnait à son mari l'occasion de se mettre en valeur... En effet, ils étaient seuls, miss Laffan n'ayant pas encore fait son apparition.

— C'est saint Kevin qui l'a fondé, vous savez, le monastère, précisa le vieux monsieur avant d'essuyer sa bouche sur sa serviette avec un renvoi discret. Et savez-vous ce qui est arrivé à l'infortuné qui vint déranger sa solitude ?

— La solitude de qui ? demanda distraitement Eleanor tout en remuant son thé.

— Celle de saint Kevin ! dit-il en élevant la voix, irrité de constater qu'elle ne lui consacrait pas toute l'attention qu'il méritait.

— Non, je n'ai jamais entendu parler ni du monastère ni de saint Kevin.

— Eh bien, figurez-vous qu'un type est venu déranger Kevin dans la solitude qu'il s'était imposée. Et vous savez ce qu'il a fait, dans sa fureur, saint Kevin ? Il a précipité l'intrus dans un lac, du haut d'une falaise. Qu'en dites-vous ? Glendalough... "La gorge des deux lacs."

Hélas ! pour Mr Rowland, deux autres clients entrèrent

au même instant, le privant du plaisir de lui raconter une nouvelle anecdote historique. Son épouse la présenta à Mr et Mrs Gallagher. Après quelques remarques anodines sur le temps, superbe, Eleanor pria tout ce beau monde de l'excuser et battit précipitamment en retraite jusqu'à sa chambre.

Elle mourait d'impatience de poursuivre son premier chapitre. Elle s'était donné pour objectif d'écrire deux chapitres par semaine. Et c'était le matin qu'elle travaillait le mieux.

Après le déjeuner, Eleanor fit une petite promenade près du lac et tomba sur Niamh qui jouait avec le chien au pelage doré. C'était un labrador.

— Voilà Major, dit la jeune fille. Donne la patte, dis bonjour à Mrs Ross, Major !

Eleanor se pencha pour flatter la tête soyeuse du chien.

— Il est très beau. C'est le chien de Richard, non ?

— Ouais. J'allais justement l'emmener faire un tour. Vous venez avec nous ?

— Pourquoi pas ? Un peu d'exercice ne me fera pas de mal. Mais je ne peux pas rester très longtemps, j'ai rendez-vous chez le dentiste.

— Pas de problème, la rassura Niamh. On sera de retour dans une demi-heure.

Elles dépassèrent la maison et s'engagèrent sur la route.

— Nous allons vers le village ? s'enquit Eleanor, pensant pouvoir faire d'une pierre deux coups.

— Non, sauf si vous y tenez. J'emmène toujours Major sur l'autre chemin, par les champs. Il aime chasser le lapin.

— Parfait.

Par bonheur, elle avait mis ses chaussures de marche.

Niamh ouvrit une porte de fer et ils s'enfoncèrent tous trois dans l'herbe haute.

— Si nous reprenions l'histoire de ce matin ? Vous aviez commencé à me parler du père de Richard.

— D'Ryan Brady ? Mon père disait que ce type-là, il cherchait toujours à profiter des autres. Moi, je l'ai pas vraiment connu. Ça doit faire environ cinq ans qu'il est parti... J'avais seulement onze ans. Oh ! il vient bien voir Richard tous les trente-six du mois, mais on peut pas dire que ce soit un papa poule.

Eleanor s'arrêta net :

— Vous avez bien dit Ryan Brady ?

— Ouais, c'est le père de Richard.

Son cœur se mit à battre plus vite.

— Je pensais... je supposais que Richard était un Laffan... Bien sûr, miss Laffan est...

— La tante de Richard. C'est sa sœur qui était mariée à Ryan Brady.

Ce n'était pas possible... Non, ce ne pouvait pas être son Ryan Brady à elle. C'était une coïncidence. Sûrement. Ryan Brady, c'était un nom très répandu.

Niamh marchait très vite et Eleanor dut courir pour la suivre.

— Vous m'avez dit que le père de Richard était parti. Vous voulez dire qu'il a quitté le village ?

— Le village, le comté, le pays ! Il est retourné en Angleterre.

Niamh avait une manière de parler chantante, très agréable. Quel choc ! Non, ne sois pas stupide. Il doit y avoir des centaines de Ryan Brady en Irlande. Des centaines.

— Il est retourné en Angleterre... Ça a dû être dur pour

lui, après la mort de sa femme, de rester tout seul avec un bébé à élever.

— Dur, tu parles ! s'exclama Niamh en lui jetant un regard dédaigneux. Ma mère, elle disait que c'était un mariage raté. Il a dû être très content quand sa femme est morte. Comme ça, il pouvait tranquillement coucher à droite et à gauche. C'est un vrai coureur, je vous dis !

Eleanor était troublée par la hargne de la jeune fille.

Niamh alluma une cigarette.

— Ils disent que c'est lui qui l'a tuée.

— Quoi ?

— Ma mère, elle dit qu'il l'a tuée en lui brisant le cœur.

— Donc, la mère de Richard est morte après sa naissance, reprit Eleanor que l'opinion de la mère de Niamh n'intéressait que modérément. Cela a dû se passer il y a vingt ans environ.

— Ouais, elle est morte quand Rich avait à peu près huit mois, je pense. J'en suis pas sûre, faudrait demander à ma mère. Mais de quoi elle est morte ? C'est ça la vraie question. Une chose est sûre : elle était pas heureuse. Ryan Brady était une ordure, un vrai salaud. C'est ma mère qui le dit. Et elle est pas la seule.

Soudain, Niamh se tut et pivota sur elle-même, toute rougissante : Richard les avait rejointes en sifflotant, les mains dans les poches.

— Je v-vais à Dub-Dublin aujourd'hui, Mrs R-Ross, si v-vous voulez aller v-voir votre famille.

— Aujourd'hui ? Non, je vais chez le dentiste à quinze heures trente. Mais je vous remercie beaucoup, Richard.

Le jeune homme haussa les épaules et poursuivit son chemin. Major, que la chaleur faisait déjà haleter, s'élança à sa suite.

Eleanor n'avait pas la moindre intention de rendre visite

à sa famille durant l'été, et encore moins au bout de quelques jours. Dun Laoghaire n'était qu'à quarante minutes, mais elle était heureuse d'être loin d'eux tous. C'était la première fois depuis des années qu'elle vivait sa vie. Personne ne la connaissait à Coill. Elle pouvait être exactement celle qu'elle voulait être. Les gens qu'elle rencontrait à Coill ne pouvaient la juger que d'après ce qu'ils ressentaient en la voyant. Pour eux, elle n'avait pas de passé, pas d'histoire.

— Le chien adore Richard, j'ai l'impression, fit-elle observer à voix haute.

— Il est pas le seul ! répondit la jeune fille avant de s'élancer et de s'éloigner en courant. Je continuerai mon histoire demain matin, cria-t-elle en se retournant. J'ai encore des tas de choses à vous raconter !

Eleanor rentra par la route. Avait-elle envie d'entendre des "tas de choses" ? Il régnait une atmosphère particulière au Lodge, mais elle avait choisi de l'ignorer. Ce qui se passait chez les Laffan ne la regardait pas. Elle était venue dans cette pension pour y trouver quelque intimité. Elle n'avait pas à s'occuper des problèmes de ses logeurs, sous peine de s'y trouver mêlée. Pourtant, elle avait interrogé Niamh par pure curiosité, et maintenant, elle ne pouvait s'empêcher d'être intriguée par tout ce qu'elle avait entendu.

Il fallait qu'elle en sache plus sur ce Ryan Brady. Il ne ressemblait pas au Ryan qu'elle avait connu. Pas du tout. Alors...

Sa deuxième visite au Dr Boylan se passa mieux. Elle souffrait moins et lui, de son côté, se montra plus aimable. Mais, comme tous les dentistes, il avait la fâcheuse habitude de se lancer dans des sujets controversés, s'attendant à recevoir des réponses intelligentes de la part de son patient. Essayez donc de répondre avec la bouche grande ouverte et pleine de boules de coton ! Eleanor était convaincue que, si les dentistes choisissaient cette profession, c'était parce qu'ils aimaient parler devant un public muselé, captif, et disserter sur la nature humaine et le désordre que celle-ci engendrait sur la planète.

Il soigna sa dent et lui demanda de revenir la semaine suivante. Brenda lui avait fixé rendez-vous à vingt heures trente ce soir-là chez O'Meara. Eleanor attendait avec impatience cette sortie. Tout le monde était très gentil avec elle au Lodge, mais elle avait besoin de respirer un peu.

L'idée de reprendre sa place devant son ordinateur la terrorisait. Elle avait travaillé pendant trois heures ce matin-là, et elle se sentait incapable d'écrire un mot de plus. Sa tâche était difficile. Comment faire pour rendre son livre intéressant en évitant le jargon professionnel et en présentant des situations sans étaler la vie privée de ses patients ? Tel était le problème qui la préoccupait. Mais ce n'était tout de même pas un problème vital. Elle reprendrait le chapitre deux le lendemain matin.

Elle décida de mettre sa robe bleu marine à pois blancs et ses nouvelles sandales blanches. Il y avait une éternité qu'elle ne s'était pas creusé la tête devant son armoire avant de sortir. Elle mit également plus de temps que d'habitude à se maquiller. L'ombre à paupières accentuait l'éclat de ses yeux marron.

Elle s'estima satisfaite de son apparence. En sortant de sa chambre, elle tomba sur Richard qui descendait l'escalier.

— Mrs Ross, vous s-sortez ? Où ?

— Je sors prendre un verre, répondit-elle poliment.

Il s'arrêta net devant elle, sur les marches.

— A-avec qui ?

— Vraiment, Richard, ça ne vous regarde absolument pas ! dit-elle en lui passant devant, résolue.

Mais Richard la rattrapa. Fronçant les sourcils, il grogna :

— C'est d-dange-dangereux de s-sortir toute seule l-le soir.

Était-ce un avertissement ou une menace ? Eleanor se retourna pour le regarder d'un air de défi :

— Pourquoi ?

Il posa sa main sur son bras, mais elle l'enleva d'un geste vif.

— J-je vais vous ccon-conduire, proposa-t-il d'un ton plus doux.

— Ne vous inquiétez pas, Richard. J'ai rendez-vous avec Brenda Boylan chez O'Meara. J'en ai pour vingt minutes à pied. C'est une belle soirée pour se promener, et j'ai besoin de m'éclaircir les idées. Brenda m'a dit que je trouverais sûrement quelqu'un pour me ramener.

— N-non, non, n'y al-lallez pas à pied, la supplia-t-il. Il v-va bientôt f-faire nuit.

Elle s'apprêtait à répliquer lorsqu'au même moment, Mr et Mrs Rowland eurent la bonne idée de faire leur apparition.

— Chez O'Meara ? C'est justement là que nous allons. Venez, nous vous emmenons.

Mr Rowland posa un bras protecteur autour de ses épaules et l'escorta galamment jusqu'à sa voiture.

Par bonheur, l'intervention du couple avait calmé Richard. Il était inquiétant, ce garçon, avec sa sollicitude déplacée !

Bien que le trajet ne durât que trois minutes, Eleanor prit soin de s'installer à l'arrière de la voiture. Avec les mains baladeuses de Mr Rowland, on ne savait jamais ! Peut-être courait-elle moins de risques à marcher seule dans le noir... Son épouse, en revanche, était délicieuse. Elle ne cessait de parler de leur fille unique qui vivait en Australie. Bien, elle supporterait Mr Rowland... par égard pour sa femme.

En se retournant, elle vit que Richard les suivait des yeux, planté sur le bord de la route.

« C'est dangereux de sortir seule », avait-il dit.

4

Victoria Laffan contemplait le visage de sa mère endormie. La vieille dame paraissait si faible, si vulnérable, à présent ! Victoria regrettait amèrement de s'être emportée tout à l'heure, mais son épuisement avait pris le dessus.

— Il est bien trop tôt pour aller se coucher ! avait rechigné sa mère. Si tu pouvais, tu m'enchaînerais aux montants du lit.

— Arrête de faire l'idiote, maman.

— L'idiote ? Tu me traites d'idiote, maintenant ? J'en ai assez d'être traitée comme une imbécile par ma propre fille. Tu n'es pas ma nurse, ni ma gouvernante. J'en ai vraiment marre !

— Moi aussi ! avait hurlé sa fille. Moi aussi !

Victoria était au bout du rouleau. Elle n'avait eu droit qu'à environ trois heures de sommeil la nuit précédente : sa mère n'avait cessé de taper dans le mur avec sa canne, soit pour réclamer de l'eau, soit pour aller aux toilettes, et ainsi de suite. Le problème, c'était que la vieille dame s'endormait à intervalles réguliers durant la journée et qu'elle était donc fraîche et dispose la nuit, juste au moment où Victoria avait besoin de profiter d'un repos bien mérité. Elle était si fatiguée qu'elle ne s'était pas réveillée ce matin-là, laissant à Niamh tout le travail du petit déjeuner. Cela ne devait plus se reproduire. Elle ne voulait pas courir le risque de voir Niamh rendre son tablier. Comment s'en sortir, sans son aide ? Victoria mettait un point d'honneur à s'occuper en personne de ses pensionnaires au petit déjeuner : c'était une marque d'attention qu'ils appréciaient. Elle répondait à leurs requêtes, leur signalait les endroits à visiter, les consultait sur le repas du soir... Les clients aimaient être en contact avec leur hôtesse, qui le leur rendait bien, car c'étaient ses seules occasions d'échange social.

Elle se sentait terriblement seule... Une bouffée de colère l'embrasa lorsqu'elle repensa au comportement innommable de leur médecin de famille, le Dr Horgan, qui, le matin même, lui avait déclaré tout de go :

— Votre mère est atteinte de démence, miss Laffan. Que voulez-vous que j'y fasse ? Tout ce que je peux faire, c'est lui prescrire un somnifère plus puissant. Bon, je n'ai pas le temps de m'éterniser. Je suis en retard pour mes autres visites, et il y a des gens qui ont des maladies sérieuses.

Et ce qu'a ma mère, ce n'est pas sérieux ? Un médecin, ça ne sert pas seulement à distribuer des pilules !

— Il faut que vous m'aidiez, Dr Horgan. Richard est gentil mais c'est un jeune homme. Il est tout à fait prêt à s'occuper de sa grand-mère, seulement on ne peut pas lui demander de la laver, de l'habiller ou de l'amener aux toilettes.

— Engagez une femme, avait répondu le médecin en faisant une nouvelle ordonnance. Si ces somnifères ne font pas effet, essayez les tranquillisants... mais pas en même temps, évidemment ! Et si ça ne marche pas... prenez-les vous-même ! Au revoir.

Jamais elle n'avait vu un insensible pareil. Ah ! il prenait tout cela à la légère ? Eh bien elle, elle n'était pas d'humeur à plaisanter. Il comprendrait sa douleur quand elle aurait signalé son attitude à l'ordre des médecins !

Cependant, il avait raison quand il lui conseillait d'engager une femme pour l'aider, quelqu'un qui viendrait chaque jour s'occuper de sa mère.

Et si elle mettait une annonce dans le journal local ? Non ! Pour avoir chez elle une commère qui s'empresserait de colporter tout ce qui se passait au Lodge ? Jamais elle n'oublierait toutes les rumeurs propagées dans le village et ses environs, cinq ans auparavant, rumeurs qui avaient jeté la honte et le discrédit sur eux. Le nom de leur famille, leur honneur, avaient été traînés dans la boue. Il lui avait fallu des mois, non, des années, pour faire taire ces bruits. Pourtant, le nom des Laffan était un nom respecté depuis des générations et les villageois avaient toujours salué les membres de sa famille avec déférence, comme il se devait. Son grand-père, et son père avant lui, étaient propriétaires de la majeure partie des terres de la région.

Sa mère était peut-être vieille et elle perdait la tête, mais elle méritait le respect. Elle en avait assez fait pour ce village, à son époque.

Non, c'était hors de question ; aucune femme du village n'était digne de confiance. Que faire ? Le plus important pour le moment était de trouver un moyen de faire dormir sa mère la nuit, pour lui permettre de récupérer. Car elle était épuisée et, l'état de la malade ne faisant qu'empirer, elle n'était pas au bout de ses peines.

La vieille dame ne dormait pas, oubliait tout, ce qui la rendait furieuse, mettait ses vêtements à l'envers, s'échappait de sa chambre dès qu'elle le pouvait pour surgir à l'improviste dans les endroits les plus inattendus... De plus, elle devenait agitée, agressive, lorsque sa fille l'aidait à s'habiller.

— Lorna, c'est toi ? dit la voix ensommeillée, faible et assourdie.

Victoria se raidit. Pourquoi fallait-il qu'elle l'appelle Lorna, en plus de tout ce qu'elle lui faisait subir ?

Elle se pencha au-dessus de l'oreiller et murmura à l'oreille de sa mère :

— C'est Victoria, maman. Tu vas bien ?

La vieille dame gémit :

— Non, non, je ne vais pas bien. J'ai mal quelque part... Je ne sais plus... (Elle se frotta le front.) Aide-moi, Lorna... s'il te plaît !

Victoria soupira. Elle remplit un verre et ouvrit le flacon de médicaments.

— Voilà. Le Dr Horgan dit que ça va t'aider à dormir. Il est tard, il est l'heure de te reposer.

— Tu en as de bonnes ! Comment veux-tu que je dorme ? J'ai une crampe... là...

Cette fois-ci, elle montrait son estomac.

— Les médicaments vont t'enlever ta crampe, maman, répondit Victoria en faisant l'impossible pour contenir son impatience. Et ils vont t'aider à dormir. Il faut que tu dormes.

Et moi aussi, pensa-t-elle. Mon Dieu, je vous en prie, faites que je dorme cette nuit !

Eleanor laissa Mr et Mrs Rowland dans la salle et alla rejoindre Brenda Boylan au bar, comme convenu. Elle n'eut aucun mal à la trouver. Le bar était petit et étroit. Un comptoir placé le long d'un mur et cinq tables de bois entourées de chaises en formaient le décor. Il pouvait contenir vingt clients. Ce soir-là, il n'y en avait que quatre, qui jouaient aux cartes. Tous levèrent la tête pour la dévisager.

Brenda était assise au comptoir, près de la porte. Elle portait une robe de coton mauve sans manches qui mettait son joli visage et ses longs cheveux noirs en valeur. À sa vue, elle lui fit signe.

— Bonjour ! Vous êtes très mignonne ! dit Eleanor en la rejoignant au bar, bien qu'elle eût préféré s'asseoir à une place plus discrète.

— Salut ! Qu'est-ce que vous prenez ? répondit Brenda en sortant son porte-monnaie.

— Non, non, Brenda. C'est pour moi. Qu'est-ce que vous buvez ? Une Bud ? Hum... je vais prendre un gintonic.

Elle passa la commande au barman et désigna les joueurs de cartes :

— Il n'y a pas beaucoup de monde.

— Il est encore tôt. La plupart des gens ne viennent qu'après vingt-deux heures. Vous préférez vous asseoir à une table, ou est-ce qu'on reste ici ?

— Ça m'est égal... c'est comme vous voulez.

Le barman les servit en faisant un grand signe à Brenda.

Eleanor but une gorgée de gin-tonic. Le goût prononcé du tonic lui fit du bien. Dans la voiture, Mrs Rowland avait tenu à lui offrir un chocolat fourré à la menthe et elle avait encore son goût douceâtre dans la bouche.

— Bien, si ça vous est égal, on va rester ici, décida Brenda. Mon amie Irène dit que si on veut faire parler de soi, il faut se mettre au bar.

93

Eleanor s'abstint de répondre à cette remarque provocatrice.

— Vous êtes contente de travailler avec votre père ? demanda-t-elle.

— Non, pas du tout. Je déteste. Mais il n'y a pas de boulot dans les environs.

Elle acheta un paquet de cigarettes et en offrit une à Eleanor, qui refusa.

— Avez-vous déjà pensé à partir, Brenda ? À Dublin, ou même à l'étranger ?

— Je ne pense qu'à ça. Mais c'est dur. Papa refuse même d'en discuter.

— Et votre mère ? Qu'est-ce qu'elle en pense ?

Les joues de la jeune fille s'enflammèrent.

Eleanor comprit qu'elle devait avoir commis un impair.

— Excusez-moi, Brenda. C'est peut-être un sujet épineux. Ne faites pas attention, c'était juste pour faire la conversation.

Brenda réfléchit.

— Non, ce n'est pas vraiment un sujet épineux, dit-elle en avalant une cacahuète, les yeux rivés sur le cendrier. Ma mère est morte, vous comprenez.

— Je suis désolée, murmura Eleanor.

Elle qui avait été choquée par l'indiscrétion de miss Laffan, lui ayant posé une question similaire dès le premier jour, venait de se comporter de la même façon.

— Pas de problème, la rassura Brenda. Vous ne pouviez pas savoir.

Eleanor se promit de veiller à faire preuve de davantage de tact, dorénavant. Pourtant, en général, elle était sensible et sentait les blessures des autres. Mais elle s'était transformée depuis son arrivée à Coill. Elle avait l'impression d'avoir mué, changé de peau. Elle avait retrouvé l'impulsivité de sa jeunesse, une impulsivité qui l'incitait à parler d'abord et à réfléchir ensuite. C'était la première chose qu'elle avait dû apprendre dans son métier : réfréner sa tendance à se lancer tête baissée en posant une question difficile, parfois même avant que le patient ne fût prêt à répondre.

— Parlons d'autre chose, Brenda.

— Non, finalement, ça ne me dérange pas de parler de ma mère, répondit la jeune fille, de façon inattendue. Pour vous dire la vérité, je crois que ça me fera du bien. Personne ici ne veut prononcer son nom, surtout pas mon père. Les gens ont eu du mal à digérer sa mort, la façon dont elle est morte, ce qui fait qu'ils ne m'ont rien dit du tout. Je suppose qu'ils étaient embarrassés vis-à-vis de moi. Pourtant, je peux vous dire qu'ils ne se privaient pas d'en parler entre eux ! Mais moi, quand ils me rencontraient, dans la rue ou au supermarché, pas un mot. Les gens sont drôles, ils agissent comme si rien ne s'était passé... Vous comprenez ce que je veux dire ?

— Oui. La mort met les gens dans l'embarras. Ils ne savent jamais quoi dire.

... Les mots de sympathie murmurés sur la tombe de Larry, ce mardi-là, froid et pluvieux...

— Ellie, j'ai tant... j'ai tant de peine, lui avait dit Marie en serrant très fort sa main. Que... qu'est-ce que je peux dire ?

Pendant ce temps, Derek, son mari, de l'autre côté de la tombe, la couvait d'un regard chargé de pitié.

Les gens s'étaient pressés pour lui exprimer leurs condoléances. Certains n'avaient rien dit du tout et s'étaient contentés de hocher la tête ou de lui serrer la main.

— Je m'en vais aider Mona à préparer les sandwiches, lui avait chuchoté Noreen.

Des, de son côté, s'était occupé des boissons pour la réception qui allait suivre l'enterrement et qu'Eleanor appréhendait tant.

Mrs Riordan, leur voisine, avait été merveilleuse. C'était elle qui avait dirigé les gens vers le cimetière et qui avait veillé à tout ensuite, à la maison.

Eleanor avait été émue de tout ce réconfort, cette solidarité. Ses parents avaient insisté pour passer la nuit avec elle. Ce n'étaient pas les mots qui comptaient dans des situations pareilles, c'étaient les actes...

Brenda réduisit le paquet de cacahuètes en boule.

— Je sais que les gens trouvent ça difficile, moi la première. Mais quand vous perdez quelqu'un de cher, vous avez besoin que les gens vous disent quelque chose, n'importe quoi. Juste pour vous montrer que vous n'êtes pas toute seule. C'est la solitude qui est difficile à affronter.

Eleanor n'avait pas eu l'intention de parler de son métier, mais soudain, elle se surprit à prononcer :

— Je suis psychothérapeute, Brenda. Je m'occupe principalement des problèmes familiaux. Je rencontre parfois des gens vraiment seuls. Vous seriez étonnée de savoir le nombre de gens qui ne veulent pas, ou ne peuvent pas, confier leurs problèmes aux membres de leur famille. Ou à leurs amis. Il est parfois plus facile de s'ouvrir à un étranger, ou au moins à quelqu'un qui n'est pas directement impliqué. Dans un grand nombre de cas, c'est la famille, ou la perception que la personne a de la famille, qui est à la base des problèmes.

Brenda posa son verre.

— Les problèmes familiaux, ça doit être très déprimant.

— Oui, ça arrive. Mais parfois on peut aider les gens.

Brenda la regarda fixement, comprenant soudain la portée de cette révélation :

— Quoi ? Vous êtes psychothérapeute ? ! Vous devez être tout le temps en train d'étudier les autres ! Et moi, vous êtes en train de m'analyser, en ce moment ?

Eleanor sourit.

— Oh ! non, sûrement pas ! J'essaie de m'éloigner de tout ça. Mais c'est drôle que vous me posiez la question. Au début, c'est ce que je faisais. Ma sœur a failli en devenir folle ! Non, il y a longtemps que j'ai appris à déconnecter. Ce serait une erreur que de traiter chaque personne rencontrée comme un patient potentiel. Ce serait dangereux aussi. Ne vous inquiétez pas, je ne porte pas ma casquette de psychothérapeute ce soir.

— Ah bon ! fit Brenda en gardant les yeux fixés sur son verre.

— Mais si vous voulez parler, je serai heureuse de vous écouter.

— Ah oui ? Oh ! ce serait bien, Mrs Ross ! Comme je vous l'ai dit, je n'ai personne ici pour m'écouter. Ça ne vous fait rien ?

— Rien du tout.

Cette jeune fille avait besoin de parler, et elle ne pouvait rester avec elle sans l'écouter, malgré son désir de mettre son travail entre parenthèses.

Brenda sortit une cigarette de son paquet et l'alluma.

— Ma mère est morte il y a quelques années.

— Elle était malade depuis longtemps ?

La jeune fille secoua la tête.

— Non, elle n'était pas malade. C'est ça tout le problème. Elle a été tuée.

— Dans un accident de voiture ? Mon mari est mort il y a un an, dans un accident de voiture, précisa Eleanor d'une voix un peu nouée.

— Je sais, Richard me l'a dit, répondit Brenda d'une voix douce.

— Richard ?

— Oui, c'est sa tante qui le lui a dit.

Le téléphone arabe...

— Je suis désolée, murmura Brenda en écrasant sa cigarette à moitié fumée. Perdre votre mari comme ça... vous avez dû avoir un choc terrible.

— Oui, c'est vrai, répondit Eleanor. Le choc a été affreux. Mais vous connaissez, vous êtes passée par là vous-même.

— Non, pas vraiment... dit Brenda en hésitant. Avec ma mère, ça... ça n'a pas été pareil.

— Vous avez envie de m'en parler ? demanda Eleanor avec précaution, de peur de la mettre à trop rude épreuve.

Un silence.

— Peut-être une autre fois, proposa-t-elle à la jeune fille.

— Elle a été assassinée.

L'estomac d'Eleanor se contracta. La femme retrouvée dans les bois. Quelle horreur, c'était la mère de Brenda !

— Vous en avez sûrement entendu parler, Mrs Ross. Il y a cinq ans maintenant, mais je n'ai toujours pas remonté la pente.

La jeune fille prit un mouchoir et se moucha bruyamment.

Remonté la pente ! Comme si c'était possible !

— Cela a dû être... épouvantable, dit Eleanor.

— Oh oui ! Il y avait trois jours qu'elle n'était pas rentrée quand... quand on a retrouvé son corps. C'était... (Brenda réprima un sanglot.) La nuit où son corps... La nuit où ma mère... a été retrouvée... a été... ça a été affreux.

En l'espace de quelques minutes, le visage de la jeune fille parut vieilli de dix ans.

— Brenda, vous êtes sûre de vouloir parler de cela ce soir ?

— Oui, oui. Oh ! je vous en prie, Mrs Ross, j'ai besoin de parler à quelqu'un de cette nuit atroce... de la nuit où ils l'ont retrouvée. Parfois, j'ai l'impression de perdre la tête.

— Pour commencer, vous allez m'appeler Eleanor. Ensuite, vous allez prendre votre temps. Nous ne sommes pas pressées du tout.

— Merci... Eleanor, murmura la jeune fille en jouant avec son briquet. C'est le sergent Mullen qui a retrouvé le corps de maman. Évidemment, il a eu la peur de sa vie. Il était en train de se promener dans le bois Laffan.

Après avoir prononcé ces quelques phrases, elle s'arrêta brutalement.

— Ça va, Brenda ? s'inquiéta Eleanor. Vous n'êtes pas obligée de continuer.

— Si, si, je continue. C'est le sergent Mullen qui l'a retrouvée. Elle avait été... étouffée. Avec son propre coussin...

— Vous voulez dire qu'elle a été assassinée à la maison ? s'écria Eleanor, horrifiée.

— Oh ! non. Ça s'est passé dans le bois. Elle y allait souvent pour lire ou prendre le soleil. Nous n'avons pas de jardin, comme vous le savez. Donc, maman prenait son livre et son coussin, son préféré, et se couchait dans l'herbe. « Loin de tous ces gens stressés », c'est ce qu'elle disait. Elle aimait ce bois, il était calme, tranquille. C'est ça qui est vraiment affreux dans toute cette affaire : son assassin a pu agir en toute quiétude. Il n'y avait pas un chat dans les environs. Je suis convaincue que la personne qui... l'a tuée connaissait cet endroit.

— Oh ! Brenda...

— Ce pauvre sergent Mullen, vous imaginez ce qu'il a ressenti. Il connaissait bien ma mère. Il a donné l'alerte. En quelques minutes, tous les gens du village étaient là pour voir. Mon père a failli devenir fou. Bien sûr, la police a bouclé l'endroit, elle a interdit de toucher le... corps et le lieu où on l'a retrouvé avant l'arrivée du médecin légiste. Ils ont envoyé quelqu'un du Bureau technique aussi... pour prendre les empreintes et tout ça. C'était très bizarre, on se serait cru dans un film, ça ne paraissait pas réel. Il y avait aussi un photographe. Il a pris quelque chose comme cinq photos du corps... de ma mère.

— C'est terrible.

— Oui, j'étais au bord de l'évanouissement tellement je me sentais mal. Mais une partie de moi était... intéressée, fascinée. C'est affreux, non ? Ils avaient trouvé le corps de ma mère et moi... moi, j'étais intriguée, si on peut dire... Je sais que ça peut paraître incroyable, mais moi... il fallait que je reste là pour voir ce qu'ils lui faisaient. Dans un sens, je voulais la protéger, c'était ridicule, bien sûr, puisqu'elle était morte... qu'est-ce que je pouvais faire pour la protéger ?

— Je sais, Brenda, je sais.

Eleanor éprouvait une très forte envie de prendre la jeune fille dans ses bras pour la réconforter, mais quelque chose la retenait. Pendant qu'elle parlait, elle ne pouvait s'empêcher de penser à la mort de Larry. À la voiture écrabouillée. À son corps démantelé. À la façon dont elle s'était sentie démunie le soir où la police était venue lui annoncer l'accident ! Démunie et coupable.

— Il faut reconnaître que les policiers se sont très bien comportés, poursuivit Brenda, ils ont été très sensibles, très délicats. Eddie Mac, l'entrepreneur des pompes funèbres est arrivé avec un cercueil en plastique, vous voyez de quoi je veux parler ? C'est là-dedans qu'on transporte les morts jusqu'à la morgue. D'abord, ils ont mis maman dans une feuille de plastique, pas celle avec une fermeture Éclair qu'on voit dans les films américains, à la télé, mais une simple feuille de plastique. Quand je les ai vus faire, je me suis mise à pleurer. Je n'arrivais plus à m'arrêter, je suppose que j'ai fait une crise d'hystérie.

— C'est normal, vous ne croyez pas ? C'était...

— Vous devez penser que je suis un monstre de vous parler comme ça, Mrs Ross... Eleanor. Mais je n'arrive pas à me sortir ces images de la tête. Je fais des cauchemars depuis.

— Je m'en doute. Mais ne vous inquiétez pas, je ne pense pas du tout que vous soyez un monstre, au contraire. Vous avez raison d'en parler. Il le faut si vous voulez vous en débarrasser.

En même temps qu'elle prononçait ces paroles, Eleanor se dit qu'elle aimerait bien être capable de suivre ses propres conseils.

Brenda sourit, soulagée.

— Je suis contente que vous le preniez comme ça. Donc, ils ont emporté le corps... Bon Dieu, pourquoi est-ce que je continue à dire "le corps" ? Comme si ce n'était pas le sien ! Ils ont emporté ma mère... Voilà, je l'ai dit. Ma mère. Ils l'ont emportée à l'hôpital pour faire l'autopsie. Je ne l'ai jamais revue. Oh ! mon père et ma tante m'ont dit qu'on l'avait rendue très présentable après... Mais je n'ai jamais pu aller à la morgue pour la voir. Maintenant, je le regrette. C'est vrai. Le dernier souvenir que j'emporte d'elle, c'est celui de son corps enveloppé dans une feuille de plastique et placé dans un cercueil... Je...

Elle était trop bouleversée pour continuer.

Eleanor lui tendit un mouchoir.

— Tout va bien, Brenda. Vous êtes une fille très courageuse.

— Non, non, je ne suis pas courageuse. Parfois, je me
dis que je vais craquer. Je ne peux pas l'accepter. Sa mort,
je veux dire. La façon dont elle est morte. Et comme si ça
ne suffisait pas... ce qui me fait enrager... c'est que le
salaud qui a fait ça n'a jamais été pris. Toujours pas. Ils ne
le retrouveront plus, maintenant. Quand je pense qu'il y a
un assassin qui se balade dans les parages, libre comme
l'air, et que ma mère... ma mère est... morte... Ce n'est pas
juste, non ? Ce n'est vraiment pas juste du tout, bon Dieu !
Ça me met vraiment hors de moi.

Eleanor ne répondit pas. Brenda avait vu emporter le
corps de sa mère, assisté à la prise de mesures et à la
recherche d'indices sur le lieu du crime. Toute tentative
d'explication eût été dénuée de sens. Tout ce qu'elle
pouvait faire était l'écouter... lui laisser vider son cœur.

— Ils pensent que c'est un jeune drogué qui a fait le
coup... mais qui sait ? Ce peut être n'importe qui, dit-elle
en réprimant un reniflement. Il y a de drôles d'oiseaux par
ici, je vous assure.

Eleanor n'en crut pas ses oreilles.

— Vous ne pensez tout de même pas que c'est quelqu'un d'ici ?

Brenda haussa les épaules, découragée.

— Ce peut être n'importe qui. Il paraît qu'elle a été
violée aussi. Cette idée me...

Brenda renifla une fois de plus et roula le mouchoir en
boule. Puis elle se redressa sur sa chaise.

— On va parler d'autre chose, maintenant, d'accord ?
Je ne veux pas gâcher votre soirée, Mrs Ross. Je suis
désolée. Mais de toute façon, vous en auriez entendu
parler tôt ou tard, vu que personne ne sait tenir sa langue

ici. Je préférais vous raconter cette histoire moi-même. Pour vous expliquer pourquoi je ne peux pas partir. Mon père ne pourrait pas le supporter.

— Vous avez peut-être raison, répondit Eleanor.

Mais elle n'était pas d'accord. Brenda était jeune. Elle avait besoin de quitter cet endroit, cette atmosphère fermée. Elle méritait de changer complètement de vie. Son père n'avait pas le droit de l'en empêcher. Il devait se sortir tout seul de cette tragédie.

Cependant, ce n'était pas à elle de lui dire cela.

— De toute façon, je ne pourrais pas partir. Où est-ce que j'irais ? Comment pourrais-je trouver du travail ? Mon père ne voudrait pas me donner de références et même s'il le faisait, les références d'un père ne comptent pas pour un employeur éventuel.

— Peut-être pourriez-vous suivre des cours, faire un stage ? vous perfectionner ?

— Oui, en fait, j'ai suivi des cours d'informatique et mon allemand n'est pas mauvais. J'ai pris des cours du soir à l'institut Goethe, l'année dernière. Ce qui m'a au moins permis d'aller à Dublin et de voir les lumières de la ville !

— L'informatique et l'allemand, c'est merveilleux ! s'enthousiasma Eleanor. Je suis sûre que vous avez de bonnes chances de trouver un job à Dublin. Et pourquoi pas à Londres ? Ou, mieux encore, en Allemagne ? Si vous partiez un an à l'étranger, vous pourriez acquérir une bonne expérience.

La jeune fille sourit à cette idée.

— Partir un an ? Oh ! oui, Irène, l'amie dont je vous ai parlé tout à l'heure, est partie pour Londres l'année dernière. Elle a un appartement à Kensington. Ça marche très bien pour elle. Elle travaille dans une banque. Elle me demande sans arrêt de venir.

— Eh bien, vous voyez ! Vous devriez y songer.

— Oui, c'est ce que je vais faire. Je suis vraiment contente de vous avoir rencontrée, Mrs Ross... excusez-moi... Eleanor. C'est vrai, je le pense. Vous savez écouter et vous ne jugez pas. Vous êtes la première personne qui me donne un peu d'espoir et qui m'encourage. Tout le monde ici s'inquiète uniquement de mon père. On me dit : "Pense à ton père, Brenda. Le pauvre, il a eu un choc terrible, il a tout perdu." Et moi, alors ? Moi aussi, j'ai perdu ma mère, et elle me manque.

— Bien sûr. La mort n'est jamais facile à surmonter, mais vous pouvez vous faire aider. Il est très important de parler, comme vous l'avez fait ce soir. C'est une erreur que de vouloir refouler ses sentiments.

Brenda poussa un long soupir.

— Oui, c'est exactement ce que je faisais. J'essayais de me convaincre que j'allais bien.

— Il faut vous rappeler votre mère telle qu'elle était pendant votre enfance. Essayez de vous souvenir des moments heureux.

C'était bien ainsi qu'elle avait agi elle-même. Elle s'était efforcée de penser à leurs fiançailles, à leurs rendez-vous, à l'heureuse période des débuts de leur mariage : à l'amour dans leur grand lit tout neuf, aux promenades le long de la jetée les soirs d'été, aux sorties à quatre au restaurant avec Marie et Derek, aux heures passées à peindre la cuisine ensemble.

Mais en vain. Chaque fois qu'elle pensait à Larry, la douleur revenait et, avec elle, la souffrance et la colère consécutives à sa trahison. Tout resurgissait avec force : les dernières années au cours desquelles ils n'avaient plus été que des étrangers, puis son accident, avec la culpabilité et le ressentiment qu'elle avait éprouvés. Ensuite, la tristesse

104

de son existence morne et sans perspectives. De quel droit prodiguait-elle ainsi ses conseils ?

Cependant, ses paroles semblaient avoir apaisé la jeune fille, dont le visage revêtit une expression plus sereine.

— Ma mère était adorable, poursuivit-elle. Elle était gentille, vraiment gentille. Et elle savait m'encourager. Elle me félicitait toujours quand je travaillais bien à l'école. Certains parents ne savent que critiquer. La mère d'Irène, par exemple. Mais ma mère n'était pas comme ça. Elle ne voyait que mes bons côtés. Et elle était très gaie, très entreprenante. On allait à la piscine de Bray toutes les semaines. Maman était très bonne nageuse... et pourtant, elle m'a dit avoir appris à nager seulement vers vingt ans. Elle aimait les défis. Quand j'y repense, je me dis que je m'entendais très bien avec elle.

— Eh bien, vous voyez. C'est à cela que vous devriez repenser. Des tas de gens vous envieraient ces souvenirs, Brenda.

— C'est vrai, j'ai de jolis souvenirs... Bon, cette fois, c'est ma tournée. Encore un gin-tonic ?

— Très bien, ce sera parfait... Au fait, comment était votre maman ? Brune, comme vous ?

— Oui, il paraît d'ailleurs que je lui ressemble, répondit la jeune fille tout en faisant signe au barman.

Alors, elle devait être superbe, se dit Eleanor.

— Elle aimait s'habiller et sortir. Mais il n'y avait pas grand-chose d'intéressant à faire par ici. Elle détestait le club de golf, le quartier général de mon père. Elle trouvait les gens trop guindés. Mais il lui arrivait quand même de l'accompagner, et, après avoir dîné avec eux, en rentrant, elle venait me rejoindre dans ma chambre pour me raconter les péripéties de la soirée : elle me décrivait les toilettes des dames, elle me disait qui s'était soûlé, qui avait insulté le capitaine du club, quelle épouse respectable avait dragué le serveur, etc. On riait bien toutes les deux.

Sur ces entrefaites, le barman apporta les boissons.

— Ron, dit-elle, j'aurais dû vous présenter plus tôt : Mrs Ross. Elle est au Lodge.

Ron souleva la main d'Eleanor et la porta à ses lèvres d'un geste galant.

— Enchanté, madame.

— Arrête de fayoter, Ron ! Ne faites pas attention, Eleanor.

Ron eut un sourire impertinent, s'inclina d'un geste théâtral et tourna les talons.

— Donc, votre maman n'aimait pas vraiment les dîners du club de golf.

Cela lui rappelait vaguement quelque chose... Eleanor Ross, mal à l'aise comme un Russe au Congo, donnant des soirées élégantes pour Larry et ses relations d'affaires...

— Non, elle était malheureuse d'être confinée ici. Elle aurait aimé s'installer en ville mais papa ne voulait pas en entendre parler. Lui, il ne jure que par la campagne, mais elle, elle s'ennuyait à mort.

— Elle travaillait ?

— Non, et c'était d'ailleurs une partie du problème. Elle s'était mariée à dix-huit ans, vous vous rendez compte ? Elle n'avait aucune qualification, ni aucune expérience ni rien, et de toute façon, il n'y avait pas de travail dans les environs. Elle refusait de travailler pour lui... elle a été mieux inspirée que moi. Mais je sais très bien qu'elle n'en pouvait plus, même si elle ne se plaignait jamais. Parfois, je voyais bien que son regard était triste, rêveur... Elle lisait beaucoup, mais cela ne lui suffisait pas.

Eleanor hocha la tête.

106

— Elle devait étouffer ici... Oh ! excusez-moi, Brenda, ce n'est pas ce que je voulais dire.

Mais Brenda sourit.

— Oui, vous avez raison. La vie d'ici l'étouffait, effectivement. Comme elle m'étouffe moi, maintenant.

— Qu'est-ce que vous avez comme distractions, à part ce pub ? Il doit quand même y avoir des endroits un peu plus animés !

— Il y aurait Bray si j'allais en discothèque, mais je n'y vais pas. Toutes mes anciennes copines de classe ont quitté Coill depuis longtemps. Je ne leur jette pas la pierre.

Les discothèques, les soirées raves. Effectivement, ce n'était pas l'idéal. Les histoires qu'elle avait entendues sur ce qui se passait à Dublin avaient de quoi faire dresser les cheveux sur la tête.

— Il n'y a rien d'autre ?

— Non, à part le golf et la pêche, répondit Brenda avec une grimace. Ça convient très bien à mon père. Figurez-vous qu'il m'a conseillé de m'inscrire au club de bridge, vous vous rendez compte ? Quand j'y pense !

— En résumé, la vie n'est pas très animée par ici !

— Non, pas très ! gémit Brenda. Autrefois, il y avait des soirées au Lodge, d'après mon père. Des soirées où il se passait des choses pas très catholiques.

Tiens, tiens ! S'agissait-il de ces fameuses soirées dont lui avait parlé son père, avant son départ ? Celles où on pratiquait l'échangisme ?

— Au Lodge ? C'est vrai ?

— Oui, oui. C'est Ryan Brady qui était derrière tout ça, d'après ce qu'ils disent, précisa la jeune fille en allumant une autre cigarette.

— Ryan Brady ? répéta Eleanor, incrédule.

— Oui, et il s'est tiré quand le pot aux roses a été découvert.

Encore ce Ryan Brady ! Pourquoi le haïssaient-ils tous à ce point ?

Elle fut tentée de demander à Brenda de le lui décrire, mais elle se ravisa. Elle avait aimé autrefois un garçon du nom de Ryan Brady. C'était un joli souvenir du passé qu'elle n'avait pas envie de détruire.

— Attendez, Brenda, ces soirées... Et miss Laffan ? Il n'est pas possible qu'elle ait été mêlée à une aussi sale histoire.

— Qui sait ? C'était chez elle. Apparemment, ça se déroulait en son absence, mais vous n'allez pas me dire qu'elle ne savait pas ce qui se passait dans sa propre maison, non ? À mon avis, miss Laffan était dans le coup.

Eleanor fut stupéfaite de cette dernière révélation. Et elle qui croyait ne plus s'étonner de rien ! Mais... son père n'avait-il pas dit qu'il y avait un lien entre ces soirées et le meurtre ? Étonnant que Brenda n'eût pas fait la relation.

— Et où était Richard pendant ce temps-là ?

— Comme je vous l'ai dit, cela remonte à plusieurs années. Il était interne à Wexford. Il a passé brillamment son bac. Il aurait pu faire n'importe quoi, médecine, l'école vétérinaire, ou du droit. Tout, je vous dis. Mais lui voulait devenir enseignant.

— Et pourquoi ne l'a-t-il pas fait ?

Brenda soupira.

— Déjà, pour commencer, il y avait son bégaiement.

Il avait sacrifié une carrière pour un défaut de langage qui eût pu être guéri ou tout au moins contrôlé... Quel gâchis ! Pourquoi sa famille, son père, n'avaient-ils rien fait ? Une telle négligence était impardonnable. Si elle avait un fils ou une fille... mais elle n'avait ni fils ni fille.

— Et ensuite, poursuivit Brenda pensivement, il est un peu comme moi. Il a pensé qu'il ne pouvait pas laisser tomber sa tante après la disparition subite de son père. Il est très réglo. Il faut dire que c'est elle qui l'a élevé. Elle a remplacé sa mère, quoi.

— C'est ce que j'ai entendu dire.

Elles furent interrompues par un jeune homme au visage rougeaud qui vint se glisser à leurs côtés.

— Alors, ça va ? C'est quoi, ce que vous buvez ?

— Merci, Matt, mais on ne veut plus rien, dit Brenda, soudain nerveuse. Je te présente Mrs Ross. C'est la nouvelle pensionnaire du Lodge. Et lui, c'est Matthew Kelly.

Eleanor serra la main du jeune homme. Celui-ci, complètement ivre, bavait littéralement devant elles. Il lui manquait une dent de devant, ce qui lui donnait l'air d'un fou.

Eleanor s'excusa et traversa la salle pour se diriger vers les toilettes. Quelqu'un lui attrapa le bras. Mon Dieu, faites que ce ne soit pas Mr Rowland ! Elle se retourna. C'était Richard.

— Oh ! qu'est-ce que vous faites ici ? s'étonna-t-elle, le visage souriant.

— Je-je suis venu vous attendre p-p-our vous recon-reconduire à la maison, Mrs Ross, annonça-t-il en versant un Fanta dans son verre.

Allons bon ! À ce point-là, il dépassait les bornes !

— Richard, je suis une grande fille, je suis capable de m'occuper de moi toute seule. Merci quand même, lança-t-elle en lui tournant le dos.

Après avoir enfin réussi à échapper à sa famille surprotectrice, voilà qu'elle devait affronter Richard ! Quant à l'histoire que lui avait racontée Brenda, elle ne pouvait s'empêcher d'y penser malgré sa résolution de rester en dehors de la vie des gens de Coill. Le meurtre, le Lodge,

Ryan Brady... Tout semblait étroitement lié. Pour couronner le tout, Richard qui était venu pour la raccompagner à la maison comme s'il s'inquiétait... mais de quoi ?

Telles étaient ses pensées pendant qu'elle se brossait les cheveux et se refaisait une beauté devant le miroir.

En retraversant la salle, elle chercha Richard des yeux. Celui-ci avait disparu. Mrs Rowland lui fit signe de les rejoindre à leur table.

— Mrs Ross, nous rentrons dans une demi-heure environ, si vous voulez profiter de notre voiture...

— Merci, Mrs Rowland, vous êtes sûre que cela ne vous ennuie pas ?

Mr Rowland voulut lui faire un clin d'œil, mais, visiblement, il avait bu un verre de trop et sa tentative se limita à un faible battement de paupière.

— B-bas du tout, du tout, du tout, fit-il d'une voix pâteuse.

Mrs Rowland remarqua l'expression soudain inquiète d'Eleanor.

— Je conduirai, affirma-t-elle avec un hochement de tête entendu. Vous vous mettrez devant avec moi, de cette façon, vous ne risquerez rien !

Ah ! rien ne lui échappait, à cette délicieuse vieille dame !

— Merci beaucoup, je viens vous rejoindre dans une demi-heure.

— Alors, à tout à l'heure.

Au bar, Eleanor trouva sa nouvelle amie plongée dans une conversation animée avec le dénommé Matt. À sa vue, ce dernier détala.

— Excusez-moi, Brenda, j'arrive peut-être comme un cheveu sur la soupe ?

— Vous plaisantez ! Vous me voyez avec Matt Kelly ?

110

C'est un éleveur de moutons, le beau parti du coin... Merci beaucoup ! Que pensez-vous de lui ?

— C'est... euh...

— C'est un vrai pot de colle, siffla Brenda entre ses dents. Toujours en train de me chercher. J'ai beau l'envoyer sur les roses, il ne veut pas comprendre. Il voulait absolument m'emmener chez lui ce soir, ce petit merdeux !

— Mr et Mrs Rowland me ramènent au Lodge. Nous vous déposerons en passant.

— Mais j'habite tout près !

— Peu importe, je ne veux pas que vous tombiez sur Matt. Je lui trouve un air assez menaçant.

— Oui, il est sans arrêt à tourner autour des gens, renchérit Brenda. Il est louche, comme dirait mon père. Bon, j'accepte votre proposition, merci. Ça ne vous dérange pas ?

— Bien sûr que non !

Elles allèrent rejoindre les Rowland au bon moment, à en juger par l'air furieux de la vieille dame. Son époux, en voix, venait d'entonner une chanson paillarde.

En descendant de voiture, Eleanor distingua une silhouette qui arpentait le terrain avec une torche. C'était Richard. Peut-être se livrait-il à une dernière tournée d'inspection avant d'aller se coucher ? Pourtant, le voir se promener ainsi dans le noir la mit mal à l'aise.

Mrs Rowland l'accompagna jusqu'à la porte de sa chambre.

— Bonne nuit, ma chère petite, dormez bien.

— Bonne nuit, Mrs Rowland, à demain matin.

Mr Rowland tituba jusqu'à sa chambre. Aucun problème pour lui, il dormirait bien ! Eleanor se demanda s'il serait capable de descendre pour le petit déjeuner, le lendemain matin.

111

Elle éteignit le plafonnier et se glissa dans son bon lit douillet qui l'accueillit avec un grincement de ressorts, désormais familier. Une fois habituée à certains bruits, elle les retrouvait avec plaisir, comme de vieux amis. C'étaient ceux qu'elle ne pouvait reconnaître qui l'inquiétaient.

Elle régla sa lampe de lecture, arrangea ses oreillers et s'installa pour lire un peu. Mais bientôt, ses paupières devinrent lourdes et les mots se mirent à danser sur la page. Ses yeux se fermèrent progressivement. Elle s'allongea et éteignit la lumière. Aussitôt, elle sombra dans un sommeil léger.

Toute la nuit, des rêves macabres vinrent la hanter. Richard, ou un personnage qui lui ressemblait, la poursuivait dans les bois en brandissant une hachette. Ensuite, elle vit Brenda Boylan se balancer à la branche d'un arbre, la gorge tranchée de part en part. Puis Larry... écrabouillé contre le volant de sa voiture, appelant à l'aide. L'appelant, elle... répétant son nom à l'infini. Elle voulut s'élancer vers la voiture, mais ses jambes étaient de plomb. Lorsqu'elle finit par approcher de la carcasse, il ouvrit les yeux... mais ceux-ci n'étaient plus que deux trous noirs d'où s'écoulait le sang.

Elle s'éveilla en sursaut. Ses draps trempés de sueur étaient enroulés autour de ses jambes. Sa chemise de nuit collait à son corps moite. Elle s'assit avec peine et ralluma sa lampe de chevet.

Elle resta couchée sur le dos, épuisée mais déterminée à garder les yeux ouverts. L'idée de se retrouver encore dans les bois ou devant la potence improvisée, ou, pire encore, sur les lieux de l'accident de voiture, la terrorisait. Aucun doute, c'était la conversation de la soirée, au pub, qui avait entraîné ces cauchemars. Peut-être qu'en lisant quelques passages de son recueil de poésie, elle se calmerait. Elle se pencha vers la table de chevet et prit son livre, qui s'ouvrit sur Philip Larkin. Elle lut trois poèmes, mais bientôt sa vue baissa, les lignes s'embrouillèrent, la fatigue l'assaillit de nouveau. Finalement, elle renonça et se laissa gagner par le sommeil.

Soudain, une silhouette, une ombre indistincte, surgit au pied de son lit.

Un nouveau cauchemar ! Les yeux mi-clos, elle chercha à mieux distinguer le personnage fantomatique.

— Lorna, Lorna, où es-tu ? prononça une voix plaintive qui lui glaça le sang.

Qu'est-ce que ça pouvait bien être ? Eleanor tenta d'ajuster sa vision. La forme devint un peu plus nette.

De longs cheveux blancs, une chemise de nuit blanche, un visage squelettique, un sourire de malade mentale.

Eleanor essaya de se réveiller... mais elle était réveillée. Ce n'était pas un rêve. Elle était dans la pièce, avec elle, cette... créature ! Elle ouvrit la bouche pour crier, mais aucun son n'en sortit. La terreur s'infiltra en elle. Elle sentit la chair de poule envahir son cou.

Elle essaya d'appeler, ouvrit la bouche plus grand... mais rien ne se passa.

— N'aie pas peur, Lorna, c'est moi.

De nouveau, ce gémissement prolongé. La créature tendit la main pour toucher ses cheveux.

Eleanor se recroquevilla sur elle-même, terrifiée. Mais elle finit par retrouver sa voix.

— Je ne suis pas Lorna, je ne suis pas Lorna ! croassa-t-elle.

La vision se rapprocha en gémissant de plus belle. Eleanor la regarda s'avancer, fascinée, comme hypnotisée.

113

Elle lança la main en avant, mais la vieille femme l'attrapa et l'enserra comme un étau. Eleanor se força à regarder les doigts osseux, veinés de bleu, qui emprisonnaient les siens. Leur chair était d'un froid mortel.

Complètement réveillée à présent, elle comprit ce qui se passait. C'était la grand-mère, la mère de miss Laffan.

— Lâchez-moi ! hurla-t-elle.

La vieille femme poussa un cri, plus effrayée qu'elle-même.

Toute cette scène était irréelle !

Retrouvant enfin l'usage de ses jambes, même si elles étaient en coton, Eleanor sauta à bas de son lit et se précipita dans le couloir où elle se cogna dans Richard qui accourait, sa tante sur les talons.

— Ma chambre, allez voir dans ma chambre !

— Calmez-vous, Mrs Ross, dit miss Laffan en lui passant un bras autour des épaules. Ne vous affolez pas !

Richard ressortit de sa chambre avec la vieille femme qui tremblait de froid, ou peut-être de peur...

— Ne v-v-vous inquié-inquiétez pas, Mrs Ross, s'excusa Richard. C'est Mamie Laffan.

— C'est ma mère, expliqua miss Laffan. Je suis désolée qu'elle vous ait fait peur, mais elle ne vous voulait pas de mal.

Cette précision était inutile !

— Je vous expliquerai tout demain, poursuivit son hôtesse.

Pas question. Pas question de balayer cet épisode d'un revers de manche, de faire comme si rien ne s'était passé. Eleanor se redressa de toute sa hauteur et les fusilla tous les trois du regard.

La vieille dame lui parut soudain pitoyable. Vieille, délicate et pitoyable.

— Nous allons parler de tout cela maintenant, miss Laffan. Mais votre mère a froid. Il faut la remettre au lit.

— Oui, oui, vous avez raison. Je ramène maman dans sa chambre, dit la tante à son neveu. Conduis Mrs Ross à la cuisine et fais chauffer la bouilloire. Je vous rejoins dans une minute.

Elle aida la vieille dame à monter l'escalier.

— Mrs R-Ross, ça va ?

— Oui, répondit-elle, embarrassée d'avoir réagi si violemment.

— V-vous av-avez eu peur mais vous v-voyez qu-qu'il n'y a pas de qu-quoi s'affoler.

— On est au beau milieu de la nuit, Richard, je dormais !

— Désolé !

Son sourire en coin acheva de lui faire baisser les armes.

— Je vais mettre ma robe de chambre et je descends à la cuisine.

Six heures du matin ! Eleanor décida de s'habiller. Jamais elle ne pourrait retourner se coucher. Elle frissonna dans l'air froid du matin et mit un gros gilet par-dessus sa chemise et son jean.

Que se passait-il dans cette baraque ? Une fois de plus, Mona avait vu juste. Pourquoi n'avait-elle pas réservé dans un bon hôtel ? Pourquoi n'avait-elle pas loué un appartement à l'étranger ? Au moins, elle aurait dormi tranquille, dans son propre lit, dans sa propre chambre, sans être dérangée par des maniaques en vadrouille. Elle allait régler son mois et quitter cet endroit malsain. Ils étaient tous fous. C'était sans doute dans leurs gènes. Dès le lendemain, elle ferait ses bagages et prendrait le train pour Wexford. Oui, pour le soleil du sud-est. Elle n'avait pas de temps à perdre avec ces gens-là.

5

Elle descendit donc à la cuisine.

Elle était curieuse de découvrir cette pièce, mais elle fut déçue. Il n'y avait pas de quoi être impressionnée.

La cuisine était spacieuse et aérée, mais le blanc des murs lui donnait un côté spartiate, froid et austère, qui cadrait mal avec l'élégance du reste du décor. Sans doute s'agissait-il d'une extension, car le plâtre paraissait neuf.

Outre la traditionnelle rangée d'éléments qui occupait tout un pan de mur, on y trouvait deux cuisinières, un évier double bac et un lave-vaisselle. Le tout, blanc, d'une propreté irréprochable. Le seul appareil doté d'un semblant de caractère était l'énorme réfrigérateur placé dans l'angle, qui émettait une sorte de grognement étouffé d'ours mécontent.

Une porte donnant probablement sur le garde-manger était ouverte, laissant filtrer un courant d'air désagréable qui refroidissait la pièce et la rendait inhospitalière à cette heure matinale. Eleanor frissonna et serra son gilet de laine autour d'elle.

Richard lui tendit une tasse de thé. Elle accepta sans mot dire. Inutile de lui faire croire qu'il réussirait à l'amadouer avec une tasse de Darjeeling. De toute façon, elle aurait préféré un bon café bien fort.

Le jeune homme resta près de l'évier, trop timide pour venir la rejoindre à la table.

— Ma gr-grand-mère n-n-ne va pas b-bien, comme vous a-a-avez pu le voir. C'est t-très d-dur pour ma tante. C'est l'A-Al...

— L'Alzheimer.

Miss Laffan, qui venait d'entrer, s'installa à côté d'elle.

— Ma mère souffre de la maladie d'Alzheimer depuis cinq ou six ans. Et son état empire, j'en ai bien peur.

— C'est ce qu'on m'a dit, miss Laffan. Je comprends très bien que ce ne soit pas facile pour vous. Mais nous sommes dans une maison d'hôte, et je suis venue ici pour me reposer. Je ne pense pas être trop exigeante en demandant à dormir la nuit.

Son interlocutrice, qui partageait ô combien son avis, maudit intérieurement sa mère de lui causer tous ces ennuis.

— Miss Laffan, poursuivit Eleanor d'un ton plus aimable, peut-être ne devriez-vous pas cacher votre mère au troisième étage. Ne croyez-vous pas qu'il vaudrait mieux pour tout le monde qu'elle puisse descendre ? Il n'y a pas de honte à être vieux et malade.

— C-c'est p-peut-être v-vrai en en t-t-temps normal, m-m-mais c-comme v-vous l'av-l'avez dit, qu-quand on es-es-essaie de-de diri-diri...

— Ce que veut dire Richard, c'est que ce n'est pas facile quand on essaie de diriger une affaire, l'interrompit abruptement sa tante.

— Oui, je m'en doute, mais...

— Ce n'est pas la première fois que ce genre de chose arrive, vous comprenez. Quelques incidents de nature similaire se sont produits avec des pensionnaires l'année dernière. Des incidents très embarrassants.

Eleanor but une gorgée de thé en lançant un regard interrogateur à son hôtesse, assise très droite sur son siège à haut dossier.

— Et le mois dernier, un pensionnaire a failli l'écraser. Ma mère était en train de se promener sur la route au beau milieu de la nuit. Elle voulait retourner à Donegal, dans la maison de son enfance. Elle ne portait rien d'autre que sa chemise de nuit. Ma mère... tout à coup, elle a surgi devant son pare-brise et il a dû freiner à fond pour l'éviter. Je n'exagère pas quand je dis qu'il a eu une peur bleue. Je le revois encore ! Il était hors de lui, il a réveillé toute la maison en rentrant. Est-ce que tu pourras oublier cette nuit, Richard ?

— R-raconte-lui l-l-l'histoire des j-j-eunes mariés, suggéra le jeune homme en servant une tasse de thé à sa tante.

Oh ! cette histoire risquait d'être scabreuse... songea Eleanor. Quelle mouche l'avait piquée de descendre dans cette cuisine ? Pourquoi donc n'était-elle pas retournée se coucher ?

— En plus de ses déambulations, ma mère a l'habitude de semer ses affaires partout. Elle stocke des aliments aussi, comme les fruits ou les sucreries... n'importe quoi. Je retrouve des biscuits écrasés dans son sac, ou des légumes, ou du chocolat. Et son sac, elle le perd tout le temps. Ensuite, elle nous accuse de l'avoir volé. Elle est sujette à des crises de délire, vous comprenez.

Toutes ces confidences rendaient Eleanor de plus en plus mal à l'aise, mais elle se contraignit à écouter.

— Et en plus, elle vole... Enfin, on ne peut pas appeler cela du vol... mais disons que certaines choses disparaissent. Quand ce sont des choses qui nous appartiennent, cela n'a pas d'importance, bien sûr, mais elle dérobe aussi des objets aux clients. Je ne peux donc pas la laisser circuler partout, vous comprenez ? Elle ne se rend pas compte de ce qu'elle fait, naturellement.

Eleanor, embarrassée, jouait avec le bracelet de sa montre.

— Les j-j-jeunes m-mariés, rappela Richard.

— Oh ! oui, encore une histoire affreuse ! enchaîna

118

miss Laffan, raide comme un piquet. Elle a voulu rejoindre des jeunes mariés dans leur lit. Elle s'était trompée d'étage : sa chambre était située exactement au-dessus de la leur, au bout du couloir. C'est peut-être ce qui explique sa confusion, Rich.

— Oui... p-peut-être.

— Mais vous auriez dû voir la jeune femme, Mrs Ross ! Elle était complètement affolée ! Il nous a fallu un bon moment pour la calmer. Inutile de vous dire qu'ils sont partis le lendemain.

Miss Laffan débarrassa les tasses et les soucoupes.

— Après cela, j'ai dû la confiner dans sa chambre pour la mettre hors d'état de nuire. Je suis vraiment désolée, Mrs Ross. Elle a dû s'échapper cette nuit. Peut-être ai-je oublié de tourner la clé dans la serrure... j'étais morte de fatigue. (Sa voix trembla.) Excusez mon erreur.

— V-vous v-voyez, Mrs R-Ross, c'est p-p-pour son pr-propre bien, conclut Richard. Nous n-ne voulons p-p-pas la me-mettre dans une maison. Mais s-s-s'il devait y avoir d-d-d'autres plaintes...

Miss Laffan se moucha.

— Je suis désolée, Mrs Ross. Vous avez toutes les raisons d'être mécontente. Mais soyez assurée que cela ne se répétera plus.

— Prend-elle des médicaments ? s'enquit Eleanor.

— D'ordinaire, je lui donne un somnifère pour la nuit et ça la calme pour quelques heures au moins. Hier soir, je lui ai donné de nouveaux comprimés prescrits par le méde-cin. Mais ils n'ont pas l'air efficaces. À moins qu'elle ne les ait jetés sans que je m'en aperçoive. Ce ne serait pas la première fois. Comme je vous l'ai dit, j'étais épuisée hier soir et bien que je dorme dans la chambre voisine de la sienne, je ne l'ai pas entendue sortir. Je vous présente encore mes excuses.

— Non, je vous en prie, répondit Eleanor. Miss Laffan, votre mère et vous êtes les seules à dormir au troisième étage ?

— Oh oui ! Il nous reste pourtant deux chambres, mais jamais je ne mettrais un pensionnaire là-haut. Ce n'est même pas envisageable. Elle écoute ses disques très fort par moments. Mais il faut bien qu'elle ait quelques distractions, non ? Elle adorait lire, mais malheureusement, sa vue a faibli. De toute façon, je doute qu'elle soit capable de suivre une intrigue, maintenant.

— Non, elle ne p-p-pourrait pas. Elle mélan-mélange les histoires av-avec la réalité.

— Richard dort au premier, il monte la garde ! Notre salon de réception est à cet étage aussi. Vous vous souvenez, c'est là que nous avons pris le thé, le jour de votre arrivée. J'avais engagé une femme du village pour veiller sur ma mère pendant la journée, mais elle est partie il y a déjà quelques années. Pour être tout à fait franche, je n'en étais pas très satisfaite. Elle n'était pas... de confiance. Maintenant, j'essaie de m'en sortir seule, mais c'est très difficile. Comme sa mémoire dégénère, il faut lui consacrer de plus en plus de temps et d'attention. Elle devient agitée quand on la laisse seule.

Une expression d'abattement se dessina sur le visage de Victoria Laffan, qui marqua un temps d'arrêt avant de poursuivre :

— Richard est très dévoué mais il est occupé avec la ferme et les réparations. Il nous faudrait quelqu'un, mais je ne sais pas où chercher.

Une sonnette d'alarme se mit à tinter dans la tête

d'Eleanor. Son hôtesse n'était-elle pas en train de lui demander son aide, ou son avis, ou autre chose ?

Eleanor consulta sa montre.

— Vous avez vu l'heure ! Il est bientôt sept heures et demie. Vous devez certainement préparer les petits déjeuners.

Miss Laffan parut piquée de ce brusque passage du coq à l'âne.

— Les R-Rowland ne s-sont sûrement p-p-pas pressés. En t-t-tout cas, pas l-lui ! fit remarquer Richard, un léger sourire aux lèvres. P-pas lui, vu la c-cuite qu'il t-tenait hier s-soir.

Eleanor hocha la tête.

— C'est vrai, je pense que Mr Rowland aura plutôt envie de faire la grasse matinée.

— Et sa femme ? demanda miss Laffan d'un ton froid qui traduisait sa contrariété.

En effet, si elle avait confié ses tourments à Eleanor, c'était parce qu'elle attendait une aide, un conseil, mais, visiblement, elle avait sonné à la mauvaise porte.

Elle ne se trompait pas. Car la réaction instinctive de sa pensionnaire fut de ne rien dire. De ne rien proposer. Eleanor ne voulait pas prendre part à tout cela. C'était un peu à son corps défendant, mais si elle avait choisi ce lieu de retraite, c'était pour s'occuper d'elle-même, et non pas pour se plonger dans le malheur des autres.

À ce moment-là, au grand soulagement d'Eleanor, Niamh fit irruption dans la pièce.

— Bonjour, tout le monde ! Eh ben, vous êtes tombée du lit, Mrs Ross ? C'est pour vous mettre à votre livre le plus tôt possible ? Voilà ce que j'appelle le sens du devoir. Oh ! miss Laffan, vous parliez de Mrs Rowland ? Bon, ben, je viens de la voir descendre ! Elle a toujours été du matin.

Après son p'tit dej', elle va lire les journaux dehors, dans le jardin.

Sans perdre de temps, la jeune fille posa sa veste sur une chaise et ouvrit le réfrigérateur.

— Bon, on va y aller. Je vais commencer par apporter une tasse de thé à Mrs Rowland puisque je vois que vous en avez fait. Et après, je te lui fais ses œufs brouillés en moins de deux. Pas de problème !

Miss Laffan lui jeta un regard reconnaissant.

— Merci, Niamh. Vous vous débrouillez comme un chef... comme d'habitude. Quand vous aurez fini avec Mrs Rowland, peut-être pourriez-vous apporter une tasse de thé à son mari ? Il semble qu'il soit un peu handicapé ce matin.

Niamh se tourna vers Richard :

— Ah ! non, non, non ! Pas question que je monte dans la fosse aux lions, même s'il a la gueule de bois ! Tu peux le faire, toi. Tu ne risques rien... enfin, je suppose !

— Qu'est-ce que ça veut dire, Niamh ?

— Euh... euh, rien, miss Laffan.

Eleanor se dit que le moment était venu d'aller rejoindre Mrs Rowland et quitta précipitamment la cuisine.

— Qu'en penses-tu ? demanda Victoria Laffan à son neveu. Elle est un peu bizarre, non ?

Richard haussa les épaules sans répondre.

— C'est extraordinaire. D'abord, elle est tout oreilles, et ensuite elle s'enfuit à toutes jambes.

— J-je pense que ça la mettait mal à l-l-l'aise d-d'entendre p-parler de Mamie et t-tout ça.

Niamh, qui était penchée sur ses œufs brouillés, leva le nez :

— Mrs Ross, mal à l'aise ? Je crois pas, non. Moi, je crois qu'elle est habituée à entendre pire que ça.

Victoria leva un sourcil.

— Ah bon ?

— Ouais, c'est son boulot, expliqua Niamh. En tout cas, ça l'était. C'est une psy quelque chose. Comment ça s'appelle, déjà ? Psychologiste ? Non, c'est pas ça, mais ça y ressemble. Psychothérapiste... enfin, un truc comme ça.

— Une psychothérapeute ?

— Ouais, c'est ça, Rich. J'ai vu sa carte professionnelle sur sa table.

Victoria pâlit.

— Mais elle m'a dit qu'elle avait l'intention de s'installer à Wicklow pour un an. Pour écrire.

— J'en sais rien, moi, répondit Niamh. Elle a sans doute pris un congé d'un an. Ah ! j'sais pas comment ça s'appelle...

— Un c-congé s-sabbatique.

— Ouais, c'est ça. Un congé sabbatique, répéta Niamh en versant ses œufs dans la poêle.

Victoria fronça les sourcils.

— Une psychothérapeute ? Ça ne me plaît pas trop, ça... ça m'inquiète. Ces gens-là n'arrêtent pas de fouiner et de vous poser des questions indiscrètes.

Richard ne dit rien, plongé dans ses pensées.

— Jamais je n'aurais pensé qu'elle avait un métier, poursuivit Victoria. Je n'ai pas eu l'idée de lui demander. Mais je ne commettrai plus cette erreur. Je veux savoir qui vit sous mon toit. Dieu sait ce qu'elle est en train d'écrire là-haut dans sa chambre. Elle pourrait très bien écrire sur nous, après tout.

— J-je ne crois pas, prononça lentement Richard. Tante V-Victoria, j'ai une idée. C-comme d-dit Niamh, Mrs R-Ross a l'hab-l'habitude des pr-problèmes fa-familiaux.

— Oui, et alors ? fit sa tante d'un ton de défi.

— Eh b-bien, on p-pourrait peut-être l-l-lui deman-demander de...

Niamh posa une assiette sur la table en faisant un tel vacarme que Victoria n'entendit pas les paroles de son neveu.

— Répète, s'il te plaît, Richard. Je n'ai pas bien saisi.

— Rich m'a dit que vous étiez sortie hier soir. Ça s'est bien passé ? demanda Niamh à Eleanor après le petit déjeuner.

— Oui, très bien, répondit celle-ci sans s'étendre.

— Alors, qu'est-ce que vous pensez du pub d'O'Meara ? Vous avez dû le trouver tarte, à côté des pubs de Dublin.

Ah ! cette brave Niamh ! Comme beaucoup de gens, elle s'imaginait que la vie dans la capitale était palpitante, mais depuis son arrivée, moins d'une semaine auparavant, Eleanor avait appris à quel point la vie à la campagne pouvait être mouvementée.

— Donc, vous avez vu Brenda Boylan ?

— Oui, répondit Eleanor en posant les assiettes sales sur le plateau de Niamh.

— Il y a des gens qui la trouvent sympa, poursuivit la jeune fille tout en reposant les céréales sur l'étagère. Moi, je dis qu'elle serait même un petit peu trop sympa avec les hommes, comme sa mère. Parce qu'il faut dire qu'avec Carol Boylan, ça y allait, elle faisait ce qu'il fallait pour qu'on parle d'elle, même avant sa mort ! Tout le monde dit qu'elle était belle. Ouais... Peut-être bien, mais dans le genre provocant, vous me suivez ? Elle adorait les fringues. Fallait voir comment elle frimait à la messe ! Ah ! ça c'est sûr, elle savait comment dépenser l'argent du vieux Boylan !

Niamh essuya quelques cuillères inutilisées avec son tablier.

— Ma mère, elle disait toujours qu'elle s'habillait trop jeune pour son âge. Elle mettait des tonnes de maquillage. Elle faisait un peu pute, si vous voyez ce que je veux dire. Paraît qu'elle couchait avec d'autres hommes, précisa la jeune fille d'un ton entendu.

Apercevant Mrs Rowland qui revenait du jardin, elle se tut et retourna dans sa cuisine. Eleanor fut heureuse de voir se terminer cette curieuse conversation.

La vieille dame plia son journal sous son bras et s'approcha d'elle timidement.

— Mrs Ross, je suis contente de vous voir avant que vous ne remontiez. Je ne voulais pas vous parler pendant le petit déjeuner, avec les Gallagher qui nous regardaient, mais je voudrais vous présenter mes excuses pour l'état d'ébriété de mon mari hier soir. J'espère que cela ne vous a pas trop contrariée.

— Oh ! ne vous inquiétez pas, Mrs Rowland ! Je ne suis pas sensible à ce point.

Gerry Rowland était le cadet de ses soucis !

— Je l'ai laissé dormir ce matin. Donc, vous n'avez pas été offusquée par son attitude ? Il n'avait pas l'intention de s'enivrer, mais parfois il s'oublie et ne sait pas à quel moment s'arrêter.

— N'y pensez plus, dit Eleanor. J'ai passé une très bonne soirée et je vous remercie mille fois de m'avoir ramenée.

Mrs Rowland sourit et sortit, déterminée. Eleanor eut la nette impression que Mr Rowland était bon pour un sérieux savon.

Elle monta dans sa chambre et mit l'ordinateur en route. Elle était en train de finir la page dix-neuf lorsqu'elle entendit gratter à la porte. Elle alla ouvrir. C'était Richard.

— Qu'est-ce que vous voulez ? lui demanda-t-elle sans aménité. Je travaille.

Oh là ! attention, elle commençait à se muer en une vraie vieille ronchon !

— Qu-quand v-v-vous au-aurez f-f-f-...

Son bégaiement l'irrita encore plus.

— ...f-fini votre t-travail, parvint-il à sortir, j-je v-voudrais qu-qu-que v-vous f-f-fassiez v-vraiment connai-connaissance avec Mamie L-Laffan.

Mamie Laffan, elle l'avait vue une fois, c'était amplement suffisant, merci beaucoup. Son expression égarée continuait de la hanter. De plus, elle était trop occupée. Elle qui était venue se réfugier à la campagne pour trouver le calme et la paix n'avait encore trouvé ni l'un ni l'autre.

— Je n'ai pas le temps, Richard. Désolée.

Elle retourna à son écran et se mit à taper furieusement.

— S-s-il v-vous plaît, Mrs R-Ross. Cela ne v-vous pr-prendra pas tr-trop de temps.

Elle tourna la tête. Il s'était assis sur son lit, l'air malheureux.

— Ayez la gentillesse de ne pas vous asseoir sur mon lit, le pria-t-elle en s'efforçant de prendre un ton sévère.

Il se leva d'un bond, embarrassé, et elle traversa la pièce pour lisser sa couette.

— V-vous l-l'aimeriez, s-si vous la c-connaissiez, insista-t-il.

Eleanor fit mine de ne pas entendre.

— Très b-bien. E-excusez-moi de vous avoir d-d-dérangée, dit-il en se dirigeant vers la porte, découragé.

— Oh ! c'est bon, revenez ! fit Eleanor, impatientée. J'irai la voir quand j'aurai terminé ce paragraphe. Où serez-vous ?

— J-je serai a-a-avec elle. La d-dernière ch-ch-chambre du t-t-t...

— Troisième étage. Je sais. Juste au-dessus de moi.

Oh, zut ! Elle n'aurait pas dû terminer la phrase à sa place. Ce n'était pas très gentil, mais, trop heureux de son succès, il ne sembla pas y accorder d'importance.

La chambre de la grand-mère était extraordinaire. Du papier peint rose, des rideaux assortis, un tapis mauve. La vieille dame était assise dans un fauteuil rose, vêtue d'une robe d'intérieur rose, ses longs cheveux blancs noués par un foulard de mousseline rose. C'était une réplique de Barbara Cartland, mais une Barbara Cartland qui aurait perdu la boule. Eleanor se maudit d'avoir abandonné son travail. Richard, assis à côté de sa grand-mère, lui fit signe d'approcher.

— Mamie, je te présente Mrs Ross.

La vieille dame lui adressa un grand sourire. Eleanor s'approcha très prudemment et lui tendit la main.

— Bonjour, dit-elle. Je suis heureuse de faire votre connaissance.

La vieille dame sourit de plus belle et son dentier glissa un peu, au grand dégoût d'Eleanor. Elle serra la main de sa visiteuse, au point que l'alliance de cette dernière s'incrusta dans son annulaire. Mamie avait de la poigne !

— Je suis ravie ! dit-elle d'une voix forte qui résonna étrangement dans la pièce. Avancez une chaise et asseyez-vous, nous allons bavarder.

Eleanor s'exécuta.

— Êtes-vous mariée, Mrs Rock ?

— Ross. Je m'appelle Ross. Non, je ne suis pas mariée. Je l'ai été. Je suis veuve.

— Veuve ? Mais vous êtes encore très jeune ! Moi aussi,

je suis veuve, mais ce n'est pas pareil. Je suis vieille et toquée. Complètement cinglée. Ils vous l'ont dit ?

Elle regarda sa visiteuse par-dessus ses lunettes cerclées de rose.

— C'est malheureux de perdre un mari à votre âge, prononça-t-elle comme si Eleanor s'était rendue coupable de quelque négligence. Est-ce que vous allez vous remarier ? Oh ! maintenant que je vous vois de plus près, je constate que vous n'êtes plus si jeune que ça. Quel âge avez-vous ? Quarante ans ? C'est que vous n'êtes plus de la première jeunesse, vous allez avoir du mal à trouver quelqu'un d'autre.

Richard vira au cramoisi.

— Mamie L-Laffan, c-ce n'est pas gentil !

— Gentil ? tonna-t-elle. Je n'ai pas le temps d'être gentille à mon âge. Je dis toujours exactement ce que je pense. (Se tournant vers Eleanor.) C'est l'un des privilèges de l'âge, Mrs Rooney. Mais vous ne tarderez pas à vous en rendre compte par vous-même.

— Mamie, s-s-s'il te plaît !

— Oh ! Richard, arrête de bégayer, et tout de suite ! Je ne le tolérerai pas ! lui ordonna la vieille dame en lui donnant une tape sur le bras.

Le jeune homme ne se vexa pas pour si peu.

— Excuse-moi, Mamie.

Trois mots parfaitement prononcés !

— Je n'envisage pas du tout de me remarier, Mrs Laffan ! déclara Eleanor d'un ton sans équivoque.

— De quoi parle-t-elle ? s'étonna la vieille dame en se tournant vers son petit-fils. Qui est cette personne, Richard ?

La situation commençait à être amusante, mais pas pour Richard, visiblement.

— Richard, que fait cette femme dans ma chambre ? Fais-la sortir. Fais-la sortir !

Eleanor se leva, trop heureuse de pouvoir s'échapper.

— Au revoir, Mrs Laffan...

— Asseyez-vous ! gronda cette dernière. Je n'en ai pas encore fini avec vous. Asseyez-vous !

Richard toussa nerveusement.

— Elle ne fait pas exprès d'être impolie.

À nouveau, pas l'ombre d'un bégaiement !

— Ne vous inquiétez pas, je comprends, dit Eleanor en se rasseyant.

— Qu'est-ce qui se passe, mademoiselle ? Pourquoi faites-vous des grimaces à mon petit-fils ? Je veux savoir. Votre mère ne vous a jamais appris qu'on ne faisait pas de messes basses ?

Eleanor la regarda :

— Si si, elle me l'a appris, Mrs Laffan. Mais je ne crois pas que vous soyez en position de me donner des leçons de bonnes manières.

Richard s'étrangla.

Mrs Laffan fronça les sourcils.

— Qu'est-ce que vous avez dit ?

— Vous m'avez très bien entendue, répondit Eleanor d'un ton poli.

— Mamie, c'est Mrs Ross. Elle est venue passer un mois ici, avec nous. Elle s'appelle...

— Mrs Ross, je sais ! Tu me prends pour une vieille sénile ? glapit sa grand-mère en lui administrant un nouveau coup sur le bras. Je suis fatiguée. Aide-moi à me coucher. Elle me plaît. Ramène-la moi demain.

Richard la conduisit jusqu'au grand lit placé dans l'angle. Se retournant, elle cria à Eleanor :

— Revenez me voir demain, Mrs Roth. J'ai décidé que j'aimerais bien vous revoir.

Plus tard dans l'après-midi, miss Laffan invita sa pensionnaire dans son salon privé. Richard était là. Son sixième sens dit à Eleanor que quelque chose se tramait.

Miss Laffan lui tendit une tasse de café.

— Vous voyez comment elle est. Il y a des jours où elle est plus lucide que d'autres. C'est une maladie terrible, parce qu'on ne peut jamais prévoir ce qui se passera. On vit au jour le jour. De minute en minute.

— Elle est... agréable, dit Eleanor.

Et tout cela est tellement triste, pensa-t-elle.

— Vous êtes très gentille. Parfois elle est agréable et douce, et parfois elle est... elle peut être très difficile.

— Puis-je vous être d'une quelconque utilité ?

Les mots avaient franchi ses lèvres avant qu'elle n'eût pu les arrêter.

— N-nous ne v-voulons p-pas a-a-abuser de v-votre gentillesse.

Richard bégayait de nouveau. Intéressant.

Eleanor réfléchit. Ces gens-là avaient des problèmes. Maintenant qu'elle savait qu'ils ne considéraient pas la chose comme allant de soi, elle reconnaissait qu'elle pourrait leur rendre service. Elle s'était trompée elle-même en se racontant qu'elle voulait partir. Sa visite du matin l'avait profondément marquée. Cette vieille dame lui plaisait. Son esprit était confus, elle était irritante... mais sa vivacité originelle était toujours là. Elle avait dû avoir une personnalité extraordinaire, autrefois.

— Non, non, je suis sincère. J'aimerais bien vous rendre service si je le pouvais.

Miss Laffan posa sa tasse de café.

— Oh ! Mrs Ross ! Je suis vraiment soulagée de vous entendre dire cela ! C'est ce que nous espérions. Je sais que vous aimez travailler à votre livre le matin, mais si vous pouviez lui tenir compagnie de quatorze à dix-sept heures tous les jours, ce serait l'idéal. Cela m'aiderait grandement.

Trois heures de travail par jour sans toucher de salaire ? Voilà qui était typiquement irlandais ! Eleanor avait pensé prendre le relais de temps à autre, jamais elle n'avait eu l'intention de s'occuper de la grand-mère tous les jours. Miss Laffan alla prendre une feuille de papier et un stylo dans le buffet.

— Naturellement, vous serez payée en conséquence.

— Oh ! non, pas du tout ! Il n'est pas question de salaire, protesta Eleanor.

— M-mais, Mrs R-R-Ross ! Ma t-tante ne p-p-peut accepter...

— Non, Mrs Ross. Absolument pas. Mais j'ai une idée.

— Ah oui ? demanda la jeune femme, sur ses gardes.

— Si vous refusez d'être payée, nous pourrions trouver un autre arrangement.

— Un autre arrangement ?

— ... Oui, prononça lentement miss Laffan. Nous pourrions vous loger gratuitement. Qu'en pensez-vous ?

Eleanor en resta déconcertée. Logée gratuitement. Oui, c'était une idée. Mais que deviendrait son projet de louer un cottage ?

— Qu'attendez-vous exactement de moi, miss Laffan ?

— Simplement de lui tenir compagnie. Lorsque le temps le permettrait, vous pourriez l'emmener faire une promenade dans les bois. Elle aime aussi beaucoup qu'on lui fasse la lecture, n'est-ce pas, Rich ? Des contes, figurez-vous ! Mais elle aime aussi les classiques, même si elle ne comprend pas tout. En fait, la plupart du temps, elle est très douce, n'est-ce pas, Rich ?

Richard hocha la tête avec enthousiasme.

— T-t-très gentille. Elle l-l'a t-t-toujours été. S-s-surtout qu-quand e-elle aime quelqu'un.

Dans quoi s'embarquait-elle ? Ne s'engageait-elle pas dans une aventure trop contraignante ? Et que se passerait-il si elle ne parvenait pas à maîtriser Mamie Laffan ? Et si miss Laffan devenait trop dépendante d'elle ? Il y avait beaucoup de si...

— Bien, dit-elle en hésitant. Je m'occuperai d'elle de quatorze à dix-sept heures, mais provisoirement. Nous pourrions revoir la situation dans quelques semaines. Mes projets ne sont pas encore clairement définis. J'envisage toujours de louer un cottage.

— Oui, je sais. Mais à vrai dire, Mrs Ross, il n'y a pas beaucoup de cottages à louer par ici. Vous pourriez bien attendre un certain temps.

— Peut-être, mais je ne tiens pas spécialement à Coill, je vous le rappelle. Et j'ai tout mon temps. Nous allons faire un essai.

— Voulez-vous commencer aujourd'hui ? proposa son hôtesse avec empressement.

Non. Pas si vite !

— Je commencerai lundi si le dentiste peut me prendre le matin.

— Parfait.

Elles se serrèrent la main en signe d'accord.

— C'est merveilleux, Mrs Ross, dit Victoria Laffan, l'air triomphant. Je sais que notre nouvel arrangement nous sera profitable à toutes les deux.

— J'en suis sûre.

6

— Alors, maman, qu'en penses-tu ? Juste trois heures par jour. C'est une dame très gentille. Une professionnelle.

Elle s'arrêta juste à temps. Si sa mère découvrait la profession exacte d'Eleanor Ross, elle pousserait des cris d'orfraie. Car elle n'avait pas apprécié la plaisanterie lorsque sa fille l'avait fait examiner, l'année précédente. La spécialiste en gériatrie de l'hôpital avait pourtant agi avec douceur et précaution, mais sa mère avait été extrêmement contrariée, refusant de répondre à des questions qu'elle qualifiait d'idiotes. Pourquoi lui demandait-on le nom du Premier ministre, ou celui du président, ou des capitales ? Lorsqu'elle ne pouvait donner la bonne réponse, elle s'affolait. Elle avait accusé sa fille de vouloir la faire enfermer.

— Ça te convient, maman ? Que Mrs Ross te tienne compagnie l'après-midi ?

— Comment veux-tu que je décide, Vi ? Je n'ai jamais rencontré cette personne. Mais ne fais pas attention à moi, je sais que mon opinion ne compte pas.

Mon Dieu, elle était encore dans un mauvais jour...

— Tu l'as déjà rencontrée, maman. Pas plus tard que ce matin. Richard te l'a amenée pour que tu la voies. Elle t'a plu.

Mamie Laffan émit un gloussement. Ce bruit s'accordait parfaitement à son aspect. Ainsi assise dans son lit, enveloppée dans deux châles blancs, avec ses cheveux blancs bouclés rassemblés sur le sommet de son crâne, elle ressemblait à un poulet.

— Ne raconte pas de bêtises ! Richard n'est pas venu me voir depuis une éternité. C'est peut-être ton père qui a rencontré cette femme. Oui, c'est sûrement ça. D'ailleurs, en parlant de ton père, où est-il, Vi ? Pourquoi ne vient-il pas me voir ? Je me souviens d'une époque où nous n'étions jamais séparés. Il ne me voyait jamais assez. Mais malheureusement, ce n'est plus le cas. Il me néglige beaucoup ces derniers temps.

— Il est très occupé, maman. Il viendra te voir plus tard.

Espérons que cela la calmera. Sinon, il va falloir lui expliquer une fois de plus que son mari est mort depuis près de trente ans.

— Il a intérêt à venir bientôt ! menaça sa mère. Et tu peux dire à Lorna que je ne suis pas contente d'elle non plus. Elle ne vaut pas mieux que son père. Elle est aussi égoïste que lui. Pourquoi ne vient-elle pas me voir pour bavarder un peu ? Pourquoi ?

Victoria serra les mains entre ses genoux.

— Lorna... Lorna est morte. Tu le sais, maman. Elle n'est plus de ce monde, elle est partie !

— Au lit ? Qu'est-ce qu'elle fait au lit ? Elle fait encore l'école buissonnière ? Oh ! tu ferais bien d'aller lui dire de se lever immédiatement, Victoria ! Ton père n'aime pas du tout vous voir traîner comme ça. Et je ne suis pas d'humeur à supporter une de ses leçons.

Elle était à battre !

— Dépêche-toi, ma fille ! hurla la vieille dame. Va la voir tout de suite ! Elle va être en retard à l'école, et ça, ça ne va pas du tout ! Nous ne pouvons pas nous permettre d'entacher notre réputation. Ton père veut que nous soyons des modèles. Et il a raison, bien sûr. Allez, va chercher ta sœur.

Victoria ne bougea pas d'un cil.

— Pourquoi restes-tu ici comme une idiote ? Allez, va, je te dis ! Va chercher Lorna tout de suite. Ce n'est pas la peine de faire la grimace comme ça, espèce de bécasse. Les gens nous regardent, Victoria. Nous devons donner le bon exemple, c'est notre devoir.

— Oui, maman.

Victoria Laffan connaissait tout de son devoir...

Elle était au bord des larmes. Larmes de rage, d'impuissance et de pitié pour elle-même. Pourquoi sa mère avait-elle succombé à cette épouvantable maladie ? Pourquoi ? Une fois de plus, elle eût mieux fait de tenir sa langue et de faire semblant de s'exécuter. Si seulement elle pouvait prendre la chose comme un jeu, ce serait supportable. Mais c'était impossible. Elle regardait sa mère comme elle l'avait toujours regardée : comme une femme forte, indépendante, qui avait pris la maison en main après la mort de son mari.

Pourtant, du vivant de son père, pendant son enfance, sa mère était plutôt effacée. Mais après l'accident tragique qui avait emporté son époux, Iris Laffan s'était révélée. Elle avait pris les décisions qui devaient être prises, vendu les terres pour payer les dettes et participer activement à la vie de la communauté de Coill.

La voir à présent, dans cet état de trouble et d'agitation, totalement dépendante... c'était un crève-cœur.

La culpabilité eut raison d'Eleanor. Elle se décida à téléphoner à ses parents.

— Allô, maman ?

— Eleanor ! Que je suis contente d'entendre ta voix ! J'avais bien l'intention de te téléphoner, mais je ne voulais pas te déranger. Comment vas-tu, ma chérie ?

— Très bien, maman. Je vous appelais pour prendre de vos nouvelles.

— Je n'ai rien de spécial à t'annoncer, sauf que Mona se prépare à partir aux Canaries.

— Ah bon ? Aux Canaries ?

— Oui, tu ne savais pas ? Elle a convaincu Des et ils partent tous les cinq la semaine prochaine.

— Tous les cinq ? Même Jenny ?

— Oui. C'est de la folie pure. J'ai proposé de la garder, mais elle n'a pas voulu. Ils ont loué un grand appartement au bord de la plage. Moi, je continue à penser qu'elle a tort. Le soleil n'est pas bon pour une petite fille de cet âge-là. Mais tu sais, ta sœur est têtue comme une mule, elle ne veut pas la laisser. C'est bien, dans un sens. Et je dois reconnaître que ton père a été plutôt soulagé !

Eleanor la croyait sur parole.

— Donc, Mona est submergée en ce moment...

— Oh oui ! Elle passe sa vie au salon de beauté : épilation, massages, soins du visage, séances de bronzage et je ne sais quoi.

— Bien, j'espère qu'ils vont passer de bonnes vacances. Et vous deux, comment allez-vous ?

— Très bien. Dieu merci, le rhume de ton père est passé. J'aimerais bien partir un peu, j'essaie de le décider à laisser sa satanée boutique pendant quelques jours. Liam est très capable de s'en occuper ; d'ailleurs, c'est bien ce qu'il a fait pendant sa maladie ! Il connaît le métier sur le bout des doigts. En réalité, c'est lui qui fait le plus gros du travail maintenant. Mais ton père ne veut pas en entendre parler. Dieu sait que je l'aime, mais il faut avoir une patience d'ange pour le supporter. Il a des idées spéciales.

Eleanor sourit.

— Eh oui, nous avons tous tendance à croire que nous détenons la vérité. Mais tu as raison, je pense que vous devriez songer à prendre quelques vacances. Vous en avez besoin tous les deux. Où iriez-vous ? À Kerry ?

— À Kerry ? répéta sa mère avec un ricanement. Je préférerais aller à Londres ! Ce n'est pas du repos qu'il me faut, c'est un peu de mouvement !

Eleanor se demanda comment son père réagirait à cette perspective.

— Oh ! Ellie, j'en meurs d'envie ! Londres ! Les boutiques, les spectacles, les galeries... C'est ça qu'il me faut. Je n'ai pas encore tout à fait convaincu ton père, mais je pense qu'il ne va pas tarder à capituler.

C'était sans doute la vérité. Il se défendrait comme un beau diable, puis finirait par céder. Il savait où était son intérêt !

— Et toi, Eleanor, raconte, comment ça se passe au Lodge ?

— Oh ! très bien !

Tout dépendait de la façon de voir les choses, après tout ! Mieux valait s'abstenir d'évoquer les incidents curieux, ou les rumeurs, ou la tension qui régnait dans la maison. Ses parents ne comprendraient pas pourquoi elle y restait ; ils seraient même capables de venir se rendre compte par eux-mêmes de la situation. Elle avait beau être quadragénaire, et Mona, mère de famille nombreuse, leurs parents se faisaient un devoir de veiller sur elles.

— Allez, Eleanor, dis-moi exactement comment ça se passe.

Sa mère détestait les réponses évasives...

— Sincèrement, je suis très bien ici. Tout le monde est très aimable et j'avance un peu dans mon livre. C'est plus difficile que je ne l'imaginais mais je commence à entrer dedans, maintenant.

— Bien... Donc tu t'es fait des amis, tu n'es pas toute seule, j'espère ? ajouta sa mère après une courte hésitation.

— Non, non, je ne suis pas seule, maman. Les autres pensionnaires sont sympas. Miss Laffan est agréable, bien qu'elle soit occupée du matin au soir. La plupart des gens qui m'entourent sont beaucoup plus âgés que moi ou alors, beaucoup plus jeunes, ce qui fait que je ne peux pas vraiment les considérer comme des amis, mais je ne manque absolument pas de compagnie.

— Bien, répéta sa mère. Mais je préférerais quand même que tu te fasses des amis. Il est vrai aussi que tu voulais te retrouver un peu toi-même. Pour écrire, tu as besoin de solitude... c'est ce que tu m'as dit, en tout cas.

— Exactement, répondit Eleanor en riant. J'ai besoin de paix et de discipline. Dommage que je n'écrive pas un roman, parce qu'il y a matière à inspiration, à Coill.

— Ah bon ?

— Je plaisante, se reprit-elle vivement. Il y a quelques personnages hauts en couleur, c'est tout.

— Hauts en couleur ?

— Eh bien oui... bizarres.

— Bizarres ? répéta sa mère d'une voix anxieuse. Qu'entends-tu par là ?

Eleanor partit d'un nouvel éclat de rire.

— Ne fais pas attention, maman. Ils ne sont pas comme moi, c'est tout. Je suis sûre qu'ils me trouvent bizarre de leur côté.

— Tout cela paraît bien mystérieux, ma chérie.

— Écoute, comme tu le dis si bien, maman, si nous étions tous pareils, le monde serait bien ennuyeux.

Mr et Mrs Rowland vinrent se joindre à Brenda et à Eleanor pour leur dernière soirée. Mr Rowland était à l'eau de Seltz et au jus de citron vert après ses excès de la veille. Ils manqueraient à Eleanor, surtout elle.

Mrs Rowland demanda à son mari de leur offrir la tournée. Celui-ci appela Ron, le barman.

— Qu'allez-vous faire pendant le reste de l'été ? s'enquit Brenda.

— Oh ! je vais m'occuper du jardin... et Gerry doit être hospitalisé la semaine prochaine.

— Ah bon ? s'étonna Eleanor.

— Oui, il n'a que ce qu'il mérite ! répondit Mrs Rowland avec un certain mépris.

Le vieil homme tint à la rassurer :

— Je n'ai rien de sérieux, ma chère Mrs Ross ! J'ai un ongle incarné, c'est tout. Mais ça fait drôlement mal. Et les choses ont encore empiré avec toutes les marches à pied qu'elle m'a imposées pendant ces vacances. Mon gros orteil a enflé, c'est terrible ! Je suis persuadé que c'est la goutte. Henry VIII en souffrait aussi, d'ailleurs.

Mrs Rowland adressa un sourire sarcastique à Eleanor.

— Les voies du Seigneur sont impénétrables, vous ne trouvez pas, Mrs Ross ?

Par bonheur, Ron arriva avec les boissons, dispensant cette dernière de répondre. À ce moment précis, Matt Kelly franchit le seuil, au déplaisir visible de Brenda.

Il portait une chemise rouge à col ouvert, dévoilant un torse large et poilu. Son after-shave empestait affreusement. Il passa près d'eux, l'air avantageux, adressa un sourire en coin à Brenda et entra à grands pas dans le bar. La jeune fille rougit, s'excusa et se dirigea vers les toilettes. Les Rowland ne semblèrent pas avoir remarqué son trouble.

— Comment trouvez-vous notre Victoria ? demanda Mr Rowland.

— Eh bien, à dire vrai, je n'en sais trop rien... Parfois, je trouve qu'il est un peu difficile de lui parler. Je pense qu'elle est très tendue.

— Mmh, fit son épouse pour marquer son accord. C'est vrai. Elle est sous pression.

— Je n'ai fait la connaissance de sa mère qu'hier soir. Elle est entrée dans ma chambre, j'ai eu très peur !

Mrs Rowland but une gorgée de sherry.

— Vous n'êtes pas la première. Nous la connaissons depuis très longtemps, bien sûr.

— Miss Laffan ?

Elle hocha la tête.

— Et sa mère aussi. Toute la famille. Cela fait des années que nous venons au Lodge, n'est-ce pas, Gerry ?

Ce dernier tira pensivement sur son cigare.

— Oui, c'est vrai. Ça doit bien faire trente ans. Nous venons ici plusieurs fois par an. Bien sûr, nous partons aussi en vacances à l'étranger. Parce que j'ai besoin de soleil, de temps en temps ! Oui, ma chère Mrs Ross, nous faisons presque partie de la famille Laffan, maintenant. Nous avons commencé à venir au Lodge quand Jessica était tout bébé.

— C'est notre fille, elle vit en Australie, précisa son épouse. Je vous en ai déjà parlé. Nous les connaissons tous, à part Mr Laffan qui est mort dans un accident de tracteur. On vous l'a raconté, oui ? C'était un vrai tyran, à mon avis.

Donc, le tableau de l'escalier n'avait pas menti.

— Richard était un petit garçon adorable, n'est-ce pas, Gerry ? Il était fou de Jessica.

— A-t-il toujours bégayé ? s'enquit Eleanor.

Mr Rowland réfléchit.

— Plus ou moins depuis l'âge de cinq ans, je pense.

140

J'ai l'impression que c'est encore pire maintenant. Je me demande si c'est nerveux. Qu'en penses-tu, Aggie ?

Mrs Rowland s'appelait donc Aggie ? Ce nom ne lui allait pas du tout. Emily, Gertrude ou quelque chose de ce genre, oui... Mais Aggie... C'était sûrement un diminutif pour Agnès. Ah ! non, vraiment, ce prénom ne lui allait pas ! Mrs Rowland était une belle dame bien conservée, habillée avec élégance, aux cheveux gris, avec le plus doux visage du monde. Elle pouvait avoir environ soixante-dix ans. Elle méritait un prénom plus majestueux.

— Je pense effectivement que Richard souffre des nerfs, mais cela ne m'étonne pas vraiment, et toi ? (Elle regarda son mari, cherchant son approbation.) Après tout ce qu'il a vécu... D'ailleurs, ils ont tous l'air d'avoir les nerfs fragiles, dans cette famille.

— Mmh... marmonna son mari en signe d'acquiescement.

Comme si elle avait pressenti la question suivante, la vieille dame poursuivit :

— Je suppose que vous savez qu'il a perdu sa mère quand il était bébé ?

Eleanor hocha la tête et versa un peu de tonic dans son verre.

— Bien, poursuivit Mrs Rowland, son père l'a amené ici, à Coill, auprès de sa tante et de sa grand-mère. Elles n'étaient pas enchantées.

— Ah bon ? Elles voyaient des objections à prendre l'enfant ? J'ai du mal à le croire, miss Laffan adore Richard.

— Oui, c'est vrai. Mais ce n'est pas de Richard qu'elles ne voulaient pas, le pauvre. Lui, elles l'idolâtraient. Il avait un paquet de cheveux noirs tout bouclés et un petit visage joli comme vous n'en avez pas idée. Ah ! c'était un bébé

141

mignon comme tout. D'ailleurs, c'est un très beau jeune homme maintenant, vous ne trouvez pas ? Je pense d'ailleurs que Niamh Byrne a un faible pour lui...

— C'est Ryan Brady qu'elles ne pouvaient pas voir, expliqua Mr Rowland en sirotant son eau de Seltz. C'était un bon à rien, même à l'époque.

— Mais très beau... l'interrompit doucement son épouse. C'est de lui que tient Richard, j'en suis sûre.

Mr Rowland ne pouvait laisser passer cela.

— Eh ! oh ! attends un peu ! Et qu'est-ce que tu fais de sa mère ? Sa mère, c'était une créature de rêve, une femme si belle que les hommes étaient capables d'arrêter leur voiture pour la regarder.

Eleanor était tout ouïe.

Aggie Rowland fronça les sourcils.

— C'est bien possible, Gerry, mais il n'empêche que toutes les femmes sont tombées amoureuses de Ryan Brady quand il est arrivé ici !

— Toi y compris, ma chérie ! ricana son époux.

— Ne faites pas attention, Mrs Ross. À mon âge ! J'aurais pu être sa mère. Tout ce que je veux dire, c'est qu'Ryan Brady faisait l'admiration de toutes les jeunes femmes à des kilomètres à la ronde. Et pour vous dire la vérité, jamais je n'ai pensé qu'il était aussi mauvais qu'on l'a décrit.

— Mmh, grogna Gerry Rowland. Il faisait la cour à Lorna Laffan, la plus jeune des filles. D'ailleurs, on le comprend, j'aurais bien aimé pouvoir le faire...

— Lorna ? La sœur de miss Laffan s'appelait Lorna ? s'étonna Eleanor. C'est comme ça que m'a appelée la grand-mère, la nuit dernière.

— Elle n'a plus toute sa tête, la pauvre femme, s'apitoya Mrs Rowland.

Son époux commençait à s'impatienter de toutes ces

interruptions. Il aspira une longue bouffée de son cigare et exhala lentement la fumée.

— Ryan Brady a enlevé Lorna pour l'emmener à Londres et ils se sont mariés en secret.

— Oui. Ils se sont enfuis, renchérit Aggie avec un regard rêveur. C'est romantique, n'est-ce pas ?

— Peut-être, mais ce n'était pas l'avis de Victoria, ni de sa mère, s'empressa de faire remarquer son époux. Elles lui ont coupé les vivres et elles ont refusé de la revoir, même pour des vacances. Elles détestaient Ryan Brady, vous comprenez, elles pensaient qu'il n'était pas assez bon pour Lorna.

Le vieil homme aspira une nouvelle longue bouffée et souffla en formant un rond de fumée.

— Pourquoi ? s'enquit Eleanor en suivant des yeux le cercle parfait qui s'élevait vers le plafond.

— Il menait une vie dissolue, chuchota Mr Rowland en se penchant vers elle. Totalement dissolue.

— De quelle façon ?

— De toutes les façons, murmura-t-il d'un ton entendu. Il buvait, il faisait la noce, il couchait à droite et à gauche, il jouait. Cet homme avait tous les défauts.

— Vous en faites une description très parlante, Mr Rowland, lança Eleanor, inexplicablement agacée.

— C'est vrai, mais, pour une fois, je dois dire que Gerry n'exagère pas, Mrs Ross... Puis-je vous appeler Eleanor ? J'ai l'impression que nous nous connaissons depuis des siècles, non ? Et vous, appelez-moi Aggie.

— Bien sûr, Aggie.

Cette dernière sourit à Eleanor, puis poursuivit :

— Ryan Brady était un peu coureur de jupons. Vous pouvez demander à tout le monde, ici. Il était connu pour ça.

— Il était d'ici ? demanda Eleanor, pleine d'espoir.

— Non, il était originaire de Dublin, je crois.

De Dublin. Le cœur d'Eleanor se serra. Donc, c'était possible. L'Ryan Brady de sa jeunesse ? Dissolu ?

Mrs Rowland consulta son mari :

— Il était de Dublin, non, Gerry ?

Ce dernier hocha la tête en rallumant son cigare.

— Oui, de Blackrock ou de quelque part par là. Il a travaillé à Coillte.

De Blackrock ou de quelque part par là. Oh, non ! Eleanor sentit son visage s'embraser. Pourvu que les Rowland ne s'en aperçoivent pas !

— À Coillte ? À l'exploitation forestière ? s'empressa-t-elle d'enchaîner.

— Oui. Il avait réussi à persuader Mrs Laffan de vendre trois de ses plus grands champs. Les Laffan avaient des difficultés à l'époque, et elle a été forcée d'accepter. Son mari, Patrick Laffan, le père de Victoria, avait été tué dans un accident de tracteur peu de temps auparavant, et c'est elle qui avait toute la responsabilité.

— Nous lui avons déjà raconté tout cela, Gerry ! intervint Aggie.

— Et l'enlèvement ? Il s'est passé à quel moment ?

— Ils se sont enfuis au moment où nous avons déménagé, c'est ça, non, Aggie ? Pauvre Mrs Laffan ! D'abord elle perd brutalement son mari, et ensuite sa fille disparaît avec un bon à rien.

— Mais Victoria était une perle... si bonne pour sa mère. Une fille extraordinaire... Et après, elle s'est occupée de ce pauvre Richard...

— Donc, ils avaient des problèmes financiers, reprit Eleanor.

— Oui, hélas ! C'est au cours de cet été-là que les

144

champs ont été vendus et que les forestiers ont planté les épicéas, vous savez. Il y a toujours une controverse à propos de la quantité d'arbres plantée. Les gens disent que c'est ridicule de planter tant d'épicéas. Il paraît qu'il y a des problèmes de pollution des rivières...

Pourvu qu'ils ne se lancent pas dans un exposé sur l'exploitation forestière ! Ce qui l'intéressait, elle, c'était l'histoire de Ryan Brady. C'était sûrement le même homme, les coïncidences étaient trop nombreuses. Elle avait entendu dire qu'il avait fait des études supérieures. Ils s'étaient perdus de vue, et ensuite, elle avait rencontré Larry.

Avec un serrement de cœur soudain, elle revit la scène. Sa première rencontre avec Larry. Elle sortait en trombe d'un cours de psycho lorsqu'elle avait foncé sur lui tête baissée, alors qu'il quittait son cours d'action commerciale.

Une envie de pleurer la saisit, qu'elle réprima à grand-peine en s'efforçant de revenir à la conversation. Ryan Brady. Celui qu'on lui décrivait avait tout d'un monstre. Mais le sien était modeste et sensible. Non, ce ne pouvait pas être lui. Pourtant, un doute insidieux subsistait. Le jour de son arrivée à Coill, elle avait eu la vague impression d'avoir déjà vu Richard quelque part. Quelque chose en lui, sa démarche, l'expression de ses yeux, l'avait légèrement troublée. Cela n'avait duré que l'espace d'un instant, un instant qu'elle avait oublié depuis. Mais, pourtant... S'il ressemblait à son père, cette sensation de déjà vu prenait tout son sens.

— Donc, ils se sont mariés en Angleterre, dit-elle, et Victoria, elle, est restée au Lodge ?

— Oui, répondit Mrs Rowland. Sa sœur lui manquait affreusement. Je pense qu'elle lui en voulait d'avoir disparu comme ça. Le jeune couple n'a donné aucune nouvelle avant d'annoncer la naissance de son fils. Mrs Laffan n'a rien voulu savoir, mais je pense que Victoria a répondu.

— Qu'est-ce qui vous fait dire cela ? demanda Eleanor en faisant signe au barman pour commander une nouvelle tournée.

Cette fois-ci, Mr Rowland se risqua à prendre une bière, ce qui ne parut pas plaire à son épouse.

— Peu de temps après, Victoria est allée à Londres. Elles avaient entendu dire que Lorna n'allait pas bien. Tu t'en souviens, Gerry ?

— De quoi est-elle morte ? s'enquit Eleanor.

— On ne sait pas trop. Elle souffrait de la dépression des accouchées, je crois, répondit Aggie en faisant signe à Eleanor de ne rien ajouter.

Que voulait-elle cacher ? Que Lorna Laffan, ou, plutôt Brady, s'était suicidée ? Était-ce cela qu'avait voulu insinuer Niamh en affirmant qu'Ryan Brady avait tué sa femme ?

La vieille dame regarda par-dessus son épaule pour vérifier que personne ne les écoutait, avant de poursuivre :

— Aussitôt après la mort de Lorna, Ryan et son fils sont revenus ici avec Victoria. Apparemment, il pensait qu'il ne pourrait pas élever son fils tout seul. Il a essayé de reprendre son ancien travail à Coillte, mais il n'a pas pu. Il a proposé ses services à la ferme et à la maison d'hôte, mais jamais il n'a réussi à s'entendre avec sa belle-famille. Il partait très souvent avec sa petite amie.

— Avec ses petites amies, tu veux dire ! grogna Gerry. Ryan ne s'est jamais privé de compagnie féminine. Le monde lui appartenait.

— Ah ! Gerry, il n'a jamais eu qu'une petite amie à la fois ! rectifia Aggie en souriant à Eleanor. Ces dames Laffan n'appréciaient pas particulièrement, mais il était jeune et vigoureux ! La solitude n'est pas bonne pour un homme.

Eleanor approuva. Larry n'eût pas pu rester seul non plus, c'était bien la raison pour laquelle elle était restée si longtemps avec lui. Il ne cessait de lui répéter qu'il ne pouvait vivre sans elle. Mais la pitié n'est pas une raison suffisante pour rester avec quelqu'un.

— Il n'est donc pas étonnant que ce pauvre Richard bégaie, n'est-ce pas, Gerry ? Il a dû être pris entre son amour pour son père et sa loyauté envers sa tante et sa grand-mère. Il régnait une forte tension au Lodge, ce n'était pas une atmosphère très saine pour un petit garçon. Je me suis souvent demandé s'il n'aurait pas mieux valu qu'Ryan reste à Londres et fasse de son mieux pour s'en sortir seul. Il aurait pu se remarier et fonder une vraie famille pour le petit Richard, qui sait ? Il n'y a rien de pire pour un enfant que de voir les adultes se battre, cela peut le déstabiliser fortement.

— C'est vrai, acquiesça Eleanor.

— Victoria trouvait cette situation très difficile. Elle se confiait beaucoup à moi, à l'époque. Plus tard, elle est devenue plus... distante. Bref, pour abréger, lorsqu'elles ont fini par être débarrassées de Ryan, que s'est-il passé ? Cette pauvre Mrs Laffan a été atteinte de cette horrible maladie d'Alzheimer. Victoria me fait vraiment de la peine, tout cela est très dur pour elle.

— Vous disiez... débarrassées ?

Mrs Rowland sourit :

— Oh ! ce n'est pas vraiment ce que j'ai voulu dire ! Simplement, on aurait pu croire que leurs problèmes seraient résolus avec son départ, mais ça n'a pas été le cas. Elles ont eu des ennuis avec la police.

— Oui, c'est ce qu'on m'a dit.

147

— Ah ! cette pauvre femme en a eu, des soucis ! renchérit Mr Rowland en secouant la tête.

— C'est vrai ! Eh bien, j'ai décidé de la décharger en m'occupant un peu de sa mère, annonça Eleanor.

À cette nouvelle, Aggie Rowland parut ravie.

— Ah oui ? Oh ! c'est bien, n'est-ce pas, Gerry ?

— Je ne sais pas. Ne vous mêlez pas trop de leurs affaires, lui conseilla ce dernier. Je suppose que vous avez entendu parler de ces histoires d'échangisme ?

— Oui, plus ou moins, reconnut Eleanor. Mais je ne crois pas tout ce qu'on me raconte. Mon père m'a dit que les journaux de l'époque s'étaient régalés.

— Ils ont grossièrement exagéré, affirma le vieux monsieur avec une moue de dédain. Il n'y avait pas d'orgies au Lodge, je peux vous l'assurer, c'est bien dommage, d'ailleurs...

Sa femme le foudroya du regard, mais il l'ignora et poursuivit :

— Victoria ne l'aurait jamais permis, elle dirige sa maison d'une main de fer, vous savez. Mais elle n'avait pas le même contrôle sur Ryan Brady...

Il s'arrêta au milieu de sa phrase, car Ron apportait les boissons. Le barman adressa un clin d'œil complice à Eleanor :

— Brenda vous fait dire qu'elle est au bar. Vu comment elle s'est ravalé la façade, elle est occupée ce soir. Elle est en train de draguer, je lui souhaite bien du courage !

Mr Rowland se pencha en avant :

— Il est répugnant, ce freluquet ! Est-ce qu'il avait besoin de nous dire ça ? Bien, où en étions-nous avant d'avoir été interrompus par ce grossier personnage ? Ah ! oui, l'échangisme !

— Chut, Gerry, je crois qu'il n'y a plus rien à ajouter sur ce sujet, le reprit son épouse.

Mais Gerry ne tint pas compte de sa remarque.

— Nous avons eu connaissance d'un cas d'échangisme. Il ne s'agissait peut-être pas d'un échange, d'ailleurs, mais d'un prêt !

Eleanor haussa les sourcils :

— Pardon ?

Mrs Rowland jeta un regard furieux à son mari et chuchota à l'oreille d'Eleanor :

— Je suis désolée d'avoir à le dire, mais Ryan Brady a eu une aventure avec Carol Boylan. Cette affaire a fait scandale à l'époque. Carol passait son temps au Lodge. Elle n'avait pas de... pudeur. Pauvre Dr Boylan, lui qui est un homme si bien, si respectable. (Mrs Rowland baissa encore un peu la voix.) Elle était un peu volage.

Eleanor comprit que la brave femme n'était pas très à l'aise. Elle était plus charitable que son époux et avait pris la suite du récit seulement pour éviter à son mari d'être encore plus direct.

Mais la plus grande prudence s'imposait en la matière. Que pouvait-on savoir de l'extérieur ? Que savaient-ils du couple Boylan ? Les autres avaient-ils jamais soupçonné le calvaire qu'ils vivaient, elle et Larry ?

— Brenda souffre beaucoup de la mort de sa mère, dit-elle.

— Oh ! oui, c'est certain ! acquiesça Mrs Rowland tout en faisant un signe de tête à un couple à l'autre bout de la salle. Ce sont les Sherlock, Gerry. Nous ne sommes jamais allés les voir ! Oh ! tant pis ! La prochaine fois.

— Mrs Ross nous parlait de Brenda et de sa mère, Aggie ! lui rappela son époux.

— Oui, elles étaient vraiment proches. Carol était,

149

paraît-il, une très bonne mère. Elle pouponnait sa petite fille, elle l'adorait. Dommage qu'elle n'ait pas ressenti la même chose pour son mari.

Mr Rowland écrasa son cigare.

— Le dentiste était beaucoup plus vieux que sa femme. Sans doute ne tenait-il pas la distance avec une jeune pouliche comme elle.

Eleanor se demanda si sa réflexion était sexiste ou si elle traduisait simplement son dédain pour cette différence d'âge. Probablement les deux. Mais peut-être avait-il raison, car le dentiste était un peu balourd. Pas exactement le genre étalon viril. Et Carol était pleine de vie, avait dit Brenda.

— Et qui a découvert l'affaire ? Miss Laffan ?

— De toute façon, tout le monde en faisait des gorges chaudes. Et d'ailleurs, ils n'ont rien fait pour se cacher. Au contraire, ils s'affichaient. Ils passaient toutes leurs soirées ici à se faire des mamours, là-bas, dans ce coin, précisa Mr Rowland en pointant son doigt vers une banquette placée contre le mur. C'était une dévergondée, je vous dis.

Eleanor regarda la banquette.

— Les gens disaient qu'ils avaient l'intention de filer ensemble, continua Mrs Rowland. Certains prétendaient même qu'ils avaient leurs billets d'avion pour les États-Unis. Je n'en sais rien, mais ce que je sais, c'est que la pauvre femme a été tuée brutalement ici, dans ce village. Affreux ! Personne ne mérite de finir comme ça. Quel qu'ait été son comportement, elle n'avait pas mérité la mort, et encore moins de cette manière brutale. C'est absolument terrible. N'est-ce pas, Gerry ?

— Et d'après ce qu'on raconte, elle a été violentée, chuchota ce dernier.

— C'est ce que m'a dit Brenda, répondit doucement Eleanor. Et mon père l'a lu dans les journaux.

— Oh ! les journaux ne disent pas toujours la vérité, c'est bien connu !

Mrs Rowland noua son foulard autour de sa tête pour signaler qu'elle était prête à partir.

— Oh là ! oh là ! pas si vite, femme ! s'insurgea Mr Rowland en prenant son épouse par le bras. Assieds-toi bien gentiment, je voudrais offrir un verre d'adieu à Mrs Ross.

— Non, non, protesta Eleanor. J'ai assez bu, merci.

— Deux gins, qu'est-ce que c'est ? Une goutte dans l'océan. Prenez un petit Bailey's ou quelque chose de ce genre.

Eleanor persista dans son refus.

— Ah ! non, je n'accepte pas cette réponse ! C'est notre dernière soirée à Coill, et je veux vous offrir un verre pour la route.

Eleanor se dit qu'elle ferait mieux d'accepter. Gerry Rowland parlait très fort, et elle préférait éviter de se donner en spectacle.

— Je vais prendre un irish coffee, merci.

Aggie, pressée de rentrer au Lodge pour faire leurs bagages, suivit son époux d'un œil méfiant pendant qu'il allait passer la commande au comptoir. Eleanor se sentit un peu coupable, mais elle avait envie d'entendre la fin de la version de Mr Rowland.

— Excusez-moi un instant, Eleanor, lui dit Aggie d'un ton un peu froid. Je fais un petit saut auprès des Sherlock.

La jeune femme hocha timidement la tête.

Gerry revint, le visage barré d'un large sourire.

— Oh ! vous auriez vu sa tête ! "Un irish coffee", je lui dis. "À cette heure-ci ? il me répond. Vous êtes sûr que

151

vous ne voulez pas du bacon et une salade, pendant que j'y suis ?" Ah ! c'était tordant ! Où est passée Aggie ? Elle doit être sur des charbons ardents, en ce moment ! Bien, ma chère, que voulez-vous savoir ?

— Est-ce qu'il a été interrogé pour le meurtre ? Ryan Brady ?

— Oui, oui, répondit Mr Rowland en rangeant son portefeuille et en allumant un nouveau cigare. Mais ils ont aussi interrogé le dentiste. Le mari est toujours le premier suspect... ce qui est honteux, à mon avis. Tous les gens de plus de quatorze ans ont été interrogés. Même le petit Richard, et pourtant, il n'avait que quinze ans à l'époque. C'est scandaleux ! La moitié de la ville y est passée, m'a dit Barry Mullen.

— Barry Mullen ?

— Vous ne le connaissez pas ? C'est le policier qui est en poste à Coill. Il faut que vous fassiez sa connaissance. Un vrai personnage !

— C'est lui qui a trouvé le corps, m'a dit Brenda.

Le barman vint lui apporter son irish coffee, l'air mécontent. Comme si elle n'avait pas pu lui commander une bière ou un alcool quelconque, comme tout le monde !

— Attention à vos lèvres, la prévint-il de mauvaise grâce. Le verre est chaud.

Mrs Rowland rongeait son frein à l'autre bout de la pièce, d'où elle les surveillait, prête à lever l'ancre au premier signal. Mais Eleanor n'allait tout de même pas se priver du récit complet du meurtre ; sa curiosité était trop éveillée, maintenant !

— Donc, ils ont interrogé Ryan Brady, répéta-t-elle.

— Et le dentiste, répondit Mr Rowland d'un air entendu. Et Billy Byrne.

— Billy qui ?

— Byrne. Il avait été impliqué lui aussi, quelques années auparavant.

Gerry Rowland s'amusait énormément, jouant des sourcils et suçant son cigare. Il ressemblait irrésistiblement à un Groucho Marx aux cheveux blancs.

— Impliqué ? répéta Eleanor en écho. Avec Carol Boylan ?

— Oui. Leur liaison aurait duré un an environ, d'après ce qu'on dit. Depuis, sa femme lui mène une vie d'enfer. Elle l'envoie faire des retraites chez les moines, il va à la messe tous les jours... C'est un vrai martyr, le pauvre. Elle l'oblige à faire pénitence pour ses péchés passés.

— Ça ne peut lui faire que du bien ! sourit Eleanor.

— Ah, vous le connaissez ?

— Non, pas du tout.

— C'est le facteur, le père de la petite Niamh. Tiens, quand on parle du loup... Venez voir par ici, Billy !

Un petit bonhomme gros et légèrement voûté s'approcha de leur table et serra la main de Mr Rowland.

— Billy, voici Mrs Ross.

Billy serra la main d'Eleanor, mais sans lui adresser l'ombre d'un sourire. Il se tourna vers Gerry comme si elle n'existait pas.

— Niamh nous a dit que vous et votre dame partez demain. Vous avez passé de bonnes vacances ?

— Excellentes ! s'écria Mr Rowland avec enthousiasme. Et nous avons eu un temps superbe. Ma bourgeoise m'a trimballé par monts et par vaux. Si je n'avais pas eu ce satané ongle incarné, ç'aurait été le pied, quoi !

Il rit bruyamment.

— Eh oui, quand ce n'est pas une chose, c'en est une autre ! commenta Billy Byrne avec philosophie. Moi, c'est mon arthrite qui recommence à me titiller. Quand on pense aux kilomètres que je fais en vélo, on se demande comment je peux avoir un truc pareil. Oh ! autrement, je me porte comme un charme ! Mais c'est cette saloperie d'arthrite qui m'embête.

Eleanor se détourna de leur conversation pour tenter de digérer les dernières nouvelles. Donc, le facteur avait eu lui aussi une liaison avec Carol Boylan ; c'était un autre suspect.

— Bon, bon, faut que j'y aille ! annonça Billy Byrne sans transition. Alors à la prochaine ! Peut-être qu'on pourra faire une partie de golf ? Quand votre orteil ira mieux, bien sûr.

— Voilà, Mrs Ross, vous avez vu le vilain Billy Byrne. Il a été un peu grossier envers vous, mais je suppose qu'il a peur ne serait-ce que de regarder une femme, maintenant, vu la façon dont Dora l'a à l'œil ! gloussa-t-il.

— Mr Rowland, pensez-vous vraiment que le meurtrier de Mrs Boylan est quelqu'un d'ici ?

— Je n'en sais rien du tout, ma pauvre. Et appelez-moi donc Gerry. J'ai horreur de toutes ces cérémonies. Ah ! voilà, ma moitié est de retour ! Oui, nous sommes prêts, Aggie !

Il aida sa femme à passer son blazer. Eleanor enfila sa veste et ils se dirigèrent vers la porte.

— Voulez-vous dire au revoir à Brenda ? proposa Mr Rowland.

Eleanor l'avait complètement oubliée, tant elle avait été absorbée par l'histoire.

— Je l'ai vue en revenant des toilettes, dit Aggie, elle est au bar avec Matt Kelly.

Eleanor alla y jeter un coup d'œil. Nulle trace de

Brenda. Mais sur le parking, derrière le pub, elle l'aperçut en compagnie du jeune éleveur. Ils étaient à côté du pick-up de Matt, plongés dans une conversation très animée.

Le cerveau d'Eleanor travaillait encore à plein régime lorsqu'elle alla se coucher. Elle ne cessait de se passer et de se repasser toute l'histoire. Ce qui l'intéressait, c'était le départ de Ryan Brady. Pourquoi était-il parti cinq ans auparavant ? Était-il parti de son plein gré ? Mr Rowland avait parlé de petites amies. Combien en avait-il eu ? Avait-il réellement eu une liaison avec la femme assassinée ou étaient-ce des racontars ? Combien de temps après le meurtre de Carol Boylan était-il parti ? Était-ce le même Ryan Brady que celui qu'elle avait connu autrefois ?

Si seulement elle avait pu voir une photo de lui ! Il subsistait tant de questions sans réponse, et maintenant, les Rowland s'en allaient !

7

Le lendemain matin, vers onze heures, ses nouveaux amis étaient prêts pour le départ. Richard plaça leurs bagages dans le coffre de leur voiture.

— Merci pour tout, Victoria. Nous reviendrons bientôt.

Aggie embrassa Richard et monta dans la voiture.

Victoria Laffan leur fit signe depuis le perron. Mr Rowland les salua une dernière fois d'un coup de klaxon, puis la grosse Volvo grise descendit l'allée en faisant crisser le gravier avant de disparaître, laissant un nuage de poussière dans son sillage. Quelle sortie théâtrale !

Victoria aimait beaucoup ses vieux pensionnaires. Autrefois, elle était très proche d'Agnès Rowland, mais maintenant, elle manquait de temps, et il s'était passé tellement de choses ces dernières années ! Agnès était très gentille, certes, mais ce n'était pas à elle qu'elle pouvait confier ses peurs les plus secrètes.

Alors qu'elle montait dans la chambre de sa mère, elle croisa Niamh qui passait l'aspirateur au second.

— Miss Laffan, regardez ! Mr Rowland m'a donné un gros billet, vous vous rendez compte, dix livres ! Ça y est, je vais enfin pouvoir m'acheter l'album de Prodigy, depuis le temps que j'économise !

— Très bien, tu l'as bien mérité, Niamh. Quand tu auras fini cet étage, tu pourras rentrer chez toi.

Victoria avait noté que tous les miroirs brillaient et que les rampes avaient été astiquées. Cette petite était une vraie perle.

— Je n'ai pas encore fait la chambre de Mrs Rowland, répondit Niamh. Quand est-ce que les nouveaux arrivent ? Vous ne les mettez pas à la trois ?

— Ah ! oui, c'est vrai ! Tu sais quoi ? Tu vas arrêter de passer l'aspirateur et tu vas faire leur chambre. Tu as changé les draps de Mrs Ross ?

— Oui, miss Laffan. Je l'ai fait pendant qu'elle était sortie faire un tour. Elle est rentrée, maintenant. Elle travaille à son bouquin.

Victoria crut déceler une pointe de dédain dans la voix de la jeune fille, mais peut-être se trompait-elle...

Elle monta au troisième. Sa mère était certainement prête pour sa toilette du matin.

Niamh Byrne était enchantée d'elle-même. Dix livres

156

de pourliche uniquement parce qu'elle s'était laissé pincer les fesses ! Peut-être qu'il y avait du pognon à se faire comme ça ?

Elle alla ranger l'aspirateur en riant toute seule. Puis elle prit sa poudre à récurer, son chiffon et ses produits à astiquer et mit le cap sur la trois. Dans une demi-heure, elle aurait terminé, car Mrs Rowland laissait toujours sa chambre impeccable.

Mr et Mrs Russell étaient très agréables. C'étaient des Américains. En bermuda, bien sûr, avec l'indispensable appareil photo en bandoulière et les bracelets en or autour des poignets. Niamh savait bien que vouloir classer les gens, c'était idiot, mais ceux-ci étaient les touristes américains type.

— Merci, c'est gentil, dit la femme, dotée d'une chevelure blond vénitien, à Niamh qui ouvrait le lit.

— Pas de problème, répondit cette dernière en leur adressant un sourire commercial.

Elle s'apprêtait à sortir lorsque le mari la rappela :

— Y a-t-il des choses à voir par ici ? Vous connaissez des endroits à visiter ?

— Combien de temps vous restez ?

Vingt-quatre heures, pas plus, répondit mentalement la jeune fille. En général, les Américains font toute l'Europe en six jours.

Il se tourna vers sa femme :

— Combien de temps, ma chérie ?

— Une semaine ici, au Lodge, je pense. Et ensuite, on va passer une semaine à Cork avant d'aller vers le nord.

— Vous avez des brochures dans le hall, ça pourra peut-être vous donner une idée, dit Niamh, qui n'avait pas envie de se prendre la tête.

Puis elle réfléchit. Non, si elle voulait que ces Ricains lui donnent un bon pourliche, il fallait qu'elle soit un peu plus cool avec eux.

— Moi, j'ai pas tellement d'idées sur ce qu'il y a à faire par ici. Mais vous avez qu'à demander à miss Laffan. Enfin, en général, les gens, ils commencent tous par Glendalough et le Wicklow Way.

C'est-à-dire, les gens qui n'ont pas d'oignons, d'ongle incarné ou la goutte ! Pauvre Mr Rowland ! s'apitoya Niamh tout en tâtant le billet de dix livres au fond de sa poche.

— Ça m'a l'air intéressant, sourit la femme.

Elle avait des dents parfaites. Sûr qu'elles avaient été refaites.

Mr Russel sortit un billet de cinq livres de son portefeuille et le tendit à la jeune fille.

— Merci beaucoup.

Tout ce fric uniquement parce qu'elle avait été cool !

En refermant la porte, Niamh le vit se ruer sur sa femme. Beurk ! Il y a rien de plus moche à voir que des vieux de cet âge-là qui se pelotent. C'est vraiment dégueulasse. Pas la peine de chercher bien loin pour deviner ce qu'ils avaient prévu au programme, ce matin... sûrement pas le Wicklow Way.

Eleanor entendit des rires et des gloussements dans la chambre voisine. Puis le grincement caractéristique du sommier. Elle tenta de se concentrer. Zut ! Encore une faute de frappe ! Elle remplaça le mot « délectable » par « détestable ». Une jeune veuve de vingt-cinq ans ne peut certainement pas trouver sa situation délectable. Elle relut le paragraphe. Non, ça ne se lisait pas bien du tout. C'était trop... clinique.

Un autre rire aigu, suivi d'un gémissement, puis d'un glapissement. Le grincement s'amplifia. Le lit va-t-il tenir le coup ? Ah ! et maintenant, ils font sauter un bouchon ! À cette heure-ci, un dimanche matin ? Ils tiennent drôlement la forme !

Les rires reprirent de plus belle, ainsi que les "ooh" et les "aah". Elle ne connaissait pas encore ses nouveaux voisins, mais elle savait d'ores et déjà qu'ils n'avaient pas de problèmes d'ordre sexuel. Un cri aigu.

— Oh ! oui, oui, encore, Randy, encore !

Randy ! Eleanor ne put s'empêcher de sourire.

La femme cria de nouveau, un long cri perçant. Aucune trace d'inhibition chez elle. Mais en ce qui la concernait, elle, impossible de finir ce chapitre avec le raffut qu'ils faisaient. De toute façon, elle était mal à l'aise. Elle tapa "Fichier" et "Quitter" et arrêta son ordinateur. Mieux valait sortir prendre l'air.

Dans l'escalier, elle rencontra Victoria Laffan et sa mère qui descendaient du troisième.

— Je conduis ma mère à la messe, Mrs Ross. Vous avez fini d'écrire, pour ce matin ?

— Pas tout à fait. J'ai des difficultés à me concentrer aujourd'hui, expliqua Eleanor en élevant la voix pour couvrir le bruit qui provenait de la chambre trois. Elle vit miss Laffan rougir.

— Je vais descendre dans le jardin et me mettre au soleil. Et je vais lire un peu. La journée est très agréable. Bonjour, Mrs Laffan. Comment allez-vous aujourd'hui ?

— Lorna ? prononça la vieille dame en se tournant vers sa fille. Est-ce que Lorna est enfin venue me voir ? Où étais-tu donc, ma fille ?

Eleanor se creusa la cervelle, à la recherche d'une réponse.

— Ne faites pas attention, Mrs Ross. Contentez-vous de lui faire un signe de tête. Elle aime ça.

Effectivement, Mamie Laffan sembla apprécier son geste. Eleanor passa devant et elles descendirent les marches. Richard sortit de la salle de bains du premier au même moment.

— Rich, pourquoi ne montrerais-tu pas la ferme à Mrs Ross ? Cela fait une semaine qu'elle est ici, et je parie qu'elle n'a pas encore vu tes vaches primées. Rich est très fier de ses vaches, n'est-ce pas ?

Sa tante lui sourit avec indulgence.

— Je les ai vues, mais de loin, seulement, avoua Eleanor, et je n'ai pas encore vu vos poules.

Elle aurait bien pu passer tout l'été sans s'aventurer à l'intérieur d'un poulailler. Casser un œuf dans une poêle ou faire griller un poulet le dimanche constituaient toutes ses compétences dans le domaine avicole, mais elle avait envie de mieux connaître Richard.

— J-je s-serai ravi d-d-e vous les m-m-ontrer. Est-c-ce que v-vous avez f-f-faim ? lui demanda-t-il.

Il semblait attendre une réponse affirmative.

— Je meurs de faim !

Soudain, elle se rendit compte que c'était vrai. Elle s'était réveillée tard et avait sauté son petit déjeuner, se contentant d'une tasse de café prise dans sa chambre.

— Vous pouvez déjeuner tôt, si vous le souhaitez, proposa miss Laffan. Il y a de la viande froide au réfrigérateur, et vous pouvez vous faire une salade.

— Très bien, dit-il, allons-y !

Eleanor suivit Richard dans la cuisine. Pendant qu'il farfouillait dans le réfrigérateur, sans doute à la recherche de tomates et de concombres, elle lava la laitue. Mais au lieu de légumes, le jeune homme sortit une bouteille de vin

160

blanc. Un muscadet. Déjeuner en dégustant du vin, voilà une bonne idée ! Cela faisait partie de ses habitudes, au début, avec Larry... Elle chassa bien vite cette pensée.

Richard remplit son verre et mit la table pendant qu'elle préparait une sauce à la française : elle ajouta un soupçon de moutarde au vinaigre et à l'huile d'olive pour donner un léger goût acidulé. Lui, de son côté, déposa du blanc de poulet et des tranches de jambon dans leurs assiettes.

— Nous sommes prêts ! Bon appétit ! dit-il en français.

— Vous n'avez pas bégayé !

— J-je ne bégaie jamais quand je p-parle fran-français.

— C'est curieux, ça.

— Ou qu-quand je chante, compléta-t-il.

— Vous chantez ? Vous chantez bien ?

— Oh ! p-pas trop mal ! dit-il d'un ton modeste. M-mon père chante bien. Il faisait p-p-partie d'un groupe qu-quand il était jeune. Il joue d-de la guitare aussi, ajouta-t-il avec fierté.

L'estomac d'Eleanor se contracta. Son père faisait partie d'un groupe. C'était le même Ryan Brady.

Ce ne pouvait être que lui.

C'était une sensation étrange que de déjeuner dans cette cuisine avec quelqu'un dont elle pensait qu'il était le fils d'un ancien petit ami. Devait-elle y faire allusion ? Demander à voir une photo ? Non, peut-être se trompait-elle. Son nom n'était sans doute qu'une coïncidence et il y avait des tas de gens qui jouaient de la guitare.

Ils mangèrent de bon appétit et burent leur vin. Richard, plus détendu, plus bavard que d'habitude, lui parla du Lodge, de la ferme, de sa grand-mère, de sa tante...

— Et votre père, Rich ? Est-ce qu'il vient souvent ?

Il la regarda fixement.

— Il y a un b-bout de t-temps qu-qu-que je ne l-l-l'ai pas vu.

Son bégaiement s'était accentué. Pourquoi avait-il fallu qu'elle parle ?

Le poulailler était petit, sombre et baignait dans une puanteur effroyable qui dominait tout le reste. Eleanor admira comme il se devait les Leghorn blanches primées de Richard, écouta ses explications sur la production des œufs et posa des questions sur l'alimentation des poules. Mais elle fut enchantée de retrouver l'air libre et le soleil.

La voiture de miss Laffan s'arrêta devant le bâtiment principal au même moment. Eleanor lui fit un signe de la main. Richard se précipita pour aider sa grand-mère à monter les marches du perron. La vieille dame était très raide. L'arthrite, certainement. Elle donna un coup de canne au jeune homme. Ah ! il était bien mal récompensé de son dévouement ! Miss Laffan sortit des provisions du coffre. Sans doute était-elle passée au magasin Spar après la messe. Eleanor traversa la cour pour l'aider.

Victoria lui tendit trois sacs de supermarché.

— Ma mère est très agitée, dit-elle d'un ton inquiet. Il a fallu que nous sortions de la messe plus tôt, elle s'était mise à chanter à tue-tête.

— Des cantiques ? demanda Eleanor, pleine d'espoir.

— Hélas non ! *La Bannière étoilée !*

La scène n'avait pas dû manquer de piquant...

— J'étais très gênée, vous imaginez ! Et des imbéciles, derrière nous, se sont mis à ricaner, ils trouvaient ça drôle ! Les gens n'ont pas de cœur !

— C'est bien vrai ! renchérit Eleanor, qui la suivit à la cuisine et posa les trois sacs sur la table.

— J'ai pris une décision, annonça Victoria d'un ton

déterminé. Finies, les messes, pour ma mère. À l'avenir, je ferai venir le père Brannigan ici, pour lui donner la communion.

— C'est peut-être mieux, oui.

Victoria se mit à défaire ses sacs.

— Voulez-vous une tasse de thé ?

— Non, merci, Richard m'attend pour aller voir ses vaches.

C'était l'après-midi même qu'Eleanor devait commencer à tenir compagnie à Mrs Laffan. Elle attendait ce moment avec des sentiments mitigés. L'agressivité de la vieille dame allait croissant, miss Laffan l'avait prévenue. Le mieux était de ne pas la contrarier. Eleanor promit à Victoria de faire son possible.

À quatorze heures précises, elle se rendit dans la chambre de Mrs Laffan. Ce jour-là, la vieille dame était toute de vert habillée.

— Qui êtes-vous ? croassa-t-elle en plissant les yeux et en fixant la jeune femme par-dessus ses lunettes.

— Maman, c'est Mrs Ross. Elle est venue te voir. C'est gentil, non ? dit Victoria en arrangeant le châle de sa mère autour de ses épaules. Mrs Ross va t'emmener faire un tour, si tu as envie.

Iris Laffan lança un regard furieux à sa fille :

— Non, je n'ai pas envie ! Je suis fatiguée. Je travaille depuis très tôt ce matin. Qui est-ce qui fait tout le travail ici, hein ? Qui nourrit les poulets, qui trait les vaches ? Qui prépare le déjeuner des pensionnaires ? Qui fait toutes les courses ?

— Maman, ça fait des années que tu n'as pas trait une vache ! lui rappela Victoria en levant les yeux au ciel. Nos vaches nourrissent leurs veaux.

163

— Qu'est-ce que tu racontes ? Est-ce que je ne reviens pas de la laiterie ?

Miss Laffan prit Eleanor à part.

— C'est vrai, vous savez. C'est elle qui trayait les vaches quand nous avions des vaches laitières. Mais en ce qui concerne la cuisine... jamais elle ne s'est occupée d'un client. Elle estimait qu'elle n'avait pas à s'abaisser à cela. Elle me laissait le soin de le faire, à moi et... (elle hésita)... à d'autres. Elle n'a jamais accepté le fait que nous prenions des pensionnaires.

Bien sûr. Le Lodge appartenait à la famille de son époux, qui avait été prospère autrefois. Sa transformation en maison d'hôte avait dû être décidée contre sa volonté, après la vente des champs.

— Qui est cette personne ? demanda la vieille dame en brandissant sa canne, qu'elle pointa vers Eleanor.

— Je suis Eleanor Ross.

— Ah bon ? Et je suis censée savoir qui c'est ?

— Maman, calme-toi ! s'écria Victoria, contrariée par son arrogance. Je vais à Bray pour quelques heures. Mrs Ross...

— Eleanor, appelez-moi Eleanor, s'il vous plaît.

— Merci, vous êtes très gentille. Eleanor restera avec toi, maman.

Mrs Laffan fit la moue.

— Je n'ai pas le temps de recevoir cette personne. J'ai beaucoup trop à faire.

— C'est dommage ! Mais moi, il faut que je sorte. Tu n'es pas raisonnable ! Eleanor a très gentiment proposé de te tenir compagnie. Elle aimerait te faire la lecture, n'est-ce pas, Eleanor ?

— Oui, admit cette dernière. C'est vrai.

La vieille dame soupira et se redressa dans son fauteuil.

— Oh ! très bien, j'écouterai s'il le faut ! Mais je vous préviens, vous avez intérêt à bien lire !

Miss Laffan tendit à Eleanor un livre que les Rowland avaient offert à sa mère et s'éclipsa.

Il s'agissait de contes féministes. Il était clair que miss Laffan les avait choisis en pensant qu'ils plairaient également à la lectrice. Celle-ci commença par une histoire moderne de Cendrillon, mais elle n'eut pas le temps d'aborder la partie où Cendrillon achetait le cheval du prince charmant pour monter son propre haras, car Mrs Laffan s'endormit.

Elle débarrassa la vieille dame de ses lunettes et noua le châle autour de ses genoux. Bientôt, un léger ronflement emplit la pièce.

Eleanor saisit l'occasion pour jeter un coup d'œil sur les photos posées sur la coiffeuse.

L'une d'elles devait avoir été prise plusieurs années auparavant. Elle représentait deux jeunes filles d'une beauté remarquable en mini-jupe et polo. Elles avaient de longs cheveux noirs et raides et étaient très maquillées, comme toutes les filles à cette époque. Leurs longues jambes étaient superbes... Les sœurs Laffan... De belles nanas ! Elles pouvaient avoir dix-huit et dix-neuf ans. Elles se ressemblaient beaucoup et paraissaient très proches sur cette photo.

Eleanor se souvint du récit des Rowland : Ryan Brady était arrivé et avait ravi Lorna, la plus jeune, à Victoria qui était restée toute seule à la maison. Est-ce vraiment ainsi qu'avait réagi cette dernière ? Avait-elle accusé sa sœur d'avoir filé avec le Roméo local en la laissant veiller seule sur la famille ? C'était une situation typiquement irlandaise. La fille non mariée avait le devoir de rester à la maison pour s'occuper de ses vieux parents.

Eleanor prit une autre photo. C'était Lorna, prise devant une mairie, mais le jeune marié avait été découpé. Zut ! Ne le verrait-elle donc jamais, ce Ryan Brady ? Mrs Laffan devait réellement détester son gendre. À moins que ce ne soit Victoria qui ait joué des ciseaux ?

Une troisième photographie représentait un homme, grand, d'un certain âge, muni d'une canne de promenade. Eleanor l'étudia de près. C'était une version plus âgée du cavalier au regard sévère qui trônait sur le palier. Patrick Laffan, l'époux de la vieille dame.

Soudain, Eleanor sursauta : quelqu'un l'avait frappée dans le dos !

— Qu'est-ce que vous avez à fouiner partout ? glapit Mrs Laffan en accompagnant ses paroles d'un nouveau coup de canne. Qu'est-ce que vous êtes en train de faire ?

— Rien ! affirma la jeune femme, qui se sentit rougir.

— Rien ? Donnez-moi cette photo. Oui, celle que vous avez en main.

Eleanor s'exécuta.

— C'est mon Patrick, un bel homme, s'attendrit la vieille dame en embrassant la photo.

— Oui, c'était un bel homme, Mrs Laffan.

— Quoi ? Qui êtes-vous ?

Non, pitié !...

— Je suis Eleanor.

— Oh !

Cette réponse sembla l'apaiser. Puis elle s'inquiéta :

— Patrick sait-il que vous êtes ici ?

— Miss Laffan le sait, répondit Eleanor sans s'émouvoir.

— C'est moi, Mrs Laffan, espèce de bécasse !

Un autre coup de canne.

— Non, Victoria, votre fille. Elle sait que je suis ici. Vous

166

vous souvenez ? Elle est partie à Bray pour quelques heures.

— Victoria ? répéta la vieille dame en louchant dans sa direction.

Sa dame de compagnie débutante s'aperçut qu'elle avait oublié de lui remettre ses lunettes. La pauvre femme avait déjà l'esprit suffisamment embrouillé, inutile d'ajouter à son trouble en la rendant aveugle !

Eleanor répara son oubli avec des gestes prudents, mais elle récolta un nouveau coup de canne pour la peine. Décidément, Mamie Laffan n'aimait pas qu'on se mêle de ses affaires !

— Mais Vi n'est qu'une enfant ! Allez chercher Patrick. Tout de suite. Dépêchez-vous !

Que faire ?

— Allez chercher Patrick. Allez chercher mon mari, tout de suite. Tout de suite ! cria la vieille dame en brandissant sa canne.

— Mrs Laffan...

— Tout de suite ! s'entêta-t-elle.

Ces dernières paroles furent suivies de hurlements ininterrompus.

Eleanor s'approcha d'elle pour tenter de la calmer, mais Mrs Laffan la repoussa. Richard se précipita dans la chambre.

— Ne b-bougez pas, Mrs R-ross, je m-m'en occupe, dit-il en prenant sa grand-mère dans ses bras.

— Ah Patrick ! s'exclama la vieille dame, dont le visage s'éclaira. Je savais que tu viendrais. Dis à cette personne de partir. Je ne l'aime pas. C'est une fouineuse, elle est très grossière. Fais-la sortir.

— Mais... fit Eleanor.

Richard posa un doigt sur ses lèvres et lui adressa un clin d'œil.

— Je ne sais pas ce que j'ai fait de mal, chuchota Eleanor.

— N-ne vous in-inquiétez pas. Elle v-va aller m-mieux dans un in-instant.

— Elle s'est endormie et j'ai simplement regardé quelques photos pendant ce temps. Elle m'a demandé à voir celle de son mari, et je pense que c'est cela qui l'a agitée. Pour rien au monde, je n'aurais voulu la contrarier.

— Je sais ! Allez p-prendre un c-café.

Il lui sourit, d'un sourire chaleureux.

— Merci, Richard.

— Pas de problème, Mrs R-Ross. T-tout va bien.

8

Après cette première expérience, les choses allèrent en s'améliorant. Peu à peu, Mrs Laffan finit par reconnaître le visage de sa nouvelle dame de compagnie — ce qui était appréciable — mais elle continuait obstinément à l'appeler Lorna. Eleanor, de son côté, s'était prise d'affection pour elle, en dépit de ses manières surprenantes.

Cet après-midi-là, le temps se maintenant au beau, Eleanor descendit la vieille dame au jardin. La terrasse située derrière la cuisine était bien abritée du vent. Les pois de senteur, les lobélies et les pétunias bleus prospéraient dans leurs paniers suspendus, se mariant à merveille avec les bégonias et les impatientes aux couleurs vives.

Eleanor ouvrit le livre de contes politiquement corrects et en entreprit la lecture, mais, cette fois-ci, Mamie Laffan ne s'endormit pas. Elles connurent donc la fin de l'histoire de Cendrillon. Mais Mrs Laffan ne l'entendit pas de cette oreille :

— Qu'est-ce que c'est que ces fadaises ? Je veux le happy end ! tempêta-t-elle en tapant du pied. Elle se marie avec le prince et ils vivent heureux ensemble. C'est ça, la fin !

— Mrs Laffan, c'est juste...

— Des fadaises, je sais. Des bêtises féministes ! Vi est comme ça aussi. Je n'aime pas ça du tout. Ce n'est pas naturel. Les femmes doivent se marier avec leurs amoureux et avoir des enfants. C'est pour ça que nous sommes faites. C'est ce que j'ai fait, moi. Vous m'entendez ? C'est pour ça que nous sommes faites.

Son emportement était si grand que les veines de ses tempes étaient gonflées.

— Avez-vous été mariée ? Hein ?

Eleanor referma le livre.

— Oui, Mrs Laffan, je vous l'ai déjà dit. Je suis veuve. Mon mari est mort il y a un an. Dans un accident.

La vieille dame grogna.

— Oh ! oui, c'est vrai, j'avais oublié ! C'est terrible !

Elle scruta le visage d'Eleanor :

— Un accident... On ne se remet jamais du choc, hein ?

— Non, répondit Eleanor d'un ton triste, jamais.

Les yeux de Mamie Laffan se remplirent de larmes.

— Mon cher Patrick est mort dans un accident de tracteur. Bien sûr, c'était il y a longtemps... C'est ce qu'ils me disent, mais moi je ne m'en souviens pas, ajouta-t-elle d'une voix tremblante. C'est terrible de ne pas se souvenir. J'ai l'impression que c'était hier. Le temps ne signifie plus rien pour moi... Mais vous ne leur direz rien, n'est-ce pas ?

Vous ne leur direz pas que je ne peux pas m'en souvenir, surtout pas à elle. Ne lui dites pas à elle !

— Non, je ne le dirai à personne.

Eleanor caressa le bras de la vieille dame et lui mit son chapeau sur la tête.

— Voilà, vous n'avez pas envie d'attraper un coup de soleil, non ?

Mamie Laffan eut un petit rire.

— Oh ! non, sûrement pas ! Ça suffit comme ça. Je déménage déjà du cerveau... c'est bien ce qu'ils disent de moi ? Oh ! après tout, je ne vois pas pourquoi je m'occuperais de ce qu'ils disent ! Vi est contrariée en permanence à cause de moi. Elle croit que je suis une vieille toquée mais j'en sais plus long qu'elle ne le pense. (Ses yeux prirent une expression plus douce.) Je me souviens de cette maison à l'époque où elle était remplie de rires. C'était avant... la catastrophe, avant qu'elle ne devienne une maison d'hôte. Mes parents venaient nous voir. Ils descendaient d'Ardara au moins deux fois par an. Mon frère et sa femme aussi. Les gens de Donegal sont des gens bien ! dit-elle avec fierté. Et les fêtes que nous donnions ! Nous chantions tous ensemble autour du piano, dans le salon... Je ne sais d'ailleurs pas ce qu'il est devenu, ce piano. Victoria a dû s'en débarrasser par pure méchanceté. C'est Lorna qui était de loin la plus douée.

Elle fronça les sourcils :

— Où est Lorna ? Elle est encore en train de vadrouiller, comme d'habitude ?

— Victoria est allée en ville.

Décidément, elle n'a que Lorna en tête. "Lorna a dit ceci, Lorna a fait cela..." Sa fille est morte depuis vingt ans, mais la pauvre femme est toujours obsédée par elle.

— Victoria est allée en ville, répéta doucement Eleanor.

Elle ne sera pas longue. Est-ce que nous ne sommes pas bien, toutes les deux ? Nous pourrions prendre une tasse de thé, ou un café, peut-être ?

— Nous pourrions prendre une tasse de thé ou un café... fit la vieille dame, la singeant d'un ton moqueur.

Puis, croisant les bras d'un geste énergique, elle décréta :

— Non, pas question, nom d'une pipe ! Du thé ou du café ! Je veux boire de la bière ! Une bonne bière froide avec un grand col bien mousseux. Vous, vous pouvez toujours prendre du thé ou du café, si vous voulez !

Eleanor sourit :

— Très bien, alors ce sera deux bières, dit-elle, espérant en trouver dans le réfrigérateur. Je reviens dans un instant.

— Excusez-moi, Éloïse, cria Mamie Laffan au moment où elle s'éloignait, pourriez-vous dire à Victoria que j'ai deux mots à lui dire ?

Pour la troisième fois, Eleanor lui expliqua :

— Mrs Laffan, Victoria est allée en ville pour quelques heures. Bon, un peu de patience et je vous apporte votre bière.

De façon très déconcertante, la vieille dame rejeta la tête en arrière et partit d'un grand éclat de rire :

— Allée en ville ? Elle est bonne, celle-là ! Elle vous a bien eue ! Elle a fait marcher tout le village ! (Elle se pencha en avant et chuchota d'un ton mauvais.) Mais moi, elle ne m'aura pas. Je suis sa mère. Une fille ne trompe pas sa propre mère.

C'était bien vrai ! Tout en se rendant à la cuisine, Eleanor se demanda à quoi la vieille dame faisait allusion. À rien, sans doute. Elle pouvait fort bien dire des choses très sensées, puis, sans prévenir, se mettre à parler par énigmes.

Par chance, elle trouva deux bouteilles de bière dans le

réfrigérateur. Attrapant deux verres, elle se précipita sur la terrasse.

Plus la moindre trace de Mamie Laffan. Son chapeau gisait sur le fauteuil, à côté du livre de contes. Eleanor posa les boissons sur la table et l'appela :

— Mrs Laffan ! Mrs Laffan !

Un ricanement sonore lui parvint de derrière les buissons. La vieille dame, assise dans l'herbe et enveloppée dans ses châles, riait de façon incontrôlée.

— Ha ha ! Vous m'avez retrouvée ? Qu'est-ce que vous faites ? Arrêtez de me tirer comme ça !

Non sans mal, Eleanor la remit sur pied et la reconduisit jusqu'à son fauteuil.

— Nous aurions pu pique-niquer dans l'herbe, marmonna Mamie Laffan. Vous n'êtes pas drôle du tout.

La jeune femme lui tendit son verre de bière :

— Je n'ai pas envie que vous preniez froid, Mrs Laffan.

— Oh ! la la ! Tous ces chichis ! Vous ne valez pas mieux qu'elle, tiens !

— Voulez-vous que je vous lise une autre histoire ? proposa Eleanor en se servant sa bière.

— Oui, mais pas dans ce livre idiot ! Demain, nous commencerons le livre de Brontë. Quel est son titre, déjà ? Oh ! un de ces jours, je vais arriver à oublier mon propre nom ! Comme ça, elle sera contente. Comme ça, ils pourront me fourrer dans une maison, vous comprenez. Je ne serai plus un boulet pour personne, ajouta-t-elle avec un regard triste.

La jeune femme saisit sa main.

— Vous n'êtes pas un boulet, Mrs Laffan. Victoria et Richard vous aiment de tout leur cœur. Vraiment.

— Hum hum ! grogna la vieille dame.

La gorge d'Eleanor se serra.

— Vous êtes le chef de cette famille, et Victoria vous aime. C'est une bonne fille. Réfléchissez, elle s'occupe si bien de vous !... Et Richard, n'est-il pas la prunelle de vos yeux ?

Iris Laffan hocha lentement la tête.

— Oui, c'est un garçon bien, reprit Eleanor. Vous devriez être fière de lui. Et cette belle maison, ces jardins... Vous avez beaucoup de chance, Mrs Laffan, d'avoir une famille qui vous aime et une maison magnifique comme la vôtre.

Iris arracha son chapeau qui, visiblement, la gênait.

— Qu'est-ce que vous me racontez ? dit-elle avant d'avaler une bonne gorgée de bière. Arrêtez-moi ce couplet sentimental. Demain, on attaque *Les Hauts de Hurlevent*.

Elle avait retrouvé le titre.

Mais jamais nous n'en arriverons à bout ! D'ici à ce que nous ayons terminé, je serai moi-même vieille, grisonnante et gâteuse ! se dit Eleanor.

— C'est... c'est peut-être un peu long...

— Je veux l'entendre encore, insista Mamie Laffan, cette histoire me plaît beaucoup.

L'entendre encore ? Après tout, c'était une idée ! On pouvait trouver la plupart des classiques sur cassettes, maintenant. La tâche en serait grandement facilitée.

Mrs Laffan but quelques petites gorgées de bière et se mit à chanter. Un cantique, *Adeste Fidelis*. Elle se souvenait mieux du latin que des noms de sa proche famille. Sa voix de contralto était étonnamment forte. Elle chantait assez bien. C'était une sensation très curieuse que de se trouver à côté d'elle, dans ce jardin, par cette magnifique journée d'été, à l'écouter exprimer son âme dans une telle béatitude. Eleanor en éprouvait une sorte d'envie.

173

Elles furent interrompues par Richard qui vint leur rendre une visite inattendue.

— Bonjour, Rich ! lui lança Mamie Laffan, avant de l'embrasser tendrement sur le front.

Au moins le reconnaissait-elle, mais cela ne l'empêcha pas de reprendre son chant comme si elle était seule.

Le jeune homme se tourna vers Eleanor :

— Elle a l-l-l'air en f-forme.

— Oui, acquiesça Eleanor, en effet. Elle m'a demandé une bière, mais j'ai l'impression qu'elle lui est montée à la tête.

Richard sourit :

— Oh ! d-du moment qu-qu'elle s-s'amuse, qu-qu'est-ce que ça p-peut faire ?

— Vous avez raison. Elle aime aussi qu'on lui fasse la lecture, comme votre tante me l'avait dit. Mais je ne crois pas que la littérature féministe soit sa tasse de thé, précisa-t-elle en prenant le livre de contes. J'ai pensé que, peut-être...

Il la coupa abruptement :

— Je m-m'en vais. Je suis en t-t-train de travailler d-dans l'escalier.

Il embrassa encore sa grand-mère et disparut dans la maison. Mrs Laffan se pencha vers elle d'un air mystérieux.

— Est-ce que vous l'aimez ?

Eleanor hocha la tête.

— Est-ce que vous l'aimez vraiment ?

— Oui, oui.

Mamie Laffan baissa la voix pour murmurer :

— Vous a-t-il déjà embrassée ?

Embrassée ? Qu'est-ce que cela signifiait ? Oh, non ! La voilà qui mélangeait tout, une fois de plus ! Elle s'imaginait qu'Eleanor était amoureuse de ce garçon et elle était jalouse. L'âge n'avait pas d'importance. Naturellement, sa perception de l'âge était aussi confuse que sa notion du temps.

Elle répéta sa question en hurlant, cette fois-ci :

— Vous a-t-il déjà embrassée ?

Eleanor ne vit pas arriver la gifle qui vint brûler sa joue.

— Ne touchez pas à mon Patrick ! tonna la vieille dame. Vous n'êtes qu'une jeune effrontée ! Courir comme ça après mon mari ! Vous avez un sacré culot !

Eleanor se frotta la joue. Jalouse. La vieille dame était jalouse. Richard était devenu Patrick et Eleanor était une rivale. C'était absurde. Absurde, mais vraiment touchant.

Avant de lui laisser le temps de s'expliquer, Mamie Laffan se lança dans le second couplet de son cantique comme si rien ne s'était passé.

Jeudi matin. C'était son dernier rendez-vous chez le dentiste et elle se sentait assez nerveuse en entrant dans le cabinet.

— Bonjour, Mrs Ross, lui dit le Dr Boylan en arborant l'air renfrogné dont il était coutumier.

Eleanor eût préféré se trouver à des kilomètres de ce maudit fauteuil.

— Vous n'avez aucune raison d'avoir peur. Je vais obturer le canal, ce n'est pas très agréable mais c'est vraiment de la routine !

Facile à dire pour lui !

Le Dr Boylan mit ses gants de PVC.

— Votre dent est dévitalisée, je ne pourrais pas vous faire mal même si je le voulais... Comment vous entendez-vous avec les Laffan ? s'enquit-il tout en examinant sa radio.

— Très bien, répondit-elle brièvement, estimant cette question fort indiscrète.

175

— Miss Laffan était une de mes patientes, vous savez, mais maintenant elle va à Bray, chez un autre dentiste. Je n'aime pas perdre mes patients, ajouta-t-il avec une grimace.

C'était une idée réconfortante.

— Ouvrez grand pour que nous puissions regarder.

Ce "nous" était d'un condescendant...

— Plus grand, s'il vous plaît.

Qu'est-ce qu'il lui fallait ? Avait-il l'intention d'en profiter pour lui ôter les amygdales ?

— Est-ce que vous allez m'insensibiliser ?

— Bien sûr.

Elle avait horreur des injections dans la gencive. D'ailleurs, elle avait horreur d'aller chez le dentiste. Il sentit son appréhension :

— Ne soyez pas stupide.

— Avoir peur de souffrir, ce n'est pas de la stupidité, docteur Boylan, protesta-t-elle. Et dans mon cas, ça s'explique très facilement. J'ai eu une mauvaise expérience chez un dentiste quand j'étais petite.

Il soupira, impatienté.

— Voulez-vous que je vous neutralise ?

— Ce n'est pas la peine d'être grossier !

— En vous faisant une IV, ricana-t-il.

Prenait-il un malin plaisir à la faire passer pour une idiote ?

— Une intraveineuse, Mrs Ross. Je peux vous endormir pendant les quelques minutes que durera le travail, mais il va falloir être à jeun. Revenez demain. Une intraveineuse, c'est ce qu'il y a de mieux si vous êtes aussi nerveuse.

— Je sais ce qu'est une IV, docteur Boylan. Mais je ne vois pas d'anesthésiste ici.

— Je suis un spécialiste qualifié, affirma-t-il en indiquant son diplôme accroché au mur.

Rangeant sa radio dans un tiroir qu'il referma à grand bruit, il ajouta :

— Décidez-vous, j'ai d'autres patients à voir.

Elle se leva.

— Au revoir, docteur Boylan, lança-t-elle en sortant sans autre forme de procès.

Brenda lui sourit en la voyant revenir.

— Ça a été rapide !

— Il ne m'a rien fait. Il veut que je revienne demain pour me faire une anesthésie.

— C'est une bonne idée. Obturer un canal, ça peut être compliqué. (Prenant son cahier de rendez-vous.) À quelle heure voulez-vous venir ?

Fallait-il mentir ? Non, pourquoi ?

— Je crois que j'ai changé d'avis, dit-elle sur un ton d'excuse, ne voulant pas offenser Brenda.

— Pardon ?

— J'ai changé d'avis. Je pense que je vais aller chez mon dentiste à Dublin.

— Je vous comprends, dit Brenda. Je ferais la même chose si j'étais vous.

— Vous ne m'en voulez pas ?

— Absolument pas ! s'exclama la jeune fille en plongeant la main sous le bureau pour attraper son sac. Vous avez une demi-heure ? Je vous offre à déjeuner.

— Oui, mais je dois d'abord appeler mon dentiste. Je le ferai de chez O'Meara.

Brenda lui tendit le téléphone.

— Tenez, faites comme chez vous.

Eleanor hésita.

— J'ai des scrupules à utiliser le téléphone de votre père pour prendre rendez-vous chez un autre dentiste.

— C'est ce que je fais tout le temps.

— Vous allez chez un autre dentiste ?

Brenda se planta devant le miroir pour se mettre du rouge à lèvres.

— Exactement.

— Non, je préfère appeler depuis le pub. Je ne veux pas appeler mon dentiste d'ici.

Brenda haussa les épaules et la précéda pour sortir. Dans la rue, elles évitèrent de justesse un homme d'âge moyen, grand et solidement charpenté, doté d'un nez d'un rouge étonnant, qui passait au même moment.

— Eh bien, miss, dit-il à Brenda, ça a failli !

La jeune fille fit les présentations :

— Le sergent Mullen, Eleanor.

Il serra la main de cette dernière.

— Vous êtes la nouvelle pensionnaire du Lodge, n'est-ce pas ? J'ai entendu parler de vous par Gerry Rowland. Il semblait fou amoureux ! (Il fit un clin d'œil à Brenda.) Toujours attiré par les belles, il n'a pas changé, celui-là ! Mais je suppose qu'il ne ferait pas de mal à une mouche. Je suis de congé aujourd'hui, puis-je inviter ces dames à manger un morceau ?

— Désolée, sergent, s'empressa de décliner Brenda, nous avons juste le temps de prendre un petit sandwich aujourd'hui. Nous avons toutes les deux du travail.

Il parut déçu.

— Une autre fois, peut-être.

— Bien sûr ! promit Brenda en entraînant Eleanor.

— Vous avez été un peu brusque, chuchota cette dernière.

— Je sais, je sais, mais j'ai quelque chose à vous

178

raconter. Nous ne pouvons plus aller chez O'Meara, maintenant, le sergent y va sûrement. Nous pouvons aller chez Coyle. Ils font de la soupe et des sandwiches ou des petits pains. O.K. ?

— Très bien. Mais êtes-vous sûre que c'est la seule raison pour laquelle vous voulez éviter O'Meara ?

Elles s'arrêtèrent devant la porte verte du pub de Coyle.

— Non. L'autre soir, j'ai voulu vous raconter ce qui s'était passé, mais vous étiez déjà partie avec les Rowland.

— Oui, je suis désolée. Je vous ai aperçue avec Matt Kelly sur le parking, expliqua Eleanor. Je ne savais pas quoi faire et j'ai décidé de ne pas vous interrompre. Peut-être aurais-je dû ?

— Non, non, c'est très bien. Je voulais tirer quelque chose au clair avec lui, mais autant essayer de parler à un bœuf ! Il est infect. Je vous raconterai tout à l'intérieur.

Le pub était minuscule. Elles trouvèrent une place dans un coin, près de la fenêtre. Mais cela ne leur permettait pas pour autant de jouir de la vue sur l'extérieur, car les vitres étaient recouvertes d'une épaisse couche de crasse. De même, on n'avait pas dû passer un balai ni une serpillière sur le sol depuis des lustres. Le comptoir aussi était douteux.

— Ils pourraient se payer un bon nettoyage, ce ne serait pas du luxe, fit observer Brenda. Mais enfin bon, je suis mal placée pour dire ça. Ma maison non plus n'est pas un modèle de propreté, parce que je n'ai pas beaucoup de temps pour faire le ménage.

Eleanor s'assit à côté d'elle.

— Le cabinet est très bien entretenu, Brenda !

— Ouais, mon père prend une femme de ménage deux fois par semaine pour le cabinet, mais il attend de moi que je m'occupe de la maison. Le week-end, s'il vous plaît.

Cela faisait en effet beaucoup pour une seule personne.

— Je ne prendrai pas de soupe ni de sandwich, mais juste un café. Je n'ai pas faim, annonça Eleanor.

— C'est cet endroit qui vous a coupé l'appétit ?

— Non, non, pas du tout. J'ai pris un bon petit déjeuner ce matin.

— Mr Coyle est un vieux monsieur, expliqua Brenda. Il fait de son mieux. Mais ses employés sont des bons à rien qui n'en font qu'à leur tête. (Elle se leva pour se rendre au comptoir.) Un café ? Vous êtes vraiment sûre de ne pas vouloir manger quelque chose ?

— Oui. Merci. Où est le téléphone ?

— Par là. Juste à côté des toilettes.

Eleanor obtint un rendez-vous avec le Dr Cahill pour le lundi suivant. C'était lui qu'elle aurait dû aller trouver dès le début !

Elle ouvrit *The Irish Times* et se plongea dans les mots croisés. Elle avait trouvé quatre réponses lorsque Brenda revint avec son café et un bol de soupe pour elle-même. Du minestrone. Il sentait délicieusement bon. Eleanor en eut l'eau à la bouche.

La femme sèche, à l'air exténué, qui servait au bar, observait Brenda par-dessus le comptoir.

— Qui est-ce ? s'enquit Eleanor.

— Dora Byrne. La mère de Niamh.

Brenda coupa son sandwich au jambon et étala une bonne couche de moutarde dessus.

— Elle me déteste, précisa-t-elle.

— Oh ? Pourquoi ?

— Je ne sais pas vraiment. Elle détestait ma mère aussi. On ne vous l'a pas dit ?

Eleanor ne savait pas mentir. Inutile donc de prétendre le contraire.

— Si, je crois.

— Ah ! je n'ai pas envie de parler de cette vieille sorcière, de toute façon !

Brenda mangeait sa soupe à grand bruit, penchée au-dessus du bol posé sur une table beaucoup trop basse.

— Les gens racontent des tas de choses par ici, vous savez. Ils s'intéressent trop aux affaires des autres. Ma mère le disait souvent. Ils étaient toujours en train d'inventer des histoires sur son compte. La jalousie, je suppose.

Eleanor sirotait son café.

— Ce village attire le scandale et les bavardages. C'est souvent comme ça, à la campagne. Vous avez de la chance de vivre à Dublin. Les gens des villes sont trop occupés pour pouvoir baver les uns sur les autres et se tirer dans le dos.

Tant de naïveté avait quelque chose de touchant. La jeune fille mit une énorme quantité de sel dans sa soupe. Visiblement, elle ne se souciait pas de sa tension.

— Vous vouliez me raconter ce qui s'était passé avec Matt Kelly, lui rappela Eleanor.

— C'est un salaud, une vraie ordure, dit Brenda avant de mordre dans son sandwich puis d'avaler avec difficulté. Un fumier.

— Que s'est-il passé ? demanda Eleanor en versant davantage de lait dans son café.

— Il m'a traitée de... traînée.

— Charmant ! Ignorez-le, Brenda. Ce type-là ne vaut pas qu'on s'inquiète de ce qu'il dit.

Brenda fit claquer sa cuillère sur la table, s'attirant les regards du vieux couple assis à la table voisine.

— Vous n'avez pas entendu ce qu'il m'a dit, Eleanor !

Je me fous de ce qu'il raconte sur moi, c'est quand il s'est mis à parler de ma mère que j'ai vu rouge.

— Qu'a-t-il dit exactement ?

— Que j'étais une pute, comme ma mère. Qu'il me demande de sortir avec lui uniquement parce qu'il sait que je suis un bon coup.

— N'y pensez plus, Brenda. N'y accordez aucune importance.

Il y avait de l'agitation au bar. Dora Byrne glapissait comme une poissonnière et balançait les assiettes sur le comptoir. À un client, un fermier, elle signifia vertement qu'elle n'avait que deux mains. L'homme se fit tout petit et rentra les épaules, mortifié.

— Elle est odieuse ! commenta Eleanor.

— Elle est toujours comme ça, cette vieille sorcière. Et elle gueule après ce vieux Ned, par-dessus le marché ! Le pauvre, il est dans la dèche. Il a quelques champs derrière le village mais très peu de bétail. Il vient ici manger un morceau deux ou trois fois par semaine depuis que sa femme est morte. Mr Coyle est très gentil avec lui. Il lui donne ses repas pour presque rien, mais cette mégère...

— Pourquoi Mr Coyle la garde-t-il, alors ?

— Elle travaille vite et bien. Elle est efficace.

Eleanor jeta un regard circulaire dans la salle.

— En tout cas, on ne peut pas dire que le ménage soit son point fort.

— Le ménage ? pouffa Brenda. Vous plaisantez ! Dora Byrne ne consentirait jamais à s'abaisser à faire la bonne ! Elle a prévenu Mr Coyle dès le premier jour. Elle est serveuse, et seulement serveuse.

— Je vois, répondit Eleanor... En ce qui concerne Matt Kelly, mon conseil, c'est de l'éviter autant que possible.

— Ouais, c'est ce que je vais faire, se promit Brenda,

mais ça me rend dingue. Ça fait cinq ans que ma mère est morte et ils sont toujours après elle à la dénigrer.

— Essayez de penser à autre chose. Avez-vous envie de venir au Lodge, ce soir ? Nous pourrions passer la soirée ensemble et bavarder.

Brenda parut horrifiée à cette idée.

— Oh ! non, miss Laffan serait folle furieuse ! Elle ne veut plus avoir affaire à moi depuis la mort de ma mère. Elle ne voudra pas me voir chez elle, vous pouvez me croire, affirma catégoriquement la jeune fille. Je pense que cela a un rapport avec ma mère. Il y a eu des rumeurs concernant une liaison entre elle et Ryan Brady, comme vous l'avez sûrement entendu dire.

— Je ne pensais pas que vous étiez au courant, répondit prudemment Eleanor.

Brenda essuya un peu de moutarde au coin de sa bouche.

— Certaines choses vous reviennent d'une façon ou d'une autre, si vous voyez ce que je veux dire.

Oui, Eleanor voyait. Il y avait toujours une « personne qui vous veut du bien » pour vous donner les informations déplaisantes, au cas où certaines rumeurs méchantes vous auraient échappé.

— Bien, c'est moi qui viendrai chez vous, alors.

Cette idée ne parut pas plaire davantage à la jeune fille.

— Mon père sera à la maison, ce soir. Nous n'aurons aucune intimité. Nous pourrions aller faire un tour, si je réussis à avoir la voiture.

— Parfait. Et sinon, nous ferons un tour à pied.

Les environs étaient charmants et les soirées d'été douces. Il faisait clair jusqu'après vingt-deux heures.

— Je vous retrouve au bout du chemin Laffan, vers dix-neuf heures, suggéra Brenda.

Eleanor sourit, ce qui lui attira le regard suspicieux de la jeune fille :

— Qu'ai-je dit de si drôle ?

— "Le chemin Laffan". Cela me rappelle l'un de ces airs affreux que nous devions chanter à la chorale de l'école. Le Vieux Tilleul. Vous connaissez ? Ou alors, *Le Fringant Sergent blanc*. Non, bien sûr, vous ne connaissez pas, c'était bien avant votre époque.

— On détestait la chorale, nous aussi. Pire, c'est moi qui devais chanter les solos pendant les concerts de fin d'année. Une année, ça a été *Christopher Robin*. Rien que d'y penser, ça me hérisse.

— Je vois très bien la scène : vos parents assis tout grelottants sous le préau, aux anges devant leur petite artiste ; votre père qui s'ennuie à mourir, mais qui doit faire semblant d'être captivé par le spectacle.

Brenda ricana :

— C'était le contraire, en réalité. Je crois que ma mère détestait ces fêtes, mais mon père était toujours fier comme un paon. Il adorait bicher devant ses voisins.

Eleanor consulta la pendule suspendue au mur. Il était près de treize heures trente. L'heure de partir. Mamie Laffan devait déjà l'attendre.

9

Le lundi suivant, Victoria Laffan conduisit Eleanor chez son dentiste, à Dun Laoghaire. Après avoir entendu les explications de la jeune femme par téléphone, ce dernier lui avait conseillé de venir sans tarder. Il lui fit son anesthésie avec le minimum de cérémonie et sans leçon de morale. C'était tout ce qui comptait pour Eleanor. Elle garderait le Dr Cahill jusqu'à la fin de ses jours... ou des siens ! Son père avait raison lorsqu'il conseillait aux gens de garder toujours le même dentiste et le même garagiste.

Elle sortit du cabinet complètement sonnée.

Dans la voiture, elle remercia son hôtesse.

— C'est très gentil à vous de vous donner cette peine, miss Laffan, dit-elle, à moitié endormie.

— Je vous en prie, répondit mollement Victoria, vous avez été si bonne avec ma mère, c'est bien le moins que je puisse faire.

— Je me demande comment ça se passe avec Richard, aujourd'hui... Oh ! avez-vous réussi à avoir les cassettes, miss Laffan ?

— Eleanor, si je vous appelle par votre prénom, il faut que vous fassiez de même. Appelez-moi Victoria, dit-elle, les mains crispées sur le volant.

Eleanor luttait pour garder les yeux ouverts, mais la préoccupation de sa logeuse ne lui échappa pas.

— Pendant que vous étiez chez le dentiste, je suis allée au centre commercial. J'ai acheté *Les Hauts de Hurlevent* en cassette, mais, honnêtement, je crois que c'est peine perdue. Ses facultés de concentration ne sont plus ce qu'elles étaient.

Parvenue sur l'autoroute, Victoria accéléra. Eleanor descendit la glace, dans l'espoir que l'air la maintiendrait éveillée. La conductrice écrasa l'accélérateur. Le cœur d'Eleanor se souleva. Elle noua ses mains autour de ses genoux et regarda défiler les arbres. Victoria conduisait de plus en plus vite. Par bonheur, elle ralentit à la sortie suivante et prit le virage avec maestria. Elles n'étaient plus qu'à dix minutes de Coill, maintenant. Eleanor était pressée de se coucher.

— J'ai peur de ne pas être de très bonne compagnie aujourd'hui, déclara Victoria. J'ai passé une mauvaise matinée. À cause de ma mère, une fois de plus. Je n'ai rien dit avant parce que je savais que vous étiez tendue à cause du dentiste.

Bien, elle a envie de parler. Mais ce n'est pas vraiment le moment, endormie comme je suis... enfin, faisons preuve de politesse...

— Puis-je faire quelque chose ?

Son hôtesse arrêta la voiture dans un crissement de freins et recula au fond de son siège. Son visage se crispa et ses mains se refermèrent sur le volant, si fort que ses jointures blanchirent.

— Je n'en peux plus, Eleanor, je n'en peux plus, prononça-t-elle d'une voix étranglée.

Puis elle se mit à pleurer silencieusement.

Eleanor en fut sidérée.

— Victoria, Victoria, qu'est-ce qui ne va pas ?

Un sanglot un peu plus sonore.

— Je vous en prie, Victoria, dites-moi ce qui ne va pas.

Eleanor sentit que c'était le moment d'avoir un geste traduisant sa compassion, mais elle ne put s'y résoudre. Victoria Laffan était sa logeuse, pas une amie. Elle était trop distante, trop réservée, trop hautaine.

Croisant les bras sur le volant, Victoria y enfouit sa tête, et ses épaules continuèrent à tressauter. Au bout d'un moment, elle finit par se redresser et Eleanor lui tendit un mouchoir.

— Je suis désolée, dit-elle en reniflant. Je suis désolée de vous infliger cela. Ça ira mieux dans une minute. Je ne sais pas ce qui m'a pris. Je suis désolée.

Eleanor se sentit très mal à l'aise.

— Je vous en prie, ne vous excusez pas, Victoria. Il n'y a pas de problème. Si seulement vous pouviez me raconter ce qui s'est passé, je pourrais peut-être vous aider.

Sa logeuse renifla encore et se moucha. Puis elle lui tapota le bras. À ce contact, un frisson parcourut l'échine d'Eleanor.

— Vous m'êtes d'un grand secours depuis que vous assurez les après-midi. Mais je ne sais pas si je vais pouvoir continuer longtemps. Ma mère me rend folle. Son état empire de jour en jour, d'heure en heure. Vous ne pouvez pas savoir à quel point j'étais embarrassée ce matin quand les Américains sont partis.

— Ils sont partis ? Richard m'a dit qu'ils avaient réservé pour une semaine.

— C'est vrai, confirma Victoria en se tamponnant les yeux avec le mouchoir complètement trempé. Nous avons perdu une somme importante, sans parler du tort que cette histoire va nous causer si elle se répand.

— Quelle histoire ? s'enquit Eleanor en lui tendant un autre mouchoir.

— Elle a volé la chemise de nuit de Mrs Russell.

Eleanor se racla la gorge, complètement réveillée à présent.

— Pardon ?

— Ma mère, répéta sa logeuse avec un soupir, a volé la chemise de nuit de Mrs Russell.

Eleanor gloussa.

— C'est tout ? Je pensais que c'était quelque chose de sérieux !

Son interlocutrice se raidit.

— C'est sérieux.

Eleanor vit qu'elle l'avait contrariée.

187

— Ce que je veux dire, c'est que vous pouvez difficilement accuser de vol votre pauvre maman. Elle ne sait pas ce qu'elle fait. Vous ne l'avez pas expliqué aux Américains ?

— Si, bien sûr. Mais ils n'ont rien voulu savoir. Mrs Russell était vraiment fâchée. Je ne peux pas dire que je l'en blâme. Naturellement, je leur ai parlé de l'Alzheimer, mais ils n'en ont pas tenu compte. Elle m'a plus ou moins fait comprendre que si ma mère avait l'esprit dérangé, il fallait la mettre dans...

— Oh ! non, c'est inadmissible ! s'écria Eleanor avec colère. Elle n'avait pas à dire une chose pareille, Victoria. Les clients comme eux, les gens qui ont plus d'argent que de cœur, vous n'en avez pas besoin !

Elle pensait vraiment ce qu'elle disait. Les pensionnaires exigeants, mais qui payaient bien, étaient un mal nécessaire dans le métier que faisait miss Laffan, mais cela ne leur permettait pas pour autant d'abuser de leurs prérogatives. Ces Américains étaient en droit de se plaindre, d'exiger une belle chemise de nuit neuve s'ils tenaient à être remboursés, mais certainement pas de se mêler de la vie privée de leur logeuse.

Bien, et maintenant, place à un peu d'humour !

— D'ailleurs, pourquoi sa chemise de nuit ? Était-elle sexy ? Ah ! elle était rose, peut-être ! Je sais que votre mère aime le rose !

Elle crut détecter une faible esquisse de sourire sur le visage de Victoria.

— En tout cas, ce n'est pas moi qui vais pleurer le départ de ces gens-là. Moi, je dis bon débarras ! poursuivit-elle.

Effectivement, en ce qui la concernait, c'était plutôt une bonne nouvelle. Les ébats du couple infernal ne la déran-

188

geraient plus à n'importe quelle heure du jour ou de la nuit.

— Vous n'avez pas besoin de clients comme ceux-là, vraiment pas, répéta-t-elle.

— Mais si, les Américains paient beaucoup plus que...

Ah bon, Victoria appliquait aux Américains un tarif supérieur au tarif normal ? Il valait mieux pour elle que les services du tourisme n'aient pas vent de la chose !

Sa logeuse toussa pour cacher son embarras.

— Si cela devait se savoir, nous serions ruinés.

Elle exagérait fortement. Les Russell étaient partis, mais ce n'était pas la fin du monde. Tous les pensionnaires n'étaient pas aussi chatouilleux.

— Je pense que vous prenez la chose trop au sérieux, Victoria.

— C'était un cadeau qu'il lui avait acheté chez Harrods pour leur anniversaire de mariage, expliqua cette dernière en enfouissant le mouchoir dans sa poche.

— Leur anniversaire de mariage ?

Ils avaient plutôt l'air de deux tourtereaux en voyage de noces, excités en permanence comme ils l'étaient !

— Cette chemise de nuit avait coûté une fortune.

— Vous auriez dû la faire nettoyer, cette satanée chemise, et la leur rendre avec vos compliments, s'emporta-t-elle. Tant d'histoires pour si peu !

— Je n'ai pas pu, elle l'a découpée.

— Mrs Russell ?

— Non, non, ma mère ! Elle a découpé tous les bords.

— Je pense que vous devriez plutôt voir le côté comique de la chose ! Mais je ne savais pas que votre mère était si malveillante ! Ils ont dû vraiment la contrarier.

— Ce n'était pas de la malveillance, la chemise était trop longue pour elle, c'est tout. Elle a essayé de la raccourcir.

189

Un sourire se dessina lentement sur ses lèvres.

— C'est déjà mieux ! Vous devriez rire franchement ! Ce qui est fait est fait. Comment l'ont-ils découvert, d'ailleurs ? Comment ont-ils su que c'était Mamie Laffan qui avait fait le coup ?

Victoria remit le moteur en route et démarra.

— Eh bien, une fois de plus, elle s'est échappée de sa chambre, et elle est descendue pendant qu'ils prenaient leur petit déjeuner. Ils l'ont vue se pavaner avec. Vous veniez de monter, vous avez eu la chance de la manquer.

— Oh ! elle ne m'aurait pas fait peur, cette fois-ci ! Je sais qu'elle ne veut de mal à personne.

— Oui, nous le savons toutes les deux, mais je peux vous dire que ce matin, elle s'est bien donnée en spectacle, et moi aussi par la même occasion. La chemise de nuit était entièrement transparente. (Prise de colère, elle éleva la voix.) Elle aurait été toute nue, le résultat aurait été le même ! Les Peterson venaient de finir leurs céréales. Ce sont des gens très gentils, très bien élevés, ils ont été terriblement embarrassés. Elle m'a fait passer un moment horrible.

Bien que comprenant fort bien l'irritation de Victoria, Eleanor n'approuvait pas le ton qu'elle employait pour parler de sa mère.

— Oubliez tout cela, il n'y a rien d'autre à faire, conseilla-t-elle à sa logeuse.

Elles s'engagèrent dans l'allée du Lodge.

— Oui, oui, je vais essayer.

Elle parvint à sourire faiblement, mais ses yeux avaient gardé cette expression froide, tendue, qu'Eleanor avait déjà remarquée auparavant.

Richard regarda son travail d'un œil critique. Pas mal. Ce jaune pâle éclaircissait bien la pièce. Zut ! La peinture avait coulé sous la moulure. Il remonta sur l'escabeau et la nettoya avec le petit pinceau. Tout ce qui lui resterait à faire le lendemain serait de peindre la plinthe, la porte et les rebords de fenêtre. Il était sur le point d'enlever sa combinaison lorsque la porte s'ouvrit.

— Richard, qu'est-ce que tu fais ici ?

Sa tante s'était plantée en face de lui, l'air furieux, les mains sur les hanches.

— J-je finissais l-les m-murs, se justifia-t-il, sentant la rougeur monter le long de sa nuque. Je v-veux p-p-pré-parer la p-pièce p-pour...

— Je trouve qu'il serait temps que tu apprennes à dis-tinguer les priorités. Tu m'avais promis de t'occuper de ta grand-mère.

Comment, il se décarcassait pour elle et elle n'était pas contente ? Quels que soient ses efforts, sa tante se débrouillait toujours pour lui faire des reproches !

— Tu n'as donc aucun sens des responsabilités ? Je ne peux pas te faire confiance quand je m'absente.

— Mamie v-va t-très bien. E-elle dormait qu-quand je l'ai l-laissée.

— Elle dormait ? As-tu fermé sa porte à clé ?

— N-non, reconnut-il. Mais j-je suis allé vérifier t-toutes les d-dix m-minutes. Elle va t-très bien, t-t-ante Victoria. Elle d-dort comme une s-souche.

— Richard, une promesse est une promesse. Je m'at-tendais à mieux de ta part. Dorénavant, je ne te ferai plus confiance.

— Mais je t-t'ai dit...

Son expression blessée n'eut aucun effet sur elle. Après lui avoir lancé un dernier regard furieux, elle tourna les talons.

Cette attitude mit Richard hors de lui. Elle abusait. Elle

191

commençait vraiment à pousser le bouchon trop loin, avec ses sautes d'humeur constantes. Un jour elle allait bien, et le lendemain elle était au trente-sixième dessous. Elle avait toujours été comme ça. Elle et ses nerfs, il en avait marre ! Bien sûr, les pitreries de Mamie l'avaient mise en colère, mais elle n'avait aucune raison de se défouler sur lui, et de le prendre pour souffre-douleur.

L'Alzheimer n'était pas une plaisanterie, il le savait, et surveiller Mamie en permanence était très éprouvant. Mais ce n'était pas sa faute, nom d'une pipe ! Il aimait sa grand-mère et faisait de son mieux pour se rendre utile. Mais si sa tante trouvait que cela ne suffisait pas, qu'elle se débrouille sans lui ! Elle n'avait pas le droit de lui parler de cette façon. Elle l'avait pratiquement accusé de négligence.

Il avait bien envie de faire ses valises et de partir. De la laisser croupir dans sa déprime et ses sautes d'humeur. Il savait d'avance que le lendemain, elle s'excuserait et lui demanderait d'être compréhensif. Il comprenait très bien. Il ne comprenait que trop bien.

Iris Laffan ferma les yeux et s'efforça d'ignorer les cris qui provenaient de la pièce voisine. Une fois de plus, Rich se faisait incendier. Victoria lui faisait mener une vie de chien, à ce pauvre garçon. Mieux valait pour lui qu'il s'en aille. Qu'il l'envoie au diable. Mais il n'en ferait rien, il resterait près de sa chère vieille grand-mère. Jamais il ne laisserait une vieille dame sans défense à la merci de cette femme.

Une fois de plus, sa fille aînée s'était fâchée après elle. Elle avait été méchante, cruelle, lui avait dit des choses horribles. Et en présence d'étrangers, par-dessus le marché. Les lèvres d'Iris se mirent à trembler. Pourquoi devait-elle subir tout cela, à son âge ?

Cette femme, cette Mrs Roth, avait raison. Le Lodge était sa maison. La propriétaire, c'était elle. Elle avait droit au respect. « Honore ton père et ta mère. » Il fallait qu'elle rappelle ce commandement à Victoria. Elle n'était pas une employée que l'on pouvait réprimander et rabaisser à sa guise. Elle était Iris Laffan.

Victoria devenait insupportable. On ne pouvait plus la laisser continuer ainsi. Lorna ; elle avait complètement changé... Elle était devenue si polie, si gentille... Timide. Peut-être un peu trop timide ? Bien sûr, Lorna avait toujours été dans l'ombre de Victoria. Elle accordait trop d'importance à l'opinion de sa sœur. Oui, elle parlerait à sa fille cadette, dès le lendemain. Elle lui dirait de résister à sa sœur aînée. De ne pas craindre ses critiques. De penser par elle-même. Elle était intelligente, Lorna. Si seulement elle avait un peu plus confiance en elle !

C'était la faute de Patrick.

Il était trop exigeant avec ses filles. Toujours en train de leur faire la leçon sur leur standing, leur rang, le nom des Laffan. S'il était encore en vie, les choses ne se passeraient pas ainsi. Il remettrait Victoria dans le droit chemin. Oh ! oui, Victoria savait se tenir à sa place quand il était là ! Jamais elle n'avait osé parler à sa mère de cette façon.

Elle regarda la photo de son mari sur la table de chevet. Il ne souriait pas, mais ce n'était pas surprenant. Il était souvent renfrogné. Iris réfléchit. Oui, il était plutôt revêche. En fait, c'était un vieux ronchon tatillon. Elle sourit. Le grand Patrick Laffan ! Le seigneur du manoir. Le châtelain du comté. Le gentleman farmer de vieille souche. Foutaises que tout cela !

Elle leva le poing devant la photo :

— J'ai deux mots à te dire, mon bonhomme ! Je ne vais

pas supporter tes manières plus longtemps ! Je ne veux plus être tyrannisée par toi... ou par ta fille !

Voilà, elle l'avait fait. Elle avait enfin fini par lui dire sa façon de penser. Elle avait attendu trop longtemps pour se décider. Mais mieux valait tard que jamais.

Iris referma les yeux et poussa un long soupir de satisfaction. Ses pensées retournèrent vagabonder vers Ardara et son enfance...

Son frère Flor qui travaillait sur son métier à tisser... C'était le meilleur tisserand à des kilomètres à la ronde... Son père qui l'emmenait au bar clandestin, les jours de marché, et lui payait un jus d'orange... Ah ! si elle pouvait retourner là-bas ! Là-bas, auprès du feu qui brûlait en permanence dans leur cuisine si douillette. Elle revoyait sa mère en train de faire briller les cuivres. Elle sentait le parfum du pain bis qui cuisait dans le four.

Peu à peu, Iris se laissa emporter vers cette heureuse époque...

— Maman, maman, tu es réveillée ?

Oh non ! La mégère était de retour ! N'y avait-il pas moyen d'avoir la paix ? Mieux valait faire semblant de dormir ! J'en ai assez de ses sermons.

— Qu'est-ce que c'est que cette saloperie ? Tu appelles ça un repas ? glapit le Dr Boylan.

Sa fille ne répondit pas. Ce n'était pas la peine. Il était retourné se soûler au club de golf... une fois de plus. Il fallait éviter de le provoquer.

Elle continua de laver les casseroles en faisant semblant de l'ignorer.

— Je te parle, ma fille ! C'est ça que tu m'as fait pour dîner ? Et tu crois que je vais le bouffer ?

194

Il jeta son assiette dans l'évier. Celle-ci se brisa et son contenu éclaboussa le mur et le plan de travail.

— Tu pensais vraiment que j'allais manger cette merde ?

Brenda ne se retourna pas. Il fallait absolument éviter de lui laisser voir son visage. Lorsqu'il était ivre, elle lui rappelait sa mère, et ça le rendait fou. Non, je ne répondrai pas. Mon Dieu, faites qu'il aille se coucher !

Mais sa voix enfla et se fit plus menaçante.

— Réponds-moi, Brenda. Et regarde-moi quand je te parle.

Elle ne bougea toujours pas.

— Écoute-moi, petite traînée, gronda-t-il. Matt Kelly m'a mis au courant, ce soir. Il m'a tout raconté. Quelle honte ! Ça recommence ! D'abord, elle, et maintenant, toi. Tu vas me tuer. Mais c'est ce que tu cherches, non ?

Brenda avala sa salive et essaya de s'abstraire de ce qui se passait. La dernière fois, ça avait marché. Il l'avait frappée si fort qu'elle avait cru s'évanouir. Mais après, elle n'avait rien ressenti. La douleur ne l'avait pas atteinte. Elle avait eu l'impression de s'extraire d'elle-même. Elle avait vraiment quitté son corps, et s'était regardée du haut du plafond. Elle l'avait vu s'acharner sur elle sans rien ressentir.

Son père s'était rapproché et respirait dans son cou, menaçant.

— C'est ça que tu cherches, hein ? Tu veux te débarrasser de moi ? Elle aussi, c'était ce qu'elle cherchait, proféra-t-il.

Il eut un hoquet et partit d'un rire sinistre.

— Mais elle l'a payé cher, hein ? Maintenant, à ton tour de recevoir une bonne leçon.

Brenda vit le reflet du couteau à découper au fond de l'eau de vaisselle. Aurait-elle le courage de s'en servir ?

195

— Tu n'es qu'une pute, comme ta mère ! Toujours à coucher à droite et à gauche, histoire d'alimenter les conversations ! Tu n'as même pas eu la correction de me préparer un repas convenable après ma journée de travail. Tu n'es qu'une sale petite...

Il lui fut impossible de se contenir plus longtemps. Pivotant sur elle-même, elle le regarda bien en face, les larmes aux yeux :

— Je t'ai préparé un bon repas, tu n'as rien à me reprocher, rien du tout ! Il fallait rentrer plus tôt ! J'ai essayé de te le garder au chaud, mais...

— Quoi ? hurla-t-il. Tu oses me répondre ?

Brenda reçut son poing en plein visage. Elle retomba en arrière et heurta violemment l'évier. Le voyant s'avancer d'un pas chancelant, elle se recroquevilla sur elle-même.

— Je vais t'apprendre les bonnes manières, espèce de petite salope. Tu es exactement comme ta mère, tu es une vicieuse, tu as le mal dans la peau. Mais je vais te faire passer tes mauvaises habitudes, attends un peu.

— Papa, je t'en prie ! le supplia-t-elle.

Elle essaya de l'esquiver, mais il l'attrapa par les cheveux.

— Je vais te guérir, moi ! Il est trop tard pour elle, mais il n'est pas trop tard pour toi. Tu vas voir, je vais te le faire sortir, le vice qui est en toi !

Il la fit tomber à genoux.

— Je vais te le faire sortir, ton vice ! répéta-t-il.

Les joues de Brenda étaient inondées de larmes. C'était la deuxième fois de la semaine qu'il se mettait dans cet état. Son bras en conservait encore le souvenir douloureux.

— Papa, s'il te plaît, regarde-moi. C'est moi, Brenda ! Brenda !

Le Dr Boylan baissa les yeux vers elle, des yeux vitreux, absents.

— S'il te plaît, papa, ne me fais pas mal ! S'il te plaît !

Le corps de la jeune fille était secoué de sanglots. Les mains de son père étaient toujours agrippées à ses cheveux. Il allait les lui arracher ! Elle se mit à prier.

Soudain, il la lâcha. Elle leva la tête vers lui.

— Va dans ta chambre ! rugit-il, livide. Va dans ta chambre, hors de ma vue !

Brenda s'enfuit de la cuisine. Elle se jeta sur son lit et cacha son visage dans son oreiller pour étouffer ses sanglots. Elle remercia le Ciel de l'avoir sauvée pour ce soir. Sa tête lui faisait mal et son dos était en compote, mais elle avait évité le pire. Oui, ce soir, elle avait eu de la chance.

10

Niamh passa le chiffon sur la coiffeuse en marmonnant entre ses dents. Eleanor, qui essayait de se concentrer sur son travail, rongeait son frein en attendant que la jeune fille ait terminé le ménage de sa chambre.

Niamh ramassa les cassettes.

— Qu'est-ce que c'est ? *Les Hauts de Hurlevent* ? Sans blague, vous aimez vraiment ce livre ?

— C'est pour Mrs Laffan, dit Eleanor d'un ton évasif.

— Sans moi ! Je trouve ça d'un chiant ! Oh ! au fait, j'ai rencontré Brenda Boylan en faisant les courses ! Elle s'est drôlement arrangé la tête, on dirait une blessée de guerre. Elle m'a dit avoir un peu trop picolé hier soir et s'être cognée dans la porte de sa chambre. Ah ! l'alcool, c'est un vrai fléau, comme dit ma mère. Bon, en tout cas, elle veut que vous l'appeliez. C'est à propos du quiz de demain soir, chez O'Meara. Ils font ça pour récolter des sous pour l'école primaire ; tout le village participera. Moi, j'aime les quiz, pas vous ?

Eleanor fit une nouvelle faute de frappe.

— À la télé aussi, poursuivit la jeune bavarde, qui ne paraissait pas s'apercevoir de l'indifférence de son interlocutrice. Je suis très bonne en connaissances générales. À quel chapitre vous en êtes ? Au chapitre trois ? C'est tout ? Je pensais que vous en étiez bien plus loin. C'est sur quoi, votre livre ?

Eleanor soupira.

— Pas de chance, je n'ai pas envie d'en parler. Mon inspiration a dû tarir.

Si seulement celle de Niamh pouvait tarir elle aussi, cela lui permettrait de poursuivre sa tâche.

La jeune fille se pencha sur l'écran et se mit à lire.

— Niamh, si vous permettez... Je ne peux pas continuer à écrire si vous louchez par-dessus mon épaule, O.K. ? Vous avez bientôt fini ?

— Comment ? Oh ! ouais, j'ai fini !

Mais elle ne se découragea pas pour autant :

— Mrs Ross, vous allez venir ? Vous allez faire équipe avec Brenda, hein ? Il y aura aussi son père et le sergent. Le Dr Boylan est très bon en géographie, et en sciences, naturellement. Le sergent Mullen, son point fort, c'est le sport, et Brenda c'est la musique. Et vous ?

Eleanor se leva et se dirigea vers la porte d'un pas décidé.

— Ah ouais ! s'exclama Niamh, la littérature ! Je suis sûre que vous avez toujours le nez fourré dans un bouquin.

Visiblement, la jeune ménagère n'avait pas saisi le

message. Eleanor ouvrit largement la porte, mais la bavarde ne réagit pas.

— Moi, je fais équipe avec Matt Kelly, mon père et Richard, précisa-t-elle tout en enroulant le flexible de l'aspirateur sans se presser. Mon père, il est très doué pour tous ces jeux, mais ma mère, elle, faut pas lui en parler. Matt Kelly, c'est pas une lumière, mais Richard, c'est une tête. Il s'y connaît en musique, en sport, en géographie, et tout ça, quoi. Et il est vachement bon en histoire aussi. C'est super de l'avoir dans notre équipe. Rich, il est bien, quand on le connaît, non ?

Eleanor ouvrit la porte plus grand encore.

— Bon, alors, vous appellerez Brenda Boylan ?

— Oui ! fit Eleanor avec impatience. Je l'appellerai, Niamh, mais maintenant, il faut absolument que je travaille !

Niamh sortit en grommelant "travaille !" d'un ton dédaigneux.

Eleanor fit semblant de n'avoir rien entendu. Mais elle était contente de l'invitation pour le lendemain soir. C'était toujours une soirée en perspective.

Au bout de la sixième partie, Eleanor en eut assez, mais elle se sentait bien, dans l'atmosphère et le brouhaha du pub. Le village avait participé en grand nombre pour soutenir l'école. C'était Mr Duffy, le directeur, qui était le maître du jeu.

— Ça ne peut être que les instituteurs qui ont préparé ces questions ! se plaignit le sergent Mullen.

Le Dr Boylan le regarda :

— Qu'est-ce qui vous fait dire ça ?

— Elles sont sacrément tordues, vous ne trouvez pas ?

Faut avoir une tournure d'esprit spéciale pour avoir des idées pareilles !

Eleanor avait constaté avec amusement que le dentiste et le policier prenaient le jeu très au sérieux, d'autant plus qu'ils étaient en compétition pour la première place avec l'équipe de Richard Brady.

Brenda partageait l'avis du sergent.

— La plupart des questions de musique sont vieilles comme Hérode !

La jeune fille n'était pas en forme, sa vivacité naturelle lui faisait défaut, ce soir. Ses yeux étaient cerclés de profonds cernes noirs qu'elle avait visiblement tenté de cacher sous une épaisse couche de maquillage.

— Ça va, Brenda ? s'inquiéta Eleanor. Vous êtes très calme, ce soir.

— Oui, oui. Ça va. Et vous, Eleanor ? Vous êtes contente de votre soirée ?

— Oh oui ! Mais j'ai peur de ne pas être à la hauteur. Votre père et le sergent ont l'air bien décidés à gagner. Si seulement je pouvais partager leur enthousiasme !

— Mon père n'aime pas perdre, expliqua Brenda d'un ton amer. Personnellement, je m'en fiche, sauf que ça me plairait assez de rabaisser le caquet de l'oracle.

— L'oracle ?

— Niamh Byrne. Je lui ai donné ce surnom parce qu'elle croit avoir réponse à tout. C'est sûr, la pomme ne tombe jamais bien loin de l'arbre. Sa mère est pareille, cette vieille sainte nitouche ! Ouais, ça me plairait aussi de rabaisser le caquet à Matt Kelly.

— Ah ? s'étonna Eleanor. Je croyais que vous aviez décidé de l'oublier.

— C'est vrai, mais j'ai du nouveau à vous raconter, annonça la jeune fille après avoir jeté un regard vers son père. Ça ne vous dérangerait pas de venir me rejoindre au bar tout à l'heure pour qu'on bavarde un peu ?

— Pas du tout !

Le Dr Boylan leur demanda de se taire, car Mr Duffy s'apprêtait à lancer la dernière partie. Le sergent Mullen, excité, se tenait sur le qui-vive. C'était la partie décisive ! Ils étaient aussi sérieux que s'il s'agissait de gagner la supercagnotte du Loto.

Ils perdirent le premier prix à un point près.

Chacun des membres de l'équipe gagnante reçut une bouteille de whisky offerte par Tom O'Meara. Niamh et ses partenaires se levèrent pour aller chercher leur récompense. Soudain, un flash éclata : le photographe du journal local, *The Wicklow Word*, les avait immortalisés pour sa prochaine édition.

Les seconds eurent droit chacun à une boîte de chocolats, au grand dépit du sergent Mullen. Les paparazzi ne se donnèrent pas la peine de les prendre en photo, eux. Le Dr Boylan était furieux. Le sergent Mullen, pour sa part, lançait des regards noirs dans toutes les directions. Ils ressemblaient à deux gamins déçus.

Brenda et Eleanor les laissèrent ruminer leur rancœur dans la salle et allèrent prendre un dernier verre au bar.

— Votre père avait l'air d'un taureau en colère, s'étonna Eleanor. J'ai cru qu'il allait vous frapper.

Brenda répondit avec une moue :

— Ce ne serait pas la première fois.

— Quoi ?

La jeune fille leur fraya un chemin vers une table d'angle.

— Ce ne serait pas la première fois qu'il me frapperait.

— Mon Dieu, vous ne parlez pas sérieusement, Brenda !

— Si. Hier soir, il est rentré complètement pété. Il m'a

foutu un coup de poing, mais j'ai réussi à l'arrêter avant qu'il ne me réduise en bouillie. Je me suis enfermée dans ma chambre.

— Il vous a battue ?

— Oui, et ça fait des mois que ça dure. Il boit de plus en plus. Mais cette fois-ci, s'il m'a cognée, c'est grâce à Matt Kelly.

— Pardon ?

— Mon père... Il a entendu des histoires sur mon compte au club de golf, dit-elle en allumant une cigarette.

Eleanor se rapprocha d'elle :

— Des histoires ?

— Oui, il paraîtrait que je couche avec tout le monde, précisa-t-elle en jouant avec son briquet. C'est cette ordure de Matt Kelly qui répand des saloperies sur moi.

— Brenda, c'est... vraiment choquant. Pourquoi votre père écoute-t-il ces calomnies ?

— Ça fait des années qu'il écoute les rumeurs et les commérages. Tout le village passait son temps à parler de ma mère. Je vous l'ai déjà dit. Il la battait, elle aussi. Mes premiers souvenirs, c'est de voir mon père cogner ma mère et lui gueuler dessus. Il est pas mal en temps normal, mais dès qu'il est remonté, il devient violent. Et la boisson, ça n'aide pas. Il ne m'avait jamais touchée avant, ça l'a pris l'année dernière. Parce que plus je vieillis, plus je lui rappelle ma mère. Parfois, quand il me bat, j'ai vraiment l'impression qu'il se défoule sur moi en pensant à elle. (Elle fit une pause.) J'ai appris à l'accepter, je pense.

— Oh ! Brenda, vous n'avez pas à l'accepter ! Vous ne pouvez pas l'accepter. Vous ne devez pas rationaliser le problème parce que votre père n'a pas un comportement rationnel. Il perd le contrôle de lui-même.

— Oh ! je sais ! soupira-t-elle. Je le sais, mais je me suis convaincue qu'un jour il s'arrêterait. Qu'il se rendrait compte de ce qu'il fait. Il m'aime, vous savez. Il m'aime vraiment.

C'était une drôle de façon de montrer son amour.

— Vous pouvez lutter contre ce problème, Brenda. Il faut vous faire aider. Votre père a besoin d'être aidé.

La jeune fille jeta un regard implorant à Eleanor :

— Vous ne le dénoncerez pas, j'espère ?

— Brenda, je ne ferai jamais une chose pareille. Mon conseil, c'est de vous faire aider par un professionnel, autant pour son bien que pour le vôtre.

— Mais je ne veux pas qu'on le signale à la police ou quelque chose de ce genre. Il n'est pas méchant, simplement, il a ce caractère et...

— Il frappait votre mère aussi, rétorqua Eleanor d'un ton ferme.

Brenda détourna les yeux.

— Oui, c'est vrai. Mais pas souvent, croyez-moi. Je veux dire, pas tout le temps. Vraiment, Eleanor, il ne le faisait pas souvent.

— Elle aurait dû le quitter. Pourquoi n'est-elle pas partie ?

— Où vouliez-vous qu'elle aille ? Ce n'est pas si facile. Pendant les mois qui ont précédé sa... sa mort, mes parents ne se parlaient presque plus. Ils faisaient chambre à part depuis des années. Ils avaient des vies séparées. Bien sûr, personne ne le savait. C'était un dentiste, un bon père de famille. Les gens le respectaient, et ils continuent.

Comme le couple qu'elle-même formait avec Larry. Des chambres séparées, des vies séparées. Personne ne savait rien non plus de leurs quatre années de souffrance silencieuse. Certes, il n'y avait aucune violence, Larry en eût été bien incapable... Mais qui soupçonnerait un dentiste de battre sa femme ? Les gens comme il faut ne battaient pas leur femme, et pourtant, elle ne se souvenait que trop bien de la femme battue qui était venue la consulter six mois auparavant. C'était l'épouse d'un magistrat.

— Vous ne pouvez pas continuer comme ça, Brenda.

— On s'habitue à tout, vous savez. Tout allait très bien entre nous avant hier soir, avant que ce salaud de Matt Kelly raconte ces bobards sur mon compte. J'ai envie de le tuer, ce Matt... Mais je pense que ce n'est pas la peine d'essayer de démentir, ça me ferait plus de tort que de bien. Ça alimenterait les rumeurs.

— Je ne sais pas. Vous avez le droit de conserver votre réputation. Vous avez le droit de marcher la tête haute.

— Un de ces jours, je vais partir.

— C'est vrai, à votre âge, vous devriez partir pour acquérir votre indépendance.

— Oui, acquiesça la jeune fille. Je vais y réfléchir et peut-être... Mon Dieu ! « Le mort ressuscita et apparut à beaucoup ! » Ne vous retournez pas maintenant. Quelqu'un vient d'entrer... Je n'en crois pas mes yeux.

— Que se passe-t-il ?

Brenda avala une grande gorgée de bière.

— Non, non, chut. Ne dites rien. Je rêve !

Eleanor commençait à s'impatienter :

— Qui est-ce ?

Elle tourna la tête mais elle ne vit ni Matt ni le Dr Boylan, pas plus que le sergent.

— Oh ! c'est trop pour moi, ça... dit Brenda entre ses dents. Oh ! non, il vient par ici !

Mais qui donc ? Qui venait par ici ?

Un homme athlétique, aux cheveux poivre et sel, s'approchait de leur table. Grand et très hâlé, il portait un pantalon clair et une chemise blanche à col ouvert. Il était

204

extrêmement séduisant. Sa démarche était impossible à confondre. Le cœur d'Eleanor sauta dix battements.

Il tendit la main pour serrer celle de Brenda.

— Salut, Brenda, ça fait longtemps que je ne t'ai pas vue.

La jeune fille eut un sourire contraint.

— C'est vrai. Vous allez bien ?

— Oh ! je tire le diable par la queue... Tu es superbe. Tu ressembles terriblement à ta mère.

Brenda tressaillit.

— Tu ne me présentes pas à ton amie ? dit-il en souriant à Eleanor. Aussitôt, il s'arrêta net. Mon Dieu ! Ce n'est pas possible !

— Excusez-moi. Eleanor Ross. Eleanor... marmonna celle-ci.

Il prit sa main et la garda en plongeant ses yeux dans les siens. Son regard était d'un bleu profond. Le genre qui vous déshabillait sans se presser. Des yeux bleus pétillants. Elle l'eût reconnu n'importe où. Il avait vieilli, bien sûr, mais il avait toujours le même visage enfantin. Elle ne put contrôler le tremblement de sa main dans la sienne.

— Eleanor Moore ! J'ai du mal à y croire !

Brenda n'y comprenait rien.

— Vous n'allez pas me dire que vous vous connaissez ?

— Bien sûr qu'on se connaît !

Avant de lui laisser le temps de réagir, il attira Eleanor et la serra contre lui, souriant de l'expression stupéfaite de Brenda.

— Tu te souviens de moi, Eleanor ? Ryan Brady ?

Hébétée, elle répondit en faisant un effort surhumain pour conserver une voix égale :

— Oui, oui, je me souviens. Bien sûr que je me souviens. Je suis contente de te revoir.

Son cœur battait si fort qu'elle craignait qu'il ne l'entende. Ses jambes menaçant de ne plus la porter, elle s'assit. Son cerveau était en ébullition. Ryan Brady... Ici. Maintenant. Les années semblèrent s'évaporer, un sentiment étrange qu'elle n'avait jamais connu jusqu'alors.

— Eleanor Moore ! Incroyable ! Tu n'as pas changé du tout ! s'exclama-t-il, les yeux pétillants de malice.

11

Ryan Brady. Un fantôme surgi du passé. Un agréable souvenir qui s'était dissous au fond de son esprit. Mais l'homme qui était devant elle... ce Ryan Brady-là, ce n'était pas un fantôme. Elle avait devant elle la réalité vivante, faite de chair et de sang.

Eleanor, partagée entre le trouble et le ravissement, réalisa qu'elle était assise à quelques centimètres du garçon qui avait été au cœur de ses rêves d'adolescente. À l'époque, il était beau à se damner. Avec ses cheveux noirs de jais et son teint mat, il ressemblait bien plus à un Espagnol qu'à un Irlandais. Elle en était folle, et ce n'était pas étonnant. Son premier amour. La tête lui tournait. Le revoir après toutes ces années !

Pourtant, elle était en proie à un étrange malaise.

Elle l'observa à la dérobée. Il était toujours très séduisant... mince, les cheveux parsemés de fils gris. Sexy. Un grand front, des sourcils fournis et sombres qui surmontaient ses beaux yeux bleu marine. Son nez était plus droit que dans son souvenir. Elle ressentit une sensation vaguement familière qui ressemblait fort à une bouffée de désir.

Il se leva et approcha une chaise.

— Je peux me joindre à vous, Eleanor ? Est-ce que vous buvez quelque chose ?

— Non, rien, merci, répondit Brenda d'un ton ferme.

— Je vais prendre un gin-tonic, s'empressa de dire Eleanor, de peur qu'il ne disparaisse sous ses yeux. Merci, Ryan.

Le revoir dans ces conditions était tellement inattendu qu'elle en perdait un peu la tête. Mais l'important, c'était qu'elle ressentait quelque chose. Depuis combien de temps n'avait-elle pas été en proie à un sentiment aussi fort ? Quand avait-elle ressenti cette sensation pour la dernière fois ?

Il sourit et s'assit tout près d'elle.

— Tom, quand tu voudras ! lança-t-il au patron qui était plongé dans une grande conversation avec son épouse.

Un profond silence s'était abattu sur le bar. Les clients chuchotaient entre eux. Brenda jeta un regard significatif à Eleanor. Il était évident qu'elle avait envie de rentrer, mais Eleanor n'avait pas l'intention de partir tout de suite.

— Eh bien, tu m'en diras tant ! (Un grand sourire.) Eleanor Moore ! Incroyable ! C'est fantastique de te revoir !

Toujours aussi exubérant !

Il rit :

— Tu te rends compte ! Quand je pense à ce que m'a dit ma belle-sœur ce soir ! Elle n'a pas arrêté de chanter tes louanges, de dire que tu étais une merveille. Bien sûr, je ne savais pas qui était cette Eleanor Ross. Victoria m'a simplement raconté qu'elle employait quelqu'un pour s'occuper de sa mère. Et c'est toi ! Quelle coïncidence ! (Son regard la mit sur des charbons ardents.) Peut-être est-ce plus qu'une coïncidence. Peut-être est-ce tout simplement le destin ?

Une nouvelle fois, il appela Tom O'Meara, et une nouvelle fois, le patron fit la sourde oreille.

— Il faut que je me pince pour être sûr de ne pas rêver, Eleanor. Toi, à Coill ! Et au Lodge !

La bouche de la jeune femme devint sèche.

— Oui, c'est... J'ai entendu parler de toi, mais je n'étais pas sûre...

— Parler de moi, oh oui ! ça, je n'en doute pas ! dit-il avec un sourire ironique. Le téléphone arabe de Coill. Tu es là depuis combien de temps ? Tu te plais ?

— J'entame ma troisième semaine aujourd'hui, précisa-t-elle d'une voix enrouée. Désolée, je crois que j'ai un chat dans la gorge.

Elle évita de le regarder.

— Je suis si content de te revoir, Ellie !

Moitié moins content qu'elle, sûrement !

— Je suis de nouveau installé au Lodge... au moins pour l'instant. Richard a refait la chambre d'amis pour moi. C'est très sympa de sa part. Victoria m'a dit qu'il était ici ce soir, c'est pourquoi je suis venu. Si j'avais su que je te trouverais là aussi !

Cela expliquait la hâte de Richard à repeindre la pièce. Eleanor se demanda ce que les dames Laffan pensaient de la nouvelle tournure prise par les événements. Elles devaient être folles de joie ! Surtout miss Laffan !

— Richard est dans la salle.

— J'y ferai un saut tout à l'heure. Il sera surpris, il ne m'attendait pas avant après-demain ; mais j'ai réussi à trouver un vol plus tôt.

Brenda, assise sur sa chaise dans une sorte de stupeur, ne parvenait pas à détacher ses yeux de lui. C'était un fantôme pour elle aussi. Un souvenir. Et pas un souvenir très agréable.

— Brenda, murmura-t-il, je suis désolé d'avoir évoqué ta mère de façon si brutale tout à l'heure. Je n'ai pas voulu te blesser. Mais tu lui ressembles tellement ! Te voir ce soir m'a fait un choc. Comment vas-tu ?

— Très bien, répondit-elle en évitant ses yeux. Très bien. Je travaille pour mon père au cabinet.

— C'est bien, commenta-t-il.

Que ressentait-il, assis à côté de Brenda ? Avait-il réellement eu une liaison avec sa mère avant l'horrible meurtre ? Et pourquoi avait-il quitté Coill si brusquement, après ? Et si c'était lui le meurtrier ? Non, non, non. Impossible.

Ryan Brady. Son Ryan Brady. Sa première histoire d'amour...

Il était doux, sensible, plein d'attentions ; il marchait à l'extérieur lorsqu'ils se promenaient... Un vrai gentleman. Elle avait été fort impressionnée par cet aspect de sa personnalité. Il ouvrait les portes pour elle, ne manquait jamais de téléphoner quand il lui avait promis de le faire... Il était gentil, courtois...

Mais tout cela remontait à tant d'années... Il pouvait avoir changé. Les gens changent.

Tom O'Meara finit par se décider à s'approcher, la mine renfrognée.

— Donc, revoilà l'affreux Ryan Brady en personne !

Ryan lui tendit la main mais Tom ne la saisit pas. L'insulte était flagrante et délibérée. Ryan n'en parut pas troublé pour autant.

— Alors, Tom, tu ne me dis pas à quel point tu es content de me revoir ?

— Franchement, non, grommela le patron du bar.

Ryan posa la main sur son cœur en mimant une douleur aiguë :

— Aah ! C'est pire que si un serpent m'avait mordu ! En voilà une façon de souhaiter la bienvenue à l'enfant prodigue, n'est-ce pas, mesdames ? s'écria-t-il avec un clin d'œil à Eleanor.

Brenda, de son côté, mordillait le bout de ses ongles.

Tom s'impatienta :

— Qu'est-ce que vous voulez, Mr Brady ? On n'a plus de sandwiches au veau.

Brenda toussa nerveusement.

— Qu'est-ce que c'est que ce ton officiel, ce Mr Brady ? Tu me piques au vif, Tom ! répliqua Ryan. Mais si cela peut vous faire plaisir, Mr O'Meara, d'accord. Bien, voyons... Pour moi, ce sera un brandy. Et pour ces dames, qu'elles choisissent.

Eleanor commanda un gin-tonic mais Brenda se leva pour partir.

— Il faut que j'y aille.

Elle rangea ses Rothmans et son briquet dans son sac.

Tom tourna les talons, marmonnant dans sa barbe.

— Ne pars pas à cause de moi, je t'en prie, Brenda, protesta Ryan en la prenant doucement par le bras. Je ne voudrais pas interrompre ta soirée avec Eleanor.

— Non, non, ce n'est pas à cause de vous, répondit-elle vivement. Vous devez avoir plein de choses à vous dire, et moi, il faut que je me lève de bonne heure. Je vous appelle demain, Eleanor. Vous avez quelqu'un qui vous ramène ?

— Je rentrerai à pied avec elle, proposa Ryan, ce sera comme au bon vieux temps.

— Non, non, c'est bon, dit Eleanor, énervée, je suis venue avec Richard.

— Oh ? fit Ryan, apparemment ravi. C'est décidé, alors.

210

Nous pouvons rentrer tous les trois ensemble à pied. Ce sera...

— Je m'en vais ! l'interrompit Brenda en fermant son sac.

Tom revint et posa les verres sur la table d'un geste sec. Ryan, absolument imperturbable, paya les consommations. Brenda leur dit poliment bonsoir et sortit.

Ryan se pencha vers Eleanor. Son after-shave était très subtil.

— J'espère que je ne lui ai pas fait peur. Ah ! Eleanor Moore ! Tu me rajeunis ! Je me sens redevenir un gamin, ici, avec toi.

Eleanor aussi se sentait redevenir gamine.

— C'est si bon de te revoir, dit-il en caressant affectueusement sa main. Tu es exactement comme dans mon souvenir. Brune, avec de jolis yeux noisette. Pourquoi rougis-tu ? Tu es magnifique, Ellie.

Ses joues commençaient en effet à cuire sérieusement.

— Qu'est-ce que tu as fait depuis tout ce temps ? Mon Dieu, quelle question ! Plus exactement, ça fait combien de temps ? Au moins vingt ans... plus. Plutôt trente ? Tu es vraiment superbe ! Vraiment ! (Il rit.) Eleanor Moore ! La fille que j'ai connue et aimée !

Eleanor enleva sa main.

— Je ne suis plus une fille, maintenant. Je ne suis plus la petite adolescente menue que tu as connue. Et je m'appelle Ross, maintenant, Eleanor Ross.

Il caressa pensivement son menton. Même ses longs doigts bruns lui rappelaient des souvenirs... Elle le revit pinçant sa guitare dans son salon... Sa mère qui accourait leur apporter du thé ou du café... Son père qui la mettait en boîte parce qu'elle sortait avec un beatnik...

— Ross. Oui, oui, bien sûr. Tu t'es mariée. (Il se tut une

seconde.) J'ai cru comprendre que tu étais veuve. Quand Victoria m'a parlé de la personne qu'elle employait pour s'occuper de sa mère, elle m'a dit qu'il s'agissait d'une veuve. J'ai imaginé une petite vieille qui tricotait des chaussettes de laine et des dessus de lit. Jamais je n'aurais cru...

— Ryan, l'interrompit doucement Eleanor, tu es venu pour voir Richard. Tu ne crois pas que...

— Mais oui, où ai-je la tête ? Tu as raison. Ce n'est pas l'heure ni le lieu de rattraper le temps perdu. Nous avons tout l'été pour ça. Nous avons l'avenir pour rattraper le passé ! ajouta-t-il avec un sourire espiègle.

Donc, il pensait passer le reste de l'été à Coill. Et il supposait qu'elle y serait aussi.

— Comment va Rich ? À dire vrai, je suis un peu déçu qu'il soit toujours ici. J'ai bien peur qu'il ne manque un peu d'énergie.

Pourquoi serait-ce à lui d'être déçu ? Elle ne le suivait pas. Il était charmant avec elle, mais dès qu'il s'agissait de son fils...

— Richard va très bien, en dehors du fait qu'il est surchargé de travail. Il a l'entière responsabilité de l'entretien du Lodge, d'après ce que je vois. Et c'est beaucoup de travail. (Une bouffée de colère l'envahit.) Je crois qu'il aurait bien besoin d'être aidé. Il abat facilement le boulot de deux hommes !

Tiens, prends ça et mets ton mouchoir par-dessus !

— Surchargé, oui, dit Ryan en sortant sa pipe et un paquet de tabac de la poche de sa veste. Et très certainement sous-payé, en plus.

Il tassa le tabac dans sa pipe avec son pouce, exactement comme le père d'Eleanor.

— C'est ce qui me préoccupe, dit-il. Richard a toujours été influençable. C'est parce qu'il a été élevé par deux femmes. J'ai essayé d'en faire un homme, mais je n'ai pas réussi.

Était-il vraiment bien placé pour faire des remarques désobligeantes sur son fils ou sur les dames Laffan ?

Elle se cala au fond de sa chaise et réfléchit en faisant durer son gin-tonic. Malgré tout, ses paroles l'avaient troublée. Et s'il avait raison ? Richard était-il trop passif ? Est-ce qu'on l'utilisait ?

— Donc, il est dans la salle ? poursuivit Ryan. Je vais aller le trouver et lui demander de se joindre à nous, d'accord ? J'aimerais que nous ayons de vraies retrouvailles, Rich et moi. Nous ne nous sommes pas revus depuis près d'un an. Je n'en suis pas très fier ; je n'ai vraiment pas été pour lui le père idéal. Mais j'ai bien l'intention de m'amender. (Il se leva.) Je vais aller le trouver et faire la paix.

Joignant le geste à la parole, il se dirigea vers la salle. Il avait toujours la même démarche jeune et assurée, pleine d'allant. Il avait davantage l'air d'un jeune homme que d'un monsieur d'âge moyen ; et le plus curieux était qu'elle se sentait différente en sa présence. Plus jeune. Plus insouciante. Vingt minutes en sa compagnie avaient suffi pour la transporter vingt ans en arrière. Non, près de trente...

Il était assis à côté d'elle sur le canapé. Ils écoutaient Procol Harum. Elle avait seize ans et lui, dix-huit. Il avait déjà de l'expérience ! Ses cheveux étaient coiffés en queue de cheval et elle portait une mini-robe bleue. Il l'embrassait avec passion en lui pétrissant le dos de ses mains. C'est alors que la fermeture Éclair de sa robe s'était ouverte lentement ; elle avait senti les dents de métal courir le long de ses omoplates, descendre jusqu'à sa taille. Elle avait sauté du canapé, horrifiée, mettant une fin abrupte à leur petit jeu. Plus tard, le soir, elle avait découvert que la fermeture était cassée !

... Ah ! se dit-elle, arrête d'évoquer tes souvenirs ! Maintenant, il est père d'un fils de vingt ans.

Qu'entendait-il par "faire la paix" ? Elle était convaincue que Richard ne lui tenait aucune rigueur ; cependant, il avait certainement dû entendre parler de l'arrivée remarquée de son père dans le pub. Et, de son côté, il n'était pas venu le retrouver au bar. Pourquoi ?

Elle décida de rentrer au Lodge pour laisser les deux hommes entre eux. Elle n'avait pas envie de s'immiscer dans leur intimité.

Ryan revint, un bras passé autour des épaules de son fils. Il était souriant, mais le jeune homme paraissait tendu. Rich prit place à côté d'Eleanor. Niamh Byrne s'avança nonchalamment vers eux, brandissant la bouteille de whisky qu'elle avait gagnée.

— Ça ne vous dérange pas si je m'assieds avec vous ?

Elle n'attendit pas leur réponse.

Ryan donna quelques petits coups de briquet sur son verre pour demander le silence. Les dix clients présents obéirent consciencieusement, trop stupéfaits pour parler.

— Une minute d'attention, s'il vous plaît. Je vois que certains d'entre vous sont, disons, un peu surpris de me voir ici ce soir. J'espère que vous ne vous imaginiez pas être débarrassés de moi pour de bon. Vous voyez, je suis comme la mauvaise herbe, je résiste !

Il attendait des rires, mais il n'y eut aucune réaction. Regardant Eleanor, il ajouta :

— Je voudrais dire à quel point je suis content d'être revenu. Je pense que mon retour mérite d'être arrosé. Tom, quand tu voudras ! J'offre la tournée générale !

Pour le coup, son discours déchaîna l'enthousiasme

dans l'assistance. On applaudit à tout rompre en poussant des cris d'allégresse. La glace était rompue.

Ryan se dirigea vers le comptoir pour payer sa tournée en s'arrêtant pour échanger quelques mots ou distribuer quelques tapes dans le dos. Richard l'observait d'un air affligé.

Niamh Byrne était aux anges.

— Ah ! c'est super ! Mr Brady offre la tournée à toute la salle ! Moi, je prends un demi de cidre. Vous vous rendez compte ! Offrir la tournée à tout le monde ! C'est super-cool, hein ?

Richard se montra sceptique.

— Il n'y en a p-pas beaucoup qu-qui ont accepté s-son invitation !

— Ouais, c'est vrai, reconnut Niamh. Mon père, il a refusé.

Comment son père eût-il pu supporter la vue de Ryan ? Ils avaient eu tous les deux une liaison avec Carol Boylan. Soudain, Eleanor ressentit une piqûre de jalousie.

Niamh remarqua le malaise de Richard et changea de sujet. Elle donna un vigoureux coup de coude à Eleanor :

— Qu'est-ce que vous avez pensé du quiz, Mrs Ross ? lui demanda-t-elle en posant sa bouteille de whisky sur la table avec ostentation. Celle-là, je vais la donner à papa pour le consoler. Je savais bien qu'on finirait par gagner, mais je reconnais que vous nous avez donné du fil à retordre. La dernière partie a été serrée, hein ?

— Oh ! ce n'était qu'un jeu ! répondit Eleanor, l'esprit absent.

— Ça va, Mrs Ross ? s'inquiéta Niamh en lui administrant un nouveau coup de coude. Vous êtes devenue toute pâle.

— Je vais très bien. Je suis juste fatiguée.

Devenue toute pâle. Eleanor sourit intérieurement. *D'un blanc plus pâle,* la chanson de Procol Harum... Elle avait encore l'air dans la tête. Il fallait qu'elle rentre au Lodge pour repenser à tout cela dans la quiétude de sa chambre. Trop de rumeurs, de pensées, de souvenirs se bousculaient dans sa tête.

Ryan revint en apportant leurs boissons.

— Alors, mon fils, que me racontes-tu ?

Eleanor se demanda comment opérer une discrète retraite sans paraître grossière. Elle ne versa que la moitié de son tonic dans son verre, afin de pouvoir partir au plus tôt.

— Rien. Il n-n'y a rien à r-raconter.

— Tu t'occupes toujours de ton petit élevage de poules ?

— Ouais, dit Richard mollement.

— Ça ne doit pas rapporter beaucoup, j'imagine, observa son père en faisant tourner le brandy dans son verre.

Ryan avait laissé entendre qu'il trouvait son fils trop doux. Dans ce cas, pourquoi le rabaisser, et devant témoins, en plus ? Elle prit une grande gorgée de gin et frissonna. Non dilué, le gin était fort ! Elle en prit une nouvelle gorgée et s'habitua au goût.

— Je me d-débrouille, répondit Richard.

— Tu pourrais faire bien mieux, Rich, insista son père. Cet endroit est une mine d'or potentielle. Naturellement, il faudra procéder à des rénovations qui coûteront pas mal d'argent. J'y ai beaucoup pensé dernièrement. Mais il faudra que tu sois d'accord. On pourrait amasser une fortune si on s'y mettait ensemble.

— Mmh... murmura le jeune homme.

— Tu n'as pas l'air très enthousiaste.

Eleanor mourait d'envie de prendre la défense de Richard, mais ce dernier était adulte, il pouvait se défendre lui-même. Naturellement, le fait de bégayer ne lui facilitait pas la tâche.

Elle avala une autre longue gorgée et arriva presque au bout de son verre.

— Je s-suis content c-c-comme ça. Je n-n'ai pas beaucoup d-d-de be-besoins. En t-tout cas, moins qu-que t-toi.

Eleanor applaudit intérieurement et descendit le reste de son gin.

— Tu as raison, Richard. J'ai toujours eu beaucoup de besoins. Et ils n'ont jamais pu être satisfaits ici.

Richard jeta un regard froid à son père :

— Je suis au c-c-courant. T-tante Victoria n-n-n'arrête pas d-d-de me le r-r-répéter.

Ryan soupira et un silence embarrassant s'ensuivit.

— À ta place, je ne croirais pas tout ce que raconte ta tante, Rich. Ou ta pauvre vieille grand-mère. Nous en avons déjà parlé. Ne nous disputons pas ce soir, d'accord ?

— Oh ! oui, p-p-pas de p-problème, j-j-je suis d-d-d'accord !

— Ellie, tu as fini ton verre, dit Ryan en se levant. Je vais t'en commander un autre.

— Non, non, merci, je n'en veux plus.

— Sûr ?

— Absolument.

C'était le moment de s'éclipser.

Une seule lumière, celle de l'entrée, était encore allumée. Eleanor était arrivée devant la porte de sa chambre lorsqu'elle vit sa logeuse, en robe de chambre matelassée, descendre du troisième étage.

— Eleanor ! l'appela-t-elle. Puis-je vous dire un mot ?

— Eh bien... à vrai dire, je suis très fatiguée. Ça ne peut pas attendre demain ?

Une expression irritée se peignit sur le visage de Victoria.

— Naturellement, dit-elle d'un ton glacial. Bonne nuit, Mrs Ross.

Elle poursuivit son chemin dans le corridor et disparut dans l'escalier.

Et voilà ! Elle en était revenue au nom de famille. Mais Eleanor était trop fatiguée et trop tendue pour y prêter attention.

Elle venait à peine de s'endormir lorsqu'elle fut réveillée par des bruits provenant du dehors. Furieuse, elle se leva pour aller fermer la fenêtre. Entendant des voix, elle jeta un coup d'œil en bas pour tenter de voir ce qui se passait et distingua des formes faiblement éclairées.

C'était Niamh qui titubait sur les marches du perron. La jeune fille lâcha soudain sa bouteille de whisky, qui s'écrasa sur le béton. Le liquide odorant l'éclaboussa, ainsi que Richard qui la poussait pour la faire avancer.

La porte s'ouvrit. Miss Laffan. Le compte de Niamh était bon !

Eleanor avait les nerfs à vif. Les Laffan, les Brady, les Byrne... Elle n'en pouvait plus ! Elle avait passé un temps fou à se tourner et à se retourner dans son lit en se posant des questions sur Ryan. Comment s'était-il débrouillé pour recueillir l'unanimité contre lui ? Elle l'avait connu, cet homme ! Il faisait partie de son passé ! De plus, elle était toujours attirée par lui ; d'ailleurs, quelle femme ne l'était pas ? Elle n'ajoutait pas foi aux rumeurs répandues à son sujet... Et pourtant, il n'y avait pas de fumée sans feu.

Bien. Assez ! Elle retourna se coucher, éteignit la lumière, se tourna sur le côté et tira la couette sur ses oreilles.

Victoria Laffan était hors d'elle. Comment osaient-ils la réveiller ainsi ? Elle qui était déjà continuellement dérangée par sa mère ! Ça, par exemple ! C'en était trop !

— Qui est le responsable de ce vacarme ? siffla-t-elle.

— Désolée, hoqueta Niamh.

— Qui est le responsable ? répéta-t-elle d'une voix plus forte.

— C'est moi. Enfin, je crois que c'est moi, avoua Niamh en souriant d'un air idiot. Je crois que je suis... bourrée.

— C'est ce que je vois ! glapit sa patronne.

— On a gagné le premier prix, miss Laffan.

La jeune fille fit une ébauche de sourire, mais un nouveau hoquet l'empêcha d'aller jusqu'au bout.

— Demain matin, vous nettoierez vos saletés !

Se tournant vers son neveu :

— Je te croyais plus raisonnable.

— Non, non, c'est pas juste ! protesta Niamh. Richard, il y est...

— Qui a dit que la vie était juste ? Qu'est-ce qui vous prend de faire un tel vacarme à une heure pareille ? Savez-vous que nous avons des pensionnaires qui essaient de dormir ?

Niamh hocha la tête et faillit s'écrouler par terre.

Victoria aperçut son beau-frère un peu plus loin.

— J'aurais dû m'en douter, dit-elle en foudroyant Richard du regard. Ton père ! Je suppose que c'est lui qui l'a fait boire. Cet homme est un fléau.

Sa tête était coulée dans son oreiller. Quelqu'un avait collé ses paupières et ses sourcils s'étaient transformés en braises incandescentes. Ses bras étaient en plomb et elle ne sentait plus ses jambes. On lui avait enlevé la langue. Elle ne pourrait plus parler. Elle ne pouvait pas avaler non plus... on lui avait passé la bouche au papier de verre. Sa paupière droite se décolla. Elle n'était donc pas aveugle. Pourtant, elle ne voyait pas clair. Son cœur cognait dans sa poitrine... Ils ne s'y étaient donc pas encore attaqués. La brume se dissipa lentement. Son autre œil s'ouvrit. Elle distingua vaguement les contours de sa chambre.

Niamh Byrne se jura de ne plus jamais boire une goutte d'alcool de sa vie. Plus jamais ! Par bonheur, ses yeux se refermèrent, mais ça continuait de cogner dans sa tête.

Elle se réveilla en sursaut et loucha vers son radio-réveil. Oh ! mon Dieu, onze heures ! Elle se frotta les yeux et entendit frapper à sa porte au même moment.

— N-Niamh, tu es r-réveillée ?

Elle retomba sur ses oreillers et serra la couette autour d'elle.

— Ouais.

Super, sa voix était revenue.

— Il f-faut qu-que je t-t-te voie.

Niamh bâilla et étendit ses jambes.

— La porte est ouverte.

Nom d'une pipe, qu'est-ce qui lui avait pris de dire ça ?

Elle avait les cheveux en bataille et quant à sa figure... Elle devait être toute barbouillée, puisqu'elle ne s'était pas démaquillée ! Il ne fallait pas qu'il la voie comme ça !

La porte s'ouvrit et Richard entra, portant une tasse.

— S-Salut ! C-comment ça v-va ?

Elle s'efforça de le regarder, les yeux injectés de sang.

— Me demande pas !

— Tiens, b-bois c-ce thé.

Elle secoua la tête. Elle était incapable d'avaler quoi que

220

ce soit, même sous la torture ! Rien que d'y penser, ça la rendait malade.

— Tante V-Victoria veut t-t-te voir.

Ça, ce n'était pas vraiment étonnant. Tante Victoria voulait lui souffler dans les bronches. Peut-être même qu'elle voulait la virer.

— Elle est vraiment fâchée ? demanda-t-elle stupidement.

Il haussa les épaules.

— Oui. M-mais ne t-t'inquiète pas. J-j'ai préparé les petits d-déjeuners a-avec elle. M-mon père nous a ai-aidés aussi. J-je c-crois d-d-d'ailleurs que ça l-l'a c-contrariée plus qu-qu-qu'autre cho-chose.

— Excuse-moi, Richard. J'espère que tu t'es pas fait engueuler à cause de moi, hier soir.

Elle s'assit et s'étira. Son T-shirt dessina la forme de ses petits seins. Elle surprit le regard du jeune homme posé sur eux.

— Assieds-toi, lui dit-elle en tapotant le lit.

Le jeune homme se balança d'un pied sur l'autre et refusa :

— Il vaut m-m-mieux pas. P-peut-être qu-qu'elle m-me ch-cherche.

— O.K., vraiment, je suis désolée pour hier soir. Et pourtant, j'ai pris que trois demis. Le cidre, c'est plus fort que je croyais. C'est quand je suis sortie que l'air m'a complètement sonnée. Oh ! mon Dieu, j'ai été conne, hein ? Tu as dû m'en vouloir !

— P-pas du t-tout, répondit Richard en sortant. T-tu étais plutôt d-d-drôle. Et la tête de t-t-tante Victoria va-valait dix !

Il sourit timidement et ferma la porte derrière lui.

Niamh bondit hors de son lit. Grave erreur. La pièce

221

se mit à tourner autour d'elle. Elle dut s'asseoir quelques instants pour retrouver son équilibre. Pas de précipitation ! Elle se fraya lentement un chemin vers la coiffeuse et s'étudia dans le miroir. Elle était plutôt moche à voir. C'était là que Richard avait laissé la tasse de thé et elle se risqua à en prendre une gorgée. Gloup ! Son estomac se souleva. Posant sa main sur sa bouche, elle mit le cap sur la salle de bains. Elle y fut en un temps record.

— Vous comprenez que tout cela est très grave, Niamh, lui dit miss Laffan d'un ton ferme.

Niamh hocha la tête en la regardant piteusement à travers ses larmes. Elles se trouvaient au salon. Miss Laffan était assise droite comme un I dans un fauteuil à haut dossier, et la jeune fille avait pris place sur le canapé en face d'elle, les mains croisées sur les genoux. C'était pire que d'être dans le bureau du proviseur.

— L'épisode de la nuit dernière est désastreux. En tant qu'employeur, je ne peux tolérer ces manières déplorables. Nous avons un standing à maintenir. Je me suis toujours prévalue de la respectabilité de cet établissement. Suis-je assez claire ?

La respectabilité ? C'est une blague ! Et toutes les histoires qu'on raconte ? Les commérages ?

— Je suis vraiment désolée, miss Laffan.

— Je vous crois, consentit à répondre cette dernière. On m'a dit que ce n'était pas tout à fait votre faute.

— Pardon ?

Qui lui a raconté ça ?

Miss Laffan se leva et se versa une tasse du thé contenu dans sa théière en argent. Elle tendit également une tasse et une soucoupe à son employée. De son plus beau service en porcelaine. Niamh s'affola : et si elle laissait tomber la

222

tasse, avec ses mains qui tremblaient comme des feuilles ?
Pis, et si elle tachait le tapis persan ? Cependant, elle était
trop terrifiée pour ne pas accepter le thé que lui offrait
sa patronne.

— J'ai rencontré Tom O'Meara ce matin, près du lac. Il
m'a dit que mon beau-frère vous avait pratiquement forcée
à boire.

Ce n'était pas l'exacte vérité, mais elle n'allait pas se
permettre de la contredire.

Miss Laffan but son thé à petites gorgées et Niamh suivit
son exemple. Grâce à Dieu, elle ne renversa rien.

Miss Laffan baissa la voix.

— Je préférerais que vous l'évitiez.

— Pardon ?

— Le père de Richard. Je préférerais que vous ayez le
moins de contacts possible avec lui. C'est moi qui vous
emploie et vous ne devez de comptes à personne d'autre
que moi. Vous comprenez ?

C'est clair et net.

— En somme, vous me donnez une deuxième chance,
miss Laffan ?

Sa patronne hocha la tête calmement. Sans doute que
cette situation lui plaisait. Miss Laffan aimait le pouvoir.

— Vous êtes une bonne fille, Niamh, vous êtes dure à
la tâche. Ça compte beaucoup pour moi.

Drôle de vieille toupie, se dit Niamh.

— Mais il est évident que si cette malheureuse escapade
se répétait, je serais forcée de vous demander de partir.

— C'est sûr. Ça ne se reproduira pas, promit Niamh.

— J'en suis persuadée.

Elle se leva, signifiant par là son congé à la jeune fille.
Celle-ci présenta ses excuses une dernière fois et sortit.

Victoria se félicita d'avoir si bien maîtrisé la situation.

Elle n'avait eu absolument aucune intention de renvoyer Niamh Byrne. Cette fille était un cadeau du Seigneur. Jamais elle ne s'en sortirait sans elle. Mais il fallait être strict avec son personnel, surtout avec les jeunes. Il fallait leur fixer des limites, sous peine de passer pour une imbécile. Enfin, la jeune fille avait bien compris la leçon, il n'y avait plus rien à craindre de ce côté-là. Mais en ce qui concernait son beau-frère, c'était une autre paire de manches.

12

Il était à craindre qu'après son sensationnel numéro en chemise de nuit transparente, Mamie Laffan ne fût d'humeur morose. Mais pas du tout, au contraire, la vieille dame était dans d'excellentes dispositions. Sans doute avait-elle oublié l'incident. Eleanor la trouva assise toute droite dans son fauteuil, occupée à jouer les chefs d'orchestre. Elle agitait frénétiquement les bras aux accents de la *Symphonie pour trompette* de Haydn.

À la vue de sa dame de compagnie, elle hocha brièvement la tête et continua. La musique était exquise, les violons délicats et aériens faisant écho à la fluidité de la trompette. Puis l'orchestre complet reprit peu à peu la mélodie dans un crescendo de plus en plus intense et la trompette termina la pièce en apothéose.

À la fin de l'œuvre, la vieille dame se renversa dans son fauteuil, la satisfaction du travail accompli inscrite sur son visage. Tout ce qui lui manquait pour compléter le tableau, c'était la baguette.

Eleanor sortit la cassette du lecteur et en introduisit une nouvelle.

— Qu'est-ce que tu fais, ma fille ? Laisse cette machine. Je ne veux pas d'autre musique... sauf si c'est du Mendelssohn.

Ouf ! Au moins n'était-elle pas d'humeur à écouter du Wagner !

— Je vous mets *Les Hauts de Hurlevent*, Mrs Laffan.

— Pardon ?

— *Les Hauts de Hurlevent*, répéta Eleanor.

Mamie Laffan n'en revenait pas :

— Sur cassette ?

— Oui, c'est Victoria qui l'a achetée pour vous.

— Eh bien ! s'étonna la vieille dame, tentant d'intégrer cette nouvelle. Ils font des livres sur cassettes maintenant ?

— Oui, oui, c'est très bien.

La vieille dame fit glisser ses lunettes sur le bout de son nez.

— Et Victoria l'a achetée pour moi ?

— Oui, elle a pensé que vous aimeriez.

Pourvu qu'elle ne se mette pas en colère !

Mais non, elle sourit d'un air suffisant.

— Elle doit se sentir coupable, Victoria ! Il y a de quoi ! (Ses yeux se remplirent de larmes.) Vous savez qu'elle m'a traitée d'une façon infâme, l'autre jour ? Elle était gentille, avant. Maintenant, elle devient vraiment méchante avec moi... Je ne sais pas pourquoi.

Elle n'avait donc pas oublié !

Eleanor approcha une chaise :

— Oh ! je suis sûre que vous vous imaginez des choses !

— Pas du tout. Victoria m'a vraiment enguirlandée. Ce

225

n'est pas juste. Je ne devrais pas être traitée comme ça par ma propre fille, vous n'êtes pas d'accord ?

Si, elle était d'accord.

— Vous ne savez pas ce qu'elle m'a fait ? pleurnicha-t-elle. Elle m'a crié dessus devant des... gens. Des gens que je ne connaissais pas. Tout le monde m'a crié dessus. Moi, tout ce que je voulais, c'était avoir mon petit déjeuner. Qu'est-ce qu'ils avaient tous à hurler comme ça ?

Mamie Laffan jeta un coup d'œil derrière elle pour vérifier qu'elles étaient bien seules. Puis, rassurée quant à la présence éventuelle d'oreilles indiscrètes, elle se pencha en avant vers son interlocutrice.

— Je pense qu'elle ne tourne pas rond. Elle, Victoria. Elle devient vraiment très bizarre, chuchota-t-elle.

Eleanor se racla la gorge et se leva pour mettre la cassette en route. Mieux valait changer de sujet.

— Le plus drôle, c'est qu'elle croit que c'est moi qui ne tourne pas rond ! s'exclama la vieille dame.

Elles étaient en terrain dangereux... La jeune femme appuya sur le bouton "Play".

— Allez, fermez les yeux et écoutez !

Lorsque Mr Lockwood commença le récit de son arrivée aux Hauts de Hurlevent, en décrivant le mépris manifesté à son égard par le revêche Heathcliff, Eleanor vit un petit sourire satisfait se dessiner sur les lèvres de Mrs Laffan.

La cassette se révéla une excellente idée. La vieille dame, plongée dans l'histoire, semblait avoir complètement oublié l'épisode de la chemise de nuit. Au moment où Mr Earnshaw revint de Liverpool avec le gamin en haillons, Mrs Laffan leva la main, faisant signe à Eleanor d'arrêter la cassette.

— Une source de conflits, non ?

— Oui, répondit Eleanor, enchantée de la voir suivre si

bien l'histoire. Et les choses se gâtent encore. Bien sûr, Catherine devient obsédée par lui.

Mamie Laffan avait cessé d'écouter. Elle était retournée dans son propre monde. Elle entrait et sortait de la réalité à une fréquence alarmante. Lorsqu'on la croyait sur la même longueur d'ondes, elle s'échappait et tenait des propos totalement incongrus.

— Maintenant qu'il est revenu, il va mettre notre maison sens dessus dessous, gémit-elle. Il va tout gâcher.

Il va mettre notre maison sens dessus dessous ?

— Vous parlez de Heathcliff ? s'enquit Eleanor. Oui, il est dévastateur.

— Heathcliff ? répéta la vieille dame en regardant méchamment son interlocutrice. De quoi me parles-tu ?

— Désolée. Nous ne nous sommes pas comprises.

Mamie Laffan soupira :

— Décidément, tu es un peu lente.

— Je suis désolée, Mrs Laffan. Je pensais que vous parliez de l'arrivée de Heathcliff à Hurlevent. Vous savez, la façon dont il détruit leur vie de famille. Vous vous en souvenez ? Hindley devient très jaloux et cela sème la zizanie entre son père et lui. Nelly Dean dit que les Earnshaw ne sont plus les mêmes depuis.

Ces précisions raviveraient sa mémoire.

— Les Earnshaw ? Qu'est-ce que tu veux que ça me fasse ? J'ai des choses plus importantes en tête. Ne sois pas ridicule !

— Nous reprendrons demain, proposa Eleanor. Vous êtes fatiguée.

— Je ne suis pas fatiguée, Lorna. Je sais ce que je sais. Et ne dis pas que je ne t'ai pas prévenue. Maintenant qu'il est revenu, plus personne ici ne vivra tranquille.

— Mais...

— Ne m'interromps pas, ma fille. Et ne crois pas que tu aies réussi à me tromper. Je sais ce qu'il y a entre toi et ce... ce loustic. Tu ne vas pas recommencer à fricoter avec lui. Les hommes comme lui ne pensent qu'à une chose. Je t'interdis d'avoir affaire à lui. (Elle agita son doigt.) Tu m'entends ? Je te l'interdis. Je serai obligée de le dire à Victoria si tu me désobéis, cette fois.

Ce n'était pas à cause de Heathcliff qu'elle s'inquiétait ; elle parlait de Ryan Brady. Une source de conflits et de désordre. Décidément, son esprit était bien confus.

Les paupières de la vieille dame commencèrent à tomber. Mais, au lieu de s'abandonner au sommeil, elle se redressa brusquement.

— Lorna, tu es toujours là ? Va chercher le livre de comptes de ton père, s'il te plaît.

Quelle mouche la piquait encore ?

— Euh... Je ne sais pas où il est.

— Il est dans la serviette avec ses autres papiers. Tu le sais très bien. Je l'ai laissé dans ta chambre, dans l'armoire, l'autre jour. Je ne veux pas que Victoria le sache. Je songe à modifier mon testament.

— Ma chambre ?

— Qu'est-ce qui te prend, Lorna ? demanda-t-elle d'un ton furieux. Va dans ta chambre et apporte-le moi immédiatement.

— Vous voulez dire, dans la chambre de Victoria ?

La vieille dame la menaça de son journal.

— Arrête tes bêtises. J'ai dit dans ton armoire ! Vas-y immédiatement !

Eleanor fit semblant d'obéir et se précipita hors de la pièce. Où se trouvait la chambre de Lorna ? Là était la question. La chambre de Victoria se trouvait à côté, sur la gauche. Elle aperçut alors un renfoncement qu'elle n'avait jamais remarqué jusqu'alors. Il y avait une porte. Elle actionna la poignée. Fermée à clé. Peut-être était-elle simplement bloquée ? Elle essaya encore en la tournant dans les deux sens.

— Mrs Ross ! Que se passe-t-il ?

Victoria Laffan avait surgi, le visage en feu.

— Oh ! miss Laffan ! Votre mère, elle m'a demandé de...

— Cette porte est fermée à clé. C'est un débarras. Il n'y a rien d'intéressant là-dedans.

Eleanor hocha la tête.

— Très bien.

Victoria Laffan s'approcha d'elle et proféra d'une voix menaçante :

— Je n'aime pas les gens qui s'occupent de ce qui ne les regarde pas.

La jeune femme fut effrayée par l'expression de sa logeuse.

— Mais je faisais ça pour votre mère ! Elle était en pleine confusion et j'ai pensé qu'il valait mieux ne pas la contrarier... Je retourne auprès d'elle.

— C'est très bien, répondit son interlocutrice d'un ton froid. Je vais prendre le relais.

Ryan Brady, de la fenêtre de sa chambre, aperçut Richard qui se dirigeait vers le poulailler. Il ne pouvait pas reporter plus longtemps la conversation qu'il envisageait d'avoir avec son fils. C'était affreux de se retrouver ici. Il y avait un an qu'il n'était plus revenu dans cette maison... et sa dernière visite n'avait duré qu'une semaine. Cinq ans s'étaient écoulés depuis qu'il ne vivait plus au Lodge. Mais depuis son arrivée, trois jours auparavant, il avait

229

l'impression de n'être jamais parti. Cette maison faisait ressortir le pire en lui.

Il y avait passé en gros quinze années avec son fils. Il s'était échappé pendant deux ans avec Maggie en Amérique, au moment où Richard était entré dans son école privée. Ensuite, ils avaient passé six mois au Canada puis un an en Hollande. Maggie aurait bien aimé rester en Hollande, mais lui se sentait coupable lorsqu'il était au loin. Le devoir l'avait ramené près de Richard. Dans l'atmosphère étouffante du Lodge. Des éternelles querelles. Comment avait-il pu supporter cet enfer si longtemps ? Sa plus grave erreur avait été de revenir ici après la mort de Lorna. Mais il avait pensé agir pour le bien de son fils. Un petit enfant avait besoin de présence féminine... C'était ce qu'il s'était dit pour se convaincre.

Lorna. Le souvenir de sa femme était toujours douloureux. C'était une si belle fille. Il l'avait aimée. Il avait tout essayé pour la rendre heureuse. Il avait pensé que leur départ pour Londres arrangerait les choses. Mais non...

— Je veux rentrer à la maison, Ryan, ne cessait-elle de le supplier. S'il te plaît, rentrons à la maison. Je déteste cet endroit.

— Lorna, tu étais d'accord avec moi pour dire que nous étions mieux ici. J'ai un travail que j'aime. Nous ne resterons pas toujours confinés dans cet appartement.

— Je sais, disait-elle, mais je ne te vois jamais. Tu travailles tard tous les soirs. Je n'ai pas d'amis. Comment te sentirais-tu, toi, si tu étais seul toute la journée, jour après jour ?

— Quand le bébé sera là, tout ira mieux, Lorna. Tu seras trop occupée pour te sentir seule.

— Ça, c'est autre chose. Je veux que notre bébé naisse en Irlande.

Il avait vraiment pensé que le bébé les rapprocherait. Mais lorsque Richard était né, Lorna s'était écroulée. Elle avait semblé repousser son fils. Elle avait même accusé son mari d'avoir une liaison... Il ne comprenait rien à ce qui se passait en elle. Il avait essayé. Mais en vain. Les médicaments qu'on lui prescrivait l'avaient transformée en zombie. Il était impossible d'établir un contact avec elle. Puis la grande sœur était arrivée à la rescousse... Mais elle avait éloigné Lorna encore un peu plus de lui.

— Elle a une mine effrayante ! avait vitupéré Victoria. Elle n'a plus que la peau et les os. Je reste ici jusqu'au moment où j'estimerai Lorna complètement rétablie.

— Jamais je ne me rétablirai dans ce trou, gémissait Lorna, du fond de son lit qu'elle ne quittait plus. Je déteste cet appartement. Les murs m'étouffent. Il n'y a pas d'espace. Et c'est pire que jamais maintenant : le bébé hurle la moitié du temps, je n'en peux plus de l'entendre pleurer. Je vais devenir folle si je ne pars pas d'ici. Vous voyez, il recommence. Il n'a dormi qu'une demi-heure, et il recommence à crier !

— Je fais mon possible, Lorna, avait-il déclaré. Nous ne pouvons pas nous offrir mieux que cet appartement pour le moment.

— Eh bien ! avait rétorqué Victoria. Je vais les emmener tous les deux à Coill pour quelques semaines, elle et le bébé. Elle récupérera mieux à la maison.

— Non, non ! s'était récriée Lorna. Je ne veux pas quitter Ryan !

— Calme-toi, Lorna.

Victoria avait pris l'enfant qui pleurait et l'avait emporté dans la petite cuisine pour lui donner son biberon. Ryan l'avait suivie.

— Quelle sorte de mari es-tu ? lui avait-elle demandé

d'un ton accusateur. Et quelle sorte de père ? Lorna a raison. Cet appartement est une catastrophe. Ce n'est pas un endroit pour élever un enfant. Quand vas-tu te prendre en main ? Lorna n'a pas été élevée pour ça !

Victoria Laffan. Pourquoi avait-il accepté que cette femme élève son fils ? Il ne devait pas être dans son état normal. Mais après la mort de Lorna...

Jamais il n'aurait dû revenir. Il était trop tard maintenant pour refaire le passé. Mais il n'était pas trop tard pour prévoir l'avenir. Richard allait avoir vingt et un ans bientôt. À lui de faire en sorte que son fils bénéficie de ce qui lui était dû.

Il mit un T-shirt propre et décida d'aller faire un tour. Il descendrait jusqu'à la cabine publique du village pour appeler Erica. Celle-ci était un peu froide envers lui depuis six mois. Resteraient-ils encore longtemps ensemble ? Leur liaison durait depuis sept ans. Peut-être le temps du changement était-il venu. Il la soupçonnait de voir son ami de Paddington pendant qu'il était absent. Bah ! mieux valait ne pas penser à cela pour le moment. Il passa devant la chambre de sa belle-mère. Il se sentait incapable d'affronter la vieille dame maintenant. Rich lui avait dit que son état avait beaucoup empiré. C'était terrible.

— Eleanor ! cria-t-il.

Celle-ci était justement en train de regagner sa chambre. Elle rougit.

— Salut, Ryan !

— Salut ! Je ne t'ai pas revue depuis le soir de mon arrivée. J'espère que tu ne m'évites pas !

— Non, bien sûr, mentit-elle. J'ai été occupée, tu sais.

Il la prit par le bras.

— Il faut que je te voie, Ellie. En dehors de cette maison.

Nous ne pouvons pas parler ici. J'étais justement en train de sortir faire un tour. Tu veux bien m'accompagner ?

Oui, elle voulait bien. Mais en même temps elle ne le voulait pas.

— Euh ! pas tout de suite, Ryan. J'essaie de travailler à mon livre et...

— Oui, j'ai entendu dire que tu écrivais. Très impressionnant. Je ne voudrais pas te déranger, mais j'aimerais beaucoup que nous parlions.

— Non, vraiment, une autre fois...

— Quand ?

Ouh là ! il insistait !

— Demain ?

— D'accord, demain, accepta-t-elle.

— Parfait ! J'emprunterai la voiture. On ira faire un tour. Tu as déjà un peu visité Wicklow ?

— Non, avoua-t-elle.

— Ah ! ce n'est pas bien, ça ! Maintenant, avant que tu ne dises quoi que ce soit, je sais que tu travailles à ton livre le matin et que tu t'occupes de Mamie Laffan l'après-midi ; donc, disons demain dans la soirée. Ça te va ?

Il avait bien préparé son coup.

— D'accord.

— Je t'attendrai en bas dans l'allée à dix-huit heures tapantes.

— C'est un vrai rendez-vous !

Ce n'était pas ce qu'elle avait voulu dire...

Il sourit et s'en alla, l'air tout content.

— Ryan ! le rappela-t-elle.

Il se retourna.

— Ne me dis pas que tu as déjà changé d'avis.

— Non, je me demandais seulement...

— Oui ?

— J'aimerais bien savoir ce que c'est que cette porte fermée à clé, là-haut.

— Au bout du couloir ?

— Oui, là où il y a un renfoncement. J'ai essayé d'ouvrir, mais Victoria est arrivée au même moment. Elle a eu l'air contrarié.

Ryan fit la grimace.

— Oh ! oui, ça ne m'étonne pas !

— Je n'avais pas l'intention de mal faire. C'est Mrs Laffan qui m'avait demandé de chercher quelque chose pour elle. Victoria a pensé que je... Oh ! peu importe ! Enfin, je ne savais pas que c'était un débarras. Mais en tout cas, ça ne lui a pas plu du tout ; elle a cru que j'étais en train de jouer les espionnes.

— Ce n'est pas un débarras. C'était la chambre de ma femme.

Eleanor avala sa salive avec peine.

— Oh !

— Ne t'inquiète pas pour ça.

Il sourit et poursuivit son chemin. Depuis le palier, il lui cria :

— N'oublie pas notre rendez-vous de demain soir.

Eleanor rentra dans sa chambre, extrêmement troublée. « La chambre de ma femme. » C'était ce qu'il avait dit. Sur un ton plutôt mécontent. Peut-être Mamie Laffan ne perdait-elle pas autant la boule qu'ils le croyaient ? Elle l'avait envoyée chercher quelque chose dans la chambre de Lorna. Elle la prenait pour Lorna. Tout cela commençait à prendre un sens, mais d'une manière curieuse. La vieille dame avait parlé de modifier son testament. L'avait-elle fait ? Les Rowland lui avaient dit que Lorna avait été laissée sans le sou. Qui en avait eu l'idée ?

234

Sûrement pas Mamie Laffan, elle était obsédée par sa fille cadette. Et Victoria ? Tout le monde prétendait qu'elle adorait sa sœur. Pouvait-elle souhaiter voir sa sœur dans le besoin ? Cela ne fonctionnait pas. Rien ne fonctionnait.

Et maintenant, Ryan. En fait, si elle l'avait évité, c'est parce qu'elle ne voulait pas être mêlée à leurs histoires de famille. Victoria Laffan était un vrai chardon depuis que son beau-frère était de retour. Richard était tout le temps tendu et Mamie Laffan voyait en lui une menace. Allez comprendre !

Elle se retrouvait en plein mélodrame sans connaître son rôle.

Une chose était sûre : elle était attirée par Ryan. Et d'après ce qu'elle avait entendu, il attirait tout ce qui portait un jupon. Était-il coureur ? Non, probablement pas. Simplement, il aimait les femmes. Il n'y avait pas de mal à cela.

Déjà, lorsqu'ils étaient ensemble, il aimait sortir avec ses copines. Il préférait la compagnie des femmes et leur conversation. Il était affectueux, prompt à vous prendre dans ses bras ; mais cela ne faisait pas de lui un "débauché", comme le décrivait Mr Rowland.

Et le lendemain soir ? Que se passerait-il ? Souhaitait-elle qu'il se passe quelque chose ? Zut ! c'était affreux de se retrouver à l'âge de seize ans ! Tendue, nerveuse comme à l'époque de son adolescence !

Il fallait qu'elle se reprenne.

Il ne s'agissait pas d'oublier qu'elle était une veuve d'un certain âge, et non pas une gamine qui avait un béguin. Une femme indépendante avec une carrière, une maison et une vie qu'elle s'était forgée elle-même. Elle n'avait pas besoin d'être reconnue.

Mais non, cela ne marchait pas.

En dépit de ses efforts pour se convaincre qu'elle ne s'intéressait pas à Ryan, elle savait au fond d'elle-même que c'était faux.

Ryan Brady lui plaisait. Et alors ? Elle lui plaisait, elle aussi ! O.K., elle n'avait pas envie de se relancer dans une aventure avec lui, elle ne voulait pas de complications, ni d'engagement ni rien d'autre de ce genre. Mais après tout, elle pouvait s'offrir un peu de distraction. C'était très bon pour son ego de retrouver son premier amoureux et de constater qu'il avait toujours des sentiments pour elle. Sacrément bon !

Le lendemain soir, elle se mettrait sur son trente et un pour sortir avec lui et elle s'amuserait. Il y avait bien trop longtemps qu'elle était sérieuse.

Lorsque Ryan fit irruption dans la chambre de Richard, il trouva celui-ci allongé sur son lit, plongé dans un livre.

— Il faut qu'on parle, Rich.

— Il est un p-peu tard p-pour ça, répondit le jeune homme sans lever la tête.

— Il n'est jamais trop tard, répliqua Ryan en s'asseyant près de lui. Dis-moi si nous avons déjà eu une vraie conversation.

Richard jeta un regard de dédain à son père.

— Oh ! je sais tout ce que tu me reproches, reprit celui-ci, mais je ne suis tout de même pas entièrement responsable !

— Est-ce qu-que j'ai d-dit quel-quelque chose ?

— Ne le prends pas comme ça. Je ne suis pas venu pour me disputer avec toi.

— Pourquoi es-es-tu reve-revenu ?

— Pour essayer d'organiser ton avenir. Voilà pourquoi.

236

— Je suis c-capable d'or-d'organiser ma v-vie tout s-seul, merci.

Ryan tapota le bras de son fils, qui eut un mouvement de recul. Comme Lorna, qui se figeait quand il l'approchait.

— Écoute, Rich, insista-t-il, nous devons mettre certaines choses au clair une fois pour toutes.

— Des ch-choses c-comme... ?

— L'argent, par exemple.

— L'ar-l'argent n'est pas un p-problème. Cette maison me re-reviendra qu-quand tante Victoria m-mourra. C'est elle qu-qui m-me l'a dit.

— Oui, ça, je m'en doute.

— Que v-veux-tu d-dire ? demanda Richard, intrigué par le ton de son père.

— Tu n'as pas à attendre la mort de ta tante pour avoir de l'argent. Tu as droit à une partie de l'héritage de ton grand-père.

— Pardon ?

— L'argent de ton grand-père.

— Il était d-déjà mort d-depuis l-longtemps quand je suis n-né.

— Oui, mais ta grand-mère a déposé un fonds en fidéicommis pour toi. Tu en disposeras à ton vingt et unième anniversaire.

Richard posa son livre.

— Je n-ne crois pas. Ce n'est pas c-ce que d-dit tante Victoria.

Ryan fronça les sourcils.

— Je vais aller chez le notaire la semaine prochaine. Il va falloir que tu m'accompagnes.

Richard réfléchit un instant.

— Elle ne va pas apprécier.

— Qui ? Ta tante ? Ça ne la regarde pas. C'est une

affaire entre toi et le notaire. Cet argent t'appartient légalement, un point c'est tout.

Le jeune homme sauta à bas de son lit :

— Il m-m'appartient l-légalement ?

— Oui. Tu comprends ce que ça veut dire ?

Les yeux de Richard se mirent à briller.

— Oui, oui. Combien ?

Ryan éclata de rire. Voilà qui était mieux !

— Quelque chose comme cinquante mille livres. Il a été investi. Mais il y a vingt ans de cela. Avec les intérêts et...

— Tant que ça ! s'écria Richard. Ça v-veut d-dire... Ça veut dire que j-je p-peux partir. Je peux p-partir d-d'ici.

Son père se leva.

— Tu pourrais si tu le voulais. Tu peux faire tout ce que tu as envie de faire. Tu n'es pas ficelé à Coill. Ni à cette maison.

Et ta mère ne l'était pas non plus, pensa-t-il. Mais elle, ce n'était pas ce qu'elle pensait.

— M-mais peut-être qu-que je n-n'ai pas envie d-de partir.

— Peu importe. Ce qui importe, c'est que tu aies le choix.

— Oui, le ch-choix, répéta Richard, tout étourdi. Je n-n'ai j-jamais eu le choix a-avant. Tu es s-sûr de ce que tu dis ?

— J'en suis certain.

Ryan était enchanté. Jamais il n'avait vu son fils aussi vif, aussi animé.

— Peut-être qu-que je vais a-acheter quelque chose pour me m-mettre à mon compte. Mon-monter une n-nouvelle affaire. J-je pourrais continuer l-l'élevage de vo-volailles. Il y a d-de l'argent à f-faire avec ça, papa. Si j'investis plus, p-par exemple.

Ryan sourit.

— Oui, par exemple. Et si tu décides de rester ici, j'ai d'autres projets que tu pourrais étudier. Allons déjà chez Coyle pour discuter de tout ça. C'est toi qui paies !

13

Eleanor rejoignit Ryan à dix-huit heures dix le soir suivant. Il l'attendait dans la voiture.

— Désolée, je suis en retard, dit-elle en grimpant dans la Land Rover. Je ne savais pas comment m'habiller.

— Ah ! les femmes !

— Ne commence pas ! le prévint-elle.

Il la dévisagea d'un air approbateur. Une jupe rouge, un corsage blanc.

— Tu es très mignonne.

Il était moins démonstratif qu'il ne l'avait été.

À cet instant, elle aperçut Richard sortir du bois. Il s'avança vers eux, portant un fusil et un sac passé en bandoulière autour de son épaule.

Ryan se pencha par la vitre :

— Tu as eu de la chance, Rich ?

— Juste un é-écureuil. J-je lui cours a-a-après depuis des j-jours.

— Oh ! c'est horrible ! s'exclama Eleanor.

— Un é-écureuil gris, précisa-t-il. Il f-faut les d-détruire, Mrs R-Ross.

Ryan les interrompit.

— Nous partons faire un tour. Je fais visiter les environs à Eleanor.

— J-je peux venir a-avec vous, si vous voulez !

— Oh ! non, merci, mon fils !

Ryan démarra et la voiture fit un bond en avant. Richard sauta de côté en riant aux éclats. Il riait toujours lorsqu'ils s'engagèrent sur la route.

— Il est de bien meilleure humeur, fit remarquer Eleanor.

— Oui, oui, répondit Ryan en tendant un cigare à sa compagne afin qu'elle l'allume pour lui. On a eu une bonne conversation hier soir. On a mis les choses au point.

— Tu lui as dit que nous... que nous étions de vieux amis ?

— Bien sûr.

— Et... ?

— Il a été enchanté. Il t'aime bien. Bon, on va où ?

Elle réfléchit.

— À Enniskerry ? Ça fait des siècles que je n'y suis pas allée.

— Moi aussi. Allons pour Enniskerry.

La voiture crachota et hoqueta.

— Désolé. Je me suis trompé de vitesse. Ça fait tellement longtemps que je n'ai pas conduit ce satané engin !

— Pas de problème.

Ce soir, rien n'avait d'importance.

Le village d'Enniskerry était situé au fond d'une superbe vallée traversée par le Glencullen. C'était un paysage boisé, dominé par le domaine de Powerscourt.

Zigzaguant entre les piétons et les motards pressés, Ryan se fraya un passage au milieu des touristes qui se bousculaient en cette soirée d'été ensoleillée.

Eleanor pointa le doigt vers l'hôtel Powerscourt Arms.

— Là-bas ! Ils ont un parking.

Ryan se gara et ils allèrent jeter un coup d'œil dans la salle ; elle était bondée.

— Pouvons-nous visiter le village, Ryan ?

Il lui chatouilla la taille.

— Nous pouvons faire tout ce que nous voulons, Ellie !

Comme dans tout village touristique qui se respecte, ils virent des Bed and Breakfast, des salons de thé et une magnifique église gothique. Les boutiques construites autour de l'église et à flanc de coteau étaient pimpantes et arboraient des couleurs vives.

Ils s'arrêtèrent pour admirer les objets artisanaux et les poteries exposés dans une vitrine à l'enseigne "Objets Rustiques". Eleanor s'extasia sur deux superbes bougeoirs.

— Oh ! ils sont magnifiques !

Il ne leur jeta qu'un rapide regard et, à la grande déception d'Eleanor qui eût souhaité entrer dans la boutique, ils poursuivirent leur chemin. Mais c'était bien connu, les hommes détestent flâner dans les magasins !

Au cours de leur promenade, il lui prit tout à coup la main. Elle en resta ébahie, mais ne protesta pas. Sa main se sentait bien à sa place dans la sienne. Jamais Larry n'avait eu ce geste pendant qu'ils se promenaient. Ce n'était pourtant pas une preuve de machisme !...

Ils passèrent devant une auberge, le Glenwood Inn.

— Tu veux qu'on entre boire quelque chose ? lui proposa-t-il.

— Pas tout de suite, il fait si beau ce soir que je préfère rester dehors.

— O.K., on pourrait peut-être aller à Roundwood ?

— C'est loin ?

Il secoua la tête :

— Non, à vingt minutes seulement en voiture. Nous pouvons passer par Djouce Wood, si tu veux marcher un peu.

Marcher dans les bois...

— Pas mal. Ça ne te fait rien si je jette un coup d'œil à la boutique d'antiquités d'abord ?

Ryan sourit.

— Tu peux aller voir les autres boutiques aussi, si tu veux. Elles restent ouvertes jusqu'à dix-neuf heures, en été. Je t'attends à la voiture dans vingt minutes.

C'était agréable de se retrouver seule pour flâner un peu dans les rues, admirer les objets et les poteries.

Elle tenta de rassembler ses idées. Elle passait la soirée avec Ryan Brady. La tête de Mona quand elle saurait ça ! Et ses parents !

C'était une vraie escapade d'amoureux. Peut-être pas tout à fait, mais... qu'allait-il se passer dans les bois ? Il avait déjà pris sa main. Est-ce qu'il l'embrasserait ? D'ailleurs, en avait-elle envie ? Oui.

Elle acheta un cendrier pour son père, puis alla admirer les tableaux de la galerie d'art. Les antiquités, dans la boutique voisine, étaient tentantes, mais très chères.

Elle jeta un coup d'œil à sa montre et fut étonnée de constater que les vingt minutes étaient bientôt écoulées.

Elle se fraya un chemin le long de l'étroite rue piétonne, se cognant dans la foule principalement constituée de touristes français et allemands, et de quelques Dublinois venus passer la journée. Elle consulta de nouveau sa montre. Encore deux minutes, cela lui laissait le temps d'entrer dans la boutique « Objets Rustiques ».

— Bonjour, je peux vous renseigner ? lui demanda le vendeur en guise d'accueil.

— J'ai vu deux bougeoirs en bois dans la vitrine en passant tout à l'heure, expliqua-t-elle, mais ils n'y sont plus. Il vous en reste encore ?

— Malheureusement, je viens de les vendre il y a dix minutes. Nous en avons d'autres si vous voulez.

— Non, merci. J'aimais beaucoup ces deux-là.

Il hésita.

— Si vous voulez, nous pouvons en commander pour vous.

— Non, merci, déclina-t-elle en souriant.

— Alors, tu as acheté tout Enniskerry ? s'enquit Ryan en lui ouvrant la portière. Qu'est-ce que tu as trouvé ?

— Juste un cadeau pour mon père. Je suis retournée voir les bougeoirs, mais ils n'y étaient plus. J'aurais dû me décider tout de suite. Sans doute ont-ils été achetés par un Allemand.

Il lui tendit un paquet.

— Tiens.

— Ce n'est pas vrai ? s'exclama-t-elle en déchirant le papier qui laissa apparaître les deux bougeoirs. Merci, Ryan, tu n'aurais pas dû ! dit-elle en lui mettant les bras autour du cou.

— Oh si ! Tu ne peux pas savoir ce que ta présence représente pour moi.

Il mit le moteur en route et ils repartirent.

La route était tout en lacets, le soleil déclinant filtrait à travers les branches des arbres.

— C'est joli par ici, non ? remarqua Eleanor. Les collines, les villages, le lac, les bois...

Bien que cette région fût toute proche de Dublin, elle

243

n'avait jamais vraiment pris le temps de visiter le comté de Wicklow.

— Finalement, nous ne voyons même pas la beauté qui est à notre porte.

— Pourquoi crois-tu que cela s'appelle "Le jardin de l'Irlande" ? la taquina Ryan. Il y a des tas de choses à voir par ici, ce n'est que le sommet de l'iceberg !

— Il y a aussi des icebergs ici, en plein cœur de l'été ? plaisanta-t-elle à son tour.

— Très drôle ! fit-il en lui donnant une tape sur le genou. En tout cas, beaucoup d'autres endroits méritent aussi d'être visités : Avondale, Avoca, Clara, les lacs de Blessington...

— Etc., etc., enchaîna Eleanor.

— Ainsi que toutes les plages du sud de la ville de Wicklow, poursuivit-il, imperturbable.

— Ah ! oui, j'aimerais bien que tu me fasses visiter tout ça ! On a tout l'été, non ?

— C'est vrai, dit-il en tapotant sa cuisse.

D'habitude, elle n'aimait pas ce genre de familiarité. Mais venant de lui... ce n'était pas la même chose.

Un bois très dense se dessina sur la droite.

— C'est Djouce ?

— Oui, on est arrivés.

Ryan s'engagea dans le parc de stationnement. Il ferma la voiture et regarda les pieds d'Eleanor en haussant les sourcils :

— Je ne crois pas que nous irons très loin.

Pourquoi avait-elle mis ses sandales blanches, nom d'une pipe ?

— Oh ! ça ira ! affirma-t-elle en se dirigeant vers les arbres.

Le bois était frais et ombragé. Le chemin herbeux était

propre et sec. Ses sandales résisteraient. De hautes branches s'entrelaçaient au-dessus de leurs têtes. Une famille était en train de pique-niquer, les enfants couraient dans tous les sens en piaillant... Cet endroit était un vrai paradis familial.

Un peu plus loin, des gens allumaient un petit feu. Quelle folie ! Une étincelle pouvait mettre le feu et tout embraser. Ryan se fit un devoir de leur faire la remarque, mais en vain.

Main dans la main, ils marchèrent en respirant l'air pur de la forêt. De temps en temps, Eleanor risquait un regard timide vers son compagnon. Il était exactement comme dans son souvenir. De commerce agréable. Calme. Elle le retrouvait comme autrefois, ce n'était pas un étranger. Elle se sentait incroyablement bien. Heureuse.

Ils arrivèrent à une clairière où une chute d'eau bruissait, claire comme du cristal.

— Oh ! Ryan, c'est...

Il la prit dans ses bras et l'embrassa doucement. Ses lèvres douces s'emparèrent des siennes. Elle répondit de façon complètement naturelle, en caressant sa nuque. Il la serra étroitement contre lui et passa sa main dans son dos, sous son corsage. Le contact de ses doigts sur sa peau nue la fit frissonner. Elle se recula et le regarda au fond des yeux :

— Ryan...

— Je sais, je sais. Tout cela est arrivé un peu trop vite.

— C'est vrai. Ce n'est pas que je...

— Tu es mignonne, Ellie.

Elle passa lentement le doigt sur sa joue.

— Ryan, je...

Il posa de nouveau ses lèvres sur les siennes. Elle ne

protesta pas. Son corps tout entier aspirait au sien. Leurs langues se mêlèrent et elle s'abandonna au plaisir de ce baiser.

Roundwood était un autre joli village situé à quelques kilomètres de Lough Dan. L'endroit était charmant, envahi lui aussi par des hordes de touristes venus en voiture ou en car, auxquels s'ajoutaient de jeunes randonneurs.

Ryan gara la voiture devant un pub peint en rose profond, le Tochar House, situé juste en face de la salle des fêtes où des groupes de femmes jouaient au bingo. Les tables et les bancs placés à l'extérieur du pub débordaient de clients buvant, causant et riant.

Ils entrèrent à l'intérieur et trouvèrent une place à une petite table, juste sous la bow-window aux vitres teintées de bleu. Eleanor examina les lieux pendant qu'Ryan se rendait au bar pour passer la commande. Les murs étaient recouverts d'une peinture terre cuite ; partout, de grandes banquettes de cuir, et des lanternes de couleur accrochées aux murs. Dans l'arrière-salle, elle distingua un billard et un juke-box, mais la musique n'était pas trop envahissante.

Eleanor se sentait merveilleusement bien, et pourtant, elle n'avait pas encore bu ! Ce premier baiser... et l'autre, après... C'était magique ! Le feu couvait toujours... C'était étrange. Elle avait été un peu effrayée par l'intensité de sa propre réponse. Mais son corps avait réagi presque involontairement. La raison n'avait rien à y voir.

Depuis combien de temps n'avait-elle pas été embrassée de cette façon ? Depuis trop longtemps !

Il revint avec les boissons et s'assit tout près d'elle.

— Ça va ?

— Ça va.

246

C'était vrai. Elle adorait être avec lui. C'était ça, la vérité. Il faisait ressortir ses bons côtés. Avec lui, elle avait le cœur léger.

— C'est bizarre, non, Ellie ? Je te connais bien, et pourtant, j'ai l'impression de ne pas te connaître du tout. Ça fait si longtemps !

— C'est exactement ce que je ressens.

Il lui servit son tonic.

— Bien. On va donc reprendre. On va refaire connaissance, ça va être marrant.

Elle rit.

— C'est ce que tu disais toujours : "On va fumer un joint, ça va être marrant. On va faire l'amour, ça va être marrant."

— Tiens, tu n'as pas changé ! Toujours en train de me mettre en boîte. Et en plus, tu ne voulais pas faire l'amour.

Eleanor rougit.

— Nous n'étions que des gamins, Ryan. J'avais peur.

— Mais moi, non ! dit-il en l'embrassant sur la joue sans s'occuper des gens qui les entouraient.

Mais Eleanor avait son quant-à-soi.

— Arrête ! dit-elle en riant. Ces deux vieilles dames vont croire qu'on est givrés.

— Elles sont jalouses, c'est tout, répliqua-t-il en lui prenant la main. Et maintenant, tu vas tout me raconter. D'abord, comment vont tes parents ?

— Ils vont très bien tous les deux, merci. Papa a toujours sa boucherie. Il refuse de prendre sa retraite.

— Ah ! il a raison ! Et Mona ?

— Elle est mariée et a trois enfants. Son mari, Des, est un garçon charmant. Il est fonctionnaire, il travaille au ministère des Finances.

247

— Un boulot stable et sûr. C'est très bien pour Mona, ça.

Eleanor le pinça.

— Elle est très heureuse. Ils sont en vacances aux Canaries, en ce moment.

— Elle était terrible quand elle était petite. Elle ne nous laissait pas tranquilles une seconde, tu te souviens ?

— Oui ! Et elle prétendait que tu étais un hippie.

— C'était vrai, mais ça ne te dérangeait pas, non ?

Non, ça ne la dérangeait pas. Au contraire, cela lui plaisait, parce qu'il était différent, non conventionnel. Tout ce qu'elle n'était pas. Et c'était ça qui était excitant.

— On était bien ensemble, Ellie.

C'est ce que disait Larry, aussi.

— C'est vrai, on s'entendait bien. Mais on était jeunes.

— On n'aurait jamais dû rompre.

— Ryan, tu te rends compte de ce que tu dis ? C'était un amour d'adolescence, rien de plus. Ça n'a pas duré. Tu te souviens ?

— Je sais. Mais c'est le moment qui était mal choisi. Ce n'est pas nous qui nous sommes trompés. J'ai souvent repensé à toi en me demandant ce que tu étais devenue. Et toi, tu repensais à moi ?

— Parfois.

Oui, elle repensait à lui. Souvent. Spécialement dans les derniers temps... et elle avait gardé ses photos.

— Parle-moi de ton mari.

Eleanor hésita.

— Il... C'était un homme bon... Ryan, je préférerais ne pas parler de lui. Pas maintenant.

— Je comprends. Moi aussi, j'ai du mal à parler de Lorna.

Elle se sentit mal à l'aise. Ils burent en silence. Ils avaient

248

été intimes, très proches. Et maintenant, ils se retrouvaient de nouveau comme des étrangers.

Il passa son bras autour d'elle, une façon de lui dire que tout allait bien. Elle chercha désespérément des mots qui chasseraient leur malaise.

— Ellie, est-ce que tu as un ami à Dublin ?

Elle le regarda droit dans les yeux.

— Non. Après la mort de Larry...

Il reprit sa main et caressa doucement sa paume. Son contact l'électrisa. Elle le désirait. Elle se languissait de l'embrasser, de se serrer contre lui, mais c'était impossible dans ce cadre.

— Merci d'être venue avec moi ce soir, Ellie.

— Je passe une excellente soirée, répondit-elle avec élan. Je suis heureuse d'être venue. Mais je ne veux pas précipiter les choses, je ne peux pas.

— Compris. Donc, tu es psychothérapeute, d'après ce qu'on m'a dit.

— Oui, depuis quinze ans. J'ai un diplôme de sciences sociales et j'ai travaillé avec des enfants et leurs familles, c'est ce qui m'a poussée à me spécialiser dans ce domaine. J'ai donc passé mon diplôme de psychothérapeute et maintenant, j'ai un cabinet privé. Je travaille chez moi.

— Tu aimes ce que tu fais ?

Eleanor réfléchit quelques instants.

— Oui, avant. Mais depuis un an... je me sens peu à peu dépassée...

— Je connais ce sentiment. Tu as bien fait de te mettre en congé cette année. C'est bien ça ? Je le sais par Richard.

— Oui. Mais assez parlé de moi. Et toi, qu'est-ce que tu as fait ?

— Quand je suis arrivé ici, il y a des siècles de cela, je travaillais pour Coillte. Au marketing.

— Ah bon ? Au marketing ? Je pensais que tu étais dans la vente ou quelque chose comme ça.

— Oui, pendant un an. Ensuite j'ai arrêté, je ne suis pas fait pour les affaires.

Effectivement, elle ne le voyait pas du tout dans les affaires.

— Ensuite, après la... mort de Lorna... quand je suis revenu ici, je n'ai pas voulu reprendre mon ancien travail.

— Ah bon ?

Ce n'était pas ce que les Rowland lui avaient dit.

— Non, je ne pouvais plus supporter l'idée de travailler de neuf heures à dix-sept heures. J'ai accepté de participer à la direction du Lodge. Une autre erreur.

— Et quand tu étais à Londres, que faisais-tu ?

— Je travaillais dans un hôtel. J'aimais bien, à l'époque. C'était varié, il se passait toujours quelque chose. Mais ma femme... elle ne supportait pas mes horaires. Nous étions trop souvent séparés.

— Elle se sentait seule ?

— Oui, c'est ça. Nous avions beaucoup... de difficultés.

Eleanor s'abstint de lui poser d'autres questions.

— À propos, dit-il, changeant de sujet, il paraît que tu es très liée avec Brenda Boylan.

— Hum, eh bien, je n'ai fait sa connaissance que récemment. C'est une fille bien. Elle avait besoin de parler à quelqu'un... Sa mère lui manque.

Comment va-t-il réagir à cela ?

Il fronça les sourcils.

— Je ferais très attention si j'étais toi.

— Ah oui ?

— Oui, son père est très... possessif.

Parlait-il d'expérience ?

— Il est un peu imprévisible. C'est un esprit brillant, mais... tu sais ce qu'on dit des génies.

— Ils sont un peu fous ?

— Je n'irais pas si loin, mais il boit.

— C'est ce que m'a dit Brenda. Pour te parler franchement, j'ai découvert que... qu'il la battait.

Ryan posa son verre.

— Ça ne me surprend pas. Il battait sa femme aussi. Je suppose que tu es au courant...

— Oui, c'est resté le sujet de conversation favori dans le village.

— J'étais un ami de Carol Boylan. Un très bon ami.

Une autre piqûre de jalousie.

— Ah oui ? dit-elle, feignant l'étonnement.

— Carol était une femme adorable.

Cette remarque lui déplut fortement...

Il leva la tête.

— Ils m'ont interrogé sur...

— Sur le meurtre. Je sais.

— Tu sais ?

— Par les Rowland.

— Bon Dieu, les Rowland ! Ça fait des années que je ne les ai pas vus. Donc, ils t'en ont parlé. Tu n'as pas eu peur ?

— De quoi ?

— De sortir avec moi !

Eleanor marqua un temps d'arrêt, puis demanda :

— J'aurais dû ?

— Oh oui ! J'ai pris l'habitude d'errer à la ronde et d'assassiner les femmes sans défense.

— C'est vrai, tu as la réputation de planter des flèches assassines dans le cœur de ces dames.

— Je n'ai pas fait vœu de célibat ! répliqua-t-il sèchement.

Eleanor, constatant que son trait d'esprit l'avait froissé, ne sut plus que dire.

— Ils ont interrogé tout le monde, mais moi j'étais l'un des principaux suspects. Je suppose que tu as remarqué que je ne suis pas en odeur de sainteté ici.

Elle ne répondit pas.

— Ils m'ont toujours considéré comme un intrus. Ma belle-mère et ma belle-sœur me détestent... Surtout, Victoria. La grand-mère me tolère parce que je suis le père de Richard.

Eleanor eût préféré changer de conversation.

— Tu as faim ? s'enquit-il.

Faim ? Mais c'était vrai, elle n'avait rien pris depuis le petit déjeuner.

— J'ai une faim de loup.

— Bien, dit-il en se levant. J'ai réservé une table au Roundwood Inn.

Encore une surprise !

Le cadeau, la promenade dans les bois, et maintenant, leur dîner en tête à tête... la soirée était parfaite. Ils sortirent du pub main dans la main et redescendirent la rue d'un pas lent. Il faisait frais, à présent.

Elle n'avait pas apprécié leur conversation à propos de Carol. Elle ne supportait pas qu'il prononce son nom. Mais Ryan avait beaucoup aimé Carol. Et peut-être même plus. Il fallait qu'elle l'accepte.

Elle était jalouse, c'était aussi simple que cela. Jalouse de Carol Boylan. Jalouse de Lorna. C'était idiot, elle le savait. Elle avait disparu de sa vie pendant des années, elle n'avait aucune raison de lui reprocher d'avoir aimé des femmes dans l'intervalle. Elle n'avait aucun droit sur lui. Elle se demanda s'il avait quelqu'un en Angleterre. Sans doute que oui. Ce n'était pas le genre d'homme à rester seul.

La nuit commençait à tomber et les lumières des pubs brillaient dans l'obscurité, comme pour souhaiter la bienvenue aux voyageurs. Un parfum de jasmin flottait dans l'air. Il s'arrêta et la prit dans ses bras.

— J'ai envie de t'embrasser.

Son baiser fut doux et tendre. Sensuel et innocent à la fois. Elle se sentait redevenir une petite fille.

14

Assez ! Brenda n'en pouvait plus.

— Arrête ! hurla-t-elle. Papa ! Arrête !

Il la frappa encore. Un coup de poing en plein visage. Elle tomba en arrière sur le canapé.

— Petite pute ! Tu t'imagines que je vais te laisser partir ?

Elle le dévisagea. Son père. Cette brute plantée devant elle.

— Tu n'iras nulle part. Tu m'entends ? Nulle part.

Brenda se mit à pleurer sans bruit, trop terrifiée pour continuer à le provoquer. Cependant, des larmes d'indignation coulaient le long de ses joues.

— Je m'en vais, dit-elle avec un hoquet. Ce soir même.

Il la dominait de toute sa hauteur, menaçant.

— Non, tu ne t'en vas pas. Pour aller où ? Pauvre folle ! Tu es exactement comme elle. Vous êtes pareilles, toutes les deux, hurla-t-il, en proie à une fureur croissante. Ici, c'est chez toi, et tu y resteras.

Brenda hocha la tête.

— Je suis ton père et tu feras ce que je te dirai, proféra-t-il en commençant à défaire sa ceinture. Et si tu refuses de m'obéir, je...

— Non ! cria-t-elle en se relevant d'un bond. Tu ne me toucheras plus. Jamais !

— Quoi ?

Il s'avança vers elle en titubant et lança sa main. Brenda se baissa. Il était tellement ivre qu'il la manqua et faillit s'écrouler.

Soudain, elle sentit un grand calme l'envahir.

— Je vais dans ma chambre, dit-elle posément. Je vais faire mes valises. Ensuite, je franchirai cette porte. Tu ne pourras rien faire pour m'arrêter.

— Je ne pourrai rien faire ? Ah non ? C'est ce qu'on va voir ! rugit-il, le visage empourpré, les yeux furibonds.

Il fit claquer sa ceinture d'un air menaçant :

— On va voir si tu feras toujours la fière quand tu auras goûté à ça !

Il leva le bras, mais Brenda, vive comme l'éclair, arrêta son geste d'un coup de pied bien placé. Par la suite, elle se demanda où elle avait puisé cette force. Mais elle l'avait fait.

Il se plia en deux.

Sa fille le regarda s'écrouler en se tenant l'entrejambe, gémissant et se tordant de douleur.

Ah ! regardez-le, le grand homme, mon père ! Il pleure comme un veau, maintenant.

— Tu me fais pitié, dit-elle tranquillement. Tu me fais vraiment pitié.

Elle entassa quelques vêtements dans un sac de sport. Tout ce qui lui importait était de quitter cette maison. De partir loin de lui.

Elle dut repasser par le salon. Elle avait peur, mais elle était déterminée à l'affronter, prête à se défendre. Elle le frapperait si nécessaire.

La pièce était plongée dans le noir. Elle alluma la lumière. Il n'était pas là.

La lampe de la table basse gisait sur le sol. Sa ceinture pendait sur le fauteuil, témoignage muet de sa brutalité. Il avait renversé le porte-journaux, de rage ou de maladresse.

Elle sortit sur le palier. La porte de la chambre de son père était entrouverte. Un bruit de pleurs étouffés s'en échappait. Elle passa la tête par l'entrebâillement.

Il était étendu en travers du lit, à plat ventre, et se parlait à lui-même entre deux gémissements.

— Je suis désolé... Je suis désolé, Carol. Je ne voulais pas. Je n'ai jamais voulu te faire du mal. C'est toi qui m'y as poussé.

Mais qu'est-ce qu'il racontait ?

Elle avança prudemment d'un pas. Il gémissait toujours en marmonnant des mots qu'elle avait du mal à comprendre.

— Non, Carol. Tu te trompais... Tu n'aurais pas dû. Tu n'aurais pas dû me quitter. C'est... C'est de ta faute.

Oh ! mon Dieu !

Il serrait quelque chose dans ses mains. De quoi s'agissait-il ?

Du cadre contenant la photo de sa mère.

— Je t'aimais, Carol. Tu es la seule femme que j'aie jamais aimée. Mais tu étais cruelle, si cruelle !

Brenda retint son souffle.

— Je ne voulais pas, mais tu m'y as forcé. Je t'aimais.

Il poussa un cri, la tête enfouie dans l'oreiller. Un cri fort et perçant. Puis il lança la photo à travers la pièce. Le cadre heurta l'armoire, le verre se brisa et retomba en morceaux sur le sol.

Il se retourna d'un mouvement furieux. Une petite traînée de bave souillait sa lèvre supérieure. Ses yeux injectés de sang roulaient dans leurs orbites ; des yeux d'animal fou.

Puis il l'aperçut. Sa fille. Qui le regardait fixement, horrifiée.

— Brenda ! Viens ici !

Elle se figea.

— Viens ici !

Il agita désespérément les bras, trop ivre pour pouvoir s'asseoir.

— Viens ici, espèce de petite pute !

Brenda tourna les talons et dévala l'escalier. Elle ouvrit la porte à la volée et s'enfuit en courant dans la nuit.

Elle inspecta la rue. Les lumières de Coyle étaient toujours allumées. Quelle heure était-il ? Elle consulta sa montre : minuit moins le quart. Où aller ? Où trouver quelqu'un pour l'aider ?

Eleanor Ross.

Eleanor était son amie. Elle l'avait toujours écoutée, elle l'écouterait encore. C'était une femme qui avait du cœur et qui était de bon conseil. Et elle en avait besoin, de conseils ! Qui était mieux indiquée qu'Eleanor Ross ?

Elle marcha jusqu'à la cabine publique et composa le numéro du Lodge.

— Allô. Victoria Laffan. J'écoute.

Brenda tenta de contrefaire sa voix pour éviter d'être reconnue.

— Pourrais-je parler à Eleanor Ross, s'il vous plaît ?

Un silence.

— Eleanor Ross, est-ce qu'elle est là ? reprit-elle.

— Je regrette, répondit la voix froide de miss Laffan. Mrs Ross n'est pas là pour le moment. C'est de la part de qui ?

— Vous savez à quelle heure elle sera de retour ?

— Non, je ne sais pas. Et même si je le savais, je ne le dirais pas à quelqu'un qui ne se présente pas.

Brenda fut sur le point de lui dire une grossièreté.

— Voulez-vous laisser un message ?

La jeune fille raccrocha.

Zut ! Où pouvait-elle être ? Chez O'Meara ? Allons-y ! Non, elle ne pouvait pas y aller avec la tête qu'elle avait. Barbouillée de traces de larmes et sans doute marquée du coup qu'elle avait reçu. Elle ne s'était pas regardée dans la glace — elle n'avait pas eu le temps — mais elle sentait sa joue la lancer. Le lendemain, elle aurait un superbe bleu pour témoigner de son courage.

Elle toucha sa joue et grimaça. Elle ne pouvait pas se montrer en public ainsi, elle n'en récolterait que des ennuis supplémentaires. Des questions. Des commérages.

Non, pas question d'aller chez O'Meara.

Et si elle allait jusqu'au Lodge ? Elle pouvait peut-être demander à Richard de l'aider ? Non, il ne fallait pas le mêler à ça.

Mon Dieu, que faire ?

Eleanor Ross saurait. Il fallait qu'elle la trouve. Mais où était-elle ?

Minuit moins cinq. Sans doute ne tarderait-elle pas à rentrer. Le mieux était d'aller jusqu'au Lodge et d'attendre.

257

Brenda était cachée dans les buissons près de la grille. Elle avait froid, maintenant. Elle avait froid et se sentait malheureuse. Elle claquait des dents. Sans doute était-ce une réaction due au choc qu'elle avait subi ce soir. Ce n'étaient pas les coups, elle en avait l'habitude, mais les divagations de son père qui lui avaient fait peur. Un vrai fou. Jamais elle ne l'avait vu ainsi.

Complètement déchaîné, il avait tempêté comme si sa mère avait été présente. Était-ce l'effet de la boisson ? Celle-ci pouvait-elle vous faire délirer ? Ou... non, non, il n'avait pas voulu ça. C'était ce qu'il avait dit. Il l'avait appelée du nom de sa mère et avait dit qu'il n'avait pas voulu faire ça. Faire quoi ?

Quoi ?

Mon Dieu, était-ce possible ? Était-ce vraiment possible ?

Est-ce que son père... est-ce qu'il avait tué sa mère ? En était-il capable ?

Brenda serra son gilet étroitement contre son corps grelottant. Puis elle vit les phares de la voiture se rapprocher. Elle recula dans les buissons.

Ryan s'engagea dans l'allée puis coupa le moteur.

— C'était bien, Ellie ! Cela fait des siècles que je n'ai pas passé une si bonne soirée.

Eleanor sourit.

— Moi aussi. Il faudra recommencer.

Il se pencha et déposa un léger baiser sur ses lèvres.

— À demain, chuchota-t-elle. Tu descendras pour le petit déjeuner ?

— Oui. Peut-être même que je serai de service. On ne peut pas prévoir sa chance à l'avance !

— Pour moi, ce sera des œufs au plat, annonça-t-elle en souriant.

Le cœur de Brenda se serra. Elle vit Eleanor Ross descendre de voiture et entrer dans la maison. Ce n'était pas Richard qui conduisait, comme elle l'avait pensé tout d'abord. C'était Ryan Brady. Elle aurait dû le savoir. Il n'avait pas mis longtemps. Il avait mené son affaire en trois jours. Son ancienne petite amie. Il n'y avait donc aucune femme pour échapper à ses griffes ?

Elle ne lui faisait pas confiance. Sa mère en disait le plus grand bien. Elle lui avait juré ses grands dieux qu'ils n'étaient que de bons amis. Mais elle était bien obligée, car elle ne pouvait pas avouer à sa fille qu'elle avait une liaison.

Et si son père avait raison ?

Et si ce que son père avait affirmé était vrai ? Sa mère était jeune et pleine de vie. Elle aimait s'amuser. Qui était mieux placé qu'Ryan Brady pour lui donner ce dont elle avait besoin ?

Plus elle y réfléchissait, plus elle en était convaincue. Sa mère avait menti. Pendant toutes ces années, elle n'avait proféré que des mensonges. Elle passait la moitié de son temps au Lodge ou à se promener dans les bois. Pourquoi passait-elle tant de temps dans ces bois ? Pour rencontrer son amant en cachette, voilà pourquoi.

Et voilà pourquoi aussi Ryan avait été mal à l'aise l'autre soir. Elle lui rappelait sa mère.

Brenda était écœurée.

C'était un débauché. Tout le monde le disait. Pourquoi n'y avait-elle jamais cru auparavant ? Parce qu'elle ne l'avait pas voulu. Elle n'avait pas voulu affronter la vérité. Sa mère était... Elle était... Elle était mauvaise.

Elle avait été tuée dans le bois. Tuée parce qu'elle était mauvaise. Et c'était son père qui l'avait tuée. Par jalousie. Il ne pouvait plus supporter tout cela. Cette idée était si douloureuse que Brenda savait que c'était la vérité.

Son père avait assassiné sa mère.

Le dirait-elle ? À qui pouvait-elle le dire ? À Eleanor Ross ?

Inutile de compter sur sa nouvelle amie. Elle était comme toutes les autres femmes, elle était tombée dans les bras de Ryan Brady.

Non, elle n'avait pas besoin d'elle. Elle n'avait plus besoin de personne. Elle était livrée à elle-même.

Plongée au cœur de la nuit, Brenda s'abandonna à son chagrin et versa des larmes amères.

Eleanor se démaquilla en fredonnant. Quelle soirée ! Il n'y avait rien de tel qu'une petite histoire d'amour pour vous remonter le moral. Mona n'en croira pas ses oreilles lorsqu'elle rentrera des Canaries. D'ailleurs, je n'arrive pas à y croire moi-même.

S'installer à Coill était la meilleure décision qu'elle eût jamais prise. Une nouvelle vie... C'était ce qu'elle avait voulu et c'était ce qu'elle avait eu.

On frappa doucement à la porte.

Ryan ? Son cœur se mit à battre.

Elle tourna lentement la clé et ouvrit la porte. C'était Victoria Laffan. Avant de lui laisser le temps de prononcer un mot, sa logeuse s'engouffra dans sa chambre.

— Mrs Ross, accordez-moi un instant, s'il vous plaît.

Eleanor prit son expression ferme :

— Miss Laffan, j'étais justement en train de...

— Oui, oui, de vous coucher. Je sais. Mais je ne serai pas longue, annonça Victoria en s'asseyant dans le fauteuil.

Eleanor n'apprécia que modérément cette façon de s'imposer.

— Je vous en prie, miss Laffan. Vous ne pouvez pas vous introduire ici à n'importe quelle heure et...

— Si, je peux, Mrs Ross, répliqua Victoria en croisant les bras. Je peux faire tout ce que j'ai envie de faire. Je suis ici chez moi et vous faites partie de mon personnel.

— Je vous demande pardon ?

— Vous faites partie de mon personnel, répéta sa logeuse en détachant bien chaque syllabe. Je n'approuve pas vos relations avec mon beau-frère.

— Vraiment, miss Laffan, éclata Eleanor, cela ne vous regarde absolument pas ! C'est ma vie privée.

— Les choses ne sont pas si simples, rétorqua Victoria en repoussant une mèche qui était tombée sur son front. Il s'agit de ma famille. Mon beau-frère a des obligations vis-à-vis de la mémoire de ma défunte sœur. Même s'il n'est pas de cet avis.

— Miss Laffan, exposa calmement Eleanor en regardant son interlocutrice droit dans les yeux. Par courtoisie envers vous, je vais vous expliquer quelque chose. Ryan et moi sommes de vieux amis. J'ai l'intention de le voir quand je veux et où je veux. Vous n'avez absolument aucun droit de juger ses actes et encore moins les miens. Vous êtes dans l'erreur si vous pensez que...

Victoria se leva.

— Je suis très rarement dans l'erreur, je peux vous le garantir. Le problème est que vous êtes ici pour vous occuper de ma mère. Puis-je vous rappeler que vous séjournez ici gratuitement en échange de vos services ? Lorsque je vous ai engagée, je pensais naturellement que vous respecteriez ma volonté en tant qu'employeur.

Ah ! c'était donc ça !

— Miss Laffan, je ne vois vraiment pas où vous allez chercher l'idée que je fais partie de votre personnel. Non, ayez la gentillesse de ne pas m'interrompre. Je vous ai écoutée jusqu'au bout. Si vous pensez que vous êtes habilitée à vous mêler de quelque façon que ce soit de ma vie privée... j'ai bien peur que nos relations de travail ne s'arrêtent ici.

Victoria la dévisagea.

— Êtes-vous en train de me menacer, Mrs Ross ?

— Pas du tout. Ce que je dis, c'est que...

— Que vous refusez de vous plier à ma demande. Voilà ce que vous dites, Mrs Ross. Et maintenant, vous me faites un chantage affectif en me menaçant d'abandonner ma mère.

Eleanor ouvrit la bouche pour répondre, mais Victoria ne lui en laissa pas le temps.

— En dehors de ma désapprobation personnelle, je m'inquiète pour vous, croyez-le ou non. Ce ne sont pas les scrupules qui étouffent mon beau-frère...

— Nom d'une pipe ! l'interrompit Eleanor.

— On ne peut pas lui faire confiance, Mrs Ross. Je vous mets en garde pour votre bien. Mais si vous persistez à le voir en abandonnant une vieille dame qui s'est attachée à vous, qui commence à dépendre de vous... eh bien, ce sera votre décision.

— Miss Laffan, rétorqua Eleanor, je n'ai pas envie d'abandonner votre mère, mais je ne peux pas accepter de me laisser... intimider et tyranniser par vous.

— Comment ? Tyranniser ? Comment osez-vous m'accuser de vous tyranniser ?

— Si seulement vous vouliez entendre raison, miss Laffan, je...

— Ça suffit ! Je vous laisse une semaine, Mrs Ross, et ensuite, vous quitterez ma maison.

Eleanor ouvrit la porte.

— Aucun problème, si c'est ce que vous souhaitez.

Victoria se précipita dans le couloir. Se retournant, elle jeta un regard méprisant à son « employée ».

— Je dois dire que vous me décevez beaucoup, Mrs Ross. Je suis vraiment très déçue.

— Bonne nuit, miss Laffan.

Eleanor ferma sa porte.

Elle était folle. Cette femme était une folle. Comment pouvait-elle penser qu'Eleanor faisait partie de son personnel ? Pensait-elle sérieusement que le fait de la loger gratuitement lui donnait le droit de lui dicter sa conduite ? Et quoi encore ! Dès le lendemain, elle se mettrait à la recherche d'un cottage à louer. Victoria Laffan pouvait bien aller... Mais, et Mrs Laffan ? Elle ne pouvait pas l'abandonner.

Elle parlerait à Ryan, le lendemain matin, pour voir ce qu'il en dirait.

Ryan éteignit sa lampe de chevet. Eleanor ! Quelle chance de l'avoir ici ! Il devrait la traiter avec beaucoup de précaution. Elle avait l'air de se méfier des hommes. Il l'aimait bien. Sincèrement. Elle était vive, spirituelle, intéressante.

Elle ne semblait pas avoir été très heureuse en ménage. Elle n'avait pas dit grand-chose, mais il avait lu entre les mots. C'était un curieux mélange... Chaleureuse et amicale, mais un peu réservée physiquement. Ils n'étaient plus des enfants et il la voulait dans son lit. Mais sans la brusquer surtout. Ils avaient tout leur temps.

Eleanor dormit tard et manqua le petit déjeuner. Ça tombait bien, parce qu'elle n'avait aucune envie de voir sa logeuse ce matin-là. Elle n'était pas d'humeur à supporter d'autres désagréments. Mais par la même occasion, elle avait manqué Ryan et elle avait besoin de lui parler.

Niamh Byrne avait compris qu'il fallait flatter les clients. Elle devait donc changer de tactique avec Mrs Ross. Aussi décida-t-elle de lui apporter une tasse de café.

Elle frappa à la porte du numéro quatre.

Eleanor ouvrit et vit Niamh chargée d'un plateau.

— 'Jour. Je me suis dit comme ça qu'un petit café pourrait pas vous faire de mal... Vous avez bien dormi ? Oh ! et je vous ai aussi apporté le journal !

Cette fille était pleine de surprises !

— Merci, Niamh.

En prenant le plateau, Eleanor aperçut un bout de papier plié sur le tapis : quelqu'un avait glissé un mot sous sa porte.

Salut, la belle endormie,

Je suis allé à Bray avec Rich, pour régler quelques affaires. Je te verrai plus tard. Ne travaille pas trop. Peut-être pourrait-on aller voir un film ce soir ?

Je t'embrasse,

Ryan.

Un film ? Pourquoi pas ? Elle se demanda à quand remontait sa dernière sortie au cinéma.

Elle trouva Victoria Laffan en train de s'affairer autour de sa mère. Un seul regard lui suffit pour noter son désarroi.

— Mrs Ross, déclara cette dernière en se raidissant, les choses ont tourné au pire, hélas ! Ma mère a mouillé son fauteuil.

La vieille dame rougit.

— Je ne l'ai pas fait exprès, Vi. Je n'ai pas pu m'en empêcher.

— Je sais, maman, je sais, répondit sa fille d'un ton las.

— Allez vous reposer, chuchota Eleanor à sa logeuse. Je vous remplace.

Il s'agissait avant tout de ne pas contrarier Mamie Laffan davantage.

— Vous êtes sûre, Mrs Ross ? Vous pensez vous en sortir ?

Ce n'était plus du tout la femme altière de la nuit dernière. Elle en était presque à ramper à ses pieds !

— J'en suis certaine, affirma Eleanor en la raccompagnant vers la porte.

Victoria sembla soulagée.

Ses pensées n'étaient pas difficiles à deviner. L'incontinence était l'étape suivante, et Victoria s'affolait à cette perspective. Sa charge de travail en serait encore accrue.

Eleanor changea les vêtements de Mrs Laffan de la façon la plus naturelle possible, puis s'assura qu'elle était au sec et bien installée.

La vieille dame était humiliée.

— Une fois de plus, je me suis fait mal voir, grommela-t-elle. Vous me direz la vérité, Eleanor ?

— Si je peux, répondit cette dernière en lui mettant une couverture sur les genoux, car la fenêtre était ouverte.

— Qu'est-ce qui ne tourne pas rond, chez moi ? poursuivit la vieille dame d'une voix plaintive à vous briser le cœur.

Eleanor se défila.

— Je ne vois pas de quoi vous parlez.

Iris Laffan eut un sourire triste.

— Je sais que quelque chose ne va pas, mais je ne sais pas quoi. Victoria est grincheuse et Richard ne répond pas quand je lui pose la question. Mais ils parlent de moi dans mon dos, je le sens. (Ses yeux se remplirent de larmes.) Je ne veux pas être un boulet. Je ne l'ai pas fait exprès. Je ne suis pas allée aux toilettes à temps. Jésus, Marie, Joseph, c'est vraiment terrible ! Qu'est-ce qui m'arrive ? Je ne veux causer d'ennuis à personne.

Le cœur d'Eleanor se serra.

— Bien sûr que non, la rassura-t-elle d'une voix douce.

— Je m'embrouille. J'oublie des choses.

— Comme tout le monde, Mrs Laffan. Je suis une vraie tête de linotte, moi aussi !

— Ce n'est pas la même chose. Parfois, j'oublie qui sont les gens. Je ne me souviens de rien. La moitié du temps, je ne sais pas où je suis. Par contre, je me souviens comme si c'était hier de choses qui se sont passées il y a des années. Ah ! comme j'aimerais être chez moi !

— Mais vous êtes chez vous, Mrs Laffan. C'est votre maison.

Iris secoua la tête.

— Non, dans ma vraie maison. J'étais bien là-bas... avec mes parents et mon frère, Flor. Où est-il maintenant ? Il me manque.

Sa vraie maison. Donegal.

— Pourquoi n'en parlez-vous pas à Victoria ?

— Parce que ça la mettrait en colère. Elle m'a dit que je devais me concentrer sur le présent. Mais je n'aime pas le présent. Je n'aime pas ce que je suis devenue. J'aimerais revoir Ardara avant de mourir.

— Chut ! fit Eleanor en posant un doigt sur ses lèvres. Ne parlez pas de mourir.

— Et pourquoi pas ? Il faut que je m'y prépare. Je ne rajeunis pas, vous savez. Est-ce que vous voulez bien m'emmener là-bas ?

Quel malheur que d'être dépendant des autres !

— Je vais en parler à Richard, je vous le promets.

Elle était sincère. Pourquoi ne pas accorder à la vieille

dame la seule chose qui lui procurerait du plaisir ? Si Richard — ou même Ryan — les conduisait, elle l'accompagnerait. Mais il fallait demander à Victoria avant, bien entendu.

— Ils ne me laisseront pas partir, prononça Iris d'un ton méfiant. Ils m'ont enfermée. Je suis prisonnière.

C'était vrai. Elle était prisonnière.

— Vous savez quoi ? dit-elle en regardant Eleanor droit dans les yeux. Il veut me mettre dans une maison.

— Non, non, Richard vous aime beaucoup. Il veut que vous restiez ici.

Iris soupira.

— Pas Richard, c'est un amour. L'autre.

Ryan ! Elle allait encore se mettre à rabâcher à propos de Ryan.

— Non, je ne crois pas, Mrs Laffan. Pourquoi voudrait-il faire ça ?

— Parce qu'il veut mettre la main sur la maison, voilà pourquoi. C'est Victoria qui me l'a dit. Ce n'est qu'une question de temps. Il commencera par se débarrasser de moi. Il s'est bien débarrassé de toi, non ? Ne me quitte plus, Lorna.

— Je ne vous quitterai pas, promit Eleanor.

— C'est ce que tu m'avais déjà dit, mais tu es partie quand même.

Elle tapota la main de la vieille dame.

— Je ne pars pas, ne vous inquiétez pas.

Mamie Laffan sourit, mais elle n'était pas convaincue.

— Je suis fatiguée. Mets la cassette en route, ma chérie. Parfois, il vaut mieux vivre dans un livre. On peut s'y perdre.

Elle ferma les yeux et laissa la voix du lecteur glisser sur elle. Sa respiration se ralentit, devint plus régulière.

Étrangement, l'histoire reprit au moment où Heathcliff rentrait de ses mystérieux voyages :

"Une bête malfaisante rôdait... attendant son heure pour bondir et faire son œuvre de destruction."

Eleanor frissonna et se leva pour fermer la fenêtre. Il commençait à faire vraiment froid dans la pièce.

15

Eleanor décida de rester au Lodge pour le bien de Mamie Laffan... et pour le sien. Elle avait beaucoup vu Ryan : le cinéma, les dîners aux chandelles, les balades en voiture le dimanche, les promenades à Powerscourt et à Avondale. C'était un merveilleux été.

Un matin, après le petit déjeuner, Eleanor parla à Victoria de son projet d'emmener Mamie Laffan revoir Donegal.

Sa logeuse resta inflexible.

— Non, Mrs Ross, c'est malheureusement hors de question. Ce voyage l'achèverait.

— Mais elle a vraiment envie d'y aller, insista Eleanor. Elle aimerait beaucoup revoir sa vieille maison.

Son interlocutrice enleva ses lunettes de lecture et se frotta les yeux.

— Mrs Ross, nous l'avons déjà emmenée à Ardara il y a quelques années et elle s'est mise dans une colère terrible. Sa vieille maison, comme vous dites, a disparu depuis longtemps. Elle a été détruite. Les propriétaires actuels ont construit un bungalow à sa place. Ce sont des gens charmants, ils nous ont invités à prendre une tasse de thé, ce qui était très gentil de leur part. Mais ma mère était hors d'elle. Tout ce qu'elle avait connu et aimé avait disparu ; la vieille maison de pierre, le potager, le verger sur l'arrière. Tout. Tous ses souvenirs détruits. Elle a pleuré pendant des jours et des jours après cet épisode. Impossible de lui infliger ce supplice une seconde fois.

Voilà qui éclairait la situation d'un jour nouveau.

— Elle va mieux maintenant, poursuivit Victoria, elle pense que la maison est là-bas, et qu'elle l'attend. Dans un certain sens, c'est vrai.

Les choses peuvent être réelles, même si elles n'existent qu'en esprit.

— Et son frère, Flor ?

— Il est mort peu de temps après la vente de leur maison. Elle ne s'en souvient pas. Je vous serais reconnaissante de ne plus en parler, d'accord ? (Victoria eut une moue altière.) Il peut être dangereux de remuer le passé, Mrs Ross. Mieux vaut avancer dans la vie.

— Peut-être... c'est simplement que je lui avais promis de vous demander.

— Je sais. Ne vous inquiétez pas de cela. Elle a sûrement déjà tout oublié. Elle ne garde rien en tête très longtemps, vous l'avez constaté par vous-même.

Peut-être savait-elle ce qui était bon pour sa mère, après tout.

— Je comprends que vous essayiez de lui rendre service et je vous en remercie.

— Je l'aime beaucoup, miss Laffan. J'aimerais beaucoup pouvoir en faire plus. Souvent, je me sens inutile.

Victoria se leva et alla se placer devant la fenêtre.

— Je vois ce que vous voulez dire.

269

Elle lui tournait le dos, mais Eleanor sentit parfaitement sa tension.

— Miss Laffan... essayez de ne pas vous inquiéter.

Sa logeuse se retourna, l'expression plus douce.

— La situation n'est pas très simple, Mrs Ross. Pis, elle se complique. Il faut simplement que nous surmontions la crise. Je vous remercie de votre soutien. Bien, il faut que je retourne à mon travail, je dois préparer la note de la famille Legrand. Ils partent demain.

Victoria prit son registre de comptes posé sur la table basse.

— Vous avancez dans votre livre ? condescendit-elle à lui demander.

— Oui, ça va. (Mieux valait être prudente.) J'ai envoyé le projet et les trois premiers chapitres à quelques éditeurs. Je ne vais pas en entendre parler avant longtemps.

— Le deuil. Vous m'avez bien dit que c'était le thème de votre livre, n'est-ce pas ?

— C'est un sujet difficile. J'essaie de l'aborder avec le plus de délicatesse possible. Certaines des personnes dont j'ai eu à m'occuper étaient extrêmement traumatisées. Je vais consacrer un chapitre entier au deuil des enfants. Parfois, nous oublions que les enfants aussi ont un travail de deuil à effectuer. L'habitude était de faire le maximum pour supprimer leur sentiment de tristesse. Pourtant, il vaudrait mieux tout leur dire. Mais ils trouvent très difficile de... Vouloir faire taire sa souffrance n'est pas la bonne solution. À vrai dire, je ne suis pas sûre d'avoir réussi à surmonter moi-même ce problème.

Victoria lui jeta un regard dur.

— Nous avons tous notre propre façon d'affronter le problème, vous ne croyez pas ?

— Oui, mais certaines stratégies peuvent nous aider.

Quand on tient compte des différentes phases du processus de deuil... ah ! je suis désolée, miss Laffan, je ferais mieux d'écrire tout cela au lieu d'abuser de votre temps si précieux !

— Eh bien, bonne chance ! lui lança sa logeuse, avant d'ajouter avec un sourire dédaigneux : moi, je n'aime pas trop ce genre de livres. Il y a trop de jargon professionnel et de conseils sans intérêt. Comme je vous l'ai dit, nous avons tous notre façon d'affronter le deuil.

Elle n'avait pas pu s'empêcher de la rabaisser, comme d'habitude !

Eleanor se dirigea vers la porte.

— Bien, je ferais mieux de m'y mettre.

— J'espère que vous n'allez pas passer tout le week-end à travailler, Mrs Ross. Il faut vous détendre un peu.

— Oh ! non, miss Laffan ! Je vais marcher jusqu'au village cet après-midi, et demain, Ryan et moi allons passer la journée à Brittas Bay.

Victoria ne leva pas la tête lorsqu'elle sortit du salon.

Eleanor était assise sur un banc, au soleil. Elle s'apprêtait à ouvrir son journal lorsqu'elle fut rejointe par le sergent Mullen.

— Bonjour ! lui lança ce dernier en prenant place à côté d'elle. Je ne vous dérange pas ?

— Pas du tout, répondit-elle avec amabilité. Je suis ravie d'avoir un peu de compagnie. Avez-vous eu des nouvelles de Brenda Boylan ? Je m'inquiète beaucoup pour elle. Trois semaines sans donner de nouvelles. J'ai demandé à son père l'autre jour, mais il m'a dit de me mêler de mes affaires.

— Ah ! j'aurais dû vous le faire savoir ! Ma femme a reçu une lettre d'elle la semaine dernière.

Il lui offrit une cigarette.

— Non merci, je ne fume pas.

— Vous avez bien raison, dit-il, ce qui ne l'empêcha pas d'en allumer une pour lui-même.

— Alors, où est-elle, sergent ?

— À Londres. Elle vit avec une copine qu'elle a là-bas. Elle va bien. Elle a trouvé un boulot dans un bureau. Un genre de compagnie d'assurances, je crois.

— Parfait ! s'écria Eleanor, qui ne put cacher son soulagement.

— Je ne me doutais pas que vous étiez si inquiète, Mrs Ross. Brenda est tout à fait capable de prendre soin d'elle-même. Ça fait bien longtemps qu'elle le fait. Et elle se porte beaucoup mieux loin d'ici... mais je suis sûr que vous le savez. Il paraît que vous vous entendiez bien, c'est ma femme qui me l'a dit. En tout cas, c'est une gentille fille.

— Oui, je l'aimais beaucoup.

— Elle n'a pas la belle vie depuis que sa mère est morte. Elle vous a sûrement raconté ?

— Oui.

— C'est une affaire terrible. Terrible. On ne l'a jamais résolu. Le meurtre. Oh ! ils ont fait venir tous les as de Dublin pour qu'ils viennent faire leur numéro ici ! Ils se croyaient plus fortiches que nous, vous comprenez, nous, on n'est que des pauvres flics de la cambrousse ! (Il fit tomber la cendre de sa cigarette par terre.) Ils trouvaient qu'on faisait pas le poids pour une affaire de meurtre.

— Ah oui ?

— Eh bien, tous ces cracks, ils ont pas réussi à faire mieux que nous. Ils peuvent rester chez eux ; avec toutes les affaires de meurtre qui n'ont pas été élucidées à Dublin, il y a de quoi les occuper ! Et je ne vous parle pas des personnes disparues. Ils feraient bien de mettre un peu d'ordre chez eux avant de venir chez nous jouer les super-flics.

— Je suppose qu'ils ont tout de même plus l'habitude de ce genre d'affaires, objecta Eleanor, pour tenter de le calmer. Ce que je veux dire, c'est qu'il n'y a pas beaucoup de meurtres par ici.

Sortant un mouchoir sale de la poche de sa chemise, il se moucha à grand bruit.

— Non, c'est vrai. Pas autant que par chez vous.

— Il y a une criminalité épouvantable à Dublin, reconnut-elle, et ça devient de plus en plus grave. La plupart des crimes sont liés à la drogue.

— Ah ha ! C'est exactement ça, vous voyez. C'est mon opinion depuis le début. J'ai toujours dit que c'était le milieu qui avait fait le coup. Vous croyez qu'ils m'auraient écouté ? Pensez-vous !

Eleanor en fut estomaquée.

— Mais pourquoi ? Qu'est-ce que Carol Boylan avait à voir avec le milieu ?

Le sergent prit le temps d'écraser sa cigarette avant de répondre.

— J'ai plusieurs théories à ce sujet, dit-il en la regardant par-dessus le bord de ses lunettes, l'air d'en savoir long. Disons que c'était la drogue.

— La drogue ?

— Ouais, les dealers. Ça amène toujours des ennuis.

Eleanor n'en crut pas ses oreilles.

— Vous pensez que Carol Boylan était un dealer ? s'écria-t-elle.

— Carol ? Un dealer ? Pas du tout !

Il se leva et lui prit doucement le coude.

— Vous avez pas envie de venir boire un petit coup ? Il

273

est temps qu'on fasse connaissance et moi, j'ai besoin de me rincer le gosier.

Elle n'avait aucune objection à lui opposer, aussi le suivit-elle au pub. Le vieux Mr Coyle était assis derrière son comptoir, vêtu d'un T-shirt blanc tout taché. Il n'y avait personne d'autre à l'intérieur. La chaleur avait chassé ses clients. Quelques mouches bourdonnaient dans la touffeur oppressante.

Le sergent commanda un verre de Guinness pour lui-même et un gin-tonic pour son invitée. Il l'escorta jusque devant la fenêtre, qu'il ouvrit avant de s'asseoir à côté d'elle sur la banquette.

— Voilà ! Ça va mieux ! s'exclama-t-il en essuyant son front trempé de sueur avec son mouchoir crasseux. Bien, comme je vous disais tout à l'heure, la drogue. Réfléchissez un peu. Le dentiste avait sûrement un tas de drogues dans son cabinet, non ?

Eleanor n'avait jamais pensé à cela.

Le sergent avala sa bière à grand bruit.

— C'est aussi évident que j'ai le nez au milieu de la figure.

Son gros pif rouge est effectivement assez évident, ne put s'empêcher de penser son interlocutrice.

— Ils l'ont probablement suivie... menacée... (Il alluma une autre cigarette.) Et Dieu sait quoi.

— Mais j'ai entendu qu'elle avait été... hum... molestée, bredouilla Eleanor.

Il retroussa sa lèvre supérieure d'un air entendu.

— Il n'y a jamais eu aucune preuve de ça. Je n'ai jamais cru à cette théorie. Elle a été tuée un dimanche.

Quel était le rapport ?

— Il n'y avait aucun signe d'effraction, si vous me passez l'expression. Quelques bleus, mais rien de significatif. Le

274

médecin légiste a fait un examen très approfondi. Tout est dans le rapport.

— Qu'est-ce que vous dites ? s'étonna Eleanor. Qu'elle était consentante pour faire l'amour avec son assassin ?

— Je ne dis pas ça. Je suggère simplement qu'elle et son brave mari ont pris un peu de bon temps le dimanche après-midi. Y a rien de plus normal. Moi aussi, le dimanche après-midi, je fais la sieste avec ma dame.

Eleanor eût préféré ne pas recevoir de confidences sur les habitudes dominicales du couple Boylan.

— Rien de tel qu'une petite partie de jambes en l'air le dimanche après-midi ! poursuivit le sergent, hilare, avec un coup de coude complice. Le matin, vous honorez le Seigneur à la messe, et l'après-midi, c'est au tour de votre femme. Ah ! je trouve ça bien, moi, de faire un peu de sport en chambre le dimanche après-midi ! Elle est vraiment bien, pour ça, ma femme.

— Sergent Mullen...

— Appelez-moi Barry.

— Barry... Nous ne devrions pas parler de ça, ce n'est pas bien.

— Oh ! vous inquiétez pas pour Mrs Mullen ! Elle a les idées très larges, ma femme.

Un autre coup de coude. Visiblement, il appartenait à la catégorie des gens physiques, qui aimaient toucher !

— Non, rectifia-t-elle, ce que je voulais dire, c'est que nous ne devrions pas parler de Carol Boylan.

— Et pourquoi pas ? Nous ne disons rien de mal de cette pauvre femme. Pas comme certains. Ils lui ont assez cassé de sucre sur le dos et on ne peut pas dire qu'elle repose en paix dans sa tombe. La charité chrétienne, mon cul. Non, moi, ce que je veux, c'est amener son assassin devant les juges.

— C'est vrai, approuva Eleanor en finissant son verre.

— J'avais une petite tendresse pour elle dans mon jeune temps.

— Pour Carol Boylan ?

— Ouais, ouais. Tous les hommes de Coill en pinçaient pour elle, précisa-t-il avec un rien de nostalgie dans la voix. Quand elle est arrivée ici, elle était toute jeune mariée. C'était une beauté, vous pouvez me croire. Et gentille, avec ça. On n'arrivait pas à comprendre comment ce vieux glaçon avait fait pour dégoter un si beau parti.

— Le Dr Boylan ?

— Oui. C'est pas un mauvais bougre quand on le connaît, mais on ne peut pas dire que ce soit un don Juan... et il a des problèmes.

Eleanor préféra s'abstenir de commentaire.

— Carol a essayé de se faire à la vie d'ici mais elle n'a jamais réussi, ajouta le sergent. Moi, je crois qu'il était très jaloux d'elle. Elle aimait les gens, vous comprenez ? Elle était gentille avec tout le monde. Mais les femmes ne l'aimaient pas. La Dora Byrne était toujours en train de baver sur elle. D'ailleurs, ma Chrissie lui a rabattu son caquet plus d'une fois. Chrissie aimait bien Carol, elle disait qu'elle était comme une bouffée d'air frais dans le village.

Cette description correspondait à ce que Brenda lui avait dit de sa mère.

— Elle s'ennuyait, affirma le policier. À mourir. Et bien sûr, ça, c'était pas permis. Les gens disaient qu'elle aurait dû être contente d'avoir un bon mari et une belle maison.

Ce brave sergent croyait tout savoir. Eh bien, tiens, faisons un test, pour voir.

— Et le Dr Boylan, était-il vraiment un bon mari ?

Eleanor fut surprise de sa réponse. Finalement, il n'était pas si mal que cela, le sergent.

— Comment voulez-vous que je sache ? On ne sait pas ce qui se passe chez les gens. Vous avez vu qu'il... ne crache pas sur la boisson. Le problème, c'est que quand il a trop bu, ça lui monte à la tête. Il devient un peu parano, comme on dit maintenant. Il n'aimait pas du tout qu'on lui fasse des compliments, à sa femme, et il a arrêté de l'emmener danser au club de golf, parce qu'il ne supportait pas qu'on l'invite à faire un tour de piste. Billy Byrne... Faut dire que c'était un sacré numéro... Il arrêtait pas de charrier le vieux glaçon sur sa femme, si jeune, etc. Un jour, Boylan a piqué le coup de sang et lui a sauté dessus.

— Au club de golf ?

Le sergent éclata de rire.

— Non, à un vide-grenier, dans la salle paroissiale. Au fait, ça me revient, c'était Iris Laffan qui avait organisé ça. Il y en avait pas deux comme elle pour vous organiser des fêtes, à l'époque. C'est elle qui a mis sur pied le comité des dames de la paroisse. Ah ! c'était quelqu'un en son temps, Iris Laffan !

Mamie Laffan à la barre... Eleanor la voyait très bien.

— Donc, vous pouvez imaginer comment elle a réagi quand le dentiste et le facteur lui ont fichu sa fête en l'air. Ils se sont battus comme des chiffonniers, on a dû les séparer.

— Pas possible !

— Oh ! si, et en plus, il a fallu retenir Dora Byrne qui voulait se mêler à la bagarre ! C'est une vraie furie quand elle s'y met.

— Mon Dieu ! Et que s'est-il passé ensuite ? s'enquit Eleanor, suspendue à ses lèvres.

— C'est ce bon Ryan Brady qui les a séparés ; et pour sa peine, il s'est retrouvé avec le nez en sang. Mais il n'a pas perdu le nord, il en a profité pour raccompagner Carol

277

Boylan chez elle, après. Je peux vous dire que les langues sont allées bon train dans le village. Le lendemain, il a retrouvé ses pneus crevés.

— Par le Dr Boylan ?

— Non, non, il ne s'abaisserait pas à ça. C'est Billy Byrne qui a fait le coup, il était jaloux à mort de Ryan, comme beaucoup d'hommes, d'ailleurs. Faut dire que Ryan avait la cote auprès des femmes.

Était-il au courant, pour elle et Ryan ?

— Je devrais dire « a » la cote, c'est toujours valable !

Donc, il était au courant. Elle préféra faire celle qui n'avait pas entendu. Tout le monde savait. À Coill, il était impossible de cacher une relation. Peu importait. Qu'ils se mêlent de leurs affaires, ça ne les regardait pas !

— Oh ! quand on parle du loup !...

Le sergent Mullen fit un signe du menton : Ryan se dirigeait vers eux. Fin de la conversation.

Son nouvel ami se leva.

— Voilà, Ryan, prenez ma place. Il faut que j'aille faire mon rapport à la maison. (Un clin d'œil.) Ma femme ne me laisse sortir que quelques heures par jour, pour pas que je fasse de bêtises.

Il les quitta après avoir envoyé un dernier coup de coude à Eleanor.

Ryan s'assit et l'embrassa sur la joue.

— Il fait trop beau pour rester enfermés ici !

— Qu'est-ce tu proposes ?

— Bon, d'abord je vais prendre une bière, et après, on pourrait aller faire un tour dans les bois ?

— Parfait.

— Tu veux un gin-tonic ?

— Non, merci, j'en ai déjà pris un, et j'ai l'impression qu'il m'est un peu monté à la tête.

Il lui fit un clin d'œil et alla passer la commande au bar.

Le rencontrer ainsi était un plaisir inattendu. Était-ce une coïncidence ou s'était-il lancé à sa recherche ? Elle le suivit des yeux et vit un journal anglais, *The Independent,* sortir de sa poche. Malgré leur difficulté, elle aimait faire les mots croisés de ce journal avec lui. C'était à qui trouverait la bonne réponse le premier. Le plus souvent, c'était elle, mais elle le faisait juste pour le narguer. Ryan s'imaginait lui être intellectuellement supérieur, et cela l'amusait de lui rabaisser le caquet.

Il revint avec sa bière et passa un bras autour d'elle.

— Ryan, je suis un peu pompette. Je n'ai pas l'habitude de boire en plein après-midi.

Il posa ses lèvres sur son oreille.

— Je ne m'en plains pas, tu es plus amoureuse après un petit coup dans le nez.

Elle rougit.

— Une fois dans les bois... on pourrait faire l'amour, bien au frais... Ce serait marrant, et en plus, je connais un endroit idéal. (Sa main remonta sur sa cuisse.) Allez, dis oui !

— Tu es incorrigible, tu sais ?

Elle eut un sourire en imaginant la scène : une femme d'un certain âge aux rondeurs envahies de cellulite s'ébattant à poil dans les bois avec son amant de quarante-sept ans. Il était fou, complètement fou. Mais cette idée était si extravagante qu'elle ne pouvait qu'en sourire.

— Ryan Brady, est-ce que tu grandiras un jour ? Pour qui me prends-tu ?

— Pour une femme extrêmement sensuelle, chuchota-t-il en mordillant son oreille. Tu sais que tu me plais, Ellie ?

Elle frissonna. Elle réagissait toujours ainsi à son contact.

— Arrête ! Mr Coyle nous regarde.

— Et alors ?

— Ça me gêne !

— O.K., on va faire des mots croisés.

Eleanor émit un grognement moqueur, mais, finalement, ils se consacrèrent à leur jeu pendant vingt bonnes minutes.

— Allez, Ellie, allez ! Quatre vertical, dit-il en la poussant du coude pour la titiller.

— Je ne sais pas ! gémit-elle. Attends. Si, ça y est, j'ai trouvé ! Obélisque. Regarde, ça va.

— Bravo ! s'écria-t-il en lui chatouillant le genou.

— Ryan !

— Bon, il ne nous reste que le vingt-six, horizontalement. Oh ! et puis zut ! Allez, on y va !

— O.K. Mais tu vas devoir te tenir convenablement !

— Oui, Mrs Ross, je te le promets. Je ne te toucherai pas... si tu ne veux pas.

Justement, le problème était là. Elle le voulait.

Un petit bisou sur la joue.

— J'attendrai jusqu'à demain. As-tu déjà fait l'amour dans l'eau ?

— Ryan ! le reprit-elle en le repoussant. Tu ne renonces donc jamais ?

— Non. Pas avant d'obtenir ce que je veux.

Il l'abandonna quelques instants pour aller se laver les mains, et elle en profita pour rapporter leurs verres au comptoir.

— Vous avez quelque chose d'intéressant au programme, cet après-midi, Mrs Ross ? s'enquit le patron.

— Oh ! juste une petite promenade dans le bois, Mr Coyle ! Il fait si beau aujourd'hui.

— C'est bien vrai. Moi, je n'ai plus le temps d'aller me

promener, malheureusement, déplora-t-il. Je sais que vous êtes chez vous au Lodge. Comment va Mrs Laffan ?

— Très bien.

— Je suis sûr qu'ils sont contents de vous avoir. Et miss Laffan ?

— Euh... Elle va bien aussi.

— C'est pas ce que je dirais, moi, dit-il tout en passant les verres sous le robinet. Je l'ai toujours trouvée bizarre. Enfin, c'est une brave femme, tout compte fait. Elle rechigne pas à la peine. Ils ont beaucoup de monde en ce moment ?

— Toutes les chambres sont occupées.

Ryan revint en toute hâte.

— Eh bien, je vois que je ne peux pas la laisser seule une minute. Alors, tu dragues ma petite amie, Paddy Coyle ?

— Ça me viendrait pas à l'esprit, Ryan, je serais pas à la hauteur à côté d'un mec comme toi. (Se tournant vers Eleanor.) Vous feriez mieux de faire attention, ma p'tite dame. Ce gars-là est dangereux.

— Je sais, répliqua-t-elle d'un ton léger. Croyez-moi, je sais.

16

Eleanor s'examina dans le miroir de l'armoire. Son maillot de bain noir lui allait bien. Ses seins étaient toujours fermes, mais son estomac aurait gagné à être un peu plus plat. Oh ! elle n'était pas trop mal pour une femme de son âge ! Elle mit son short rouge et un haut noir. Voilà. Pas mal du tout.

L'idée de s'allonger au soleil sur la plage à côté de Ryan, d'être tout près de lui, l'excitait tout en l'effrayant. Elle se sentait très vulnérable. Convaincue de ne plus être intéressée par le sujet, elle n'avait pas du tout envisagé de se lancer dans une histoire d'amour. Elle était indépendante, elle n'avait pas besoin d'homme. Ryan Brady... Ce n'était pas un homme quelconque. Il avait réveillé des sentiments qui dormaient en elle depuis longtemps. Mais... et si elle devait encore souffrir ?

On frappa à la porte.

— Entrez.

C'était Ryan, vêtu d'un jean serré et d'une chemise blanche à col ouvert, les cheveux coiffés en arrière... Irrésistible.

— Eleanor, il y a un problème.

Elle s'effaça pour le laisser entrer.

— Ah bon ?

— Victoria est couchée. Elle... n'est pas bien.

— Justement, je me demandais pourquoi elle n'était pas descendue pour le petit déjeuner.

— Elle... déprime... une fois de plus. Ce qui se passe, c'est que Richard est allé à Bray pour la journée avec Niamh Byrne, et Iris...

— Ryan, nous ne pouvons pas laisser Mamie Laffan. Il faut annuler notre sortie à la plage.

— J'en ai marre, dit-il en se grattant la tête. C'est toujours la même chose.

— Victoria a-t-elle vu le médecin ?

— Elle refuse. Si demain elle est toujours dans le même état, j'insisterai. Entre-temps, je m'occuperai de Mamie.

— Je t'aiderai.

— Non. Tu n'es pas censée t'occuper d'elle le week-end.

— Ça m'est égal, Ryan, vraiment.

Il secoua la tête.

— Non. Je ne veux pas te gâcher ton dimanche.

Eleanor eut une inspiration.

— Et pourquoi ne pas l'emmener avec nous ?

Il la regarda, interloqué.

— Emmenons Mamie Laffan avec nous. Elle sera ravie de sortir.

— L'emmener ? Je n'avais pas pensé à ça. (Il réfléchit.) Tu es sûre ?

— Absolument certaine.

— Je ne sais pas, Ellie. Elle va nous donner du boulot.

— Allez, ce sera très bien. Mais il va falloir qu'on la protège du soleil. Elle doit avoir un chapeau dans son armoire.

Il la prit par le bras et l'attira contre lui.

— Tu es fantastique, Ellie.

Elle se dégagea, de crainte qu'il n'entame le couplet de la "femme merveilleuse" que lui chantait Larry à leurs débuts. Elle se méfiait des compliments, et Ryan les distribuait un peu trop volontiers à son goût.

— Ryan, tu veux bien aller chercher son chapeau ?

— O.K., et si je ne le trouve pas, Rich a une vieille casquette Manchester United... J'espère qu'elle voudra bien la mettre !

— Qu'elle le veuille ou non, elle mettra quelque chose sur sa tête ! C'est toi qui la prépares ou moi ?

— Je m'en charge. J'apporte son plaid aussi. On se retrouve à la voiture. Oh ! j'ai préparé un pique-nique ! Un peu de viande froide et d'autres petites choses.

Elle l'embrassa chastement sur la joue avant de quitter la pièce.

— Tu penses à tout.

Il tourna la tête pour embrasser sa bouche, mais elle lui échappa et dévala l'escalier en riant. Ainsi, la vieille dame les accompagnerait... C'était parfait. Si Ryan s'avisait de poser la main sur elle ou si c'était elle qui succombait à ses bas instincts, Mamie Laffan les rappellerait à l'ordre à coups de canne. Elle ne pouvait rêver meilleur chaperon !

Ils mirent le cap vers le sud et empruntèrent la route de la côte en longeant de superbes plages de sable protégées par des dunes. Compte tenu de la chaleur, Ryan avait descendu les glaces. Mamie Laffan, installée à l'avant, chantait des cantiques à tue-tête, ce qui leur valait les regards intrigués des autres automobilistes. Ils n'avaient pas eu besoin de la casquette Manchester United, Ryan ayant trouvé le grand chapeau de paille d'Iris dans son armoire. Par sécurité, il avait noué une mousseline blanche par-dessus. Ainsi équipée, il ne lui manquait plus qu'un fusil pour être parée à chasser le rhinocéros.

À la vue de la surpopulation régnant à Brittas Bay, Eleanor se rappela pourquoi elle évitait les plages, d'ordinaire, le dimanche quand il faisait beau. Des corps dans toutes les variantes de blanc, de rose et de rouge jonchaient le sol. Trouver une place ne serait pas une petite affaire...

Eleanor guida Mamie Laffan, dont la canne s'enfonçait dans le sable à chaque pas. Ryan, en tête, se battait avec une chaise longue, une couverture et le panier contenant le pique-nique.

Il finit par trouver un coin calme dans une dune. Il posa la chaise à l'ombre et Mamie Laffan trébucha dedans.

Eleanor s'attendit à la voir se venger d'un coup de canne mais la vieille dame se contenta de rire. Puis elle entreprit de défaire les boutons de son gilet.

— Enlevez-moi ce truc ! s'écria-t-elle. Vous avez l'intention de me faire mourir étouffée ?

Eleanor étala la couverture à l'endroit le plus plat de la dune. Elle enleva ses sandales et fit la grimace : le sable était brûlant. Pendant qu'Ryan s'occupait de sa belle-mère, elle ôta son short et son T-shirt. Le temps qu'il se retourne, elle était assise sur la couverture et recouvrait ses jambes d'Ambre solaire.

Il lui jeta un coup d'œil appréciateur.

— Donnez-moi à boire, je meurs de soif ! exigea la vieille dame.

Ryan ouvrit le panier à pique-nique et Eleanor constata avec étonnement qu'il avait emporté un seau à glace. Hautement organisé, cet homme !

— Du Coca ou de la bière ? s'enquit-il.

— De la bière ! répondit Mamie Laffan sans hésiter. Puisque vous n'avez pas de champagne ! Et ne vous inquiétez pas pour le verre, je boirai au goulot.

Eleanor se détourna pour cacher son hilarité.

— Et toi, tu veux boire quelque chose ? lui proposa Ryan.

— Non, merci, pas maintenant.

Elle plia ses vêtements pour former un oreiller qu'elle mit sous sa tête. Par bonheur, une douce brise soufflait, rafraîchissante. Elle ferma les yeux et tous les sons environnants lui parvinrent. Dans la dune voisine, des enfants jouaient en faisant un joyeux tintamarre. Des mouettes criaient au-dessus de la mer. Un peu plus loin, sur la plage, quelqu'un faisait hurler une radio.

En sentant Ryan s'allonger près d'elle, elle se poussa

285

pour faire de la place. À présent, il se passait de la crème en faisant claquer sa main sur sa peau... L'odeur de la lotion... Son after-shave... Sa proximité... Un picotement la parcourut. Chaque parcelle de son corps avait conscience de la présence de Ryan. Est-ce qu'il la regardait ? Elle n'ouvrit pas les yeux.

Sa conversation téléphonique, la veille au soir, avec Mona qui était rentrée des Canaries, avait été amusante. Sa sœur avait été estomaquée quand elle lui avait annoncé le retour de Ryan dans sa vie. Elle avait insisté pour venir lui rendre visite le week-end suivant avec Des, et les inviter à dîner. Peut-être faudrait-il inviter les parents également ? Non, ce serait trop. Par contre, elle demanderait à Ryan de la conduire à Dun Laoghaire pour aller les voir.

Eleanor continua à rêvasser un peu et, petit à petit, ses paupières s'alourdirent... Bientôt, son souffle se fit régulier et elle sombra dans le sommeil.

— Tu as envie d'aller nager, Ellie ?

Ryan était penché sur elle, lui cachant le soleil.

Elle s'assit, un peu désorientée.

— Oh ! je crois que j'ai dormi !

— Tu n'es pas la seule.

Il désigna d'un geste Mamie Laffan qui reposait sur un côté dans sa chaise longue et ronflait. Il tendit une cannette de Coca ouverte à Eleanor.

— Tu préférerais une bière ?

— Non, non, c'est très bien.

Elle avait la bouche sèche. Elle porta la cannette à ses lèvres et renversa un peu de Coca sur elle. Ryan prit une serviette et épongea sa poitrine... d'un geste lent. Elle sentit ses seins réagir. De plus, sous l'effet étrange de la chaleur, elle ressentit le besoin urgent de l'embrasser.

— Viens à l'eau, lui dit-il. Ça nous rafraîchira !

— Ryan... euh, il faut que je t'avoue quelque chose : je ne sais pas nager.

Il lui déposa un baiser sur le front.

— Ça ne fait rien. Je serai là pour te surveiller.

— Et Mamie Laffan ?

Il l'aida à se relever.

— On peut la laisser quelques minutes. Elle ne se réveillera pas.

Maintenant, il lui apparaissait dans toute sa splendeur en maillot de bain. Son corps était mince et musclé. Juvénile. Elle prit sa main et il descendit en courant jusqu'à la plage en la tirant derrière lui.

Quand ils atteignirent le bord de l'eau, il la lâcha. Aussitôt, il plongea dans les vagues et s'éloigna à la nage. Un vrai poisson ! Elle resta sur le bord, toute tremblante, avec l'eau froide qui venait lui lécher les pieds. Elle avait la chair de poule. Un gros chien noir sortit de l'eau et s'ébroua allégrement en l'aspergeant. Elle lui cria d'aller se secouer ailleurs. Son propriétaire, un homme gros dont le ventre proéminent surplombait un maillot de bain trop serré, surgit de l'eau et lui jeta un regard noir.

Ryan revint et lui demanda en riant :

— Qu'est-ce qui se passe ?

— Sale chien ! Je suis toute mouillée !

— Normal, l'eau, ça mouille ! répliqua-t-il, toujours riant. Allez, viens !

Il l'attira vers lui et l'eau monta jusqu'à sa poitrine. Le froid lui coupa le souffle.

— Attends, attends ! hurla-t-elle.

Mais il ne l'écouta pas et l'entraîna encore plus loin. Affolée, elle le supplia :

— Ryan, je t'en prie !

L'eau lui arrivait sous les bras. Elle fut prise de panique

à l'idée de perdre pied. Il comprit alors qu'elle ne plaisantait pas et mit le bras autour de sa taille.

— Ne t'inquiète pas, je suis là, Ellie.

Elle réussit à sourire, mais elle était toujours pétrifiée.

— Je veux retourner là où j'ai vraiment pied.

— O.K., dit-il en la faisant reculer de quelques mètres.

— Tu me prends pour une attardée, non ?

— Pas du tout, je te trouve extraordinaire.

Soudain, il l'attrapa et, avant de lui laisser le temps de l'arrêter, il écrasa ses lèvres sur les siennes. Elle lui rendit son baiser avec passion. Sa poitrine mouillée contre la sienne, ses doigts humides sur son dos, ses lèvres au goût de sel... et le clapotis de l'eau... toute cette sensualité lui faisait tourner la tête.

— Oh, attention !

Ryan la rattrapa de justesse au moment où un Frisbee lancé par un enfant manqua de lui faire perdre l'équilibre.

— Ça va ?

— Oui, répondit-elle, toujours sous l'effet de leur baiser.

— Tu sais faire la planche ?

— Non, avoua-t-elle. J'ai déjà essayé, mais quand je me suis rendu compte de ce que je faisais, je me suis affolée et j'ai bu la tasse.

— Essaie, je vais te tenir.

— Pas question.

— Allez, courage ! (Il la fit s'allonger en maintenant sa poitrine.) Lève les jambes. Laisse-les flotter dans l'eau.

De peur de lui paraître sotte, elle lui obéit. Il la maintenait toujours fermement.

— Maintenant, mets-toi sur le dos.

Elle se raidit.

— Je ne te lâcherai pas, lui promit-il. Fais-moi confiance.

Elle se retourna lentement, toujours maintenue par Ryan. C'était agréable.

— Mets la tête en arrière. Tu vois, tu te débrouilles bien.

Elle mit précautionneusement sa tête dans l'eau.

— Ne me lâche pas, Ryan !

Elle avait peur de respirer. La mer était plus chaude, à présent. Accueillante. Apaisante. Son corps flottait, léger, détendu, et se balançait au gré des vagues. Elle se laissa aller à cette sensation nouvelle. Ryan lui tenait la main.

Ryan lui tenait la main.

Mais qu'est-ce qui la maintenait à la surface de l'eau alors ?

Mon Dieu ! Elle flottait ! Elle flottait toute seule ! Il était debout à côté d'elle, très fier. Elle était transformée. Elle était un poisson, elle aussi.

Le ciel bleu, la mer scintillante, le sable brûlant. Le miracle de la nature. Et le doux contact de l'herbe veloutée sous ses pieds nus. Des gouttes d'eau brillaient sur sa peau. Ses cheveux trempés frisaient dans sa nuque et tout autour de son visage. Elle se sentait femme. Elle se sentait vivante. Elle faisait partie du miracle.

Elle suivait Ryan qui parcourait les dunes à la recherche de leur emplacement.

— C'est laquelle, la nôtre ? lui cria-t-elle.

Toutes les dunes se ressemblaient.

— C'est par là-bas, je pense.

L'inquiétude contenue dans sa voix ne lui échappa pas. Ils étaient perdus. Mais où était leur dune, bon Dieu ? Et Mamie Laffan ? Ils étaient restés dans l'eau bien plus longtemps qu'ils n'en avaient eu l'intention.

— On est là, lui cria-t-il. Je vois la couverture.

Elle hâta le pas, soufflant et ahanant. Puis elle dévala la pente pour le rejoindre.

— Elle est partie ! dit-il en montrant du doigt la chaise vide.

Son plaid était par terre, dans le sable.

— Mon Dieu, où est-elle ? s'inquiéta Ryan.

Eleanor lui tendit sa serviette et fit un effort pour paraître sereine.

— Retourne à la voiture, lui conseilla-t-elle. Moi, je vais chercher par ici, à droite. Elle a dû vouloir faire un tour et elle s'est perdue.

— Et si elle était descendue jusqu'à l'eau ? dit-il en protégeant ses yeux de sa main pour scruter la plage. Elle peut être n'importe où !

Eleanor enfila son short sur son maillot mouillé.

— Vas-y, Ryan, retourne à la voiture. Je te rejoins ici dans dix minutes. On passera la plage au peigne fin s'il le faut. Ne t'inquiète pas. Elle ne peut pas être allée très loin. On la retrouvera.

Cependant, elle était loin d'être convaincue de ce qu'elle affirmait. Ryan sauta dans son jean et se précipita vers la voiture. De son côté, Eleanor commença ses recherches, inspectant toutes les dunes, demandant aux gens s'ils n'avaient pas aperçu une dame âgée. Elle récolta des regards suspicieux. Qui était cette femme pour perdre une grand-mère ?

Elle ne vit aucun signe d'elle nulle part. L'angoisse commença à la gagner. Mamie Laffan s'était peut-être noyée... Ou alors, elle était tombée et elle gisait quelque part, toute seule. Elle pouvait aussi être allée sur la route et avoir été renversée par une voiture. Tout était envisageable.

Elle arpenta les dunes. Personne ne l'avait vue. La plage s'étirait sur des kilomètres. C'était inutile.

C'est alors qu'elle aperçut sa canne, à moitié enterrée dans le sable. Mais elle, où était-elle ? Eleanor escalada la dune en toute hâte.

Mamie Laffan était là, assise sur un rocher... en train de chanter un chant patriotique !

Eleanor en pleura presque de soulagement. Puis elle fut prise d'une furieuse envie de battre la fugueuse.

— Mrs Laffan, Mrs Laffan !

Elle se précipita vers elle et la serra contre elle.

— On vous a cherchée partout !

La vieille dame s'arrêta de chanter, leva la main pour protéger ses yeux du soleil et l'examina.

— Qui êtes-vous ?

Oh non ! Pitié ! Elle n'allait pas recommencer !

Dans la voiture, il ne desserra pas les dents. Il mit la radio en marche et Mamie Laffan, complètement inconsciente des ennuis qu'elle avait causés, se dandina au son de la musique. Les épaules de Ryan étaient contractées. Assise derrière lui, Eleanor lui caressa la nuque pour lui montrer qu'elle le comprenait.

— J'ai faim, se plaignit Mamie Laffan. Vous essayez de me faire mourir de faim, maintenant ?

Le vieil oiseau s'animait.

— Ryan, proposa Eleanor, pourrait-on s'arrêter quelque part ? J'ai faim, moi aussi.

Après toutes ces émotions, ils avaient quitté la plage et avaient abandonné l'idée du pique-nique. Il ne répondit pas mais s'arrêta devant le premier pub rencontré.

— J'ai besoin d'aller aux toilettes, annonça fièrement

Mamie Laffan pour leur faire comprendre qu'elle contrôlait toujours sa vessie.

— Il va falloir que tu l'accompagnes, Ellie.

— Aucun problème.

Ils eurent le plus grand mal à la faire sortir de la voiture. Ils la tirèrent, ils la poussèrent en ignorant les malédictions dont elle les couvrait, et ils parvinrent finalement à l'extraire. Eleanor la conduisit aux toilettes où s'étirait une longue file d'attente. La vieille dame martela le sol de sa canne avec impatience. Une dame chic adressa un sourire indulgent à Eleanor.

— C'est comme ça qu'ils deviennent ! chuchota-t-elle.

Une porte s'ouvrit et la dame insista pour les faire passer avant elle. Eleanor se glissa à l'intérieur pour tenter d'aider sa protégée. Mais Mrs Laffan ne l'entendit pas de cette oreille et lui administra un bon coup de canne.

— Sors d'ici, Lorna ! rugit-elle. Je suis tout à fait capable de faire pipi toute seule, merci !

Eleanor sortit et ferma la porte derrière elle. Des enfants pouffèrent. Visiblement, ils avaient entendu et trouvaient la situation comique. Une personne d'un certain âge la dévisagea comme si elle avait commis un crime. La dame qui leur avait donné sa place vint la trouver et la prit par le bras.

— Je suis passée par là, moi aussi. Ma mère... C'est triste.

Eleanor hocha la tête en signe d'acquiescement.

— Lorna ! Viens ici ! Lorna ! Je n'arrive pas à ouvrir cette porte !

— Poussez-la doucement, Mrs Laffan. Elle n'est pas fermée à clé.

La dame compréhensive ouvrit la porte, et Mamie Laffan fut à deux doigts de tomber à la renverse.

— Non, mais, en voilà des manières ! Pour qui vous prenez-vous ?

Ryan commanda du poulet et des frites. Eleanor mourait de faim. Mamie Laffan mangea de bon appétit, elle aussi, mais lui se contenta de picorer.

— Jamais nous n'aurions dû l'emmener, dit-il, la mine sombre. C'est la première et la dernière fois.

Iris Laffan ne leur prêta pas la moindre attention. Elle passait l'un des meilleurs moments de son existence. Jetant des regards ravis autour d'elle, elle souriait à tout et n'importe quoi.

— Je ne sais pas, Ryan, je crois que nous avons bien fait. Regarde comme elle est bien !

— Plus jamais ! répéta-t-il, l'air toujours aussi renfrogné. C'est trop dangereux. C'est trop de responsabilité.

— C'est vrai, acquiesça Eleanor. Nous n'aurions pas dû la laisser seule.

— Et voilà les reproches ! lança-t-il d'un ton accusateur. Parce que c'est moi qui en ai eu l'idée.

Eleanor lui jeta un regard glacial.

— Je ne te reproche rien, Ryan. C'est moi qui ai eu l'idée de l'emmener. Et je pense toujours que nous avons bien fait.

— Ah bon ? demanda-t-il sans la regarder.

— Ne nous disputons pas, Ryan. Nous avons passé une bonne journée.

— Oui, c'est vrai, reconnut-il en la regardant en face, l'expression radoucie. Et ce n'est pas encore fini.

— Qu'est-ce que c'est que ces messes basses ? intervint Mamie Laffan. C'est de moi que vous parlez ?

— Bien sûr que non ! s'empressa de la rassurer Eleanor. Nous étions justement en train de dire que nous passions une bonne journée.

— Une bonne journée, répéta-t-elle, perplexe. C'est vrai ?

Un sourire s'inscrivit sur le visage de Ryan.

Il était vingt-deux heures passées lorsque Eleanor rejoignit Ryan au salon après avoir installé Mamie Laffan pour la nuit. Il grattait sa guitare, assis sur le canapé.

— Salut ! Tout va bien ?

— Oui, je pense qu'elle va dormir, avec tout le grand air qu'elle a respiré aujourd'hui. Et Victoria ? Tu es allé la voir ?

Il avait ouvert une bouteille de vin. Il se leva pour la servir.

— Elle est K.O. Je pense qu'elle a pris un somnifère, ou un tranquillisant. Cette femme ne peut pas vivre sans pilules.

Il lui tendit son verre.

— Ce n'est pas la solution, effectivement, répondit Eleanor. Mais elle est complètement sous pression, tu sais.

Elle goûta le vin. Très bon. Très moelleux.

— Je sais, mais c'est elle qui s'y met en grande partie.

Il reprit sa guitare pour l'accorder. Le *ré* sonnait faux.

— Aide-moi, Ellie. Si mes souvenirs sont exacts, tu as une bonne oreille.

Elle sourit.

— Je t'ai dit comment faire : tu fredonnes les deux premières notes du *Petit Ménestrel*.

Il s'exécuta. Avec succès.

— C'est vrai, tu me l'as dit il y a des années. Je préfère ne pas y penser ! Ah ! ça ne nous rajeunit pas, hein, Ellie !

— C'est la vie ! Allez, chante, maintenant.

— Qu'est-ce que tu veux que je chante ?

— *Pendant que pleure doucement ma guitare*. S'il te plaît, ça me ferait plaisir !

Il se risqua à jouer quelques notes de l'introduction.

— C'est trop difficile.

— Allez, Ryan, essaie !

Il lui sourit.

— Je ne l'ai plus joué depuis longtemps. Écoute. Ça sonne bien, là ?

Ça sonnait très bien.

Eleanor se cala au fond de son fauteuil, ferma les yeux et laissa la chanson pénétrer dans son cerveau. Il avait une belle voix forte, mélodieuse.

— « Je te regarde et je vois l'amour qui est là et qui sommeille... Pendant que pleure doucement ma guitare. »

... Elle se retrouvait dans le salon de ses parents. Elle avait seize ans et elle était amoureuse. Du café et des biscuits sur un plateau. Un soir d'octobre. Elle avait délaissé son devoir de maths et Ryan Brady jouait de la guitare, assis sur le canapé. Il portait un jean blanc et une chemise noire. Ses longs cheveux noirs tombaient sur son col...

Le silence régnait.

Elle ouvrit les yeux. Il s'agenouilla devant elle, prit son visage dans ses mains, la regarda au fond des yeux. Leurs lèvres se rencontrèrent. Doucement.

— Ellie, tu me rends fou...

Ce fut elle qui l'embrassa, cette fois-ci, voluptueusement, en caressant sa nuque. Il gémit doucement. Lorsqu'il glissa sa main sous son corsage, elle frissonna de plaisir et tout son être se tendit vers lui.

— Ryan...

— Je t'aime, Ellie...

Il commença à déboutonner le haut de son chemisier. Elle tremblait d'excitation. Elle l'embrassa encore, passionnément. Il la serrait si fort contre lui qu'elle respirait avec peine. Elle avait envie de lui, et tout de suite.

Il trouva la fermeture de sa jupe.

— Salut ! Oh ! M-mon D-Dieu... D-désolé !

Richard en resta bouche bée.

— Je s-suis v-v-vraiment désolé.

Eleanor bondit.

— Ce n'est rien ! dit-elle en se retournant pour fermer les boutons de son corsage en toute hâte. J'étais justement en train d'aller me coucher... Enfin... Il n'y a aucun problème, Richard.

Elle leur souhaita bonne nuit et sortit précipitamment de la pièce. Une expression de fureur était peinte sur le visage de Ryan.

Zut, zut et zut ! Eleanor se coucha, en rage. Elle éteignit la lampe de chevet et s'allongea. Comment dormir, maintenant ? Tous ses sens étaient éveillés. Pourquoi Richard était-il entré juste à ce moment ? Oh ! et puis zut ! Peut-être était-ce mieux comme ça. Il n'y aurait plus de retour possible si elle faisait l'amour avec Ryan. Ils franchiraient la ligne. Finalement, ce n'était pas plus mal.

Mais à qui voulait-elle faire croire ça, nom d'une pipe ?

Elle le désirait. Elle voulait faire l'amour avec lui. Jamais elle n'avait désiré un homme à ce point. Il remuait en elle quelque chose de très profondément enfoui. Tout au fond de son âme. Aujourd'hui, sur la plage... ce soir, pendant qu'il chantait pour elle... le vin... ses lèvres... ses mains sur ses seins...

La porte s'ouvrit.

— Ellie !

Elle se figea.

— Ellie ! Tu es réveillée ?

Son cœur se mit à battre la chamade dans l'obscurité. Elle l'entendit traverser la pièce... se rapprocher de plus en plus. Maintenant, elle entendait son souffle. Il s'assit sur le lit... à quelques centimètres d'elle.

— Ellie.

Elle se souleva, mit les bras autour de son cou et le serra contre elle. Sa poitrine nue était chaude contre sa peau. Il baisa sa nuque, ses joues, ses yeux. Ils échangèrent un interminable baiser. Elle se mit à trembler lorsqu'il ôta sa chemise de nuit. Il la coucha doucement sur l'oreiller. Ses lèvres descendirent lentement jusqu'à ses seins qu'il baisa tour à tour. Elle gémit. Il se blottit contre elle.

— Oh ! Ellie, j'ai envie de toi !

Elle caressa ses cheveux.

— Je t'aime, Ellie.

— Je t'aime aussi, Ryan.

Elle repoussa la couette et il se glissa près d'elle. Il la prit dans ses bras.

— C'est bien, Ellie. Ça devait arriver.

— Oui.

— Nous étions faits pour être ensemble.

Eleanor sourit dans le noir. Ils se caressèrent, s'embrassèrent et se caressèrent encore. Son cœur battait. Elle était amoureuse. Complètement. Délicieusement.

Ils firent l'amour pendant des heures. Ryan était un amant doux et tendre. Il prit son temps. Il l'amena jusqu'à un pic d'excitation qu'elle n'eût jamais pensé atteindre. Toutes ses inhibitions s'envolèrent. Elle se sentit libérée. Libre.

— Tu es la femme la plus passionnée que j'aie jamais rencontrée, murmura-t-il. Nous sommes faits pour être ensemble. C'est bien comme ça.

— Oui, tu as raison.

Jamais elle ne s'était sentie aussi heureuse.

17

Lorsqu'elle s'éveilla, tard le lendemain matin, elle trouva un mot sur son oreiller.

Huit heures,
Cette nuit a été une nuit pas comme les autres. Tu es incroyable, Ellie. C'est sûrement l'amour, hein ? Victoria va très mal et le médecin vient de partir. Mais il y a un bon côté de la chose. Il a fait en sorte que l'infirmière du district vienne trois fois par semaine s'occuper de Mamie Laffan. Je vais à la clinique de Bray pour la rencontrer ce matin. Je te raconterai plus tard.
Baisers,
Ryan.

Eleanor sourit et s'étira paresseusement. Elle pensa à leur nuit. Elle n'avait en effet pas été comme les autres. Lui non plus n'était pas comme les autres. Il avait été tendre, attentionné... et sensuel. Jamais elle ne s'était sentie aussi unie à un autre être. Il lui donnait la sensation d'être complète... en paix avec elle-même pour la première fois depuis des années.

Elle remua les orteils et s'étira encore. Son corps était transformé... Voluptueux. Elle était métamorphosée. Elle était vivante.

Elle se leva et ouvrit les rideaux. Une autre journée superbe. Elle prit une douche rapide en fredonnant. Elle s'habilla et descendit avec les cheveux mouillés. Richard était à la cuisine.

— Une t-tasse de c-café ?
— Parfait. Merci, Richard.

Elle prit la tasse et s'assit.

— J-je suis d-désolé p-pour hier s-soir, marmonna-t-il. J-je ne v-voulais pas.

— Richard, il n'y a aucun problème.

Ils étaient embarrassés tous les deux. Eleanor sentit qu'elle devait dire quelque chose.

— Vous devez savoir que... j'aime beaucoup votre père. Et je crois qu'il ressent la même chose pour moi. Vous savez que cela remonte à loin... Ce n'est pas arrivé d'un jour à l'autre.

Il rougit.

— Je ne voudrais vous contrarier en aucune façon. Tout cela doit être difficile pour vous. J'aimerais savoir ce que vous pensez de notre... De votre père et moi.

Richard se servit une tasse de café et vint la rejoindre.

— Mrs R-Ross, je suis en-enchanté à pr-propos de papa et v-vous. J-je pense que v-vous êtes exac-exactement ce qu-qu'il lui faut. Ça f-fait si l-longtemps qu-qu'il est malheu-reux.

— Malheureux ?

Il passa une main nerveuse dans ses cheveux.

— Oui. V-vous savez, in-instable. Il change s-souvent, de b-boulot, d-d'endroit, d'amis. I-il n'arrive p-pas à se fixer.

— Mais il est déjà resté ici avec vous, non ?

— D-de temps en temps. Mais i-il n-n'était pas heu-eureux. Il déteste être a-attaché quelque part. Et moi, j-je c-culpabilisais à c-cause de ça.

Eleanor lui passa le sucre.

— Oh ! Richard, je suis sûre que vous vous trompez ! Votre père vous aime.

Il hocha la tête.

— À s-sa façon, oui. M-mais il d-déteste Coill. Il n'a j-jamais p-pu rester ici après...

299

— La mort de votre mère, je sais, compléta doucement Eleanor. Je sais.

Richard buvait son café à petites gorgées. Elle se demanda ce qu'il pensait.

— Le temps a passé, maintenant. Je pense qu'il se sent seul, Richard. Il est temps qu'il soit un peu heureux.

Et pour moi aussi, il est temps...

— V-vous avez r-raison, dit-il pensivement. On a l-l'impression qu-qu'il ne trouve p-pas la b-bonne... oh ! et puis p-peu importe !

— Continuez, Richard, l'encouragea Eleanor en souriant.

— ... Oh ! n-non, r-rien, je vous a-assure !

— Il a eu d'autres amies ? insista-t-elle. C'est ce que vous essayez de me dire ?

Il toussa.

— Oui. Quel-quelques-unes.

— Carol Boylan ?

Il parut horrifié.

— Non ! Oh, non ! I-ils étaient b-bons amis, c-c'est tout. Il n-n'y a ja-jamais r-rien eu d'autre en-entre eux. Absolument r-rien.

Eleanor en fut soulagée. Soulagée et très contente.

— Bien, tout ça, c'est le passé, dit-elle avec philosophie. Mais, croyez-moi, Richard, votre père vous aime beaucoup. C'est pour cette raison qu'il est revenu. Pour s'occuper de vos affaires.

Il prit leurs tasses et les mit dans le lave-vaisselle.

— Mrs R-Ross, je p-pense que v-vous ferez du bien à p-papa.

— Je l'espère, Richard. Et merci de me le dire.

— Je l-le crois v-vraiment. Il n'est p-pas comme l-les autres. P-pas c-comme les autres pè-pères. Je l-l'aime, on

300

ne p-peut pas s'empêcher d-de l'aimer, m-mais j-j'ai t-toujours eu l'impression qu-qu-que c'était moi l-l'adulte, si v-vous voyez ce qu-que je veux dire. Par certains c-côtés, c'est comme un g-grand frère.

Eleanor sourit.

— Je vois exactement ce que vous voulez dire.

Peter Pan. Ryan, c'était Peter Pan. Richard avait raison. Ryan avait un côté enfant qui lui plaisait bien, à elle, mais qui devait être extrêmement déconcertant pour son fils.

— Il a b-besoin de quelqu'un qu-qui le stabilise, c'est c-ce que di-disait Mamie. Il a d-du mal à rester quelque p-part. Mais j-je crois qu-qu'il a chan-changé. Il a p-plein de projets pour ici, il s'est adressé à un ar-architecte pour f-faire des plans de rénovation. Il est tout feu tout f-flamme.

— C'est ce qu'il m'a dit. Et vous, vous êtes d'accord ?

— Oui, je p-pense qu'il a r-raison. Nous allons t-transformer les ch-chambres en a-appartements in-indépendants. C'est la gr-grande mode, ap-apparemment. Tante V-Victoria n'-n'est pas contente. Elle d-dit qu'il fait l'im-l'important.

Peut-être était-ce là la raison de sa maladie ? Se sentait-elle menacée ?

— Il faut bien que quelqu'un prenne la suite, Richard. Votre tante ne pouvait plus continuer comme ça, elle a beaucoup trop à faire. Si les clients faisaient leur cuisine eux-mêmes, vous auriez bien moins de soucis.

— Oui, c'est c-ce que dit papa. Mr N-Norton, l'architecte, vient l-la semaine p-prochaine.

— Très bien !

— Mrs Ross, je t-trouve papa en b-bien meilleure f-forme d-depuis quelque t-temps. Il a en-envie de tout

301

réor-organiser, il est comme un enfant qu-qui a un nouveau j-jouet.

— Oui, c'est vrai. Il aime les défis. Il m'a dit qu'il allait commencer à faire un peu de publicité, mais peut-être va-t-il un peu trop vite.

— Peut-être. Mais il d-dit que l-la rénovation ne pren-prendra pas trop de temps. À peu p-près un mois, d'après l-lui. Il p-pense que ce s-sera fait en septembre. Il s'y co-connaît b-bien en informatique. I-il a des programmes très calés. Il est doué pour le design.

Il est doué pour pas mal de choses, se dit Eleanor en souriant intérieurement.

— Je pense qu-qu'il a raté s-sa vocation. Il aurait dû être designer, il aurait fait fortune.

— Je ne crois pas qu'il soit très intéressé par l'argent, Richard. Autrement, il ne pourrait pas vivre comme il vit, sans revenus fixes.

— C'est vrai, reconnut le jeune homme. Il a qu-quitté son dernier boulot.

— Vous voyez bien ! On lui avait proposé une asso-ciation dans l'hôtel où il travaillait, il a refusé et il est parti. Ce n'est pas l'attitude de quelqu'un qui veut faire fortune.

— Il est plutôt in-indépendant, v-vous n'êtes pas d-d'accord ? Il n'aime pas l-les associations. I-il préfère t-travailler seul. Il pourrait f-faire n'importe quoi d-de ses mains.

Richard était plein d'admiration pour son père. Mais malgré cela, il disait vrai. Ryan était très doué, et très intel-ligent.

— Enfin, il est com-complètement dans ses histoires d-de n-nouveaux projets. Il va tous nous épater.

Eleanor rit.

302

— C'est vrai, une fois sa décision prise, plus rien ne peut l'arrêter, je le reconnais.

Au cours de l'après-midi, alors qu'Eleanor se trouvait auprès de Mamie Laffan, Richard lui apporta un message de la part de Victoria. Celle-ci lui demandait de venir la retrouver dans sa chambre. Le jeune homme paraissait très inquiet.

Eleanor arrêta la cassette des *Hauts de Hurlevent*.

— Elle n'est p-pas du tout en f-forme. Ces comprimés l-l'ont complètement a-assommée.

Eleanor haussa les épaules.

— Peu importe, Richard, votre tante vous a-t-elle dit ce qu'elle me voulait ?

Il secoua négativement la tête.

— Mamie, es-tu pr-prête à recevoir l'infirmière cet a-a-après-midi ? s'enquit-il en s'asseyant à la place d'Eleanor.

— Qui ça ? demanda la vieille dame en feignant de n'avoir pas bien entendu.

La vérité était qu'elle n'était pas enchantée à l'idée d'avoir une infirmière.

— Miss Baker v-va v-venir te voir à seize heures, lui expliqua-t-il avec gentillesse. Papa t-t'en a parlé à m-midi.

Mamie Laffan pinça les lèvres. Puis elle glapit à l'adresse d'Eleanor :

— Où allez-vous ? Remettez cette cassette et asseyez-vous immédiatement.

— J'en ai pour une minute, répondit la jeune femme d'un ton ferme.

— Quel culot ! (Puis, retournant sa fureur contre Richard :) Qu'est-ce qui te fait rire ?

Eleanor s'éclipsa.

La chambre de miss Laffan était tout au bout du couloir. Sa visiteuse frappa deux fois.

— Entrez !

Le ton était drôlement impérieux !

Eleanor s'exécuta. Cette chambre la surprit : elle était totalement différente des autres pièces de la maison. Elle était peinte en blanc. Nue. Pas de fantaisie. Les meubles encastrés étaient blancs eux aussi. Modernes. Les rideaux et le tapis étaient bleu foncé. Froids.

— Entrez, Eleanor, dit-elle d'une voix mourante.

Ah ! elle revenait au prénom ? Était-ce bon signe ?

Son lit était à l'autre bout de la pièce, près d'une petite fenêtre. Elle était assise, enveloppée dans un châle blanc. Elle n'offrait pas son aspect soigné habituel. Miss Laffan prenait toujours grand soin de son apparence. Des habits chers, un maquillage discret, une coiffure impeccable. Ce jour-là, elle était hirsute, vieillie. En s'approchant, Eleanor vit que son visage était d'une pâleur mortelle.

— Asseyez-vous ici, proposa sa logeuse en tapotant la couette bleue.

— Ne vous inquiétez pas, dit Eleanor en approchant le fauteuil en osier blanc qui était devant la coiffeuse.

— Qu'en pensez-vous ? demanda Victoria en désignant le décor de la pièce. Ça ne ressemble pas au reste de cette bicoque, non ?

— Non.

— Je déteste les vieux meubles, poursuivit la malade avec véhémence. Je déteste toute cette saloperie de baraque, sauf cette pièce. C'est mon refuge.

Son langage était choquant. Ce n'était pas la miss Laffan que l'on connaissait.

Cette dernière reposa sa tête sur son oreiller blanc amidonné et ferma les yeux.

— Je suis épuisée.

— Préférez-vous que je revienne plus tard ?

— Non, asseyez-vous, asseyez-vous. J'ai besoin de parler.

Elle gardait les yeux fermés. Comment parler à quel-qu'un qui ne vous regardait pas ? C'était sinistre, c'était comme parler à un cadavre.

— Nous sommes le dix juillet aujourd'hui, non ? demanda Victoria d'une voix lointaine, endormie.

— En effet.

— C'est l'anniversaire de sa mort, vous le savez ?

Ses yeux s'ouvrirent d'un seul coup et se posèrent sur la jeune femme. Ils étaient de glace. Ce regard perçant indisposa Eleanor.

— Le dix juillet, c'était une belle journée ensoleillée et chaude... Est-ce qu'il fait chaud aujourd'hui ?

— Oui.

— Personne ne devrait mourir quand il fait beau. Elle est morte le soir. Le soleil se couchait. Tout était calme. Feutré. Et il n'y avait pas un chant d'oiseau. Je m'en souviens parfaitement. Je me souviens que j'avais trouvé cela étrange... pas un oiseau ne chantait.

Eleanor était complètement perdue.

— Elle n'aurait pas dû mourir comme ça. Non, pas comme ça. Pas au coucher du soleil. C'était ma faute. Ils ont tous dit que je n'y étais pour rien, bien sûr. Ils m'ont dit de ne pas culpabiliser. Ils se trompaient. C'était ma faute.

Lorna. Elle parlait de Lorna.

— Elle était trop jeune, trop belle pour mourir. Elle aurait dû vivre. Elle aurait dû vivre, et aimer, et vieillir, comme tout le monde. Ce n'était pas juste de lui enlever tout ça.

Eleanor frissonna. La main de Victoria se mit à trembler.

— C'était cruel. Elle a été fauchée dans sa prime jeunesse. Sa respiration s'est arrêtée... Elle s'est arrêtée de respirer, comme ça... Sans se débattre... Elle était si belle, si calme, couchée ainsi... Comme une poupée d'albâtre.

— Miss Laffan, chuchota Eleanor, ne vous mettez pas dans cet état.

— Et pourquoi ? Pourquoi ne me mettrais-je pas dans cet état ? répliqua Victoria avec emportement. C'était la seule personne au monde à qui je tenais. La seule.

Eleanor retint sa langue.

Victoria se mit à pleurer.

— ... Elle a été arrachée à ceux qu'elle aimait... À ceux qui l'aimaient. C'était injuste, hein ?

Un autre regard glacial.

— C'était injuste, hein ?

— Je suis sûre que ce n'était pas votre faute, miss Laffan.

La malade gémit.

— Si, c'était ma faute. J'aurais dû l'empêcher. J'aurais dû, mais je ne pouvais pas. Je ne pouvais pas l'aider. C'était ma faute. Je l'aimais et j'aurais dû pouvoir l'aider. Elle dit pareil. Elle le sait. Elle sait tout.

Qui ? Qui sait tout ?

Victoria se calma un peu. Sa voix se radoucit.

— La connaissance est dangereuse, vous n'êtes pas d'accord, Eleanor ? Elle est dangereuse. Vous le savez, n'est-ce pas ? Très dangereuse. Vous savez comment elle est morte ?

Ses yeux froids transpercèrent Eleanor.

— Vous savez ?

Elle s'assit droit dans son lit. La couette commença à glisser.

Eleanor se raidit.

— Non, miss Laffan. Je ne sais rien de tout cela. Je ne peux pas le savoir, il y a si longtemps. Mieux vaut oublier.

— Oublier ? hurla Victoria. Vous pensez que je peux oublier ? Un seul jour ? Une heure, une seconde ? Je vois toujours son visage, son expression, l'horreur dans ses beaux yeux. Elle avait peur de moi. De moi... (Elle étouffa un sanglot.) Pourquoi avait-elle peur de moi ? Je l'aimais tant. Je l'aimais tant, Eleanor. Personne ne l'aimait comme moi.

— Oui, miss Laffan, je sais, dit Eleanor pour tenter de l'apaiser.

La malade respira avec difficulté, balbutia quelque chose, puis reprit d'une voix stridente :

— Vous savez ? Qu'est-ce que vous savez ? Vous m'avez dit que vous ne saviez rien.

— J-je ne sais rien, r-rien du tout.

— Bien, dit-elle en souriant d'un faible sourire empreint de douceur. L'ignorance est une bénédiction. C'est vrai, croyez-moi. Une bénédiction. Mais il n'y a pas de bénédiction pour moi, Eleanor. Il n'y a que le tourment, le tourment de savoir.

Elle parlait sous l'effet des comprimés. Ce dont Victoria avait besoin, ce n'était pas de tranquillisants, mais d'une aide psychologique. Elle en parlerait à Ryan.

Eleanor prit les mains de Victoria qui gémissait.

— Tout va bien, miss Laffan. Essayez de dormir un peu.

La malade hocha la tête, obéissante comme une enfant.

— Nous devrions dire une prière pour elle, dit-elle. Pour le repos de son âme.

Victoria se signa.

— Nous allons prier pour que son âme repose en paix. Ensuite, nous prierons pour mon âme à moi. Peut-être est-il trop tard... Mon âme est déjà damnée.

Durant toutes ses années de pratique, Eleanor n'avait jamais connu de personne aussi tourmentée.

Victoria commença à prier d'une voix tendue, gutturale, une voix non naturelle.

— « Notre Père qui êtes au cieux, que Votre nom soit sanctifié... »

Les lèvres de Victoria formaient les mots mais il était visible qu'elle ne pouvait se concentrer sur leur sens.

— « Pardonnez-nous nos péchés comme nous pardonnons à ceux qui nous ont offensés... »

Elle s'arrêta brutalement.

— Pensez-vous qu'elle me pardonnera ? demanda-t-elle, une expression de désespoir inscrite sur son visage.

— Miss Laffan, vous devriez vraiment dormir, maintenant.

Eleanor se leva doucement et remit la couette à sa place ; mais Victoria attrapa sa main.

— Est-ce qu'elle me pardonnera ? souffla-t-elle.

— Oui, oui, elle vous pardonnera.

Eleanor dégagea sa main lentement, doigt après doigt.

— Essayez de ne pas vous énerver, miss Laffan. Restez calme. Reposez-vous.

Victoria s'allongea, complètement épuisée.

Un silence assourdissant s'ensuivit.

Eleanor se sentait très mal à l'aise.

Puis une voix suppliante murmura :

— « Et ne nous soumettez pas à la tentation, mais délivrez-nous du mal. Amen. »

— Amen, répondit Eleanor en écho, calmement, avec ferveur.

L'infirmière, miss Baker, était jeune, enthousiaste, joyeuse. Mamie Laffan était d'excellente humeur.

— Lorna, viens, viens ! Viens faire la connaissance de Lucy.

Lucy. Ça lui allait bien. C'était un prénom plein de soleil pour une personne pleine de soleil. Ses cheveux dorés éclairaient son visage comme un halo. Elle était tellement normale !

Elles se serrèrent la main.

— Richard m'a parlé de vous, dit l'infirmière d'une voix profonde, amicale. Vous vous sentez bien ? Vous êtes très pâle. On dirait que vous venez de voir un fantôme.

Eleanor préféra éluder sa question.

— Oh ! je vois que vous avez préparé Mrs Laffan ! Elle est superbe !

Mamie Laffan, poudrée et pomponnée, était enchantée d'elle-même. Lucy avait relevé ses cheveux en chignon et lui avait mis sa robe verte et ses pantoufles noires.

— Regarde, Lorna, mes yeux ! Comment tu trouves ?

La vieille dame enleva ses lunettes : Lucy lui avait mis un peu d'ombre à paupières verte.

— Très sexy ! déclara Eleanor en levant un sourcil faussement désapprobateur.

Mamie Laffan rit :

— J'ai l'impression d'être une jeunette ! Lucy m'a donné un bain. Elle a mis quelque chose dans l'eau. Comment ça s'appelle, déjà ?

— Bois de rose. C'est une huile aromatique, expliqua la jeune infirmière. C'est agréable et rafraîchissant.

— Vous sentez bon comme une prairie, dit Eleanor dans un effort de gaieté.

Miss Baker ramassa ses affaires et déposa un baiser sur le front de Mamie Laffan.

— À vendredi, Mrs Laffan. Portez-vous bien !

Elle fit signe à Eleanor de la suivre sur le palier.

— Elle avait mouillé son lit, indiqua la jeune infirmière d'un ton détaché. Je lui ai mis une couche. Je vous en ai laissé quelques-unes et j'en ai commandé d'autres. Est-il possible de voir sa fille ?

— Euh... Euh... Elle n'est pas bien pour le moment, miss Baker. Peut-être vendredi ?

— Appelez-moi Lucy. Vendredi ? D'accord. Mais il faudra absolument que je la voie. Mrs Laffan aura besoin de beaucoup plus de soins, j'en ai bien peur. C'est vraiment un travail à temps complet, maintenant.

— On s'arrangera entre nous. Richard est un jeune homme très gentil. Je vis ici, je peux donc aussi m'en occuper. Et il y a également son gendre, le père de Richard.

— Bien sûr, mais ce n'est pas l'idéal. Sa fille est-elle gravement malade ?

Eleanor réfléchit une minute, puis décida de lui dire la vérité. Elle était infirmière, après tout, et non pas une quelconque étrangère.

— Elle est épuisée, je pense. Elle souffre des nerfs.

Inutile d'entrer dans les détails, de dire que Victoria était sur le point de faire une dépression. Elles descendirent jusqu'au deuxième étage.

— Cela ne me surprend pas, prononça lentement Lucy. C'est toujours pire pour la personne qui s'en occupe que pour le patient. C'est très dur, les malades vous prennent beaucoup de temps. Il n'y a aucun répit. On ne peut pas les laisser seuls une minute. Je connais le cas d'un vieil homme qui s'est enfui de chez lui et que l'on a recherché pendant des jours. Ce n'est pas une maladie comme les autres, c'est vraiment très difficile.

— Certainement, acquiesça Eleanor, mais nous lui sommes tous très attachés.

Miss Baker sourit :

— J'en suis sûre, mais que se passera-t-il quand vous serez partis ?

Eleanor ne s'était pas encore projetée aussi loin. Effectivement, que se passerait-il ? Ryan, lui, repartirait à l'automne. Et elle-même ?

— Peu importe, dit l'infirmière en posant sa main sur son bras. À chaque jour suffit sa peine, non ?

Eleanor la raccompagna jusqu'à la porte.

— Merci mille fois, Lucy. Je suis contente que vous veniez nous aider.

L'infirmière s'arrêta au sommet du perron :

— C'est mon travail. Et je la trouve très sympathique moi aussi. C'est une vieille dame extraordinaire.

Les yeux d'Eleanor se mouillèrent.

— Ne vous inquiétez pas trop. Tout finira par s'arranger.

Miss Baker descendit jusqu'à sa voiture, lui fit un dernier signe et démarra.

Eleanor avait besoin de voir Ryan. Elle avait besoin qu'il la prenne dans ses bras, qu'il embrasse ses cheveux, qu'il la rassure. Elle avait besoin qu'il l'emmène loin de ce lieu.

Elle devait se confier à lui. Tout lui raconter. Lui raconter ce qui s'était passé dans la chambre de Victoria... Mais comment faire ? Comment lui dire ? Par où commencer ?

Ta belle-sœur pense qu'elle a tué ta femme.

Non, ce n'était pas possible.

311

18

Le médecin effectua une visite quotidienne à Victoria pendant le reste de la semaine, mais celle-ci ne descendit pas. Elle resta cloîtrée dans sa chambre, refusant de voir qui que ce soit, à l'exception de Niamh Byrne. Cela convenait parfaitement à Eleanor. Elle avait suffisamment de pain sur la planche avec son livre et Mamie Laffan.

Le vendredi matin, Ryan la rejoignit au petit déjeuner.

— Je voulais te demander quelque chose, Ellie. J'ai pensé que Richard pourrait venir dîner avec nous, demain soir ? C'est son anniversaire, dimanche, mais nous pourrions le fêter samedi. Crois-tu que ta sœur et son mari y verraient un inconvénient ?

— Oh ! non, pas du tout ! Richard est le bienvenu, bien entendu, mais fêter son anniversaire avec une bande de vieux croulants comme nous ne sera peut-être pas follement excitant pour lui !

— Parle pour toi ! répliqua-t-il en allumant un cigare. Il n'a pas de copains à Coill, c'est ça le drame. Il n'est jamais sorti d'ici. Il n'a encore rien vu du monde.

— Il est très heureux ici, Ryan.

— Ouais, peut-être. Mais ce n'est pas bon d'être confiné en permanence au même endroit. Il est temps qu'il quitte le nid.

— Demain soir... Et Mamie Laffan ? Victoria n'est pas en état de...

— Je vais demander à Niamh Byrne de rester et de s'en occuper. Elle sera très contente de se faire un petit supplément.

— Très bien.

— Donc, c'est d'accord ? Au fait, je pense que Richard

voudra payer la note. Il est ravi de l'aubaine. Dix-huit mille livres... pas mal pour un jeune, non ? Mais ça ne suffira pas pour rénover cette maison.

— Et d'où viendra le reste ?

— De Malcom Norton. Il est décidé à investir. En tant qu'associé commanditaire, en quelque sorte. Richard est enchanté de l'idée.

— C'est très bien. À propos du repas... Des ne voudra pas laisser payer Richard. C'est eux qui nous ont invités, après tout.

— Et alors ? Laisse payer Richard. Il sera content de jouer au grand seigneur, pour une fois.

Eleanor ne partageait pas cet avis. Richard ne tenait pas particulièrement à jouer les grands seigneurs. Tout ce qui l'intéressait, c'était d'utiliser son argent au mieux pour le Lodge.

Ryan lui servit une nouvelle tasse de café.

— Et ton livre ?

— C'est assez difficile, avoua Eleanor. Je viens de finir un chapitre sur la mort accidentelle. Ce travail a été pénible pour moi, parce que j'ai écrit en me fondant sur... ma propre expérience.

— C'est sûrement la meilleure façon d'écrire, non ?

— Peut-être... Mais on se sent... un peu exposé, tu comprends.

— Je pourrais jeter un coup d'œil dessus ? L'opinion de quelqu'un d'autre peut être utile.

— Euh, je ne sais pas. Je pense que ça me gênerait que tu le lises.

— Je ne vais pas le disséquer, si c'est ce qui t'inquiète. Mais j'aimerais beaucoup t'aider, Ellie.

Il prit deux autres tranches de pain de mie grillé. Elle s'émerveilla de la quantité de nourriture qu'il pouvait absorber sans prendre un gramme. Question de métabolisme...

— Tu veux m'aider à comprendre ce qui se passe dans ma tête ? Je ne sais pas si c'est une bonne chose. Mona dit qu'il est dangereux de laisser un homme s'introduire dans un esprit féminin.

— Mais le danger, c'est justement ce qui est excitant, non ? Ellie, tu ne me fais pas confiance ?

Il avait levé un sourcil, jouant les offusqués. Était-il en train de la tester ?

— Si, je te fais confiance, Ryan, bien sûr. Bon, d'accord, je vais te montrer ce que j'ai écrit. Mais il va falloir que tu y ailles doucement avec moi.

— Et toi, il va falloir que tu surmontes ta peur de la critique, répliqua-t-il en ébouriffant ses cheveux. Que feras-tu quand ton livre sera dans toutes les librairies, livré en pâture au monde entier !

Eleanor se mordit la lèvre supérieure.

— Il faut d'abord qu'il soit accepté par un éditeur. J'ai envoyé trois chapitres et le prologue... pour l'instant, j'ai eu deux refus, dit-elle en regardant le fond de sa tasse.

— Espèce de petite cachottière ! Tu ne dis jamais rien !

Il se leva et fit le tour de la table pour la serrer contre lui.

— Des refus ! C'est typique ! Envoie-les au diable ! Qu'est-ce qu'ils y connaissent, ces gars-là ?

Ses bras passés autour d'elle la réconfortaient.

— Ne te décourage pas, envoie-le ailleurs. Les éditeurs ne connaissent pas tout. C'est un boulot subjectif, de toute façon. Le principal est que toi, tu croies en toi.

Il posa un baiser sur sa tête et retourna s'asseoir.

— Tu as raison, renchérit Eleanor d'un ton déterminé. Je vais attendre la réponse du troisième éditeur. Si c'est refusé, j'irai voir ailleurs. Il y a toujours l'Angleterre.

— Voilà, je te retrouve !

— D'accord, lis mes trois premiers chapitres et dis-moi ce que tu en penses. Le problème, c'est que mon prochain chapitre sera encore plus difficile.

— Il sera sur quoi ?

Les mots ne purent franchir ses lèvres.

— Allez, Ellie, dis-moi.

— C'est... C'est sur... le suicide, finit-elle par lâcher en lui jetant un regard furtif.

Il se gratta pensivement l'oreille.

— En effet, c'est dur.

Pourquoi n'avait-elle pas tenu sa langue ? C'était un sujet trop épineux.

— Ellie, c'est un peu difficile pour moi. Je sais que tu te demandes pourquoi je n'ai jamais abordé le sujet de... la mort de Lorna. Mais...

— Non, Ryan, ne me dis rien. Ce doit être extrêmement douloureux pour toi. De toute façon, cela ne me regarde pas.

Il prit sa main et la maintint fermement.

— Si, cela te regarde. Je ne l'ai pas abordé avant parce que je ne voulais pas... Je ne voulais pas assombrir les moments que nous passons ensemble.

— Je t'en prie, Ryan, tu n'as pas besoin de continuer. Je comprends.

— Toute cette histoire est trop triste. La tragédie et la romance, ça ne va pas bien ensemble. Lorna... Tout ça, c'est du passé, cela n'a rien à voir avec nous deux.

— Peut-être que si, après tout. C'est une réalité. C'est une partie de ton passé, une partie de toi. Mais n'en parlons plus. Je suis désolée d'avoir amené le sujet sur le tapis.

— Non, c'est moi qui ai parlé de confiance. Tu as le

droit de savoir. C'est simplement que... ça fait si longtemps maintenant... mais... tu vois, j'ai envie d'en parler. Et si tu peux t'en servir pour ton bouquin...

— Oh ! non. Je te remercie, j'ai d'autres histoires à rapporter, malheureusement. L'une d'elles est particulièrement affreuse. C'était un petit garçon. Ses parents ont eu le cœur brisé. J'ai suivi sa mère pendant des années... Elle va mieux maintenant, il faut qu'elle vive avec.

— Je comprends ce qu'elle ressent. Mais à propos de Lorna, je crois qu'il faut que tu saches.

— Tu es sûr ?

— Oui... J'aimais Lorna... Elle était... Elle était tout pour moi.

Il écrasa son cigare.

Eleanor n'avait pas du tout envie de l'entendre lui dire à quel point il aimait sa femme. Pourquoi avait-il fallu qu'elle parle ? Maintenant, voilà qu'elle se sentait menacée par une jeune fille morte depuis vingt ans. C'était ridicule !

— Quand elle s'est suicidée comme ça... de façon si soudaine... le choc a été terrible. J'ai eu le cœur brisé.

— Oui. (Elle prit une profonde inspiration.) Je te crois.

Pour la première fois, elle vit à quel point il était vulnérable.

— J'étais effondré. J'ai cru perdre la tête. Je m'interrogeais. Pourquoi avait-elle fait une chose pareille ? Pourquoi n'avais-je rien remarqué ? Moi, son mari...

Il se tut un instant pour prendre quelques gorgées de café.

— J'aurais dû voir arriver le drame, faire quelque chose pour l'empêcher. Bien sûr, je savais qu'elle était déprimée, mais je n'avais pas réalisé l'ampleur des dégâts. Pourquoi ne s'était-elle pas confiée à moi ? Pourquoi n'avais-je pas su reconnaître son désespoir ? J'étais en plein cauchemar. Pis encore.

Eleanor avala difficilement sa salive.

— C'est Victoria qui l'a retrouvée. J'étais de service de nuit. Pendant que Lorna était censée dormir, Victoria a donné son biberon à Richard, dans la cuisine. Elle avait avalé trop de médicaments. Victoria... Quand elle l'a trouvée, elle a cru devenir folle...

— Ryan... Elle ne s'en est jamais remise. Elle se fait des reproches.

— Et moi, tu ne crois pas que je m'en suis fait ?

Eleanor eut envie de le prendre dans ses bras, mais elle fut incapable de bouger.

— Je souffrais tellement que j'ai commencé par lui en vouloir... par être furieux après elle. Comment avait-elle pu me faire ça ? Elle avait agi comme si les autres lui étaient indifférents. Moi, sa mère, sa sœur, et même son bébé...

— Dans les dépressions aiguës, c'est ce qui se passe. Le malade ne s'intéresse plus qu'à sa propre souffrance, il est incapable de se préoccuper des autres.

— Elle m'avait laissé tout seul pour élever notre enfant... Elle m'avait abandonné. Ma vie était brisée... Mais Richard était un petit bébé. Il était tout ce qui me restait. Il fallait que je surmonte cette épreuve... Richard avait besoin de moi. Il fallait que j'aille de l'avant et que j'arrête de me reprocher la mort de sa mère.

Il soupira.

— Bien sûr, dit Eleanor. Mais Victoria... Elle continue à se culpabiliser. L'autre jour, elle m'a envoyé chercher... Je sais qu'elle était sous l'effet des médicaments et que... son esprit était confus...

— Victoria n'a pas à se reprocher la mort de Lorna... Pas plus que moi. Par contre, ce qu'on pouvait lui

317

reprocher, c'était d'avoir fait de sa sœur ce qu'elle était devenue.

— Qu'est-ce que tu veux dire ?

Il alla à la fenêtre et, tendu à l'extrême, se mit à jouer avec le cordon des rideaux.

— Victoria ne la lâchait pas. Elle me détestait parce que je l'avais emmenée loin d'elle. Peut-être qu'elle avait raison, finalement ; Lorna ne s'est jamais adaptée à la vie londonienne. Ou à la vie avec moi, peut-être. Elle était toujours... absente. Je n'arrivais pas à savoir ce qui se passait en elle. Elle était trop enracinée dans son passé. Je pense que Richard est comme elle. Il faudrait qu'il ait une plus grande faculté d'adaptation. La vie change sans arrêt... Il faut que nous acceptions cet état de fait.

Eleanor réfléchit.

— Est-ce que vous n'auriez pas pu revenir ici, Ryan ? Elle aurait été plus heureuse. Plus en sécurité.

Il se retourna lentement vers elle, une expression étrange sur le visage.

— Revenir ici ?

— Oui, pour son bien.

— Non. Si nous voulions donner une chance à notre couple, il fallait que nous vivions loin de ce village, dit-il avec véhémence. Il fallait que je parte. Je détestais cet endroit. Cette famille... Ils... Ils ont monté Lorna contre moi.

— Lorna t'aimait, et toi, tu l'aimais, murmura Eleanor. Sa famille n'aurait pas dû l'emporter sur le reste.

— Moi, je m'en fichais, de cette famille. Mais elle, elle ne s'en fichait pas, là était le nœud du problème. Sa famille avait trop d'importance pour elle. Elle était presque toujours... triste. Je ne pouvais pas lui donner ce dont elle avait besoin... La sécurité qu'il lui fallait. D'ailleurs, je ne

318

sais pas si quelqu'un aurait pu. Lorna était fragile. Menta-lement, je veux dire.

Il revint s'asseoir près d'elle.

— Quand je te regarde, Ellie... Tu es si différente... si forte. Toi aussi, tu as vécu un drame, mais tu as fait face. C'est ce que j'admire en toi. Mais... Lorna était... faible. Quelque chose lui manquait, et qui manque à Victoria aussi. Peut-être est-ce consécutif à leur éducation.

Eleanor ne répondit pas.

Cette conversation avait pris un tour particulier qui la mettait mal à l'aise. Quelque chose dans l'attitude de Ryan la troublait.

Lucy arriva à quinze heures. Mamie Laffan fut ravie de la revoir. Elle alla jusqu'à se souvenir de son nom !

— Miss Lucy Baker ! s'exclama-t-elle, toute souriante. Quel plaisir de vous voir arriver comme ça, à l'improviste. C'est très gentil à elle, n'est-ce pas, Lorna ?

Eleanor replia le journal qu'elle était en train de lire à haute voix.

— Oui, c'est vrai.

— Pourquoi n'iriez-vous pas faire un petit tour, Eleanor ? proposa Lucy. Je vais donner son bain à Mrs Laffan. J'en ai pour une heure au moins.

— Non, je reste avec vous pour vous aider.

Mais Mamie Laffan ne l'entendit pas de cette oreille.

— Toi, tu t'en vas, Lorna ! Lucy et moi, nous nous en sortirons très bien toutes seules. J'ai quelque chose à lui dire en privé, et toi, tu me dérangeras plus qu'autre chose !

Ah ! voilà qui faisait plaisir à entendre !

— Allez, Eleanor ! dit Lucy avec un clin d'œil complice.

— Vous êtes sûre ?

— Oui, oui. Allez-y.

— Merci, Lucy. J'ai quelques lettres à poster. Voulez-vous que je vous rapporte quelque chose du village ?

— Non, merci. Bien, Iris, êtes-vous prête à prendre un bon bain ?

— Je suis prête à tout ! s'exclama Mamie Laffan en riant.

Eleanor posta ses lettres et alla s'asseoir sur son banc habituel. Une grande et forte femme, à l'air guilleret et aux cheveux teints d'un violet bleuté, se laissa tomber à côté d'elle.

— 'Jour ! fit-elle en souriant d'un sourire édenté. Ça fait longtemps que j'attends de vous voir !

Visiblement, il y avait confusion.

— Pardon ?

— Vous êtes bien Eleanor Ross ? Mon mari, il arrête pas de parler de vous. Il a vraiment le béguin !

— Votre mari ?

— Oui, Barry. Vous savez, il m'a dit que vous aviez bavardé tous les deux pendant un bon bout de temps, l'autre jour.

— Oh ! le sergent Mullen ? s'exclama Eleanor. Vous êtes Mrs Mullen !

Son interlocutrice lui tendit un cornet de papier blanc contenant des berlingots bien poisseux.

— Non, merci, Mrs Mullen.

— Chrissie, appelez-moi Chrissie, répondit cette dernière la bouche pleine. Barry m'a 'it que vous faides du bon boudot au Dodge.

— Pardon ?

Chrissie suça son bonbon avec ardeur avant de répondre :

— A'endez une minute.

Puis elle avala son bonbon. Par miracle, elle ne s'étouffa pas.

— Excusez-moi. J'arrivais pas à parler la bouche pleine. Dire que je me suis tuée pendant des années à empêcher mes garçons de le faire ! Comme je vous disais, Barry m'a dit que vous faisiez du bon boulot au Lodge.

— Oh ! je ne sais pas, Mrs Mullen ! Pardon... Chrissie !

— En tout cas, c'est ce qu'il dit, mon jules. Il paraît que vous avez fait des merveilles avec Mrs Laffan. On vous a vu l'emmener prendre l'air, l'autre dimanche, avec Ryan. Mon Dieu, la pauvre, elle a dû être drôlement contente de sortir de cette maison, même si c'était seulement pour une journée. C'est pas une vie, la vie qu'elle a.

— C'est vrai, c'est difficile.

Eleanor détestait ce genre d'échanges de banalités. Elle réfléchit au moyen d'abréger la conversation sans paraître grossière.

— Et en plus, il y a cette pauvre Victoria. (Chrissie baissa la voix.) Elle n'est pas costaud. Pas costaud du tout.

— Non, je ne crois pas.

— C'est les nerfs, précisa Mrs Mullen en secouant la tête. Ça fait des années que ça dure, depuis que sa pauvre sœur est morte. Oh ! c'étaient des belles filles, les filles Laffan ! Comme celles qu'on voit sur les tableaux, dans les galeries de peinture. Jamais on les voyait l'une sans l'autre. Elles étaient unies comme les doigts de la main. Victoria a très mal pris la mort de sa sœur. Elle y a été plusieurs fois, si vous voyez ce que je veux dire.

— Y a été ?

La brave femme forma les mots « hôpital psychiatrique » avec ses lèvres et poussa un soupir.

— Elles étaient très proches. Presque trop, même. Moi,

321

je dis que c'est ce qui arrive aux enfants quand les parents sont trop sévères avec eux. Vous avez remarqué aussi ?

Avant de laisser à son interlocutrice le temps d'émettre une opinion, Chrissie poursuivit :

— Leur père était un homme terrible. Et violent avec ça. Très à cheval sur la discipline. Elles avaient jamais le droit de rien faire, avec lui.

— C'est vrai ?

— Oui, c'était un vrai ogre. Jamais il leur permettait de sortir, de se mêler aux autres jeunes. Il trouvait qu'il y avait rien d'assez bien pour ses filles. C'était le seigneur du manoir, quoi.

— Mais je croyais qu'il était mort quand elles étaient jeunes ?

Elle mâchouilla et avala.

— Elles étaient pas si jeunes que ça, ma p'tite dame ! Et d'ailleurs, je suis sûre que c'est pour ça que Lorna est partie comme ça, sur un coup de tête. En tout cas, lui, il était pas assez bien pour elle.

Elle jeta un regard malicieux à Eleanor pour guetter sa réaction.

— Mais Lorna l'aimait, non ?

— Elle l'aimait ? Elle l'adorait ! Et ça se comprend. C'est sûrement le seul gars qui lui ait fait la cour. Et il a pas eu beaucoup de mal à se donner. Il était très beau garçon, ça, je le reconnais, il avait beaucoup de charme... Et d'après Barry, il en a toujours. Toutes les filles étaient après lui et lui, il se fichait d'elles. Les hommes sont des sacrés loustics, si vous voulez mon avis. Ils pensent avec leur... Enfin, vous voyez ce que je veux dire.

Eleanor eut du mal à réprimer un fou rire.

— Si Lorna s'était contentée d'avoir un petit flirt avec lui, personne aurait eu de reproche à lui faire. (Chrissie la

322

regarda, espérant une réaction.) Mais aller se mettre pour toute la vie avec un coureur de jupons, ça, c'est vraiment pas raisonnable ! En tout cas, c'est mon opinion.

Elle suça bruyamment son bonbon.

— Pour le mariage, il vous faut quelqu'un de solide, un gars sur qui on peut compter. Comme mon Barry. Il est solide comme le roc, mon Barry. Les belles histoires d'amour, c'est très bien, mais pour qu'un mariage fonctionne, il faut plus que ça. Vous êtes pas d'accord ?

— Je suis absolument d'accord, Chrissie.

— Ah ! mais, poursuivit cette dernière avec un sourire entendu, il faut leur donner ce qu'ils vous demandent ! Y'a des hommes qui sont très gourmands sur la chose.

Eleanor se souvint des confidences du sergent Mullen à propos de leurs galipettes du dimanche après-midi.

— Et Mrs Laffan, Chrissie ? Elle n'était pas sévère, si ?

— Oh ! elle la ramenait pas devant son mari ! Tout ce qu'il faisait, c'était bien. Mais elle, elle n'était pas comme lui avec les filles, elle était beaucoup plus coulante. Elle les adorait. D'ailleurs, la preuve, y a qu'à regarder comment Victoria s'en occupe, maintenant.

Eleanor ne partageait pas tout à fait cette opinion.

— Victoria n'a pas eu la vie rose, poursuivit Mrs Mullen. Elle a tellement de responsabilités. D'abord, elle a commencé par s'occuper du petit Richie... Et maintenant, sa mère. La pauvre femme... Elle aurait dû partir depuis longtemps... trouver un bon gars et se marier.

— Pourquoi ne l'a-t-elle pas fait ?

— Oh ! c'est un des grands mystères de la vie, comme qui dirait !

Elle rit. Puis elle fronça les sourcils. Son visage était de ceux qui peuvent prendre mille expressions différentes, comme celui de certains comédiens.

— Au fait, Brenda Boylan nous a écrit. Elle va très bien. Vous connaissez la dernière ? s'enquit Chrissie en prenant un nouveau berlingot. Le Dr Boylan s'est inscrit.

— Pardon ?

— Il s'est inscrit aux Alcooliques Anonymes. C'est à mettre dans les annales.

— C'est très bien, dit Eleanor.

— C'est triste, hein ? poursuivit Chrissie en introduisant le bonbon dans sa bouche. Ouais, très triste. Surtout maintenant, avec l'anniversaire et tout. Il doit pas être en forme.

— L'anniversaire ?

Cette fois-ci, Eleanor accepta un bonbon, uniquement par civilité.

— L'anniversaire de la mort de sa femme. Vous vous rendez compte, ça fait cinq ans cette semaine. (Elle grimaça.) C'est affreux. Il s'est jamais rien passé de plus horrible dans les environs.

Cette semaine ?

— Mrs Mull... Chrissie, savez-vous quand est morte Lorna Laffan... pardon, Brady ?

— Que je réfléchisse... C'est quand Georges, c'est mon deuxième, avait à peu près deux ans. Oh ! ça fait plus de vingt ans, ma pauvre ! Attendez, est-ce que Richard va pas bientôt avoir vingt et un ans ? Dimanche, non ? Eh ben, la pauvre Lorna est morte à peu près sept ou huit mois après sa naissance.

Eleanor retint son souffle.

— Vous êtes sûre que ce n'était pas en juillet ?

— Pas du tout ! s'écria la brave femme en accompagnant sa dénégation d'un geste de la main. Non, c'était bien plus tôt dans l'année. Beaucoup plus tôt. Attendez voir. Barry a eu sa promotion vers la même époque. C'était quand ? Oh ! oui, maintenant, je me souviens ! C'était en mars.

— En mars ? Vous êtes certaine ?

Tant de choses dépendaient de sa réponse.

— Oui, oui, je m'en souviens très bien. Pas longtemps après la saint Patrick, c'était. Il y avait encore les guirlandes dans les rues. Et des tas de gens qui étaient venus de Dublin. Des soûlographes, si vous me passez l'expression.

— Y avait-il du soleil ce jour-là ? Vous vous en souvenez ?

— Du soleil ! ricana-t-elle. Il était tombé des tonnes de neige cette année-là. On se gelait les miches. Y avait de la neige, et du verglas ! Je m'étais fait des engelures aux coudes à force de laver les couches de Georges. Du soleil !

Eleanor en resta stupéfaite.

— Oh ! non, c'était en mars, y a pas de doute ! Et il y avait eu des tempêtes de neige terribles en Angleterre aussi. Ryan Brady a enterré Lorna là-bas, moi je disais que c'était une honte. Victoria a été furieuse. Elle a organisé un service funèbre à Coill la semaine d'après. C'était très triste. Elle vous en a parlé ?

— Un peu, répondit lentement Eleanor. Mais elle avait l'esprit embrouillé. Peut-être pensait-elle à l'anniversaire de la mort de Mrs Boylan.

— Oui, oui, c'est peut-être ça. Elles étaient très copines.

— Mrs Boylan et miss Laffan ?

— Oh ! oui, vous ne le saviez pas ? Ça va sans dire. Parce que Carol était très souvent au Lodge.

— Oui, Brenda m'a dit que sa mère était une amie de Ryan Brady.

— M'en dites pas plus ! l'arrêta Chrissie avec un clin d'œil lascif. On a les amis qu'on mérite. Ah ! c'est sûr, Victoria a refait un petit tour à l'hôpital après le meurtre de Carol. Le dix juillet, c'était... Ça fait cinq ans. Quand je pense qu'ils ont pas encore mis la main sur celui qui a fait le coup, c'est une honte.

— Oui, c'est très difficile pour les Boylan de ne pas savoir.

— C'est sûr, approuva Chrissie. Le Dr Boylan n'aura pas de repos avant qu'ils l'aient retrouvé, celui qui a fait ça.

— Vous le connaissez bien, le Dr Boylan ?

Question stupide.

— Ben oui ! Depuis qu'il s'est installé ici. Il est pas très aimé, comme vous le savez sûrement. C'est le genre vieux bégueule. Mais c'est un très bon dentiste. C'est lui qui m'a fait mes dents. Et il m'a pas pris trop cher, en plus.

Eleanor se demanda pourquoi, s'il était si bon dentiste, elle ne portait pas ses dents.

— Le problème, c'est que mes gencives ont trop rétréci. Faites bien attention à vos dents, ma petite. Les dentiers, c'est très embêtant. Les dents du bas me font très mal.

Au temps pour le Dr Boylan.

— Oh ! mince, vous avez vu l'heure ? Il est sûrement déjà rentré pour manger. Bon, j'espère qu'on se reverra bientôt, ma chère petite.

Elle lui serra la main, ou, plus exactement, elle lui secoua la main avec une telle véhémence qu'Eleanor eut peur qu'elle ne lui déboîte le bras. Puis elle lui mit d'office un autre bonbon poisseux dans la main et s'en alla en se dandinant.

Mamie Laffan était assise devant sa fenêtre. Lucy avait empilé ses vêtements sales sur une chaise. L'infirmière accueillit Eleanor avec un sourire chaleureux :

— Bonjour, Eleanor. Pourriez-vous faire laver ceci ? Très bien. (Baissant la voix.) Écoutez, j'ai vu sa fille et...

— Victoria ? chuchota Eleanor. Vous avez vu Victoria ?

326

— Oui, je suis allée dans sa chambre. Elle se sent un peu mieux. Nous avons trouvé un arrangement et je crois que vous serez d'accord...

— Arrêtez vos messes basses ! leur enjoignit Mamie Laffan. Ah ! te voilà, Lorna ! Tu es sortie plus tôt de l'école ?

Elle fit signe à Eleanor de s'asseoir sur une chaise à côté d'elle.

— Oui, dit Eleanor en s'exécutant.

Lucy déposa un baiser sur la joue de la vieille dame et se tourna vers Eleanor :

— Miss Laffan vous en parlera plus tard. À lundi, si Dieu le veut.

— Au revoir, ma chère Lucy, répondit Mamie Laffan en souriant de toutes ses dents à l'infirmière.

Puis elle jeta un regard suspicieux à Eleanor :

— Où est Vi ?

— Elle est au lit. Elle ne se sent pas bien.

— Ah ! oui, grommela-t-elle, et c'est quoi cette fois-ci ? Elle ne se sent jamais bien. Elle essaie d'échapper à l'école, voilà ce que je pense. Quand votre père rentrera, il ne sera pas très content. Tu sais qu'il déteste que vous manquiez l'école.

— Nous ne lui dirons rien.

— Ce sera du mensonge, Lorna, et je n'aime pas le mensonge.

Que pouvait-elle répondre ?

— Il vaut toujours mieux dire la vérité, renchérit la vieille dame. Un mensonge amène invariablement un autre mensonge. Et vous serez attrapées. « La vie devient compliquée quand on commence à mentir. » C'est bien ce qu'a l'habitude de dire ton père, non ?

— Oublions tout cela, d'accord ? proposa Eleanor en lui tapotant l'épaule.

— Oublier quoi ?

— À propos de mon père.

Mamie Laffan toisa Eleanor de haut en bas.

— Votre père ? Comment voulez-vous que je connaisse votre père ? Je ne l'ai jamais vu de ma vie !

Elle continua de la fixer avec des yeux encore plus soupçonneux.

— Mrs Ross, vous vous sentez bien ? Mettez la cassette, s'il vous plaît. J'en ai assez de ces bêtises.

Eleanor inséra la cassette et appuya sur le bouton "Play" sans savoir où le texte reprendrait ; c'était Richard qui s'en était servi le dernier. Mamie Laffan, assise dans son fauteuil, prêta l'oreille. Il s'avéra qu'elles en étaient presque à la fin. À la dernière visite de Lockwood aux Hauts de Hurlevent.

— J'ai perdu le fil, Mrs Laffan. Où est Heathcliff ? demanda Eleanor.

— Il est mort ! Vous vous en souvenez ? Il a eu une drôle de fin. Mais c'est bien fait pour lui ! ricana-t-elle.

— Oh oui ! approuva la jeune femme en essayant de cacher son hilarité.

Décidément, elle avait passé l'après-midi à se retenir de rire. Quand ce n'était pas Mamie Laffan, c'était Chrissie Mullen.

— Chut, Mrs Ross, ne parlez pas avant que ce soit fini ! l'avertit la vieille dame, un doigt osseux posé sur ses lèvres.

Elles écoutèrent la fin de la cassette en silence. Eleanor aimait beaucoup la dernière phrase du livre, "Le ciel si doux, les papillons qui voltigeaient, la brise légère qui agitait l'herbe", l'atmosphère tranquille qui succédait à toutes ces émotions.

— Je vois les choses comme si j'y étais ! dit Mamie Laffan en poussant un soupir de satisfaction. Je regrette que ce soit fini. C'était vraiment bien.

Elle voyait les choses. Son cerveau fonctionnait.

— Avez-vous vu le film, Mrs Laffan ?

— Non. Il est bien ?

— Oui. C'est Timothy Dalton qui joue Heathcliff. Il est superbe. Vous aimeriez le voir ?

— Au cinéma ? s'exclama la vieille dame, enthousiasmée. Je ne suis pas allée au cinéma depuis des années !

Eleanor préféra la tempérer tout de suite :

— Non ! En vidéocassette. Vous avez un magnétoscope dans la maison ?

— Je pense que lui, il en a un, chuchota-t-elle.

— Ryan ?

— Bien sûr ! répliqua-t-elle avec humeur. Qui d'autre, sinon ?

— Bien, répondit Eleanor sans se départir de son calme, nous allons lui demander si nous pouvons l'emprunter. Et j'irai voir si je trouve le film à louer à Bray.

— Je ne demanderai rien à cet homme ! déclara la vieille dame d'un ton de défi.

— Je lui demanderai, moi. Il sera d'accord.

Mamie Laffan plissa les yeux.

— Est-ce que vous avez vu l'autre abruti fouiner partout ?

— Qui ? Richard ?

Cette question lui valut un coup de canne.

— Pas Richard ! Mon petit-fils ne fouine pas. Un peu de respect, s'il vous plaît.

— Désolée.

— Non, l'autre clown en costume rayé.

Ah ! oui, Malcom Norton, l'architecte !

Iris Laffan croisa les mains sur les genoux.

— Je l'ai vu avec Son Altesse en train de faire le tour du propriétaire. Savez-vous qu'ils ont eu le toupet de venir dans ma chambre ? Prendre des libertés comme celles-là avec une vieille femme ! Miss Baker ne les a pas accueillis très gentiment. Quel culot ! J'ai fait semblant de dormir mais j'ai bien vu ce qu'ils faisaient. Ils prenaient des mesures. C'est incroyable !

Elle dévisagea Eleanor comme si elle était responsable.

— Ils prenaient des mesures, ils chuchotaient, ils écrivaient des choses. Ce gars-là outrepasse ses prérogatives ! Et l'autre guignol qui était de mèche avec lui ! Ils étaient là avec leur mètre et leur carnet, et leurs airs importants, et leurs mines... C'est moi qui ai pris leurs mesures, vous pouvez me croire !

Elle en voyait vraiment beaucoup plus qu'elle ne le laissait paraître.

— Ils prenaient des mesures ? Qu'est-ce qu'ils mesuraient, Mrs Laffan ?

Elle émit un grognement de dégoût.

— Sans doute moi, pour mon cercueil.

19

Le samedi matin, le temps était humide. Une légère brume voilait le lac. Eleanor lança la balle au loin. Major courut la rattraper, tout heureux. Puis il la lui rapporta entre ses dents et s'assit, obéissant, attendant la suite.

— Donne la balle. Donne-la, Major. Gentil chien.

Mais Major n'avait pas la moindre intention de lâcher sa prise. Il voulait qu'Eleanor lui coure après pour la récupérer.

— Donne-moi cette balle ! lui ordonna-t-elle.

Le chien se contenta de remuer la queue.

— Major ! Donne la balle !

Il pencha la tête sur le côté en remuant encore la queue.

— Bon, très bien. Garde-la.

Elle s'éloigna. Major aboya, indigné : elle ne jouait pas le jeu. Il la suivit, langue pendante, et se frotta contre ses jambes : la balle était par terre, à côté de lui. Au moment où elle se baissait pour la ramasser, il la reprit dans sa gueule.

— Tu vas finir par me la donner, cette satanée balle ?

Elle était prête à jurer qu'il la regardait avec une expression de supériorité dans les yeux. Il s'assit à nouveau, toujours remuant la queue. Ses pattes avant tremblaient d'excitation.

— Je crois que vous perdez votre temps, Mrs Ross. Il veut que ce soit vous qui la lui preniez.

Eleanor se retourna.

C'était Victoria Laffan.

— Je suis sortie faire une petite promenade dans le bois. Il ne fait pas très beau ce matin, non ? Mais j'avais besoin de prendre l'air.

— Comment vous sentez-vous, miss Laffan ?

— Beaucoup mieux, merci.

Ses joues avaient un éclat rosé et ses yeux brillaient. Elle portait un pantalon noir et un large pull blanc. La bruine du matin avait fait boucler ses cheveux autour de son visage. Elle avait meilleure mine.

Major s'approcha d'elle en se pavanant et déposa la balle aux pieds de Victoria. Celle-ci éclata de rire.

— Vous voyez, il reconnaît la main qui le nourrit !

Elle flatta la tête du chien et envoya la balle au milieu des arbustes.

— Allez, Major. Va jouer avec quelqu'un d'autre. J'ai envie de bavarder un peu avec Mrs Ross.

Ah bon, maintenant ?

— Rentrons et prenons une bonne tasse de thé, Mrs Ross. Je ne vous retiendrai pas longtemps. Je sais que vous avez envie d'avancer dans votre livre.

Elle se dirigea vers la maison, suivie d'Eleanor que la perspective de "bavarder un peu" avec elle n'enthousiasmait pas outre mesure.

Niamh était en train d'astiquer la table de l'entrée.

— Niamh, s'il vous plaît, lui demanda Victoria, tout sourire. Soyez un ange et apportez-nous un plateau de thé. Nous serons au salon.

La jeune fille hocha poliment la tête.

— Tout de suite.

Miss Laffan introduisit Eleanor dans le salon et ouvrit les rideaux.

— Oh ! tant mieux ! Le brouillard se lève. Nous allons avoir une belle journée. J'ai du mal à croire que Richard aura vingt et un ans demain. Les années passent si vite, vous ne trouvez pas ?

Eleanor prit place dans le fauteuil, près de la cheminée. Miss Laffan s'installa dans son fauteuil habituel devant la fenêtre. Eleanor eut l'impression de se trouver en rendez-vous d'affaires, mais un rendez-vous surprise.

Miss Laffan s'adossa, parfaitement détendue.

— J'ai eu un appel de Mrs Rowland. Vous savez qu'elle vous apprécie beaucoup. Elle m'a dit qu'ils comptaient revenir dans quinze jours. Son mari a été opéré du pied, il se remet bien. Il a mal, bien sûr. Elle a pensé que

332

quelques jours de repos leur feraient du bien à tous les deux.

— Les Rowland... C'est très bien. Dans quinze jours ?

— C'est cela, répondit Victoria en souriant des lèvres, mais pas des yeux. Nous les mettrons dans la chambre cinq, je pense. Elle aime bien cette chambre.

Bien, elle veut bavarder, faisons donc la conversation...

— Miss Laffan, j'ai pensé passer la vidéocassette des *Hauts de Hurlevent* à votre mère. Serait-ce possible ? Elle a beaucoup aimé l'histoire.

— Très bien, très bien. Il est important de l'occuper. De la stimuler. Lucy dit que c'est crucial. Je vais voir si je peux me la procurer à Bray, lundi prochain. Ryan montera le magnétoscope dans sa chambre.

— Merci.

— Mrs Ross... Eleanor... À propos de l'autre jour... Je crois me souvenir que je vous ai demandé de venir me voir dans ma chambre.

Victoria s'efforçait de paraître nonchalante, mais sa façon de croiser les bras la trahissait... Elle était sur la défensive.

— Pour tout vous dire, je ne me souviens de rien. Je n'allais vraiment pas bien. Richard m'a dit que je délirais.

Eleanor réfléchit intensément pour trouver la réponse appropriée.

— Ne tenez pas compte de ce que je pourrais avoir dit, Eleanor. J'étais sous l'effet des médicaments. Je n'en prendrai plus. Ils ont eu un effet spécial sur moi.

— C'est vrai, cela peut arriver.

— J'ai eu de bonnes nouvelles hier, poursuivit Victoria, tout en frottant une tache imaginaire sur son pantalon. J'ai bavardé un peu avec Lucy Baker. Elle est vraiment bien, non ?

333

Décidément, elle passait son temps à "bavarder un peu" !

Victoria ignora son expression sceptique.

— Lucy a eu une excellente idée.

Un coup discret frappé à la porte l'interrompit momentanément. Ryan entra, pour la plus grande joie d'Eleanor qui avait bien besoin d'un allié.

— Bonjour.

Il alla droit sur elle et lui déposa un baiser sur la joue.

— Bonjour, ma chérie.

Victoria sourit, d'un sourire faux.

— Assieds-toi, Ryan. J'étais justement en train de parler à Mrs Ross... à Eleanor de notre nouvel arrangement.

Ryan approcha une chaise.

— Vas-y, Vi.

Que se passait-il ? Le comportement de la maîtresse des lieux était très curieux. Voilà qu'elle était cordiale envers Ryan... Presque amicale.

Niamh fit irruption avec le plateau de thé.

— Oh ! Mr Brady ! Je ne savais pas que vous étiez ici. Vous voulez que j'apporte une autre tasse ?

Ryan se leva et lui prit le plateau des mains.

— Non, c'est très bien, Niamh. Je vais prendre quelque chose de plus fort.

Il alla se servir un whisky bien tassé au bar. Victoria fronça les sourcils.

Niamh versa le thé dans les tasses.

— Ce sera tout ?

— Oui, merci, Niamh.

Miss Laffan tendit sa tasse à Eleanor.

Niamh minauda en regardant Ryan et ferma doucement la porte derrière elle.

— Du lait et du sucre, Eleanor ? s'enquit Victoria, plus gracieuse que jamais.

Eleanor marmonna un remerciement. Ryan s'assit, remua le whisky dans son verre et lui fit un clin d'œil. Il paraissait s'amuser énormément.

Miss Laffan but une petite gorgée de thé en tenant délicatement sa tasse.

— Oui, Lucy a inscrit ma mère dans un centre de soins de jour. Tous les vendredis. C'est un endroit magnifique. Est-ce que tu as la brochure, Ryan ? Montre-la à Eleanor.

Ryan sortit un petit livret de la poche de son jean et le tendit à son amie.

— C'est sur la promenade, à Bray, l'informa-t-il. C'est une annexe de la maison de retraite. Lucy dit que la direction est très bien. Il y a un médecin attitré, des infirmières et même un psychologue. (Il ouvrit la brochure à la page centrale.) Voilà. Ça paraît bien, non ? C'est moderne et clair.

Eleanor regarda les photos imprimées sur papier glacé. Effectivement, cela paraissait très bien. Elle lut les légendes : des douches, des serviettes chaudes, une salle de jour, un petit jardin, une terrasse, une fontaine, une salle de consultation médicale, une salle à manger, un accès pour les fauteuils roulants.

— Lisez, ils proposent toute une série d'activités, souligna Victoria.

Eleanor lut. Les personnes âgées pouvaient se livrer aux joies de la musique, du bingo, des cartes, de l'artisanat, de la vannerie, des jeux de mémoire, des récits, des danses d'autrefois.

— C'est drôlement bien, non ? s'enthousiasma Ryan.

— Oui, ça a l'air, dit-elle sans conviction.

Imaginer Mamie Laffan là-dedans lui faisait de la peine. Victoria reposa sa tasse sur le plateau.

— C'est juste pour une journée par semaine. Cela lui

fera du bien. Elle se fera de nouveaux amis. Je suis sûre qu'elle s'y plaira beaucoup.

Qui essayait-elle donc de convaincre ?

— Donc, poursuivit-elle d'un ton joyeux, elle ira le vendredi. Cela signifie que vous serez libre le vendredi après-midi, Eleanor. Vous aurez plus de temps pour écrire.

Le problème n'était pas là.

— Qu'en pense Richard ?

— Richard ? répéta Victoria d'un ton coupant. Qu'est-ce qu'il a à voir là-dedans ?

Eleanor ne put cacher son agacement.

— C'est sa grand-mère.

Ryan décida d'entrer dans le débat.

— Richard pense que c'est une bonne idée. Il est avec elle en ce moment, il lui explique tout ça.

Ah bon ? Eh bien, bon courage !

— C'est une très bonne idée, Eleanor. Maman ne saura même pas où elle se trouve.

Quelle consolation ! Elle qui ne savait déjà pas où elle était en temps normal serait deux fois plus perturbée.

— Il est temps qu'elle se marre un peu, la pauvre ! insista Ryan. Il ne faut pas qu'elle reste cloîtrée ici. Et ce n'est pas facile pour nous de la sortir. Rappelle-toi ce qui nous est arrivé quand on a essayé ! On a été très contrariés tous les trois. Elle sera très bien dans ce centre de jour. Ils sont habitués à ces problèmes, ils savent comment s'y prendre.

Ces problèmes...

— Bien, tout est déjà arrangé, dit Victoria d'un ton léger. Passez une bonne soirée, ce soir, Eleanor. Ryan m'a gentiment invitée, mais je reste ici avec maman... ce n'est pas la peine d'ennuyer la petite Niamh. Je suis contente que Richard ait décidé de se joindre à vous, ce sera une belle façon pour lui de fêter son anniversaire. Oh ! Ryan, je lui ai donné son billet d'avion ce matin, il a été ravi !

— Nous lui offrons un week-end à Londres, expliqua Ryan. Il pourra descendre à l'hôtel où j'ai travaillé. Il va bien s'amuser. Il connaît Erica depuis des années.

— Erica ?

— Hum... ouais, bredouilla-t-il en évitant le regard glacial de Victoria. Mon ancienne petite amie.

— Oh ! fit Eleanor.

Quinze heures. Eleanor avait terminé un paragraphe, mais elle n'était pas satisfaite. Impossible de se concentrer. Victoria l'avait troublée. Ce matin, elle avait retrouvé ses manières d'autrefois : affable, sereine, courtoise. Aucun signe de troubles nerveux. Elle avait cessé de prendre ses médicaments... tout du moins, c'était ce qu'elle avait dit. Mais il se passait quelque chose, Eleanor le sentait.

Ensuite, Ryan !

Victoria et Ryan d'accord entre eux ! Incroyable ! Victoria était allée jusqu'à évoquer Malcom Norton, l'architecte, disant qu'elle se réjouissait de la rénovation du Lodge !

Et ils avaient décidé ensemble d'envoyer Mamie Laffan dans ce centre de jour une fois par semaine. Puis ce serait deux fois, et ensuite trois. Et lorsque la vieille dame serait faite à cette idée, la voie serait libre pour la faire entrer définitivement en maison de retraite. Cette issue fatale attristait Eleanor.

Elle se souvint des voisins de ses parents, les Foster. Ils avaient mis leur grand-mère dans une maison lorsqu'il était devenu pour eux difficile de s'en occuper. Au début, ils lui rendaient visite deux fois par semaine, ensuite, une fois seulement, et à la fin, ils l'oublièrent, la laissant aux mains des "professionnels". Quel était l'avenir de Mamie Laffan ?

Il fallait absolument qu'elle parle à Ryan en tête à tête, et tout de suite.

Elle monta au troisième et frappa à la porte de sa chambre.

— Ellie ! s'exclama-t-il, ravi. Entre !

La chambre était spacieuse. Un tapis marron, des murs jaunes, des meubles d'acajou sombres, des étagères remplies de livres.

— Tu as une belle chambre, dit-elle.

— N'est-ce pas ? Rich a fait du bon boulot. Eh bien, c'est une bonne surprise ! Je pensais que tu travaillais d'arrache-pied à ton livre.

— C'est vrai, j'ai travaillé. Écoute, il faut que je te parle.

Il la prit dans ses bras et la serra contre lui.

— Mmh, tu sens bon.

— Merci. Bien...

Il l'embrassa. Lentement. Il ferma la porte à clé et la conduisit jusqu'au lit où il la fit asseoir.

— Tu es très mignonne. Le rouge te va bien.

— Ryan...

— Mmh... (Il l'embrassa dans le cou.) J'écoute.

Elle essaya de le repousser.

— Il faut que je te parle de Mamie Laffan.

Ses lèvres passèrent de sa nuque à son oreille.

— Ryan, arrête !

Il caressa ses cheveux.

— Je n'y arrive pas.

— S'il te plaît, écoute-moi. Penses-tu vraiment que c'est une bonne idée ? Ce centre de soins de jour ?

— Oui, oui. (Sa main se fraya un chemin jusqu'à sa poi-

338

trine.) Oh !... Pas de soutien-gorge ! (Il la caressa à travers le fin tissu de sa robe d'été.) Ça va lui plaire, Ellie. Elle sera avec des gens de son âge. Ça va la faire sortir d'ici une fois par semaine. Lucy dit que ça lui fera le plus grand bien.

Il poursuivit ses caresses. Elle arrêta sa main.

— Pas maintenant, Ryan. Tu ne crois pas que c'est un peu soudain, comme décision ?

— Soudain ? fit-il en passant un doigt tout autour de la pointe de son sein. Mmh... j'aime. J'aime te toucher. Non, ce n'est pas soudain. Il était grand temps de faire quelque chose.

Le contact léger de ses doigts l'électrisait. Elle tenta de se concentrer sur le sujet qui l'amenait, mais il commençait à l'exciter vraiment.

— On ne pouvait pas continuer comme ça. Lucy est une infirmière expérimentée. Elle est venue, elle a vu la situation et elle a agi. Elle a jugé que nous avions besoin d'aide.

— Je sais, mais je suis là, maintenant.

— Oui. Tu es là, maintenant, dit-il en la renversant sur l'oreiller. Et je te veux maintenant.

Il l'embrassa encore et ses mains descendirent le long de son dos pour la rapprocher de lui. Elle se dégagea et s'assit.

— Ryan... Nous ne pouvons pas faire ça au milieu de l'après-midi. Ce n'est pas bien.

Il souleva doucement l'ourlet de sa robe.

— Oh ! si, pour moi, c'est bien ! C'est même très bien.

Sa main remonta lentement sur sa cuisse. Une vague de désir la submergea. Impossible de résister plus longtemps. Elle tourna la tête vers lui et embrassa doucement ses lèvres.

Zut, après tout ! Oui, c'était très bien !

Il était couché à côté d'elle et fumait un cigare. Dix-sept heures. Deux heures de plaisir exquis, à se caresser, se toucher, membres mêlés, dans un déchaînement de passion. Plus de tabous, plus de barrières, elle se sentait libre, sans retenue, jamais rassasiée. Mais c'était plus que la recherche du plaisir. Elle se sentait de plus en plus proche de lui à chaque fois qu'ils faisaient l'amour.

— Je t'aime, Ellie.

— Moi aussi.

C'était vrai. Elle aimait cet homme de tout son être. Elle aimait son esprit, son intelligence, sa douceur et son ardeur. Elle aimait ce qu'il lui faisait ressentir... Elle était en paix avec elle-même. Elle lui adressa un sourire langoureux et joua avec la boucle de cheveux qui tombait derrière son oreille.

À nouveau, il posa ses lèvres sur le bout de son sein, déclenchant en elle une réaction désormais familière. Elle gémit.

— Tu es si passionnée, Ellie !

Elle sourit.

— C'est toi qui me fais cet effet.

— Non, non, c'est toi. Tu es sensuelle, ardente... Tu es vraiment incroyable.

Elle lui répondit par un autre baiser. Le monde pouvait bien s'écrouler à cet instant précis, peu lui importait. Elle mourrait heureuse.

Après sa douche, le moment crucial : celui du choix des vêtements. Elle ouvrit son armoire et inspecta son contenu. Oui. La robe blanche. C'était une robe longue, vaporeuse, fraîche, en coton. Elle l'enfila et s'assit devant la glace. Son visage était un peu rouge. Elle se maquilla en souriant à son image. Eleanor Ross, tu devrais avoir honte. Espèce de dévergondée ! Son image lui sourit en retour. Elle se leva pour avoir un aperçu d'ensemble. Non, il fallait mettre un soutien-gorge. Et il faudrait qu'elle maintienne Ryan à distance pendant le repas... à l'autre bout de la table. Elle éclata de rire.

On frappa un coup à la porte.

— Mrs Ross !

— J'arrive, Rich. Une seconde.

— Non, ne vous p-pressez pas. V-votre sœur et s-son mari sont a-a-arrivés. Je les ai installés au s-salon.

— Ah ! très bien, je descends tout de suite ! Merci, Rich.

Elle se précipita en bas. Mona bondit du canapé et attrapa sa sœur si brutalement que celle-ci faillit perdre l'équilibre.

— Ellie, Ellie ! Que je suis contente de te revoir !

— Moi aussi !

Des vint à la rescousse d'Eleanor en la délivrant de l'étreinte de son épouse.

— Salut, Ellie.

Elle embrassa son beau-frère.

— Que c'est bon de vous revoir, tous les deux, s'écria-t-elle. Vous avez une mine superbe ! Oh ! je suis ravie que vous soyez venus !

Ils étaient bronzés, souriants, ils riaient et parlaient en même temps. Ils avaient l'air en pleine forme. Le T-shirt profondément échancré de Mona était extrêmement sexy. Eleanor avait toujours envié la poitrine de sa sœur.

— Il va falloir que tu quittes la maison plus souvent, si c'est l'effet que ça te fait ! dit Mona.

Elle tint Eleanor à bout de bras et l'examina d'un œil critique.

— Ellie, tu es magnifique toi aussi. Resplendissante. Comment tu as fait, toi ?

Des sourit :

341

— Tu es toujours aussi mignonne.

— Toujours aussi mignonne ! Mais regarde-la, nom d'une pipe ! Elle est transformée ! Tu as dix ans de moins !

— C'est vrai, je me sens rajeunie de dix ans.

— Oh ! j'ai hâte d'en savoir plus ! Quand allons-nous avoir le plaisir de voir ton amoureux ?

— Tout de suite.

Ils se retournèrent d'un bloc. Ryan était sur le seuil, hilare.

— Mona Moore ! Viens me donner un baiser ! (Il rit et serra la main de Des.) Vous devez être l'infortuné mari. Je vais vous dire : votre femme était un vrai fléau quand elle était petite.

C'est alors que l'Adonis aux cheveux gris qui venait de s'exprimer ainsi souleva Mona et la fit tournoyer en l'air. Mona rougit jusqu'à la racine de ses cheveux décolorés.

— Ryan Brady ! hurla-t-elle. Pose-moi par terre !

20

Des avait réservé une table à la Villa Italia, à Bray, en bord de mer.

— C'est tenu par deux cousins du nom de George, expliqua Ryan lorsqu'ils franchirent le seuil. Ils font de la bonne cuisine.

Le restaurant, bourré à craquer, était décoré dans le style italien : sol carrelé, tables et chaises en bois. Pas de chichis. L'atmosphère était décontractée.

Le maître d'hôtel les conduisit jusqu'à leur table. Ryan

fit asseoir Eleanor entre lui et Mona. Des et Richard prirent place en face d'eux.

Mona enleva sa veste, s'installa confortablement et examina l'endroit.

— C'est pas mal ici, tu ne trouves pas, Des ? On se croirait à Florence. Au fait, j'ai failli oublier de vous le dire : on a réservé une chambre à l'hôtel pour la nuit, ce qui fait que nous passons la journée de demain ici. On pourrait aller faire un tour ensemble, non ?

— Bonne idée, approuva Ryan.

— Comment vont les parents ? Leur voyage à Londres s'est bien passé ? s'enquit Eleanor.

— Oui, maman te racontera tout quand tu iras les voir avec Ryan. Elle meurt d'impatience de le revoir. Prépare-toi, Ryan !

— Elle veut savoir si mes intentions sont honorables ? demanda-t-il en riant. Je serai content de les revoir ; en tout cas, j'aime bien votre mère.

Eleanor fut heureuse de ces paroles. Lui-même ne parlait jamais de sa mère ni de ses frères. Il ne s'était jamais entendu avec sa famille.

Un bel Italien moustachu vint prendre la commande, et bientôt, les trois hommes se plongèrent dans une discussion animée sur les vins.

Mona se leva.

— Tu m'accompagnes aux toilettes, Ellie ?

Elle mourait d'envie d'interroger sa sœur, qui la suivit de bonne grâce.

— Bien, allez, raconte-moi tout. Je veux tout savoir, attaqua Mona en allumant une cigarette.

Eleanor vérifia sa coiffure dans la glace.

— Je ne sais pas par où commencer.

— Par le début ! fit Mona en soufflant sur la flamme de son allumette. Quand tu m'as raconté ça au téléphone, j'ai failli tomber dans les pommes. J'avais du mal à y croire. Et j'ai foncé voir maman ; elle aussi est très contente. Apparemment, elle l'aimait bien, elle dit que c'était un vrai gentleman !

— C'est vrai, approuva Eleanor.

— Ah oui ?

— Oui, il est très courtois, il m'ouvre la portière de la voiture, il me tient la main partout, il vérifie toujours que je suis bien. Il est vraiment chevaleresque. Et plein d'attentions. Hier, il s'est occupé de mon ordinateur. Il m'a installé un système de mise en veille de l'écran et son programme Adobe.

— Son quoi ? Oh ! pas la peine d'expliquer ! Mais il ne s'est pas occupé que de ton ordinateur j'espère !

— Mona ! Tu es désespérante !

— Je sais. Enfin, je vois ce que tu veux dire. Il est très gentil avec toi.

— C'est vrai.

— Et en plus, c'est un bon coup ! Tiens, tiens, ça te fait rire !

— Et il ne fait pas mal la cuisine non plus.

— Bon, je vois que tout ça se présente bien, et je suis drôlement contente pour toi.

— Nous ferions bien de retourner avec eux... Et ne dis rien qui puisse me mettre dans l'embarras, d'accord ?

Mona rit.

— Tu m'en crois capable ? C'est vraiment bizarre de vous retrouver ensemble après tout ce temps. Ça doit être le destin.

— Tu penses aussi ?

344

— Je n'arrive pas à m'en remettre. Il est si... si exubérant.

— C'est vrai. Il me fait beaucoup rire. Mais parfois, il me fait honte... il aboie par la vitre de la voiture quand il voit un chien, il renifle les roses au parc, il m'embrasse en public, c'est un véritable adolescent. Et le plus drôle, c'est que moi aussi j'ai l'impression d'être une adolescente.

— Dommage qu'on ne puisse pas le mettre en bouteille ! On serait toutes preneuses pour ce genre d'excitant !

— Et il joue de la guitare et il chante pour moi... exactement comme avant. Parfois, je me dis que c'est un rêve, je me pince pour y croire. Même quand nous ne sommes pas ensemble, j'éclate de rire en repensant à des choses qu'il a faites ou dites.

— Ellie, il t'a vraiment fait craquer !

— Ah ! je l'adore ! Tout est facile, avec lui, tout paraît amusant.

— C'est ce que je vois. Enfin, il était temps que tu te marres un peu. Et vraiment, j'étais sincère tout à l'heure quand je t'ai dit que tu étais très belle. Les parents vont être aux anges. L'amour te va bien.

— Attends, attends, Mona. Ne t'emballe pas. Notre... relation ne va pas durer. Ryan et moi... Ce n'est pas du long terme. Il va bientôt retourner en Angleterre. Nous nous entendons très bien mais ce n'est qu'un amour de vacances.

Mona resta dubitative.

— Une aventure ?

— Oui, c'est ça. Un voyage dans le passé. Bon... Il m'aime et tout mais... Écoute, il retourne en Angleterre à la fin de l'été. Il a... une partenaire là-bas, Erica.

— Une partenaire ? Tu veux dire une petite amie ?

Eleanor hésita.

— C'était sa petite amie mais il dit que c'est fini. Je n'en suis pas si sûre.

— En tout cas, il a l'air heureux avec toi. Un peu de patience. Tu t'occupes de lui deux, trois semaines de plus, et cette Erica n'existera plus.

— De toute façon, ce n'est pas le problème. Jamais Ryan ne voudra avoir de nouvelles attaches.

— Mais tu ne l'attacheras pas !

— Non, bien sûr. D'ailleurs, je ne suis pas prête non plus à m'engager. Mais je suis contente de l'avoir près de moi. Nous avons envie l'un de l'autre, et c'est vraiment extraordinaire ; mais il y a plus que cela : nous sommes comme de vieux amis, tu comprends. Il a fait partie de mon adolescence. Nous nous comprenons toujours, nous avons toujours les mêmes centres d'intérêt, la musique, les livres, le langage, et même les mots croisés. C'est incroyable, en un sens. Tu connais beaucoup de gens qui se retrouvent au bout de trente ans et qui ont toujours quelque chose en commun ?

— C'est rare, en effet, reconnut Mona.

— Mais il est aussi très différent de moi. Ryan est un vagabond. Il déteste se fixer. Non, je vais profiter de tout ça tant que ça durera, mais je ne peux pas me permettre de m'engager sérieusement, je ne le veux pas, d'ailleurs.

— À d'autres !

— Je te dis qu'il ne tient pas en place ! protesta Eleanor. Il a la bougeotte !

— Bon... S'il part vraiment... je suppose qu'il ne te reste qu'à l'accepter. Peut-être que tu as raison. Quelques mois de bonheur, ça vaut mieux que des années de...

— Oui. Larry et moi...

— Quoi ?

346

Eleanor mit quelques gouttes de Chanel N° 5 derrière ses oreilles avant de répondre :

— Rien...

— Tu permets ?

Mona se vaporisa du parfum sur toute la poitrine.

— Nous ferions mieux de retourner à table.

Mona hocha la tête.

— Bon, un conseil : profites-en tant que tu peux. Mais il ne faut pas que tu finisses par souffrir. Non, il ne te fera pas souffrir, j'en suis sûre. Il en pince trop pour toi.

Elle écrasa sa cigarette contre le lavabo et jeta le mégot à la poubelle.

— Tu le penses vraiment ?

— Oh oui ! On a tous besoin de faire l'amour. Et avec quelqu'un qu'on aime, c'est tellement mieux.

Eleanor sourit.

Elles retrouvèrent les hommes en grande discussion. Ils avaient déjà entamé la bouteille de vin. Richard posait des questions à son père à propos des projets de l'architecte. Des jeta un regard suspicieux à sa femme :

— Qu'est-ce que vous fabriquiez ?

Le regard d'Eleanor empêcha Mona de répondre. Cette dernière sourit à Richard qui avait plongé la main dans la poche de son époux pour lui subtiliser une cigarette.

— Ellie m'a mise au courant des dernières nouvelles. Apparemment, vous êtes très occupés par des projets de rénovation du Lodge.

— Ou-oui.

— Et comment va votre grand-mère ?

— T-très bien.

Mona renonça.

— Pas très causant, chuchota-t-elle à sa sœur. Comment elle va ?

— Pas très bien. Elle perd de plus en plus la tête. Ils vont commencer à la mettre dans un centre de jour pour personnes âgées la semaine prochaine.

Mona tapota sa cigarette, manqua le cendrier et essuya les cendres du plat de la main.

— Un centre de jour ? C'est bien ça.

— Tu trouves que c'est bien ? C'est la première étape, tu le sais bien. Rappelle-toi la pauvre Mrs Foster.

— La femme de Mr Foster travaillait seule à la boutique, elle s'occupait de ses cinq enfants et elle avait son mari à se taper en plus. Elle n'aurait jamais pu s'en sortir si elle avait dû s'occuper aussi de sa belle-mère qui avait perdu la boule.

Eleanor but une gorgée de vin.

— Ce n'est pas seulement pour la grand-mère que je m'inquiète, Mona.

— Qu'est-ce que tu veux dire ?

— Il y a des tas de choses qui se passent et que je ne comprends pas bien. Miss Laffan est... spéciale.

Elle raconta à sa sœur l'épisode de sa visite dans la chambre de Victoria.

— Eh ben, elle m'a l'air complètement givrée, ta miss Laffan. J'avais bien vu qu'elle tournait pas rond quand je t'ai amenée au Lodge. (Elle se pencha et donna un coup de coude à Ryan, qui discutait des prospectus publicitaires pour le Lodge avec Des.) Je viens de demander des nouvelles de miss Laffan. On m'a dit qu'elle n'allait pas très bien.

C'était bien du Mona, que d'apostropher les gens à brûle-pourpoint sur un sujet délicat.

— Oh ! elle ira bientôt mieux ! répondit Ryan d'un ton

348

détaché. Nous sommes en train de nous organiser. Elle a beaucoup moins de travail maintenant, grâce à Ellie... qui est merveilleuse avec Mamie, n'est-ce pas, Rich ?

Richard approuva en souriant.

— Elle est merveilleuse, poursuivit Ryan, mais elle prend les choses trop à cœur. C'est une anxieuse.

Mona se mit à gronder sa sœur :

— Tu as toujours été comme ça, même quand on était petites ! Les oiseaux qui s'étaient cassé une aile, les chiens errants... Ellie se sent obligée de prendre en charge toute la misère du monde.

Sur ce, elle écrasa sa cigarette.

Ryan sentit l'agacement d'Eleanor.

— Ellie est très gentille. Il n'y a rien de mal à avoir bon cœur, Mona.

— Non, bien sûr, rétorqua cette dernière, à condition qu'on ne cherche pas à profiter de sa bonté !

Eleanor lui donna un coup de pied dans la cheville.

— Personne ne cherche à profiter de sa bonté. Elle est très capable de se défendre, répondit Ryan. C'est l'une des personnes les plus fortes que je connaisse.

— C'est vrai, je suis d'accord avec toi. Au fait, Ellie, je ne crois pas que ta remplaçante travaille si bien que ça. J'ai entendu parler d'elle, des clients à toi l'ont déjà quittée. Et en plus, l'une des jumelles Johnson est enceinte. Sa mère est aux cent coups, elle aurait bien voulu que tu la conseilles. Elle ne veut parler à personne d'autre.

Voilà qui ne faisait pas plaisir à entendre.

— Mon Dieu, les jumelles n'ont que dix-sept ans ! Peut-être ferais-je bien de faire un saut à Dublin pour aller voir Mrs Johnson.

Ryan lui prit la main.

— Non, Ellie, il existe des tas d'endroits où elle peut s'adresser. Reste en dehors de tout ça.

Des jeta un regard désapprobateur à sa femme :

— Tu avais vraiment besoin de lui raconter ça, Mona ? Écoute, Ellie, je suis sûr que tout ira bien.

Ryan lui donna un baiser sur la joue.

— Écoute ce que dit Des. Tu n'as pas à courir à Dublin. Cette fille et sa mère trouveront des gens compétents pour les suivre, elles n'ont pas besoin de toi. Personne n'est indispensable.

George arriva avec leur commande. Les plats étaient très appétissants et exhalaient une odeur délicieuse.

Des et Richard attaquèrent sans perdre de temps.

Ryan adressa un sourire rassurant à Eleanor.

— Nous avons besoin de toi ici.

— Ce poulet est divin, dit Mona entre deux bouchées. Mmh, délicieux !

Eleanor, qui n'avait plus faim, se contenta de jouer avec ses aliments. Des remarqua qu'elle ne mangeait pas.

— Il est bon, ton poisson ?

— Oh ! oui, Des, il est très bon !

Elle picora un peu dans son assiette.

— Oh ! Ellie, reprit Mona, Des et Ryan ont tout à fait raison ! Tu es venue ici pour t'éloigner de tout ça. Je n'aurais pas dû ouvrir ma grande gueule. Tu ne peux pas t'occuper d'eux en ce moment... Pas plus d'ailleurs que des problèmes de miss Laffan... Ne le prenez pas mal, ajouta-t-elle en regardant alternativement Ryan et son fils.

— Oh ! je ne le prends pas mal ! répondit Ryan en levant son verre dans sa direction.

— Moi, quand je rentre du travail, le soir, je débranche. De toute façon, je ne peux pas faire autrement, j'ai trop de trucs à faire avec les enfants et tout ça. On me paie pour faire mon boulot et je le fais bien, mais le soir, quand je rentre chez moi... je n'y pense plus.

— Ce n'est pas la même chose, répliqua Eleanor. Je sais, je sais, je suis venue pour prendre du recul et écrire mon livre. Thelma Young me remplace, d'accord, je l'accepte. Par contre, je ne peux pas ne pas m'impliquer ici. Puisque je m'occupe de Mamie Laffan, cela me concerne.

— C'est idiot !

Richard parut outré :

— Mrs R-Ross fait p-partie de n-notre famille, m-maintenant.

Mona préféra se concentrer sur son plat.

— Ellie vit avec nous, Mona, c'est la différence, fit remarquer Ryan. Elle ne rentre pas chez elle le soir, elle ne peut donc pas débrancher. Elle nous voit tout le temps, elle fait partie de la famille.

Mona avait nettoyé son assiette. Ah ! il n'y avait pas de gâchis avec elle !

Des, jugeant préférable de changer de sujet, évoqua le golf et la pêche, tout en faisant une mimique significative à sa femme. Celle-ci comprit qu'elle devait faire amende honorable.

— Je suis désolée, Ellie. Je vois que je t'ai contrariée. Allez, dis-m'en un peu plus long sur la mystérieuse Victoria.

Eleanor jeta un coup d'œil aux hommes pour s'assurer qu'ils n'écoutaient pas.

— Elle est tout sucre et tout miel envers Ryan maintenant, alors que c'est elle qui a essayé de me faire peur en me conseillant de me méfier de lui, au début.

— Ah ha ! Sans doute a-t-elle craqué pour lui elle aussi ! lança Mona en se servant un autre verre de vin.

— Ne dis pas de bêtises ! répliqua sa sœur d'un ton sec.

Victoria ? Craqué pour Ryan ? Serait-ce possible ? C'était peut-être pour cette raison qu'il y avait toujours eu des frictions entre eux ?

— Et puis il y a toutes les rumeurs... reprit Eleanor.

— Quelles rumeurs ?

— Sur la liaison entre Ryan et Carol Boylan, la femme du dentiste, celle qui a été assassinée.

— La femme qui a été assassinée ?

Eleanor hocha la tête, l'air sombre :

— Les rumeurs sont fausses, naturellement.

— Des rumeurs, un meurtre, des insinuations, une histoire d'amour... On se croirait dans un film. Un Hitchcock.

Les yeux de Mona s'allumèrent.

— Ellie, tu ne crois pas que c'est son mari qui l'a tuée ? Le dentiste est sûrement le suspect numéro un, non ?

C'était surréaliste. Eleanor eut envie de gifler sa sœur. Elle ne croyait pas ce qu'elle disait en avançant une chose pareille !

— Mona, nous sommes en train de parler de personnes réelles, de gens vivants avec des sentiments, des peurs et des mauvais souvenirs. On n'est pas au cinéma, ce n'est pas un policier. C'est un vrai meurtre, et Brenda Boylan souffre toujours de la mort de sa mère. Son père aussi. Et la moitié du village également, d'ailleurs. Ce n'est ni palpitant, ni excitant, ni fascinant. C'est épouvantable.

Mona en resta coite.

Richard se racla la gorge. Il avait suivi la conversation et ne semblait pas apprécier la tournure qu'elle avait prise.

Des leur versa un nouveau verre de vin, en silence. Ryan non plus ne parlait pas. L'apparition de George créa une agréable diversion.

— Ces messieurs-dames prendront-ils un dessert ?

La rebuffade de sa sœur n'avait pas coupé l'appétit à Mona. Elle commanda un tiramisu.

— Je pense que je vais prendre des profiteroles, annonça Richard sans bégayer.

— C'est un bon choix, répondit George avec chaleur, mais Mrs Ross a organisé une petite surprise.

À la vue de l'énorme gâteau éclairé de vingt et une bougies que l'on apportait, tout le restaurant entonna en chœur *Joyeux anniversaire*. Richard en fut si heureux qu'il se leva et s'inclina... geste très inattendu de sa part.

La tension qui régnait à la table disparut parmi les rires.

Le dimanche après-midi, les deux couples firent une escapade en voiture. Les branches des arbres se reflétaient dans l'eau du lac qui scintillait sous le soleil ; les montagnes, au loin, formaient des ombres bleues. Les routes étaient bordées d'arbres au feuillage touffu. Mona apprécia particulièrement cette verdure luxuriante.

— Les Canaries, ça ne vaut pas ça ! commenta-t-elle. Là-bas, le sol est noir, on dirait du goudron. Même les plages ont l'air sales, hein, Des ? O.K., le ciel et la mer sont bleu turquoise, comme sur les prospectus, mais la nature est desséchée et très uniforme. On a fait une excursion sur le volcan, tu te rappelles, Des ?

— Oui, oui, marmonna celui-ci qui conduisait et préférait se concentrer sur la route.

— On se serait cru sur la lune. Affreux. Naturellement, Des a été fasciné. On a fait un barbecue au sommet du volcan.

— C'est le truc à touristes, quoi, intervint son mari d'un ton dédaigneux. Mais quand même, on était dans un appartement superbe. Au rez-de-chaussée. Carrément sur la plage. On n'a pas eu à marcher sous la chaleur, parce que c'était vraiment...

— Heureusement pour nous ! le coupa Mona. Et il y avait des restaurants pas mal, sur la colline, dans la vieille ville. On y allait le soir. Pas question d'y aller dans la journée, parce que grimper là-haut en pleine chaleur... Tu me connais, Eleanor, j'ai besoin de mon petit confort.

— C'est vrai, Mona, j'avais noté.

Des et Mona prirent congé peu après vingt heures. Ryan mit son bras autour des épaules d'Eleanor et ils agitèrent tous deux la main pour les saluer une dernière fois.

— Mona est impayable, dit Ryan. Elle m'a fait la leçon pour me dire à quel point j'avais de la chance de t'avoir retrouvée.

— Eh bien, c'est vrai, non ?

Il l'embrassa sur le nez.

— Elle est mignonne mais je la trouve un peu trop rondelette.

— Mais tu lui as dit qu'elle avait une ligne superbe !

— Ouais, j'aime bien faire plaisir aux gens.

— Et Des ? Qu'est-ce que tu en penses ?

Ryan ramassa un papier gras par terre.

— Je déteste les ordures. Vraiment, ça m'horripile. C'est encore ces affreux mômes de la chambre six, je suppose. Ils sont gâtés-pourris.

— Ce ne sont que des enfants, Ryan.

— Des ? Oui, oui. Il est très sympa. Il parle beaucoup. Mais... il est comme beaucoup d'hommes. Il ne parle pratiquement que de son boulot.

— C'est quand même assez fréquent.

— Je deviendrais cinglé à faire ce qu'il fait trois cent

354

soixante-cinq jours par an, ou presque. Ça fait des années qu'il fait la même chose !

Eleanor lui donna une tape sur le bras.

— Tu sais, il y a des gens qui sont obligés de travailler pour vivre !

— D'accord, mais ce genre de boulot : le bureau, la routine, les réunions, le planning... Bon Dieu, rien que d'y penser...

— Tout le monde ne peut pas être du genre artiste... du genre bohème !

— C'est vrai.

— Si tout le monde était comme toi, Ryan, la société s'écroulerait.

Il éclata de rire.

— Tu as raison. J'ai simplement dit que le travail de routine me rendrait fou.

— Tu es déjà fou. Regarde l'heure : on n'a pas mangé depuis le déjeuner. Tu as faim ?

Il frotta son nez contre son oreille.

— Oui, oui.

— On a raté le dîner, Ryan. Je vais nous préparer quelque chose. Des spaghetti ou quelque chose de vite fait. Qu'est-ce qui te ferait envie ?

— Toi !

Il la prit dans ses bras.

— On va se coucher tôt.

21

Michael Boylan était furieux. Furieux et amer. Planté au milieu de son cabinet, il embrassa d'un regard circulaire la pièce dans laquelle il travaillait depuis trente ans : le fauteuil, les instruments, les armoires fermées à clé... Il jeta un regard chargé de dédain aux diplômes encadrés sur le mur, qui attestaient son génie. Il n'était pourtant pas si intelligent que cela : trente ans de fraisages, de plombages, de détartrages, d'extractions... Les années se fondaient les unes dans les autres, pour s'écouler en ne débouchant sur rien. Non, il n'était pas intelligent.

Son cabinet ne lui manquait pas. Son nouvel associé, un jeune dentiste de Dublin, avait beaucoup de succès auprès des patients. Oui, il était jeune, plein d'idéal et d'enthousiasme. Comme lui lorsqu'il avait commencé, trente ans auparavant.

Maintenant, il était fatigué de tout cela. Il avait besoin de s'éloigner de cette monotonie, même temporairement. La routine détruisait son âme.

Trois semaines s'étaient écoulées depuis qu'il avait confié son cabinet à son jeune confrère, et trois semaines qu'il n'avait pas touché à l'alcool. Il s'en sortait très bien, c'était ce qu'on lui disait. Très bien. Mais comment le savaient-ils, bon Dieu ? Que savaient-ils de ses sueurs nocturnes, de ses tremblements, de ses nausées, de ses affreux cauchemars ? Qu'en savaient-ils ?

Que savaient-elles, ces bonnes âmes pleines de suffisance, de condescendance ? Il détestait ces saloperies de réunions qui avaient lieu trois fois par semaine. Qu'avait-il de commun avec les pauvres loques qu'il y retrouvait ?

— Bonjour, je m'appelle Michael Boylan et je suis alcoolique.

Des conneries !

Il n'était absolument pas alcoolique. La boisson n'était pas un problème pour lui. Bien sûr, il aimait prendre un verre ou deux au club de golf, mais il ne buvait que par convivialité.

Tout le monde faisait ça, non ?

Il ferma la porte du cabinet et monta à l'étage. Le soleil couchant filtrait à travers la fenêtre de la salle de bains, baignant le palier d'une lueur orange angoissante.

Un désordre épouvantable régnait dans la cuisine. Des casseroles sales encombraient l'évier, des assiettes graisseuses jonchaient le plan de travail, des taches souillaient le lino. L'odeur putride qui émanait de l'évier lui souleva le cœur. Il n'avait pas le temps de nettoyer tout ça. C'était le boulot de Brenda.

Brenda... Sa fille adorée. Tout était sa faute. La petite pute... Elle était exactement comme sa mère.

— Je te quitte, Michael. Je m'en vais. Ce n'est pas la peine de continuer cette mascarade.

Voilà comment elle appelait leur couple. Une mascarade. Sa soi-disant épouse. Il s'était échiné jour après jour, cahin-caha, dans ce satané cabinet, à fourrer son nez dans les bouches, à obturer des caries, à remplacer des plombages cassés et soigner des gencives sanguinolentes.

Tout ça pour quoi ?

Pour l'entendre lui dire qu'elle le quittait ?

Il avait fait son devoir auprès d'elle. Il lui avait donné une belle maison, une vie confortable. Elle n'avait rien d'autre à faire que lire ses livres à la con. Tout ce qu'il lui demandait en retour, c'était un peu de compagnie. Un

357

peu de réconfort. C'était son devoir de lui prodiguer ce réconfort.

Mais l'avait-elle fait ?

Non. Elle était froide. Contre nature. Elle le repoussait. Son propre mari. C'était intolérable.

— Carol, tu es ma femme, l'avait-il suppliée. Ne me quitte pas. S'il te plaît, ne me quitte pas.

Bon Dieu, pourquoi avait-il mendié ainsi ? C'était humiliant.

— Il le faut, Michael. Notre mariage est une plaisanterie. Nous le savons tous les deux.

— Et où iras-tu ? Au Lodge ? C'est ça ?

— Non.

— Ne nie pas, Carol. J'ai tout vu. J'ai vu comme vous vous embrassiez. Dans les bois. Toi et... Vous vous embrassiez et vous vous tripotiez. Tu peux imaginer ce que j'ai ressenti, hein ? À te voir avec... Ça m'a donné envie de vomir. Voir ma femme baiser dans les bois avec... C'était révoltant.

— Michael, tu ne comprends pas. J'aime...

— Ne prononce pas ce nom dans cette maison. Tu m'entends ? Je ne veux plus jamais entendre ce nom. Bon, va-t-en, va donc au Lodge te pervertir un peu plus. Tu crois que vous pourrez afficher votre sordide petite affaire au grand jour ? Tu sais ce que tout le monde va dire de toi, Carol ?

— Je me fiche de ce que tout le monde dit. Ça fait des années qu'ils répandent des mensonges sur mon compte. Je m'en fiche éperdument, maintenant.

— D'accord, mais moi, je ne m'en fiche pas du tout. J'en ai marre d'être la risée publique. J'ai ma dignité.

— Je ne pars avec personne, Michael. Je veux com-

mencer une nouvelle vie, quitter Coill pour de bon.
J'emmène Brenda si elle veut venir avec moi.

— Il faudra que tu passes sur mon cadavre.

— Ne sois pas si mélodramatique ! Il va bien falloir que
tu l'acceptes. Je ne changerai pas d'avis.

— Tu es ma femme ! hurla-t-il. Tu sais ce que ça veut
dire ?

— Malheureusement, oui.

Une colère noire l'avait saisi. Il l'avait jetée sur leur lit
et avait arraché ses vêtements. Elle n'avait opposé aucune
résistance. Il l'avait alors frappée. Fort. Toujours aucune
réaction. Par conséquent, il l'avait prise de force. Puisqu'elle ne voulait pas se donner à lui, il l'avait prise. Il
n'avait pas d'autre solution. Elle était sa femme.

Elle n'avait pas prononcé un mot. Pas de reproches. Pas
de larmes. Elle s'était levée calmement pour aller prendre
une douche. Ensuite, elle s'était habillée et était sortie. Ce
soir de juillet, cinq années auparavant. Elle était partie...
et n'était plus jamais revenue.

Il avait toujours aussi mal quand il y repensait.

Et maintenant, Brenda.

Elle aussi l'avait fui. Pourquoi ? Il avait été un bon père.
Elle n'avait jamais manqué de rien. Et il l'avait protégée
de la vérité. Il ne lui avait pas dévoilé la vraie nature de sa
mère. Il n'avait pas voulu lui faire ça. Il l'avait laissée
continuer à croire que sa mère était... Et comment l'avait-
elle remercié ? Nom de Dieu, comment ?

Elles l'avaient fui toutes les deux. Eh bien, il n'avait pas
besoin d'elles. Les femmes étaient creuses, vides et hypo-
crites. Des menteuses, un point c'est tout. Elles ne vous
amenaient que des ennuis.

Dire que Brenda avait eu le front de l'appeler la veille
au soir :

— Papa, je suis si contente que tu aies arrêté de boire !
Ah bon ?

Et comment l'avait-elle appris ? Par radio-Coill, voilà
tout. Par cette commère de Chrissie Mullen, qui avait dû
s'empresser de lui annoncer la nouvelle. Sa fille prenait la
peine d'écrire à Chrissie Mullen, une étrangère, et ne
trouvait pas le moyen d'écrire à son propre père. Ça faisait
cinq semaines qu'elle était partie, et pas une lettre ! Pas
même une carte postale ! Juste un coup de fil de trois
minutes.

— Je suis si contente que tu aies arrêté de boire.

Qu'elle aille se faire voir.

Dîner dehors, voilà ce qu'il allait faire. Au nom de quoi
resterait-il tout seul dans cette baraque, soir après soir ? Il
allait se taper un bon gueuleton et une bouteille de bor-
deaux. Et même deux s'il en avait envie.

Qu'ils aillent tous se faire foutre.

La chambre était dans un état encore pire que celui de
la cuisine. Les armoires ouvertes laissaient entrevoir le
désordre des chaussettes et du linge de corps, des draps
gisaient en tas sur le sol, les cendriers débordaient et des
tasses sales encombraient les meubles.

Il jeta sa veste sur le lit défait. Un petit flacon tomba
d'une poche. Les petites pilules magiques.

— Ceci vous aidera à ne pas recommencer à boire,
Michael, lui avait dit le Dr Horgan. Ne les prenez pas avec
de l'alcool. Le mélange pourrait vous rendre très malade.

Encore des conneries.

Il n'en voulait pas, de leurs saloperies de comprimés. Il
n'avait jamais été pro-médicaments. Les pilules, c'était bon
pour les lavettes. Il attrapa le flacon et alla renverser son
contenu dans les toilettes.

De retour dans la chambre, il se mit à la recherche d'une

chemise propre et n'en trouva pas. Merde ! Il n'avait qu'à mettre un T-shirt. Il devait bien avoir quelques vieux T-shirts qui traînaient sur l'étagère du haut.

Il grimpa sur une chaise pour vérifier. Eh bien voilà ! Il y en avait des tas. Soudain, ses doigts touchèrent quelque chose de froid, de dur et de rond. Ah ! mais oui ! Il avait oublié !

Il attrapa la bouteille de whisky et descendit de la chaise.

— Ah ! ma beauté ! Qui a dit que je n'avais pas droit à une petite goutte ? On est des vieux amis, toi et moi, hein ?

Michael Boylan apporta sa vieille amie dans son salon désolé, prit un verre et s'installa dans son fauteuil favori. Il avait le temps d'aller dîner.

Chrissie Mullen était sortie de bonne heure, comme tous les samedis matin. Elle préférait faire ses courses avant que le Spar soit bondé. En descendant la grand-rue, chargée de trois gros sacs à provisions, elle aperçut Winnie Roberts qui scrutait l'intérieur de la boîte aux lettres apposée sur la maison du dentiste. Chrissie traversa la rue.

— Bonjour, Winnie, qu'est-ce qui va pas ?

— Qu'est-ce qui va, tu veux dire !

— Ah bon, à ce point-là ?

— Oh ! je suis dans tous mes états ! J'ai perdu mes clés ce matin et je n'arrête pas de frapper. Le Dr Boylan ne répond pas.

— Il est peut-être sorti.

— À cette heure-ci ? Il est pas encore dix heures et, d'habitude, c'est moi qui lui apporte son petit déjeuner le samedi matin. J'comprends pas. Et en plus, ça doit être le bazar intégral chez lui. Samedi dernier, ça m'a pris quatre heures pour remettre tout en état. Il a pas l'habitude de vivre seul.

— Brenda lui manque, je suppose.

— Oh oui ! On dirait un chaton perdu. Pendant la semaine, il me permet seulement de faire le ménage du bas. Et je fais le haut le samedi. Comment je vais faire ?

Chrissie secoua la tête.

— Je me casserais pas la tête si j'étais toi. Je rentrerais chez moi.

— Non, j'ai pas envie. Je veux pas le laisser tomber.

— Bon, alors on va encore essayer.

Elles cognèrent à la porte de toutes leurs forces.

Mr Coyle ouvrit précipitamment la porte voisine, en tricot de corps et caleçon, le visage recouvert de crème à raser.

— Bon Dieu de bon Dieu, qu'est-ce qui vous prend de faire tout ce raffut ? Y a de quoi réveiller les morts !

— C'est le Dr Boylan, expliqua Chrissie. Winnie peut pas entrer faire le ménage.

— Ah bon, c'est ça ! J'avais peur qu'il y ait le feu ! Eh ben, faites pas le ménage ! Rentrez chez vous et foutez-nous la paix. Ah ! ces bonnes femmes !

Winnie l'attrapa par le bras.

— Et si jamais il était là ? Et s'il est... malade ou... s'il a eu un accident... ou...

Paddy Coyle se gratta le derrière de la tête. Il n'arriverait pas à se débarrasser si facilement de ces deux gonzesses. Il examina les fenêtres du premier étage.

— Sa chambre, c'est celle-là. Celle qui a le haut de la fenêtre ouvert.

Winnie parut perplexe.

— Ouais, c'est celle-là. À quoi vous pensez ? Vous voulez qu'on rentre par là ?

— Et alors, répondit-il d'un ton sec, vous avez une meilleure idée ? Je vais aller chercher une échelle.

362

Il disparut à l'intérieur du pub.

Chrissie Mullen se mit à rire.

— Qu'est-ce qu'il y a de si drôle ? s'étonna Winnie.

— Tu peux me dire comment Paddy Coyle va réussir à rentrer là-dedans en grimpant sur une échelle ? Il a soixante-quinze balais. Si c'est un accident que tu veux, tu l'auras.

— C'est vrai, tu as raison, répondit Winnie en croisant les bras. En tout cas, pas question que ce soit moi qui grimpe là-haut, avec mon vertige. Rien que d'y penser, j'ai la tête qui tourne. Et toi, tu pourrais pas y aller ?

— Moi ? Mais tu me prends pour quoi ? Je vais pas risquer ma peau comme ça !

Paddy Coyle sortit du pub, portant une antique échelle dont l'état de conservation paraissait plus que douteux. Dora Byrne était sur ses talons. Ensemble, ils appuyèrent l'échelle contre le mur.

— Bon, qu'est-ce qu'on fait ? demanda Paddy.

Dora Byrne arbora l'expression d'une martyre.

— J'y vais, déclara-t-elle en jetant un regard méprisant aux deux autres femmes. Si on réussit à ouvrir la fenêtre, je serai la seule à pouvoir passer.

— La vieille carne ! chuchota Winnie à l'oreille de Chrissie.

Paddy maintint l'échelle pendant que Dora Byrne grimpait, aussi légère qu'un enfant de deux ans. Arrivée au sommet, elle scruta l'intérieur.

— Il est là ! cria-t-elle à ses compagnons sauveteurs.

Entre-temps, une foule de badauds qui commentaient, riaient, supputaient, s'était amassée.

— J't'assure, dit Chrissie à Winnie. Il manque plus que les pop-corn.

Dora Byrne avait réussi à ouvrir grand le haut de la

fenêtre. Debout sur la pointe des pieds, elle se pencha à l'intérieur pour essayer d'ouvrir le bas. L'échelle oscilla et les spectateurs retinrent leur souffle.

— Tiens bon, Dora ! lui cria Paddy.

Se retournant vers les curieux, il les admonesta :

— Foutez le camp si vous voulez pas donner un coup de main. On n'est pas au cirque ici !

Quelques-uns d'entre eux s'éloignèrent en grommelant.

— Regarde ! Elle est rentrée ! cria Winnie.

— Chapeau ! émit Paddy avec respect.

Quelques minutes plus tard, la porte d'entrée s'ouvrit sur une Dora Byrne plutôt fière d'elle. Et même, fait exceptionnel, souriante, en cette heure de gloire qui la consacrait héroïne du jour.

— Il file un mauvais coton, annonça-t-elle calmement. Il est dans les pommes. J'ai pas pu le réveiller. Je crois qu'on ferait bien d'appeler une ambulance.

Niamh Byrne fit irruption dans la chambre d'Eleanor et posa trois serviettes propres sur son lit.

— Oh la la ! Vous avez raté ! s'écria-t-elle, le souffle court. Je reviens du village. Le vieux Boylan a été emmené à l'hôpital en ambulance.

— Quoi ?

— Ouais, ça a été toute une histoire. Ils ont dû rentrer par la fenêtre. C'est ma mère.

— Attendez, attendez, Niamh, pas si vite. Alors, que s'est-il passé ?

La jeune fille prit une profonde inspiration et reprit son récit.

— Apparemment, il a tourné de l'œil pendant la nuit. Et Winnie — c'est quoi, déjà, son nom de famille ? — enfin, sa femme de ménage, elle a perdu sa clé et elle l'appelait par la boîte aux lettres ; c'est ma mère qui me l'a dit. Et après, Mr Coyle est allé chercher une échelle et Chrissie Mullen...

— Mrs Mullen était là, elle aussi ?

— Ouais, et la moitié du village était là pour voir mais personne a voulu grimper sur l'échelle et c'est ma mère qui est montée. Après ça, Mr Coyle lui a servi un bon brandy pour qu'elle se remette. Ils sont tous chez Coyle, maintenant, vous devriez y aller. Il y a...

— Comment va le Dr Boylan ?

— Ils savent pas encore. Je crois qu'ils l'ont emmené à Saint-Michael à Dun Laoghaire.

— Il a fait une crise cardiaque ?

— Une crise cardiaque ? Mon œil ! Il s'est soûlé la gueule à mort. Tout le monde le sait, qu'il a jamais arrêté de picoler.

— Il faudrait avertir Brenda, dit Eleanor. Est-ce que Mr Brady est là ?

— Non, il est allé voir sa mère ce matin... C'est ce qu'a dit miss Laffan.

Sa mère ? Curieux, il ne lui en avait pas parlé.

— Bon, c'est pas le tout, faut que je bosse, moi. Vous voulez que je change vos draps maintenant ou vous voulez que je revienne ?

— Revenez plus tard, si ça ne vous fait rien. Je voudrais finir ce chapitre.

— Au fait, il y a eu un coup de fil pour vous hier soir pendant que vous étiez sortie avec Mr Brady. C'est Richard qui a pris le message. Il a laissé un mot pour vous dans l'entrée. Vous voulez que j'aille le chercher ?

— Oui, je veux bien, merci.

Niamh sortit et Eleanor relut son texte sur l'écran. Elle venait de terminer son chapitre sur le suicide. Finalement, elle avait préféré renoncer à utiliser l'expérience de Ryan, trouvant une telle démarche indécente. De plus, elle était légèrement troublée par son attitude. Lorsqu'il avait parlé de la mort de sa femme et de sa réaction après son suicide, elle avait eu l'impression qu'il parlait de quelqu'un d'autre. Quelque chose là-dedans sonnait faux.

Niamh revint avec le mot.

— Merci, Niamh.

— Pas de quoi. À plus.

Eleanor déplia le papier et lut :

Veuillez appeler Jean Parkinson lundi matin. C'est important. Elle dit que vous avez le numéro.
Richard.

Jean Parkinson ! L'éditrice de la troisième maison d'édition. Peut-être tenait-elle le bon bout !

Ryan sortit de chez sa mère et remonta dans sa voiture. Il avait accompli son devoir filial, mais il était furieux. Après chaque visite à sa mère, et elles n'étaient pas fréquentes, il se sentait triste. À présent, elle était pour lui une étrangère. Pire. Il la méprisait. Il détestait son manque d'intelligence, son obséquiosité, ses perpétuelles jérémiades sur son état de santé. Elle ne cessait de se plaindre de son cœur, de ses poumons ou de sa tête. Et pourtant, elle n'avait rien, absolument rien. C'était une femme bête et superficielle.

Jamais elle ne s'était occupée de lui. Jamais elle n'avait manifesté d'intérêt pour son travail ou pour sa vie. Depuis la mort de son père, quelques années auparavant, leurs relations étaient devenues plus artificielles encore.

Elle ne s'était jamais intéressée qu'à Tom, son fils aîné. Son premier-né. La prunelle de ses yeux. Et où était-il, Tom, en ce moment ? Il travaillait à Sheffield, d'après ce qu'elle avait dit. Un beau mensonge. Sans doute était-il encore en train de traîner sa flemme quelque part en se bourrant la gueule tous les jours. Il devait être à sec, une fois de plus. Il jetait l'argent par les fenêtres et venait se refaire auprès de sa mère qui trouvait ça tout à fait normal. L'année précédente, elle lui avait acheté une voiture. Auparavant, elle avait payé son emprunt pour son appartement. Et à lui, qu'est-ce qu'elle lui avait jamais donné ?

Oh ! et puis zut, qu'ils aillent se faire foutre !

Il en accéléra de rage. Il songea à son enfance. Son père... pris au piège d'un mariage sans amour. Tel était son tout premier souvenir. Son père... toujours si correct, si maître de lui. Si strict. Si formel. Et sa mère, servile, toujours en train de se cramponner à lui. Maintenant, c'était à son fils cadet qu'elle essayait de se cramponner. Mais elle pouvait toujours essayer. Il était trop tard pour feindre un attachement réciproque. Sa mère ne s'était jamais occupée de lui, il n'y avait aucune raison pour qu'il s'occupe d'elle. C'était un boulet à son pied, ou plutôt, c'était ce qu'elle deviendrait s'il la laissait faire. Mais il n'en était pas question.

Il gara sa voiture et se hâta vers la maison. Il avait besoin de voir Ellie.

— Ryan ! s'exclama-t-elle. Qu'est-ce qui se passe ?

Il s'assit sur son lit, le visage rouge, les poings fermés, les jointures blanches. Une veine de son cou était gonflée. Jamais elle ne l'avait vu aussi tendu.

— C'est ta mère ?

— Oui, grogna-t-il. Je n'irai plus la voir. Elle me fait immanquablement cet effet.

Eleanor s'assit à côté de lui et lui prit la main :

— Ryan, tout va bien.

— Non, pas du tout. Je la hais.

— Allez, ne dis pas une chose pareille. C'est ta mère.

— Oh ! c'est ma mère, mais elle n'a rien de commun avec la tienne ! Elle est... froide. Elle ne m'a jamais aimé. Elle... utilise les gens. Elle ne s'occupe que d'elle-même.

Eleanor lui caressa le bras.

— Je suis sûre que ce n'est pas vrai.

— Si. De plus, c'est une menteuse invétérée, poursuivit-il, le visage crispé. Elle arrange les choses à sa façon. Elle ment à tout propos. Quand j'étais petit, elle nous faisait croire qu'elle achetait ce qu'il y avait de mieux dans les boutiques, alors qu'elle achetait ce qu'il y avait de moins cher, de moins bon.

Son émotion le submergeait, le rendait irrationnel.

— Peut-être qu'elle avait peu d'argent ?

— Pas du tout. Elle a des économies, tu peux me croire. Mais pas de danger qu'elle m'en fasse profiter.

Jamais elle ne l'eût cru capable d'être si venimeux.

— Chez moi, reprit-il, amer, c'était chacun pour soi. À table, on se battait pour savoir qui en aurait le plus.

— C'est partout pareil, tous les enfants sont comme ça !

Il ne l'écoutait pas. Il était loin d'elle, perdu dans de sombres réminiscences. Eleanor s'inquiéta. Ce n'était pas la première fois qu'Ryan lui donnait l'occasion de remarquer à quel point sa personnalité était complexe.

Il l'embrassa sur la joue.

— Excuse-moi, ma chérie. Pas la peine de te raconter toutes ces conneries.

Il sourit et retrouva son visage habituel.

— Et toi, comment vas-tu aujourd'hui ? Tout va bien ?

— Oui, oui.

Ses sautes d'humeur étaient saisissantes.

— J'ai eu un message d'une maison d'édition. Il faut que je rappelle lundi matin.

— Magnifique ! s'exclama-t-il en la prenant dans ses bras.

— Oui, poursuivit-elle en hésitant, c'est peut-être pour me donner une bonne nouvelle. Je croise les doigts mais je ne me fais pas trop d'illusions quand même.

— Ne sois pas si pessimiste ! Je parie qu'ils vont prendre ton livre.

— J'espère. J'ai encore une autre nouvelle, à propos du Dr Boylan. Il a été transporté d'urgence à l'hôpital. Il a recommencé à boire.

— Je ne peux pas dire que j'en sois surpris.

— Je pense qu'il faudrait avertir Brenda. Chrissie Mullen a sûrement un numéro où la joindre.

— Sûrement. Je l'appelle tout de suite. (Il l'embrassa sur le front.) Excuse-moi de m'être énervé tout à l'heure. Je suis vraiment désolé.

Elle lui sourit.

— Pas besoin de t'excuser.

C'était très curieux. Elle avait toujours su qu'Ryan n'était pas au mieux avec sa mère. Mais elle n'avait pas eu conscience de l'ampleur de son ressentiment. De son amertume. Ryan cachait bien son jeu.

22

Iris Laffan regarda le générique qui défilait sur l'écran d'un œil désapprobateur.

— Ah, c'est fini ? Ça m'a bien plu. On peut le revoir ?

Eleanor sortit la cassette des *Hauts de Hurlevent*.

— Je ne crois pas, Mrs Laffan. Victoria va la rapporter cet après-midi.

— Celle-là, quand elle peut me gâcher mon plaisir ! Quel jour sommes-nous ?

— Lundi.

— Lundi ? Mon Dieu ! Il y a quelque chose qui se passe le lundi... J'ai quelque chose à faire... Mais je ne sais plus quoi. Qu'est-ce que j'ai à faire le lundi ?

— Rien, maman. Tu n'as rien à faire.

Eleanor sursauta. Elle détestait la manière qu'avait Victoria de surgir derrière elle sans faire de bruit.

— Je pense que votre mère fait allusion à miss Baker.

— Ah oui ! Miss Baker vient cet après-midi, maman. Elle sera bientôt là. Elle te donnera un bon bain, j'en suis sûre.

— Je ne vais pas au... club, aujourd'hui ?

— Non, maman. Tu y es allée vendredi. (Victoria chuchota en aparté à l'oreille d'Eleanor.) Au club, je vous demande un peu !

— C'est bien qu'elle s'imagine aller au club. C'en est un, en quelque sorte !

Mamie Laffan se mit à rire toute seule. Cela lui arrivait souvent ces derniers temps.

— Vous avez vu ce que j'ai gagné au bingo ? Regardez mon prix : c'est le vase, là, sur la cheminée. Il est joli, non ?

— Tu l'as déjà montré à Eleanor, maman.

La vieille dame parut froissée.

Eleanor se leva et fit semblant d'admirer le vase, un objet bon marché de mauvais goût. Elle dut surmonter une envie irrépressible de le casser sur la tête de Victoria.

— Et si on y mettait des fleurs ? Vous voulez que je descende au jardin et que j'en cueille quelques-unes pour vous, Mrs Laffan ?

— Oh ! oui. Ce serait très gentil à vous.

— Plus tard, Eleanor, dit Victoria d'un ton sec. C'est la cassette ? (Elle la prit et la mit dans son sac.) Je vais la déposer en allant à l'aéroport.

— À l'aéroport ? s'étonna sa mère. Tu t'en vas ?

— Non, maman, ça fait trois fois que je te le dis. Je vais chercher Richard. Il revient de son week-end à Londres.

— Il est parti rendre visite à son père ?

Victoria gronda :

— Ryan est ici, maman.

— Quoi, Ryan Brady est ici ? Chez moi ? Pourquoi ne me l'a-t-on pas dit ?

— Oh ! maman, arrête ! Tu sais parfaitement qu'il est ici. Ça fait plus de six semaines qu'il est ici. Tu l'as vu pas plus tard qu'hier, tu te souviens ? C'est lui qui t'a apporté le magnétoscope.

La vieille dame hocha la tête.

— Il n'est pas entré ici. Je l'aurais su si cet homme était entré dans ma maison, et encore plus dans ma chambre ! Cette idée est grotesque !

Eleanor regarda Victoria en fronçant les sourcils. Victoria capitula.

— Comme tu veux, maman.

— Je n'ai pas vu Ryan ce matin, dit Eleanor à sa logeuse. J'avais une bonne nouvelle à lui annoncer.

— Il est allé voir Malcom Norton. Tous les plans sont terminés. C'est magnifique, non ?

Elle avait le sourire, mais Eleanor était convaincue que la perspective des transformations ne la réjouissait pas outre mesure.

— Donc, vous avez eu une bonne nouvelle ?

— Oui, une maison d'édition s'intéresse à mon livre. J'ai rendez-vous avec l'éditeur jeudi.

— Une maison d'édition ! Effectivement, c'est une bonne nouvelle. Je suis sûre qu'Ryan sera très content pour vous. Bien, je m'en vais. Je ne serai pas trop longue.

— Pourriez-vous mettre mon fauteuil devant la fenêtre, s'il vous plaît, Eleanor ? demanda Iris. J'aimerais regarder dehors.

— Oh ! maman, as-tu vraiment besoin de regarder tout le temps par la fenêtre ? Ça ne me plaît pas. Ce n'est pas convenable.

La vieille dame dévisagea sa fille.

— Pourquoi ? Je ne fais rien de mal !

— Non, ça ne me plaît pas, c'est tout.

— Qu'est-ce que tu veux que je fasse d'autre toute la journée ?

Victoria sortit sans autre commentaire.

— Qu'est-ce qu'elle est irritable, vous ne trouvez pas ? dit Iris en repoussant le rideau de dentelle. C'est sans doute parce qu'elle n'est pas bien dans sa peau.

— Elle a des tas de choses en tête, vous savez.

— Des tas de choses en tête ? Oh ! oui, et plus que ça encore ! répliqua la vieille dame. Il faut dire qu'elle n'a pas de vie propre. Elle m'en veut, vous savez. Mais ce n'est pas ma faute si elle n'a jamais déniché d'homme. Vous êtes mariée, vous ?

— Oui.

Inutile de s'étendre sur le sujet...

— C'est bien. Une femme a besoin d'un mari et d'enfants. Les gens deviennent égoïstes quand ils n'ont personne d'autre à prendre en compte.

— Mais Victoria avait Richard à élever, lui rappela Eleanor.

372

— Oui... Elle aime Richard, je dois le reconnaître. Pour ce qui est de son père...

— Oui ?

— Oh ! ça n'a pas d'importance !

— Vous alliez me dire quelque chose à propos de Ryan.

— Ryan ? Ah bon ? Qu'est-ce que j'allais dire ?

— Peu importe, éluda Eleanor en approchant une chaise. Voulez-vous que je vous lise la première page de l'*Irish Times* d'aujourd'hui ?

— Tout de suite. Oh ! regardez, voilà le sergent Mullen qui sort du bois !

Eleanor dut faire un effort pour le distinguer.

— C'est le sergent Mullen ? Je ne le vois pas bien, à cette distance.

— Oh ! c'est le sergent Mullen, je suis formelle ! Il se promène tous les après-midi à cette heure-ci. Il lit son journal. C'est un drôle de petit bonhomme, vous ne trouvez pas ?

Eleanor réprima un sourire.

— Ah oui ?

— Oui, oui. Et sa femme, Chrissie... Vous la connaissez ?

— Oui. Elle est très sympathique.

— Ils sont gentils tous les deux. Très dévoués. Ça fait du bien, les gens comme eux, à notre époque. Pour moi, les gens font beaucoup trop les imbéciles, maintenant. Ils n'ont plus aucun sens des valeurs.

— C'est vrai.

— Regardez, il passe, le sergent Mullen. Vous voyez bien que c'est lui. Oh ! quelqu'un court derrière lui pour le rattraper !

— C'est Mr Coyle, non ?

— Non, non, s'impatienta Mamie Laffan, c'est le facteur, Billy, le père de la petite Niamh.

373

— Mais oui, vous avez raison. Eh bien, on peut dire que vous avez une bonne vue, Mrs Laffan.

La vieille dame ne l'écoutait pas, perdue dans ses pensées.

— Je vous disais que votre vue fonctionnait bien.

— Oui, Lorna, tu serais surprise de savoir tout ce que j'arrive à voir depuis cette fenêtre.

— J'en suis sûre. Bien, voulez-vous...

— Chut ! J'entends des pas sur le palier. C'est sûrement Lucy Baker.

Son ouïe n'avait rien à envier à sa vue.

Miss Baker retrouva Eleanor dans le jardin. Cette dernière était armée d'un sécateur.

— J'ai donné son bain à Mrs Laffan. Elle vous attend. Oh ! quelles belles roses !

— Je les monte chez Mrs Laffan. Comment la trouvez-vous aujourd'hui ?

— Pas vraiment bien. Elle m'a paru assez agitée. Son esprit vagabondait pas mal. Elle parlait sans cesse de Victoria, alors que d'ordinaire, elle est obsédée par Lorna.

— Je sais. La plupart du temps, d'ailleurs, elle m'appelle Lorna. Elle la croit toujours vivante.

— Peut-être est-ce mieux ainsi. Qui sait ? Mais aujourd'hui, c'était Victoria qui l'occupait et... Mr Brady. Elle a eu des accès de colère, et ensuite, elle était triste. Je n'aime pas du tout la voir comme ça. Elle n'arrêtait pas de parler du bois.

— Elle passe beaucoup de temps à regarder dans cette direction, lui expliqua Eleanor.

— Ses paroles étaient très confuses. Elle disait avoir vu quelque chose... Je n'ai pas réussi à savoir quoi. Mais ça m'inquiète.

Eleanor hocha la tête d'un air grave.

— Je vais monter la voir. À vendredi, j'espère ?

L'infirmière sourit et s'éloigna.

Mamie Laffan arracha le journal des mains de sa lectrice.

— Ça suffit ! Je veux dire quelque chose !

— Très bien, Mrs Laffan. De quoi s'agit-il ?

— J'ai quelque chose à dire. Non, pas à vous. J'ai quelque chose à dire... Cet homme, comment s'appelle-t-il ?

— Ryan ?

— Pftt ! Pas lui ! Sûrement pas lui. C'est lui qui... On ne peut pas lui faire confiance.

Eleanor se prépara à une nouvelle sortie contre Ryan.

— Je veux voir... celui que nous avons vu, vous savez... Nous l'avons vu sortir du bois. Son nom, son nom, comment s'appelle-t-il ? s'énerva Mamie Laffan.

— Le sergent Mullen ?

— Oui, je veux voir le sergent Mullen, répéta-t-elle en tambourinant du bout des doigts sur le bras de son fauteuil. J'ai quelque chose... J'ai quelque chose à lui dire.

— Je vais l'avertir, promit Eleanor.

Avant de lui laisser le temps de se poser d'autres questions, Mamie Laffan changea de sujet... comme d'habitude.

— Ces fleurs que vous m'avez apportées... elles sont très jolies. Elles viennent du jardin ?

— Oui, les roses sont belles cette année.

— Vous voulez bien me faire descendre ? J'aimerais les voir.

Eleanor hésita.

— Hum hum... Vous venez de prendre votre bain, Mrs Laffan. Vous pourriez prendre froid.

375

La vieille dame pinça les lèvres et se mit à bouder. Eleanor n'eut pas le cœur de lui refuser ce plaisir.

— Bon, c'est d'accord. Mais vous mettrez votre gilet !

Mamie Laffan sirotait sa bière, installée à la terrasse, tandis qu'Eleanor jetait un coup d'œil aux trois chapitres de son manuscrit relus par Ryan. Il avait fait pas mal de corrections en rouge, pour la plupart des traits d'union et des alinéas.

Mrs Laffan lui donna un coup de coude.

— Est-ce que c'est une voiture que j'entends ?

Eleanor se leva et alla vérifier.

— C'est Victoria, elle revient avec Richard, dit-elle en agitant la main. Ils arrivent.

Richard se précipita dans le jardin, lui fit un signe de tête et serra sa grand-mère contre lui. Il était suivi de Victoria qui parlait avec une troisième personne par-dessus son épaule.

— Bon-bonjour, Mamie. J'ai a-amené quelqu'un qu-qui veut te voir.

— Ah bon ? s'exclama la vieille dame en plissant les yeux pour mieux le regarder. Qui ?

Ce ne fut qu'à cet instant qu'Eleanor aperçut la nouvelle arrivante. C'était Brenda Boylan.

La jeune fille s'était fait couper les cheveux et elle portait un ensemble de lin vert très élégant. Elle s'avança vers Eleanor pour la saluer.

— Bonjour ! J'ai rencontré Richard dans l'avion et miss Laffan a gentiment proposé de me raccompagner.

— Brenda, l'interrompit Richard, viens ici pour dire b-bonjour à Mamie Laffan.

La jeune fille se tourna vers la vieille dame et sourit.

Mamie Laffan fronça les sourcils.

Brenda lui tendit la main.

— Bonjour, Mrs Laffan.

La vieille dame recula au fond de son siège.

— Partez ! Partez ! hurla-t-elle.

Richard prit Brenda par le bras.

— C'est bon, M-Mamie. R-regarde. C'est...

— Dehors ! Sortez de ma maison ! Faites-la partir !

Victoria se précipita vers sa mère pour la calmer.

— Chut, maman. Tout va bien.

Mamie Laffan saisit la main de sa fille.

— Emmène-la, supplia-t-elle, emmène-la ! Tu m'avais promis, Victoria. Tu m'avais promis qu'elle ne reviendrait plus. C'est ce que tu m'as dit. Tu m'as dit qu'elle ne reviendrait plus jamais.

Victoria, impuissante, se tourna vers Brenda pour présenter ses excuses. Mais les explications n'étaient pas nécessaires, tant la raison de la terreur de la vieille dame était évidente.

Mamie Laffan était terrorisée, convaincue qu'elle se trouvait en face de Carol Boylan, chez elle, dans son jardin.

Carol Boylan, revenue du royaume des morts.

23

Victoria lissa les draps. Il n'était que dix-neuf heures, une heure inhabituelle pour coucher sa mère, mais celle-ci avait eu son compte d'émotions pour la journée.

— Pourquoi a-t-il fallu qu'il revienne ? murmura Iris Laffan d'une voix ensommeillée. Tout allait bien, non, avant son retour ? Et maintenant, tout redevient comme avant. Jamais tu n'aurais dû le laisser revenir.

— Je n'avais pas le choix, maman. C'est le père de Richard.

— Rich est bien mieux sans lui. Qu'est-ce qu'il a fait pour Richard ? Qu'est-ce qu'il a fait pour qui que ce soit, en dehors de lui-même ? Il profite des gens, c'est tout.

En dépit de son deuxième somnifère, sa mère était très lucide, ce soir. C'était inquiétant en soi. Que savait-elle, au juste ?

De quoi était-elle capable de se souvenir ?

— Tu m'as dit que tout allait bien. Qu'il était parti, Victoria. Tu me l'as juré. Victoria, pourquoi m'as-tu dit ça si ce n'était pas vrai ? Tu n'aurais pas dû me le dire.

— Dors, maman.

— J'ai peur. Ne la ramène pas ici, s'il te plaît.

— Maman, elle est partie. Je me fatigue à te le répéter.

— Elle a amené... la honte sur notre maison... La honte. Sa conduite...

— Chut, c'est fini, maman. Tu n'as plus à t'inquiéter, chuchota Victoria à l'oreille de sa mère. Dors et oublie tout ça.

La vieille dame poussa un soupir sonore, ferma les yeux et se tourna vers le mur. Victoria alla tirer les doubles rideaux. Mais avant, elle scruta le bois par la fenêtre. Il était ennuyeux que sa mère eût une si bonne vue depuis cette fenêtre.

Qu'avait-elle vu exactement, ce soir-là ?

Ryan et Eleanor étaient au bar de l'hôtel La Touche à Greystones. Tout à ses projets de rénovation, Ryan lui parlait avec enthousiasme des brochures publicitaires qu'il voulait éditer pour le Lodge ; mais elle n'écoutait qu'à moitié. Les événements de la journée la préoccupaient et elle était bien déterminée à tirer tout cela au clair avec lui. Fini de tourner autour du pot !

— Si je pouvais utiliser ton imprimante demain, ça me rendrait bien service.

— Aucun problème. Ryan, quelque chose me turlupine. Il serait temps que nous ayons une conversation sérieuse.

— Une conversation sérieuse ? Oh, non ! Je préférerais remettre ça à plus tard. (Il mit sa bouche près de son oreille.) Tu sais ce que je vais te faire ce soir ? Je vais commencer par...

— Arrête ! dit-elle en le repoussant, hilare. Tu ne vas pas commencer à m'exciter. Je ne te laisserai pas faire.

— Mmh, toi, tu m'excites tout le temps.

— Ryan, j'aimerais que tu sois sérieux deux minutes !

— O.K.

Il avala une gorgée de bière.

— Allez, vas-y !

— Quand Mamie Laffan a vu Brenda Boylan cet après-midi, elle a pris peur. Elle s'est complètement affolée et s'est mise à crier après Victoria. Elle pensait que Carol Boylan était revenue sur terre pour hanter sa maison. Pourquoi était-elle aussi effrayée ? Elle sait quelque chose... J'en suis convaincue. Son esprit est très embrouillé, mais je sens qu'elle sait quelque chose ; et quelle que soit cette chose, elle a envie d'en parler. Elle veut voir le sergent Mullen. Et... Ryan, je ne peux pas m'empêcher de penser que tu en sais plus long que tu ne le dis. Il faut que tu me fasses confiance. Je veux tout savoir.

Ryan réfléchit.

— Je ne peux te dire que ce que je sais, Ellie.

— Ce sera déjà pas mal.

— Carol était très malheureuse... Je te parle d'il y a un

certain nombre d'années. Elle voulait quitter Coill et je l'encourageais à le faire. Son couple était une catastrophe. Rester n'avait plus de sens.

— Donc, elle venait te voir pour te demander conseil ?

— Tout le temps, oui. Carol était une amie. Elle se confiait souvent à moi. Je l'aimais bien, elle était chaleureuse, de bonne compagnie, drôle. Elle n'avait pas envie de végéter ici, pas plus que moi.

— Ryan... Ryan, y a-t-il eu autre chose entre toi et Carol ? Non, ne me regarde pas comme ça, je pourrais supporter la vérité ! Mais je ne supporterais pas que tu me mentes.

— Je ne te mens pas. Jamais je ne pourrais te mentir. C'était exactement comme je viens de te le dire. Carol et moi étions des amis, rien de plus.

— Et Victoria...

— Victoria ?

— Oui. Je ne comprends pas ce qui se passe entre vous deux. Elle te méprise, tu l'as reconnu toi-même. Et maintenant, elle est tout sucre et tout miel avec toi.

— Elle me méprise, mais elle a besoin de moi pour le moment. Elle est bien forcée de reconnaître que j'ai un meilleur sens des affaires qu'elle, et donc, elle m'utilise. Le Lodge, c'est ce qui a le plus d'importance dans sa vie, depuis toujours.

— Ce qui ne l'empêche pas de te haïr ?

— Elle me hait d'avoir emmené Lorna loin d'elle. Jamais elle n'arrêtera de me le reprocher. Ses rapports avec Lorna étaient... Victoria est trop possessive.

— Elle était jalouse ?

— Oh oui !

— Je commence à comprendre.

— Bien.

380

— La même chose ? demanda Eleanor en se levant pour aller passer la commande au bar.

Mona avait raison sur toute la ligne. Victoria voulait Ryan pour elle-même, ce qui expliquait pourquoi elle l'avait mise en garde de cette façon menaçante. Elle avait dû être effondrée — peut-être l'était-elle toujours — en les voyant sortir ensemble, rire ensemble, s'embrasser, dormir ensemble... sous son toit.

D'abord sa sœur, ensuite sa locataire... une ancienne petite amie de Ryan. Elle s'était dévouée pendant vingt ans à élever son fils dans l'espoir que Ryan lui rende un jour ses sentiments. Voilà pourquoi elle ne s'était jamais mariée ou n'avait pas eu d'enfant à elle. Seigneur, elle avait dû souffrir le martyre.

Eleanor revint avec les boissons.

— Pourquoi n'as-tu pas été sincère, Ryan ? Pourquoi ne lui as-tu pas expliqué ?

— Expliqué quoi ?

— À Victoria... que tu ne l'aimais pas.

Il la regarda, abasourdi.

— L'aimer, elle ?

— Oui, tu aurais dû mettre les choses au point. Tu n'aurais pas dû la laisser attendre, dans l'espoir que tu changes.

— Ellie, de quoi parles-tu ?

— De Victoria... De sa jalousie.

Un large sourire se dessina sur les lèvres de Ryan.

Eleanor eut une moue désapprobatrice.

— Ryan, tu es goujat à ce point ?

— Écoute, ma chérie, tu as tout faux. Victoria ne m'aime pas. Je te l'ai dit, elle me déteste.

— Ça, c'est ta version. Non, ne m'interromps pas,

381

écoute-moi : serait-il possible qu'elle soit secrètement amoureuse de toi ?

Ryan posa son verre et éclata de rire.

— Pourquoi ris-tu ? Ce n'est pas une idée si saugrenue que ça, même Mona l'a suggérée. Elle était amoureuse de toi et toi, tu as choisi Lorna. C'est tout à fait possible, Ryan.

Il lui prit la main.

— Non, ce n'est absolument pas envisageable, Ellie.

— Comment peux-tu en être si sûr ?

— Crois-moi, je le sais. Écoute, je n'ai jamais prétendu avoir mené une vie de moine, j'ai eu des petites amies, c'est vrai. Victoria n'éprouvait pas la moindre jalousie vis-à-vis d'elles, pas de la façon dont tu crois. Maggie et moi avons été ensemble pendant treize ans, comme je te l'ai dit.

— Je n'arrive pas à comprendre pourquoi tu l'as quittée, Ryan. Treize ans ensemble... Elle a dû être désespérée.

— Je ne pouvais pas vivre dans le mensonge. C'était fini entre nous... De toute façon, en trois mois, elle a retrouvé quelqu'un d'autre.

Il évacuait la question trop facilement.

— Maggie et moi étions arrivés en bout de course, je suppose. Victoria s'en est réjouie en secret, mais pas parce qu'elle me voulait pour elle. Non, c'est tout simplement qu'elle ne voulait me voir heureux avec personne. Elle n'avait jamais surmonté la mort de Lorna. Elle ne pouvait pas accepter le fait que la vie continue pour moi.

Un étrange sentiment de malaise envahit Eleanor, une fois de plus.

— Mais pourquoi Mamie Laffan a-t-elle été effrayée par Carol Boylan ? Vu sa réaction face à Brenda, il est clair qu'elle l'était. Elle a vraiment subi un choc. Pensait-elle

382

que tu avais une liaison avec Carol ? Sûrement, tout le monde le pensait. Sans doute n'approuvait-elle pas, elle devait penser elle aussi que c'était une trahison vis-à-vis de Lorna. Oui, c'est ça. Mamie Laffan a dû penser que tu avais une liaison avec Carol.

— Je ne sais pas. Peut-être qu'elle l'espérait.

— Quoi ?

— Peut-être qu'elle l'espérait.

— Qu'elle l'espérait ? Comment peux-tu dire une chose pareille ?

— Euh... écoute, Ellie, tu te trompes à ce sujet, mais tu as raison sur un point. Carol était tout le temps au Lodge et il se passait quelque chose, mais...

— Je le savais !

Enfin, elle allait connaître la vérité... et ça lui ferait mal.

— Tu as eu une liaison avec elle, n'est-ce pas ? Pourquoi ne l'as-tu pas reconnu ?

— Attends, Ellie. Arrête de faire des conclusions hâtives. (Il paraissait amusé.) Et arrête de m'interrompre.

— Mais je veux simplement...

— Ça y est ! Elle recommence ! Maintenant, tu vas m'écouter, s'il te plaît !

Elle parvint à prendre un air contrit.

— Carol avait une liaison clandestine au Lodge, mais je t'assure que ce n'était pas avec moi.

— Pas avec toi ?

— Non.

Il alluma un cigare, mit le briquet dans sa poche et la regarda.

— Ah ! je vois que ça a fait tilt, enfin !

Eleanor en resta bouche bée.

— Victoria ?

Il hocha la tête.

— Elles couchaient ensemble ?

— Oui, depuis des années. Elles étaient très amoureuses.

— Mon Dieu !

— Si tu voyais ta tête !

— Je n'aurais jamais imaginé...

— Personne n'aurait imaginé.

— Tu veux dire que... qu'elles... qu'elles étaient ensemble au Lodge ?

— Oui. Je me suis souvent demandé si Iris était au courant. J'ai l'intime conviction que oui. Mais il lui était impossible d'accepter ce scénario. Elle a dû le ressentir comme une... perversion.

— Oui, sûrement. Elle parle sans arrêt de mariage. Elle a ça dans la tête.

— Tu vois ! Donc, connaissant sa mère, Victoria était perturbée elle aussi...

— C'est... très triste. Elles s'aimaient vraiment ?

— Absolument.

— Et elles ont dû se cacher pendant des années...

— Cette hypocrisie pesait à Carol mais Victoria, naturellement, voulait garder le secret absolu. Je crois qu'elle n'acceptait pas le fait d'être lesbienne.

— Oh, Ryan !

— C'est dur, non ? Mais il faut bien s'accepter tel qu'on est.

— Donc, elles ont gardé le secret devant tout le monde... Sauf toi.

— Mais d'autres avaient des doutes. Comme je l'ai dit, Mamie Laffan, mais elle ne voulait pas savoir. Mick Boylan avait deviné lui aussi, certainement.

— Comment a-t-il vécu la chose ?

— Pas très bien, semble-t-il.

384

— C'est pour ça qu'il boit.

— Oui.

— S'il savait... Il a fallu qu'il feigne d'ignorer, lui aussi... toute cette dissimulation...

— À vrai dire, je crois qu'il a craqué...

— Tu veux dire... Tu penses qu'il a peut-être...

— Je ne sais pas. Cette idée m'a traversé l'esprit.

— À moi aussi, reconnut-elle. Mais pourquoi as-tu marché dans la combine ? Tout le monde... Tout le monde pense que c'était toi. Ils croient tous que Carol était ta maîtresse... Moi aussi, je me suis posé la question. Pourquoi n'as-tu pas nié ?

Il haussa les épaules.

— Les racontars, je m'en fiche. Ça arrangeait Carol de les laisser croire que j'étais son amant, et ça arrangeait Victoria aussi... Qu'est-ce que j'en avais à faire ? Moi, j'étais avec Erica à l'époque.

— Erica a vécu ici ?

— Oui, pendant deux ans, avant notre départ pour Londres. Les gens n'y comprenaient rien, ils s'imaginaient que nous faisions ménage à trois, que nous organisions des partouzes. Erica trouvait ça très amusant. Elle était marrante. Nous avons passé de bons moments ensemble, des moments fous.

Difficile à entendre, tout cela.

Brenda, assise sur le bord du lit, se demandait ce qu'elle allait bien pouvoir dire à son père. Sa chambre particulière était petite, nue et fonctionnelle. Ils parlaient en choisissant soigneusement leurs mots, ni l'un ni l'autre ne voulant prononcer de parole malheureuse. Il y avait bien longtemps que son père n'avait pas eu aussi bonne mine. Le repos et les soins avaient redonné quelques couleurs à ses joues. Mais la colère toujours présente dans ses yeux était révélatrice.

Elle se leva pour lui verser à boire.

— Merci d'être revenue à la maison, Brenda, j'apprécie.

Ils étaient empruntés, comme deux étrangers.

— Brenda, il y a quelque chose que je veux...

— Pas maintenant, papa. Tiens, bois ça.

Il se souleva sur les oreillers et prit le verre.

— S'il te plaît, Brenda. Laisse-moi t'expliquer quelque chose...

— Je ne crois pas que j'aie envie de l'entendre, papa.

— Il faut que tu m'écoutes. Il y a trop longtemps que nous nous voilons la face. Il faut que nous affrontions... la mort de ta mère, Brenda... Le soir où elle a été... tuée.

Les muscles du visage de Brenda se contractèrent.

— Elle a été assassinée, papa. Assassinée.

Il hocha tristement la tête.

— Oui, elle a été assassinée, brutalement, de sang-froid. Il s'est passé une chose ce soir-là que je n'ai jamais dite à personne...

— Non, papa, je n'ai pas envie de l'entendre. Je ne peux pas. Je ne veux pas.

— Mais j'ai quelque chose à te dire, Brenda.

— Non, s'il te plaît, ne me fais pas subir ça. S'il te plaît...

Michael Boylan se laissa retomber sur ses oreillers.

— Il faut que je te raconte tout, Brenda, il est temps.

Non, non, non, ce n'était pas le moment. Il n'y avait d'ailleurs pas de moment pour entendre ce genre de choses.

Elle se leva et se dirigea vers la porte. Elle ne pouvait pas rester assise à écouter... à écouter la confession de son père. Rester assise, lui sourire et lui dire que tout allait bien. Était-ce ce qu'il attendait d'elle ? Pensait-il qu'il lui suffirait de se confesser et de s'excuser ? D'effacer ce qu'il avait fait par un acte de contrition ?

— Il faut que je te parle...

— Non, papa, non.

— Mais, Brenda...

— Papa, il faut que je parte. Peut-être... devrais-tu te confier au sergent Mullen ?

— À Barry ?

— Je crois... je crois que tu devrais lui parler.

Des larmes emplirent les yeux de Michael Boylan. Brenda se rua hors de la pièce.

Eleanor était secouée. Elle ne savait pas si elle était bouleversée, soulagée ou autre chose encore. Victoria et Carol. Elles s'aimaient et voulaient être ensemble. Mais à Coill, c'eût été l'équivalent de Sodome et Gomorrhe. Et Ryan qui avait servi de paravent... C'était un point en sa faveur. À moins qu'il n'ait pris plaisir à jouir de cette réputation de Casanova.

— Combien de temps êtes-vous... restés ensemble, Erica et toi ?

— Deux ans ici et cinq ans à Londres.

— Sept ans ?

Il sourit.

— Oui, c'est long, hein ?

— Que s'est-il passé ?

Il finit sa bière.

— Elle a fini par se fatiguer de moi, je suppose. Elle a vu venir la catastrophe la première. J'aurais aimé que ça réussisse, mais ça n'a pas marché.

— Qu'est-ce que tu as ressenti ? Tu n'as pas été blessé ?

— C'est à ce moment-là que je t'ai rencontrée, Ellie.

Cette réponse était trop facile.

— Erica était... (Il caressa son genou.) Elle était très différente de toi.

— Différente ?

— Je ne savais jamais où j'en étais, avec elle. Elle était une sorte d'énigme pour moi.

— Mais tu l'aimais ?

— Bien sûr, et pendant longtemps. Elle était musicienne, elle jouait du violoncelle. Elle était très douée. Après les deux ans passés ici, elle a investi dans l'hôtel de Londres et je l'y ai rejointe. Nous avons passé de bons moments ensemble, en dépit de notre différence d'âge.

— Elle était plus âgée que toi ?

— Plus jeune... de quatorze ans.

Eleanor en fut estomaquée.

— Elle devait être vraiment très jeune quand tu l'as rencontrée.

— Elle avait un peu plus de vingt ans. Elle était très belle. Tous les hommes en étaient amoureux.

Pourquoi avait-il besoin de lui dire qu'elle était très belle ?

— Nous avons eu le coup de foudre quand nous nous sommes rencontrés. Mais... les choses changent.

— Ah bon ?

— Oui... Elle était très indépendante. Froide. Je n'étais jamais sûr d'elle.

— Ryan, je ne sais pas quoi dire. Je n'ai pas envie de parler d'elle.

— Oh ! je n'y tiens pas non plus ! C'est toi qui as amené la discussion là-dessus.

— Je sais... Mais je suis jalouse, vraiment jalouse. Je sais que je n'ai pas le droit de l'être, mais je le suis quand même.

Toutes ces liaisons... que révélaient-elles de lui ? Son

mariage avec Lorna, ses treize ans avec Maggie, et après, ses sept ans avec Erica... Qu'était-il au juste ? Un mono-game en série ?

— Tu as bien été mariée pendant vingt ans, Ellie !

Justement. Elle avait pris un engagement et s'y était tenue.

— Ellie, tout ça, c'est du passé maintenant... Lorna, Maggie, Erica... C'est la même chose pour ton mariage. Il faut vivre dans le présent et pour l'avenir. Tu n'as pas à être jalouse. C'était déjà fini avec Erica quand je t'ai ren-contrée... même si je ne l'avais pas encore tout à fait compris. Elle m'a écrit la semaine dernière. C'est fini, je t'assure !

Ah, ah !

— Donc, quand tu es revenu de Londres, ce n'était pas encore tout à fait terminé ?

— En quelque sorte, non, avoua-t-il. Mais nous n'étions plus amants depuis longtemps. Nous étions encore ensemble, mais pour elle, ça n'avait déjà plus de sens.

— Mais... mais tu m'as dit que tu m'aimais, Ryan.

— Oui, je t'aime.

— Et tu l'aimais aussi ? Tu ne peux pas aimer deux per-sonnes en même temps, Ryan. Ça ne va pas, ça ! s'exclama-t-elle.

— Mon amour pour toi est plus fort. Je t'aime, il faut me croire. C'est fini avec Erica et... j'en suis soulagé.

— Soulagé ? C'est trop compliqué pour moi ! Si c'est vraiment fini, pourquoi retournes-tu à Londres ?

— Je n'y retourne pas.

Eleanor retint son souffle.

— Tu n'y retournes pas ?

— C'est ce que j'essaie de te dire, mais tu ne me laisses pas parler.

— Quels sont tes projets ? Tu repars fin août ?

Elle réalisa que la fin août, c'était quinze jours plus tard seulement.

— Non, je reste.

— Et que va-t-il se passer pour nous ?

Il mit son bras autour de ses épaules.

— C'est toi que j'aime, Ellie. Nous avons tellement de choses en commun, nous rions ensemble, nous avons un passé commun... Nous...

— C'est vrai, ce que tu me dis ?

— Oui, c'est vrai. Nous sommes tous les deux maintenant... si tu veux m'avoir.

Le cœur d'Eleanor bondit dans sa poitrine. Était-ce ce qu'elle voulait ?

— Je t'aime, Ellie. Quand je t'ai revue, j'ai eu l'impression de rentrer chez moi.

Oui, c'était ce qu'elle avait envie d'entendre. Il était rentré à la maison. Après toutes ces années, ces aventures, après tous ces vagabondages, ces incertitudes, ces quêtes, il était revenu à la maison... vers elle.

— Ryan... ce n'est pas seulement... une histoire de sexe, entre nous ?

Il lui caressa tendrement la joue.

— Non, c'est plus que ça. Nous sommes bien ensemble. Tu es intelligente, chaleureuse, généreuse... je t'aime comme un fou. Tu me rends heureux.

Ils s'embrassèrent, et cette fois-ci, ce fut différent. Puis il se pencha et sortit quelque chose de la poche de sa veste.

— Je voudrais te donner ceci.

C'était un livre... un petit livre, légèrement défraîchi. *Le Crépuscule celte* de Yeats.

— Je ne peux pas accepter ça, Ryan. C'est une édition originale.

— Je voudrais te le donner. Lis l'inscription.

Elle regarda la page de garde. Il avait écrit :

Ton ami pour toujours, Ryan.

24

— Nous sommes ravis de vous revoir, déclara Aggie Rowland au petit déjeuner. Gerry, passe le lait à Eleanor.

— Merci, dit-elle en en versant une larme dans son café. Comment va votre orteil ?

— Pas trop mal, répondit Gerry, la bouche pleine. Mais je ne vais pas pouvoir marcher très loin, cette fois-ci.

— Combien de temps restez-vous ?

— Quelques jours seulement. Jessica et sa famille viennent passer un mois avec nous. Je ne connais pas encore le petit dernier, ce sera la surprise !

Gerry Rowland se beurra un autre toast.

— Oui, et je vois que les affaires ralentissent, ici. Il n'y a que deux nouvelles réservations pour la saison, nous a dit Ryan.

— C'est vrai... ils commencent des travaux de rénovation la première semaine de septembre. Des appartements individuels. Qu'est-ce que vous en pensez ?

— Ce n'est pas ma tasse de thé, j'en ai bien peur, répondit Aggie Rowland en secouant la tête. C'est certainement notre dernier séjour au Lodge. Il y a trop de changement.

Gerry tapota l'épaule de son épouse.

— Notre Aggie n'aime pas le changement, Eleanor.

— Je comprends très bien, mais je pense que ce qu'ils envisagent témoigne d'un bon sens des affaires, et Victoria aura la vie beaucoup plus facile.

— Comment va-t-elle ? s'enquit Mrs Rowland. Nous ne l'avons pas encore vue. Ryan dit qu'elle a été couchée.

— Pas trop bien, répondit prudemment Eleanor. Il y a beaucoup de choses à faire et l'état de Mrs Laffan empire.

— Oh ! ça me fait de la peine ! murmura Aggie.

Niamh arriva, portant un plateau.

— Vous avez fini ? Je peux débarrasser ?

Mrs Rowland tendit son assiette à la jeune fille.

— Alors, ma petite, qu'avez-vous fait de beau depuis la dernière fois ? demanda Mr Rowland, ravi de cette apparition.

— Pas grand-chose, Mr Rowland. J'avais trop de boulot... mais j'ai mis assez d'argent de côté pour pouvoir me payer une bonne chaîne hi-fi.

— Quand recommencent les cours ?

— La première semaine de septembre, répondit Niamh en empilant les assiettes. Ça ne m'emballe pas, je vais être plongée dans les bouquins toute l'année.

Aggie compatit :

— Je vous comprends, mais ça en vaut la peine, je pense, si vous sortez avec un bon diplôme. Qu'est-ce que vous comptez faire ?

— L'hôtellerie, je pense.

Niamh emporta son chargement à la cuisine et fut remplacée par Ryan.

— Il fait beau ce matin, vous devriez aller au soleil, dit-il en adressant un grand sourire aux Rowland et en déposant un baiser sur la joue d'Eleanor. Je fais un saut à Bray, tu as besoin de quelque chose ?

— Oui, pourrais-tu me rapporter du papier ?

Les Rowland les regardèrent avec stupéfaction.

— Vous avez envie de m'accompagner à Bray, Gerry ? proposa Ryan, qui trouvait la situation fort amusante. Je suis sûr que ces dames ont envie de bavarder un peu.

Gerry Rowland bondit sur l'occasion.

Eleanor donna un coup de coude à Ryan :

— Et Victoria ?

— Le médecin est avec elle, chuchota-t-il, et Rich s'occupe de sa grand-mère. À tout à l'heure.

Gerry Rowland fit un signe à sa femme, mit sa casquette à visière et suivit Ryan.

— Eleanor, s'exclama Aggie, il y a de la romance dans l'air, je me trompe ?

— Non, vous ne vous trompez pas.

Aggie se leva.

— Comme c'est intéressant ! Allons donc au jardin pour faire la causette. Vous avez le temps ?

— Bien sûr !

Eleanor apporta son café sur la table de la terrasse et Mrs Rowland fit un petit détour pour admirer les fleurs.

— Il y en a beaucoup qui ont fleuri depuis le mois de juin ! déclara-t-elle en rejoignant Eleanor. Donc, vous et Ryan... Quelle surprise !

— Pas vraiment, vous savez, nous nous connaissons depuis des années. Lorsque vous m'en avez parlé, je n'étais pas sûre qu'il s'agisse de la même personne.

— Incroyable ! D'ailleurs, je dois dire qu'hier soir, lorsqu'il nous a accueillis à la réception, j'ai trouvé qu'il avait changé, qu'il était plus aimable, mieux dans sa peau. J'ai dit à Gerry : "Cet homme s'est drôlement amélioré !"

— Je pense qu'il s'est un peu calmé.

— Calmé ? Ma chère, il a l'air heureux pour la première fois depuis des années. C'est sûrement grâce à vous.

Son opinion comptait beaucoup aux yeux d'Eleanor.

— Personnellement, j'ai toujours aimé Ryan, poursuivit Aggie. Je pensais que les gens d'ici ne lui avaient jamais donné sa chance. Ils étaient trop prompts à la critique. Il y a quelque chose de très attirant en lui. Je sais qu'il a eu pas mal de femmes... Ça, on ne peut pas le nier, mais je pense qu'il a un bon fond. Il ferait n'importe quoi pour vous aider en cas de besoin. Il a toujours été gentil avec nous... Gerry ne lui a jamais fait confiance, mais c'est parce qu'il était un peu jaloux, je suppose. Non, moi, j'ai toujours aimé Ryan et je l'ai toujours plaint d'être confiné ici... comme un poisson hors de l'eau.

— C'est vrai, vous avez raison.

— Ah ! soupira Aggie, il est volage ! Il lui faut quelqu'un qui l'immobilise un peu au sol.

— Qui l'immobilise au sol, répéta Eleanor. L'expression est bien trouvée. Il est comme un papillon, il volète d'une situation à une autre.

— Ce qu'il lui faut, c'est quelqu'un comme vous : pratique, les pieds sur terre. J'espère que ça marchera entre vous, sincèrement.

— Moi aussi, mais je ne me fais pas trop d'illusions, Aggie. Les gens ne changent pas à ce point, sauf s'ils le désirent réellement. C'est difficile pour lui de se fixer.

— En effet. C'est un vagabond. Mais peut-être que tout ça, c'est fini pour lui. Parce qu'il ne rajeunit pas, n'est-ce pas ? Je pense qu'il a cherché sa place pendant toutes ces années, et peut-être a-t-il fini par la trouver.

— Peut-être, dit Eleanor. La vie n'est jamais simple. Beaucoup d'eau a coulé sous le pont... surtout sous le pont de Ryan !

— Oui, et vous-même avez vécu vos propres expériences. En tout cas, je trouve que vous avez l'air bien ensemble, si je puis me permettre. J'ai senti le lien qui vous unissait, tout à l'heure. Tout ce que je vous souhaite, Eleanor, c'est d'être heureuse.

— Merci, Aggie.

— Il faut vivre au jour le jour, dit cette dernière pensivement. Nous devrions saisir toutes les chances de bonheur qui se présentent. La vie ne repasse pas les plats, comme aime à me le rappeler Gerry.

— Mrs Ross, téléphone ! cria Niamh depuis la porte de la cuisine.

— Excusez-moi un instant, Aggie.

Eleanor alla prendre la communication.

Dix-huit heures. Ryan sortit de la voiture pour ouvrir la portière d'Eleanor. Cela faisait plus d'une heure qu'il attendait.

Elle s'assit, l'air joyeux.

— Comment ça s'est passé ? Est-ce que c'est un dragon ?

— Non, pas du tout, elle a été très gentille. Elle est intelligente, aimable. Elle m'a fait un tas de suggestions.

— Ah oui ?

— Je dois revoir les cinq premiers chapitres. Elle trouve certains passages trop ampoulés. Elle voudrait que cela se lise plus facilement. Il faut que je trouve ma voix.

— Ta voix ?

— Oui, que j'écrive plus sincèrement. Elle a aimé le troisième chapitre, celui sur le deuil de l'enfance. Elle dit qu'il sonne vrai. Bien sûr, mes notes m'ont beaucoup aidée. Mes clients m'ont rendu un grand service en me permettant d'utiliser leur histoire. Évidemment, j'ai changé les noms et tous les détails qui auraient pu trahir leur identité.

— Donc, le livre a toutes ses chances ? Magnifique. Et elle t'a parlé d'un contrat ?

— Ils sont en train de l'établir, et il faudra que je donne mon accord la semaine prochaine.

— Maintenant, il va falloir que tu passes la vitesse supérieure !

— Ils veulent le manuscrit pour la fin mai et ils le publieront en automne.

— Je suis fier de toi, Ellie. Viens près de moi.

Il se pencha pour l'embrasser, puis il démarra.

— Ryan, j'ai eu un coup de fil de Thelma Young, ma remplaçante. Son père ne va pas bien et elle pense à arrêter son travail.

— Ah bon ? Ce n'est peut-être pas une mauvaise chose. Mona ne t'a pas dit que ça ne marchait pas trop bien ?

— Holà ! je ne me fie pas à l'opinion de Mona. Ma mère a entendu dire beaucoup de bien de Thelma.

— Tu vas bien trouver quelqu'un pour la remplacer, non ?

— Je ne sais pas.

— N'y pense pas pour l'instant. Et maintenant, on fonce chez Marie.

— Merci pour tout, dit Ryan en embrassant Marie. C'était comme au bon vieux temps ! Vous vous entendez toujours comme deux larrons en foire, toi et Ellie !

— Tu sais que le jour où Ellie est arrivée dans notre classe, le prof m'a demandé de l'avoir à l'œil !

— Et vous vous gardez à l'œil depuis ! J'ai été très content de te revoir, Marie... Et ton repas était pas mal non plus !

— Nous recommencerons bientôt, Ryan, promit la maîtresse de maison. Vous revoir m'a fait un bien fou. Ellie est redevenue toute pétillante, elle a rajeuni de dix ans grâce à toi. Vous êtes une leçon pour nous tous.

— Ah oui ? Une leçon de quoi exactement ?

Elle sourit :

— Vous nous montrez comment on reconquiert sa jeunesse.

Pendant que les deux hommes se dirigeaient vers la porte, Marie prit son amie à part.

— Ellie, ce que dit Mona est tout à fait vrai. Vous allez très bien ensemble.

— Tu le penses vraiment ?

— Absolument.

— Tu sais, il y a quelque chose qui se dresse à l'horizon.

— Je m'en doute ! C'est pour ça qu'il est pressé de rentrer et de te mettre dans son lit !

— C'est pas vrai, tu es pire que Mona ! Non, sérieusement... je songe à rentrer chez moi.

— À Dun Laoghaire ? Pourquoi ?

— D'une part, je vais peut-être devoir retourner travailler, et d'autre part, il y a la maison. Mes locataires n'ont loué que pour trois mois.

Marie fronça les sourcils :

— Tu l'as dit à Ryan ?

— Pas encore.

— Il ne va pas apprécier.

— Non. Pour l'instant, je réfléchis. Je ne sais pas encore ce que je vais faire.

— Tu me tiendras au courant, d'accord ? Fais attention à ne rien gâcher, Eleanor. Tu as besoin d'un peu de mouvement dans ta vie. De toute façon, même si tu décides de rentrer chez toi, cela n'implique pas une rupture !

— Non, nous pouvons trouver un arrangement.

397

— Bien sûr. Coill, c'est à deux pas ! Je n'ai pas voulu te poser la question avant, mais dis-moi, comment va sa belle-sœur ?

— Elle est de nouveau couchée. Elle a de sérieux problèmes... Je ne veux pas m'en mêler. Et Mrs Laffan décline. Je commence à me faire à l'idée qu'elle serait mieux dans une maison.

— Quelle tristesse !

— Oui, mais c'est peut-être mieux ainsi. Elle a l'esprit si confus maintenant que je doute qu'elle sache où elle se trouve. Elle sera mieux dans une maison spécialisée... Mon Dieu, je n'aurais jamais pensé m'entendre prononcer ces paroles.

Marie soupira.

— Certaines choses sont inévitables, malheureusement. Nous sommes impuissants devant notre destinée.

— Parfois, oui, approuva Eleanor.

— Bien, on reste en contact, Ellie. Tu m'appelles ? Si tu décides de rentrer, j'organiserai quelques sorties avec Noreen et le reste de la bande...

— Merci. À vrai dire, je suis prête à rentrer. Ma petite vie me manque. Finalement, ma remplaçante fait peut-être bien de me lâcher. J'ai envie de reprendre mon travail.

— Bien, et maintenant, dépêche-toi, ton bonhomme commence à piaffer. Quand je pense qu'une nuit de passion vous attend, alors que moi, ma seule perspective, ce sont les ronflements de Derek !

— Vous devriez passer un week-end en amoureux, ça ferait du bien à votre libido.

— Ma libido va très bien, je te remercie. Mais Derek, une fois qu'il a descendu quelques verres...

— Mets de l'eau dans son whisky ! Par chance, Ryan n'a pas ce problème, il peut boire tant qu'il veut !

— Arrête de fanfaronner et va retrouver ton plus si jeune amant ! Tu sais ce qui me plaît le plus dans toute cette affaire ?

— Non.

— C'est qu'elle prouve qu'il n'est jamais trop tard pour l'amour. J'en ai marre du culte de la jeunesse. Mes enfants me prennent pour une vieille ringarde, et on veut nous faire croire qu'on n'est plus bons à rien passé trente-cinq ans. C'est faux, vous en êtes la preuve vivante.

Il l'attendait dans leur lit. Elle venait de prendre un bon bain. Elle se brossa les dents et se contempla dans le miroir. Sa chemise de nuit de soie noire lui allait à merveille. Elle sortit sur le palier en chantonnant.

— M-Mrs Ross ! J-je peux vous pa-parler ?

Le jeune homme était pâle et agité.

— Bien sûr, Richard. Allez-y.

— C'est à propos de Mamie.

— Elle va bien ?

— Oui, m-mais j'ai eu d-des problèmes avec elle c-ce soir. Elle n-n'arrêtait pas de me parler du s-sergent Mullen. Elle v-veut le v-voir à tout prix.

— J'espérais qu'elle aurait oublié, entre-temps.

— Non, n-non, elle n'a p-pas oublié. Elle a-avait toute sa tête. Elle a un p-peu déliré sur Donegal et t-tout mais a-a-après, elle a parlé sans arrêt du bois. J-je suis inquiet.

— Qu'est-ce que vous voulez dire, Rich ?

Le jeune homme se contenta de baisser la tête.

— Vous croyez qu'elle sait quelque chose à propos du meurtre, n'est-ce pas ?

Il haussa les épaules.

— C'est ça, dites-le !

— O-oui, je ne peux p-pas m-m'empêcher d-d'y penser.

Eleanor lui passa un bras autour des épaules.

— De quoi avez-vous peur exactement ?

— J-je ne s-sais pas comment papa v-va réagir.

— Ne vous inquiétez pas pour votre père. Il sera aussi content que nous tous d'avoir le fin mot de cette histoire.

— C'est vrai ?

— Oui. Et, Rich, je pense que nous allons faire ce que veut votre mamie. Votre père appellera le sergent Mullen demain matin, O.K. ?

— Merci. Merci, Mrs R-Ross.

En descendant l'escalier, il avait l'air de quelqu'un à qui l'on vient d'enlever un grand poids.

Eleanor écouta la respiration légère de Ryan. Régulièrement, il s'endormait tout de suite après l'amour. Elle ne se décidait pas à éteindre la lumière, car son imagination tournait à plein régime. Elle sentait que les choses arrivaient à leur dénouement. On avait beaucoup trop brodé autour de la vérité.

Elle passa les faits en revue.

Brenda Boylan était revenue au village. Elle était rentrée de Londres parce qu'elle s'inquiétait pour son père. Elle se disait heureuse qu'il soit enfin en traitement à l'hôpital, mais, la veille, elle lui avait fait une confidence : au fond d'elle-même s'était levée une autre crainte, bien pire. Qu'avait-il voulu lui dire sur la soirée qui avait précédé la mort de sa mère ?

Le dentiste était à l'hôpital et subissait la honte d'une cure de désintoxication. Qu'avait-il cherché à effacer avec ses années de boisson ? Quelle était l'horreur qu'il affrontait, maintenant qu'il était sobre ? Comme Brenda, Eleanor était convaincue que le Dr Boylan possédait la plupart des réponses.

400

Maintenant, Mamie Laffan. Ce qu'elle avait vu en cette fatale soirée la tourmentait toujours. La pauvre vieille dame s'était efforcée de retrouver ses esprits. Qu'avait-elle couvert pendant des années ?

Il était grand temps que la vérité éclate.

Et, quant à elle, elle devait mettre de l'ordre dans sa vie personnelle. Elle avait envie de rentrer chez elle. Elle avait envie de retrouver sa maison, ses voisins, son propre environnement.

Ryan marmonna quelque chose dans son sommeil et se blottit contre elle. Que leur réservait l'avenir ? Elle était pleine de doutes et d'incertitudes.

Elle l'aimait et avait envie de faire partie de sa vie. Au début, elle avait pris leur aventure pour une amourette d'été, mais maintenant, l'été touchait à sa fin. Son cœur lui disait qu'elle ne pourrait pas se débarrasser de Ryan comme d'un simple flirt... Ses sentiments étaient bien plus profonds que cela.

Elle l'embrassa légèrement sur les lèvres et il sourit dans son sommeil.

25

Brenda revenait du magasin Spar lorsqu'elle rencontra Richard.

— Salut, dit-il. C-comment va ton p-père ?

— Il ne va pas bien, répondit-elle, visiblement inquiète. Il est confiné dans un hôpital, ça lui laisse beaucoup trop de temps pour penser.

Richard se dandinait d'un pied sur l'autre.

— Tu veux venir prendre un café chez moi ? lui proposa-t-elle.

— Oh ! j-je suis sûr que tu as b-beaucoup t-trop à faire !

— Non, répondit la jeune fille, je suis contente de pouvoir parler à quelqu'un.

Il lui tint ses sacs à provisions pendant qu'elle cherchait ses clés et ouvrait la porte d'entrée. Il la suivit au premier et posa les courses sur la table de la cuisine. Elle remplit la bouilloire puis le fit entrer au salon.

— Excuse le désordre, je n'ai pas encore fini de tout nettoyer.

Elle enleva des journaux et du linge qui traînaient sur un fauteuil.

— Assieds-toi, Richard. Comment tu veux ton café ?

— A-avec du lait et un s-sucre.

Il était mal à l'aise, nerveux. Il feuilleta sans conviction le journal du matin en l'attendant.

Elle lui tendit une tasse de café.

— Tu as dit à ton père qu'on s'était vus à Londres ?

— N-non, avoua-t-il. À p-personne.

— Tu es très secret, Richard Brady ! plaisanta-t-elle. Je crois que tu as honte de moi.

— Non, non, pas d-du tout !

— Je plaisante ! Mais tu sais, j'ai été très contente de notre soirée.

Il sirota son café, évitant son regard.

Il était extrêmement timide... Cela la changeait agréablement des autres garçons. Mais, en revanche, si elle voulait développer leur relation, c'était à elle de prendre les devants. En évitant d'être trop directe bien sûr, car Richard était très réservé.

402

— Peut-être pourrait-on prendre un pot ensemble un de ces soirs ? proposa-t-elle.

— Oui.

Pas très encourageant.

— Quand est-ce qu-que tu re-repars ? s'enquit-il.

— J'ai pris un billet open. Je reste ici au moins jusqu'à ce que mon père aille mieux. Richard, je... j'ai peur.

— Je sais.

— Non, tu ne comprends pas.

— B-Brenda, je s-sais de quoi t-tu as peur. Tu penses que m-mon père a quel-quelque chose à voir avec... avec l-la mort d-de ta mère.

Ses mains se mirent à trembler. Brenda lui prit sa tasse.

— Rich, ce n'est pas pour ton père que je m'inquiète, c'est pour le mien.

Il la regarda, incrédule.

— Tu crois que t-t-on pè-père a t-t-t... est responsable ?

Elle hocha lentement la tête.

— Oui. Pas intentionnellement, bien sûr. C'est peut-être arrivé pendant qu'il était... ivre.

— Non !

— Le sergent Mullen est à l'hôpital avec lui, en ce moment.

— Brenda, j-je ne sais pas qu-quoi dire.

— Oh ! Mick, dit Barry Mullen, pourquoi tu n'es pas venu me trouver pour me raconter tout ça avant ?

Michael Boylan était assis sur le bord de son lit. Il pleurait.

— Je ne pouvais pas, Barry ! Carol était ma femme, jamais je n'aurais pu avouer ce que j'avais fait !

Le sergent Mullen secoua la tête et regarda l'homme

assis devant lui, se demandant comment il avait pu garder un tel secret dans son cœur pendant cinq ans.

— Si seulement tu me l'avais dit, on aurait pu éviter un tas d'embêtements, Mick. Surtout pour toi.

— J'avais tellement honte, chuchota Michael.

Barry Mullen toussota.

— Bien, tu es libéré d'un poids, maintenant.

— Tu es sûr à propos de ce soir-là, Barry ?

— Absolument sûr.

— Je ne me souviens plus du tout de ce qui s'est passé après le départ de Carol. J'ai dû descendre la bouteille. C'est toujours embrouillé dans ma tête. Toute cette affaire est embrouillée.

— Arrête de te tourmenter, maintenant. Tu m'entends ? Arrête ! Ça y est, tu as mis les choses au clair. Tu n'avais pas l'intention de faire ce que tu as fait, mais tu l'as fait et maintenant tu en subis les conséquences ; mais au moins, tu as affronté la vérité.

— Je l'aimais, Barry, tu le sais, dit Michael Boylan tristement.

Le sergent pressa le bras du dentiste.

— Tout le monde le savait, Mick. Tu étais un bon mari.

— Je n'ai jamais voulu lui faire de mal.

— Je sais, Mick, je sais.

Michael Boylan le regarda, inquiet.

— Et Brenda ? Oh ! mon Dieu, comment vais-je pouvoir regarder Brenda en face, maintenant ?

— Il va bien falloir que tu la voies à un moment ou à un autre. Tu es son père. Elle a besoin d'entendre cette histoire de ta propre bouche.

— Non, protesta-t-il. Non, je ne peux pas lui dire. Il faut que tu m'aides. Tu vas aller la voir ? Je t'en prie !

Le sergent hocha la tête.

— Très bien, Mick. Je m'en occupe.

404

Lucy Baker vérifia le thermomètre.

— Oui, Mrs Laffan a de la température, dit-elle à Eleanor. Nous allons la garder au lit pendant quelques jours.

— Elle a un drôle de regard, fit remarquer cette dernière. Vous ne croyez pas qu'elle a eu une petite attaque ?

L'infirmière secoua la tête.

— Non, je ne crois pas.

— Elle n'arrête pas de dormir toute la journée, et quand elle se réveille, elle me regarde bizarrement.

— Parlez-moi encore du choc qu'elle a subi l'autre jour.

Eleanor lui raconta l'épisode avec Brenda Boylan.

— Je vois, dit Lucy. Quelque chose l'a effrayée, c'est certain. Regardez, elle commence à se réveiller.

La vieille dame tourna la tête vers l'infirmière, lui jeta un bref regard, puis détourna les yeux.

— Bonjour ! Vous êtes restée dans votre petit monde pendant un certain temps ! Comment va ?

Pour toute réponse, Mamie Laffan regarda le plafond, l'air absent.

— Mrs Laffan, intervint Eleanor d'un ton doux, vous voulez quelque chose ? Boire un peu ?

— Vous savez très bien ce que je veux ! répliqua Iris Laffan d'un ton rogue.

— Redites-le-nous, dit Lucy.

— Pour quoi faire ? Personne ne m'écoute, de toute façon.

Ryan entra.

— Comment va-t-elle ?

Eleanor le prit à part.

— Elle décline rapidement. Elle a perdu beaucoup de sa combativité. Elle a l'air d'avoir renoncé.

405

— Êtes-vous allé le chercher ? demanda la vieille dame à Ryan d'un ton accusateur. Vous êtes allé le chercher... Comment s'appelle-t-il, déjà ? L'homme... l'homme à qui je dois parler.

— Elle veut parler du sergent Mullen, chuchota Eleanor.

— J'ai essayé de le joindre au téléphone, mais Chrissie m'a dit qu'il était sorti. Il doit me rappeler.

— Vous voyez, il ne veut pas venir me voir. Il ne veut pas perdre son temps avec moi. Vous me prenez tous pour une toquée, vous avez peut-être raison. Mais je sais ce que je sais.

— Chut, Mrs Laffan, dit Eleanor d'un ton apaisant, il va venir, si c'est ce que vous voulez.

— Ce n'est pas ce que je veux ! Je ne veux rien de tout ça. Mais il faut bien que je dise la vérité.

— Ne vous tracassez pas, Mrs Laffan. Tout ira bien.

Lucy aida la vieille dame à s'asseoir et arrangea ses oreillers.

— Vous n'êtes pas du tout obligée de faire ce que vous n'avez pas envie de faire, dit Ryan.

Brenda ouvrit la porte et se trouva face au sergent Mullen. Elle le fit entrer.

— Venez là-haut. Richard Brady est avec moi.

Barry Mullen suivit la jeune fille au salon où Richard était en train d'enlever leurs deux tasses de la table basse.

— Bonjour, sergent Mullen, j'a-j'allais partir.

Le sergent s'assit.

— Y a pas le feu.

— Je voudrais qu'il reste, déclara Brenda en s'asseyant sur le bras du fauteuil de Richard, en face du sergent.

Ce dernier s'éclaircit la voix.

— C'est à propos...

— De mon père, je sais...

— Ce n'est pas facile à dire, mais...

— Allez-y, sergent, l'encouragea Brenda d'un ton résigné. Faites votre boulot. Vous l'avez arrêté ?

Barry Mullen en resta bouche bée.

— Ton père ? Arrêté ?

Elle hocha la tête et détourna les yeux.

— Non, Brenda, la rassura-t-il, ce n'est pas ça. Ton père...

— A tué ma mère. Dites-moi tout, je veux connaître la vérité, je ne veux plus de mensonges, plus de faux-fuyants. J'en ai marre de tout ça.

Barry Mullen se mit à faire les cent pas dans la pièce. Richard prit la main de Brenda.

— Ton père n'a tué personne, Brenda. Ce n'est pas un assassin.

— Quoi ?

— Ton père... n'est pas un ange, mais ce n'est pas un assassin...

— Mais je pensais... Un soir, je l'ai entendu parler tout seul au sujet de ma mère... Il disait qu'il regrettait...

— Oui, acquiesça le sergent Mullen, il a blessé ta mère cette nuit-là. Je ne sais pas si c'est le moment d'entrer dans les détails...

Richard se leva d'un bond.

— Je m'en vais, Brenda. Retrouve-moi chez Coyle.

Elle le retint.

— Non, ne pars pas, Richard.

— C'est peut-être mieux, suggéra le sergent Mullen.

Richard prit sa veste, adressa un sourire rassurant à Brenda et sortit.

— Très bien, sergent, racontez-moi.

Barry Mullen se rassit, alluma une cigarette, prit une profonde inspiration et commença son récit :

— Tes parents se sont disputés, ce soir-là. Elle lui avait annoncé qu'elle quittait Coill et qu'elle t'emmènerait avec elle.

— Elle n'arrêtait pas de le dire !

— Mais cette fois-là, elle était sérieuse. Ton père avait bu et... et il l'a vraiment très mal pris. Il l'a forcée à...

— Il l'a violée ?

Brenda avait pâli.

Barry Mullen baissa la tête.

— Oui. J'ai toujours su qu'il y avait eu... un rapport sexuel... Enfin, il y avait encore des traces de sperme et j'ai pensé que...

— Oh, non !

— Enfin, poursuivit Barry en s'éclaircissant la gorge, ta mère a pris une douche et elle est partie. Elle est allée au Lodge, pour autant qu'en sache ton père.

— Voir Ryan Brady ?

— Hum... hésita Barry. Non, je ne crois pas. Elle est allée voir Victoria Laffan.

— Je vois.

Barry ne savait comment continuer. Comment expliquer le reste. D'ailleurs, devait-il le faire ?

— Il l'a suivie ? C'est ça ?

— Non, répondit le sergent, justement pas. Il a bu encore un peu plus après son départ et ensuite il est allé chez Coyle. Il est resté là-bas toute la soirée, à boire et à délirer dans son coin.

— Comment le savez-vous ? Comment pouvez-vous en être sûr ?

— Parce que moi aussi j'y étais, voilà pourquoi. J'ai vu l'état dans lequel il s'était mis et je suis allé le rejoindre. J'ai essayé de le freiner un peu. Il disait des choses complètement incohérentes. J'ai finalement réussi à le ramener chez lui et à le coucher. Il dormait comme un loir quand je suis parti. Il n'était même plus capable de marcher jusqu'à la maison, alors tu imagines bien qu'il n'était pas en état de faire autre chose. Et ça, ça s'est passé à plus de vingt-trois heures.

Brenda rassembla ses souvenirs.

— Et moi, je suis revenue du cinéma peu après. Il ronflait dans sa chambre et sa porte était fermée. Il n'a pas pu le faire, n'est-ce pas ?

— Non, c'est absolument impossible, ça ne peut pas être lui, Brenda. Il a le meilleur alibi possible : moi.

— Oh ! sergent, vous ne pouvez pas imaginer à quel point je suis soulagée ! Oh ! merci mon Dieu !

Elle réfléchit un instant à ce qu'elle venait d'apprendre puis ajouta :

— Vous avez dit quelque chose à propos du Lodge.

Pour toute réponse, Barry se contenta de tirer furieusement sur sa cigarette.

— Sergent Mullen...

— Brenda, c'est un peu... délicat. Ta mère était...

— Oui ?

— Elle était... Ta mère était...

— Elle avait une liaison ? Je le sais maintenant, sergent. À l'époque, je n'y ai pas cru, mais il y a quelque temps, j'ai plus ou moins compris ce qui se passait là-bas.

— Ah oui ?

— Oui, dit-elle en le regardant droit dans les yeux. Vous pensez que c'est Ryan Brady qui l'a fait, non ?

— Non, répondit-il en secouant la tête.

— Qui, alors ? s'écria-t-elle, élevant la voix. Qui ?

— Brenda, je ne suis pas tout à fait sûr. Il me reste encore quelques petites choses à tirer au clair, mais j'ai des soupçons.

— Oh ! sergent ! s'exclama Brenda, les yeux remplis de larmes. C'est bientôt fini, hein ?

— Oui, répondit-il d'un ton solennel, c'est bientôt fini.

— Au revoir, ma chère Eleanor, dit Aggie Rowland en l'embrassant. Je vous ai donné mon adresse, écrivez-moi un petit mot quand vous aurez le temps. Et tenez-moi au courant pour votre livre... et le reste !

— Je le ferai, promit Eleanor. Au revoir, Gerry, soyez prudents sur la route.

Elle leur serra la main à tous les deux. Au moment où ils s'apprêtaient à monter dans leur voiture, Victoria apparut. Son visage était gris.

Aggie fut aussitôt saisie d'inquiétude.

— Miss Laffan, comment allez-vous ?

— Pas très bien, j'en ai peur. C'est une sorte de virus, d'après le docteur. Je suis vraiment désolée de n'avoir pas pu vous rendre une visite un peu plus conviviale.

— Oh ! je vous en prie ! répondit Gerry Rowland. Nous avons passé un bon séjour. Ryan et Eleanor ont été des hôtes remarquables. Et les jeunes, Rich et Niamh, nous ont traités comme des rois.

Victoria fit la moue.

— Je suis heureuse que vous ayez passé un bon séjour, dit-elle d'un ton pincé.

Les Rowland montèrent dans leur voiture, leur firent un dernier signe et démarrèrent.

— Ils ne vont plus revenir, dit Victoria à Eleanor. C'est la fin d'une époque, n'est-ce pas ?

— Je suppose que oui.

— Je cherche mon beau-frère, vous l'avez vu ?

— Non, je viens de finir de déjeuner. Miss Laffan, voulez-vous que je m'occupe de votre mère ce matin ? Vous pourriez retourner vous reposer.

— Non, je vous remercie. Je vais parfaitement bien. Ma mère dort. Je vais lui apporter une tasse de thé.

— O.K. Vous savez que le sergent Mullen va passer, tout à l'heure. Votre mère veut absolument lui parler.

— Ah ! c'est ridicule ! Ennuyer une vieille dame comme elle ! Elle n'est pas en état de recevoir des visites.

Avant de laisser à Eleanor le temps de répondre, Victoria tourna les talons et rentra. Au même moment, Ryan sortit du bois, suivi de Major.

— C'était elle ?

— Oui, elle est d'une humeur massacrante.

— Ce n'est pas nouveau ! Tu as le temps de faire une petite promenade ?

— Oui, bien sûr !

Il lui prit la main et ils partirent se promener autour du lac. La journée était maussade et sombre.

— Ryan, j'ai annoncé à Victoria que Barry Mullen allait passer voir sa mère.

— Et ?

— Elle n'a pas eu l'air très contente.

— Quand j'ai téléphoné à Barry, hier soir, il m'a paru inquiet.

— Peut-être sait-il quelque chose ?

— Ouais, je crois. Au fait, Rich a pris un pot avec Brenda, hier soir. Je pense qu'il y a anguille sous roche.

411

— Entre Rich et Brenda ?

— J'en suis presque sûr. Y a de l'amour dans l'air, Ellie !
Il l'embrassa.

— Ryan, dit-elle en se mordant les lèvres, j'ai quelque
chose à te dire.

— Ah oui ?

— J'ai décidé de rentrer chez moi.
Il lâcha sa main.

— Tu veux rentrer chez toi ? s'exclama-t-il, l'expression contrariée.

— Oui, j'ai appelé mes locataires ce matin, ils partent à
la fin de la semaine prochaine.

— Mais tu n'auras aucun problème pour en trouver
d'autres, objecta-t-il. Aucun problème !

— Et puis il y a mon travail...

— Oh ! Ellie, s'écria-t-il avec emportement, tu n'es pas
mariée à ton travail !

— Mon travail me manque, tu sais. Mes patients, ma
petite vie. J'ai de nouveau envie qu'on ait besoin de moi.
Et, par-dessus tout, ma maison me manque.

— Ellie, moi, j'ai besoin de toi, dit-il en posant son bras
autour de ses épaules.

— Moi aussi, Ryan. Mais nous pourrons continuer à
nous voir, Dun Laoghaire n'est qu'à quarante minutes
d'ici !

Il ramassa un caillou et le lança dans le lac en faisant
des ricochets.

— Je ne comprends pas. Tu voulais prendre un congé
d'un an, c'est bien ce que tu avais dit ? Pourquoi éprouves-
tu le besoin de rentrer chez toi au bout de si peu de
temps ?

— J'ai besoin de retrouver ma vie.

— C'est pas vrai ! Qu'est-ce que tu me racontes !

— Écoute, j'y ai mûrement réfléchi. C'est comme ça. Tu ne pourras jamais me comprendre, toi, tu aimes le changement... Pas moi. J'ai eu ce qu'il me fallait de vacances. Coill, ce n'est pas ma maison, ce n'est pas ma vie, pas réellement. Ce n'était qu'un arrangement temporaire. Maintenant, je suis prête à reprendre ma propre vie.

— Et ton livre ? Si tu reprends ton travail, comment vas-tu faire pour trouver le temps d'écrire ?

— J'écrirai le soir.

— Et moi, Ellie ? Est-ce que tu auras du temps à m'accorder, à moi ?

Elle lui prit la main.

— Je trouverai du temps pour toi, Ryan. On pourra passer les week-ends ensemble.

— Les week-ends... Ton amant du week-end, c'est ça que tu feras de moi ?

Elle lui déposa un baiser sur la joue.

— Oui... Et ce sera très romantique.

— Non, maman, tu ne lui diras rien, ni à lui ni à personne d'autre. C'est notre secret.

Victoria se détourna de la fenêtre.

— Tu n'as pas bien vu ce qui s'est passé, ce soir-là... Tu ne pouvais pas voir.

Aucune réponse ne lui parvint du lit.

— Tu n'as pas envie que des étrangers viennent fourrer leur nez chez nous, hein ? Tu étais d'accord pour que tout cela reste entre nous. Le nom des Laffan doit rester protégé. Tu étais d'accord, maman, tu t'en souviens ?

Non, bien sûr, elle ne s'en souvenait pas.

— Quand il arrivera, je lui dirai tout simplement que tu

413

dors. Tu as été souffrante. Lucy Baker peut me remplacer ici. Tu es une vieille dame... Tu as besoin de dormir, personne n'a à venir t'ennuyer. Et d'ailleurs, qu'est-ce que tu pourrais dire pour éclairer la lanterne de cet imbécile à propos d'événements qui se sont passés il y a cinq ans ?

Victoria retourna près de la fenêtre et les vit passer. Eleanor Ross lui tenait la main. Les deux amants... C'était écœurant à voir.

— Il y a cinq ans, maman. Tu ne peux même pas te rappeler ce qui s'est passé il y a cinq minutes. Ton cerveau est embrouillé. Tu as imaginé ce que tu as vu. C'est ça, tu as rêvé toute cette affaire. Personne ne pourra te prendre au sérieux. Tout le monde sait que tu es malade, maman. Malade.

Victoria retourna près du lit de sa mère, dont la poitrine se soulevait et s'abaissait régulièrement. La vieille dame était plongée dans un sommeil très profond. Ce somnifère supplémentaire avait fait merveille. Le visage de Mamie Laffan était calme et serein. Elle avait une peau remarquablement belle. Ah ! pouvoir la laisser dormir pour toujours... Plus de soins. Plus d'inquiétudes... Le sommeil... le baume de la nature.

Victoria passa de l'autre côté du lit. Tout doucement, comme pour éviter de déranger la dormeuse, elle prit un oreiller. Puis elle le plaça au-dessus de la tête de sa mère et lentement, très lentement, le descendit centimètre par centimètre vers le visage immobile...

— T-tante V-Victoria ! Arrête ! A-Arrête ! Qu-qu'est-ce que tu f-fais ? Arrête !

Richard se précipita dans la chambre.

Elle pivota sur elle-même. Ses yeux étaient furibonds. En montrant les dents, elle glapit :

— Dehors ! Dehors, petit con !

Richard prit l'oreiller des mains tremblantes de sa tante et la conduisit jusqu'au fauteuil où elle se laissa tomber en fondant en larmes.

Il revit la scène en un éclair...

Il était âgé de cinq ans au plus. La porte de la chambre interdite était entrouverte. Il s'était faufilé à l'intérieur, pour jouer, tout excité par l'attrait de l'aventure. Il avait désobéi !

C'est alors qu'il les avait vues sur le lit. Elles s'embrassaient en gémissant, sa tante poussait de drôles de petits cris en faisant des câlineries à Mrs Boylan. Elles étaient nues. Il ne voyait que des bras, des jambes, de longs cheveux noirs... Tante Victoria qui embrassait Mrs Boylan...

Puis elle l'avait aperçu. Lui, ce petit garçon qui se tenait sur le seuil de la porte et les dévisageait avec de grands yeux effarés.

— Dehors ! avait-elle hurlé. Dehors, sale gosse ! Tu m'entends ? Dehors !

26

Eleanor était dans la cuisine avec Richard.

— Mrs R-Ross, lui dit-il, la voix tremblante, c'était ho-horrible. Elle était en t-t-train de m-mettre l'oreiller s-sur la t-tête de Mamie. J-je suis r-resté pétrifié p-p-pendant une s-seconde. J-j'étais in-inca-incapable de parler. Et p-puis, t-tout à coup, j-j'ai entendu un c-cri, et j-j'ai com-compris que c'était moi qu-qui criais.

Eleanor lui versa une autre tasse de thé chaud et sucré.

— Tenez, buvez ça, Rich.

— La f-façon d-dont elle m-m'a regardé... c-comme s-si elle me haïssait, m-me haïs-haïssait vraiment. Et alors, j-je me suis re-retrouvé d-dans cette chambre, comme il y a d-des années. J'avais quatre ou cinq ans, et j-je les ai v-vues en-ensemble sur le lit. M-mais j-je ne comprenais pas.

— Vous ne pouviez pas comprendre.

— Tante V-Victoria, e-elle a été d'une v-v-violence incroyable. E-Elle a hu-hurlé comme u-une folle, cette fois-là aussi... Elle m'a d-dit que j-j'étais m-méchant. (Sa voix se brisa.) Elle s-s'est dé-débrouillée pour me f-faire culpabi-liser, comme s-si c'était m-moi qu-qui é-étais pris sur le fait.

— C'était l'inverse, Rich.

D'une main tremblante, le jeune homme porta sa tasse à ses lèvres.

— Mais a-après... après ça, j'ai tout oublié. Toutes c-ces années... J-je me de-demande comment j'ai pu oublier.

— Vous n'étiez qu'un petit garçon, elle vous a fait si peur que vous avez tout refoulé.

— Tout re-refoulé ?

— C'était votre façon de vous en sortir, Rich.

Il la regarda intensément ; il lui fallait des explications plus complètes.

— Elle était votre tante, la femme que vous considériez comme votre mère. Vous n'avez pas compris qu'elle puisse se retourner contre vous de cette façon...

— Oui, elle s-s'est re-retournée contre m-moi. Elle avait un regard si cruel.

— Elle s'est affolée, Rich.

— V-vous pensez que c'est c-ce qui m-m'a fait bé-bégayer ?

— C'est très possible.

— Je-je n'arrive p-pas à y croire. D-dire que j-je ne m'en s-souvenais plus d-du tout a-vant !

— Rich, maintenant que vous avez déverrouillé votre mémoire, il va être plus facile de...

— Oh ! Mrs R-Ross, je ne s-sais p-pas si j-je v-vais pouvoir m'm'en sortir ! Elle a assa-assassiné la mère de B-Brenda. Elle...

— C'est une grande malade, Rich.

— P-pourquoi a-t-elle f-fait ça ? Pourquoi ?

— Nous ne pouvons faire que des suppositions. Elle l'aimait...

— Elle l'ai-l'aimait ? Et a-après, elle l'a t-tuée ? Ça ne t-tient pas debout.

— Pas pour vous, ni pour moi. Il est possible qu'en apprenant le départ de Carol, elle ait perdu la tête.

— M-mais de là à la t-tuer ?

— Rich, c'est une malade. Qui peut savoir ce qui s'est passé dans sa tête ?

— Et qu'est-ce qui va lui arriver, maintenant ?

— Le sergent Mullen est là, avec votre père et le médecin. Attendons de voir ce qu'ils vont dire. Par chance, votre grand-mère dormait. Jamais elle ne saura ce qui s'est passé, grâce à Dieu.

— Ma-mamie... Oh ! m-mon Dieu, s-si elle s'était ré-réveillée !...

— Heureusement, elle ne l'a pas fait. Essayez de boire votre thé, Rich. Tenez, voilà votre père.

Ryan, le visage pâle et soucieux, arrivait, une bouteille de brandy à la main. Il s'assit, ouvrit la bouteille et servit son fils.

— Tiens, Rich, bois ça. Tu as subi un choc terrible. Tu en veux, Ellie ?

Elle secoua la tête.

— Ryan, qu'est-ce qui s'est passé là-haut ? Qu'a dit le sergent ?

Ryan poussa un soupir.

— Nous avons appelé une ambulance. Le médecin lui a donné un sédatif. Elle est complètement dans les vapes.

Richard prit une bonne rasade de brandy et fit la grimace.

— Où vont-ils l'emmener, papa ?

Ryan échangea un regard avec Eleanor.

Richard reprit une gorgée de brandy et s'ébroua.

— Je ne peux pas le finir. Bon, je monte chez Ma-mamie et je reste p-près d'elle au cas où elle se réveillerait.

— Bonne idée, répondit son père.

— Alors ? demanda Eleanor dès que Richard eut quitté la pièce.

— L'ambulance ne devrait pas tarder à arriver. Je l'accompagne. Ils l'emmènent à l'hôpital de Newcastle.

— Est-ce qu'il y aura un procès ?

— Ce n'est pas sûr. Le sergent Mullen dit qu'elle n'aura pas besoin d'être présente... Pour l'instant, on ne sait rien. Il va prendre sa déposition plus tard. Elle n'était pas en mesure de parler lorsqu'il est arrivé.

— Et Brenda ?

— Je vais aller la voir ce soir. Je vais aussi aller rendre visite à Mick Boylan. Ça ne me réjouit pas particulièrement.

Elle lui prit la main.

— C'est...

— Ouais...

— Et Mamie Laffan ? Que va-t-elle devenir ?

— Je ne sais pas. J'ai envoyé chercher Lucy Baker. Mais... Bien, nous suivrons ses conseils et ceux du médecin pour savoir si nous devons la mettre dans cette maison ou non. Mais maintenant, il faut que je pense à Richard. C'est lui qui compte avant tout.

— Absolument. Il lui faut une aide psychologique, Ryan.

Ce dernier hocha la tête.

— Je peux te recommander quelqu'un, proposa-t-elle.

— S'il accepte d'y aller.

— Je pense que oui. Il est traumatisé, donc je ne lui en parle pas maintenant. Mais je lui parlerai dans quelques jours.

Ryan la prit dans ses bras.

— Qu'est-ce que j'aurais fait sans toi, Ellie ?

Elle posa sa joue contre la sienne.

— Tu aurais fait face.

— Non, toi, tu es solide comme un roc. Tout cela est si... étrange. Jamais je n'aurais réussi à m'en sortir sans toi. Je t'aime, Ellie.

— Moi aussi, je t'aime.

— Ne pars pas, je t'en prie.

— N'en parlons pas maintenant. Tiens, voilà l'ambulance. Ryan, tu veux que je t'accompagne ?

— Non, dit-il en l'embrassant sur le front. Toi, tu restes là et tu attends Lucy. Richard a besoin de toi.

— Lorna, est-ce que tu as préparé mon pyjama de soie ? s'énerva Mamie Laffan tout en regardant sous le lit pour vérifier qu'elle n'avait rien oublié. Je n'aime pas celui en flanelle, il est trop démodé. Tu es sûre d'avoir mis le pyjama de soie ?

Eleanor ferma la valise de la vieille dame.

— Oui, ainsi que votre belle liseuse.

— Je reconnais que je suis très contente de partir en vacances. Il est grand temps que je change un peu de décor. Est-ce que cet ensemble gris me va bien ? J'ai envie d'être à mon avantage à l'hôtel. Je ne vais pas baisser les bras !

— Vous êtes très mignonne, répondit Eleanor, qui ne savait pas combien de temps elle pourrait tenir.

— Où est Victoria ? Pourquoi n'est-elle pas venue me souhaiter bon voyage ?

Eleanor se détourna.

— Elle est partie pour quelque temps.

— Ah bon ? Quand ?

— Il y a deux jours.

— Oh ! c'est bête ! Il y a quelque chose que je voulais dire à quelqu'un... Oh ! zut, je n'arrive pas à m'en souvenir ! C'était quelque chose à propos de Victoria, je crois. Ou alors, j'avais quelque chose à lui dire, à elle. Mais quoi déjà ?

— Rien d'important, sans doute, la rassura Eleanor.

— Donc, elle est partie, tu dis ? Cette fille ne cessera jamais de m'étonner. Il n'y a qu'elle pour disparaître comme ça. Elle est bizarre. C'est ma propre fille, et pourtant je suis obligée de reconnaître qu'elle est bizarre. Elle allait très mal ces derniers temps. (Elle émit un petit rire.) Pire que d'habitude, et ce n'est pas peu dire ! (Elle remonta ses lunettes sur son nez.) Peut-être qu'elle aussi avait besoin d'un changement.

— Sûrement, renchérit Eleanor en tentant un sourire.

— Que Dieu me pardonne, ça me fera du bien de ne pas la voir pendant quelque temps. J'étais fatiguée de ses remarques continuelles. Elle était sans arrêt sur mon dos pour une raison ou pour une autre... Elle n'a aucun sens de l'humour, c'est ça le problème.

Iris Laffan baissa la tête vers ses chaussures noires.

— Tu les as cirées, Lorna ? J'arrive presque à me voir dedans !

— Oui.

— Tu es très gentille avec moi. J'ai de la chance d'avoir une fille comme toi.

Eleanor vérifia la trousse de toilette de la vieille dame. Puis elle se souvint de la photo posée sur la coiffeuse, celle prise pendant la lune de miel, avec son jeune époux. Elle la prit et la rajouta dans la valise.

— Lorna, est-ce qu'il est toujours ici ? C'est vrai, je sais que tu n'aimes pas que je t'en parle, mais je pense vraiment que tu ne devrais pas encourager cet homme. Il n'est pas fait pour toi, crois-moi. J'espère que tu retrouveras ton bon sens, Lorna. Mon plus grand vœu, c'est qu'à mon retour, il soit parti.

Eleanor aperçut la voiture de Lucy par la fenêtre.

— Voilà la voiture qui vient vous chercher. Je descends vos bagages et je reviens vous prendre après.

Ryan prit les valises et les mit dans le coffre de la voiture de Lucy.

— Ça va, Ellie ?

— Oh ! non, répondit-elle avec sincérité, pas du tout ! (Elle se tourna vers Lucy.) Je vais la chercher.

Lorsque Eleanor eut disparu dans la maison, Ryan s'excusa auprès de Lucy :

— Il vaut mieux que je ne vous accompagne pas, elle ne me fait pas confiance.

Il eut un rire mi-figue, mi-raisin.

— Pas de problème, Ryan. Eleanor est tout indiquée pour ça. Où est Richard ?

— Parti voir Brenda Boylan. Il est désespéré. Il ne pouvait pas supporter l'idée de la voir s'en aller.

Lucy tourna la tête vers la maison.

— Tous vos clients sont partis ?

— Oui. Les ouvriers arrivent après-demain.

— C'est une nouvelle vie qui commence. Le monde bouge en permanence, dit Lucy pensivement. C'est triste de lui faire quitter sa maison, non ? Et c'est étrange, la maison paraît abandonnée, vous ne trouvez pas ?

Ryan suivit son regard.

— Combien de temps lui faudra-t-il pour s'habituer, d'après vous ?

— C'est impossible à dire. Cela dépend des gens. Mais pour Mrs Laffan, ce ne devrait pas être trop long. En ce qui concerne les visites...

— Ne vous inquiétez pas, elle aura une quantité de visiteurs.

— Non, justement, pas dans un premier temps. N'oubliez pas de le dire à Richard, insista Lucy. Il est important que personne n'aille la voir pendant au moins deux ou trois semaines.

— Il va trouver cela très difficile.

— Oui, mais pour elle, c'est très important. Il faut qu'elle fasse connaissance avec son nouvel environnement, et cela prend du temps.

Ryan serra la main de l'infirmière.

— Vous nous tiendrez au courant de son état ?

— Bien sûr.

Lucy et Eleanor installèrent la vieille dame à l'avant de la voiture.

— C'est gentil à vous de me conduire là-bas, Lucy. Cette voiture est très confortable, je dois dire. Pas comme notre vieille guimbarde. C'est toute une histoire pour m'y faire entrer et sortir ! Lorna, tu as pensé à prendre ma radio ?

— Oui, répondit Eleanor.

— Ah ! de toute façon, peu importe ! Je serai bien trop occupée à me prélasser pour me soucier de la radio. Et ce n'est que pour quelques semaines.

Eleanor avala sa salive.

Mamie Laffan regarda par la vitre.

— Oh ! regardez, il y a des tas de mauvaises herbes dans les massifs d'arbustes ! Lorna, dis à Richard de s'en occuper.

— Oui.

— Bien. J'aimerais que le jardin soit beau à mon retour de vacances. Et peut-être faudrait-il aussi demander à Niamh de nettoyer ma chambre à fond. J'ai pensé placer mon lit de l'autre côté, ça me donnerait plus d'espace. Et les rideaux... Il faudrait les laver. Tu t'en occuperas, Lorna ?

Eleanor l'écoutait, la gorge nouée.

Lucy démarra et descendit lentement l'allée. Lorsqu'elles s'engagèrent sur la route, le cœur d'Eleanor se serra.

— Ah ! enfin, nous voilà parties ! s'exclama joyeusement Mamie Laffan. Je suis tout excitée, c'est une véritable aventure !

27

La pièce était extraordinaire... Un mémorial dédié à Lorna Laffan : des murs vert pâle, un tapis vert, des rideaux crème, des étagères remplies de livres ; une belle armoire de chêne avec une coiffeuse assortie où étaient posés une brosse à cheveux, un miroir à main, des parfums et des cosmétiques.

— Elle est exactement comme Lorna l'avait laissée, dit Ryan, stupéfait. Je n'étais pas entré ici depuis vingt ans. Mon Dieu, c'est un mausolée. Une tombe.

Eleanor ne savait que dire.

Il prit un flacon de crème pour les mains.

— Toutes les affaires de Lorna gardées en l'état comme si elle était toujours vivante. C'est grotesque, murmura-t-il, le visage blême.

— Et ses livres, regarde-moi ça ! Sa collection complète de Dickens... Ils ont été époussetés. Cette pièce est nickel, regarde, elle est entretenue régulièrement. Et le lit... regarde le lit ! Il est fait comme si quelqu'un allait y coucher ! C'est macabre.

Eleanor posa sa main sur son épaule.

— Il y a même son vieux nounours sur l'oreiller... C'est...

— Chut, Ryan, ne t'énerve pas !

— Je n'y peux rien. Regarde ça !

Il lui tendit un cadre d'argent. Les visages de Victoria et Lorna Laffan adolescentes lui sourirent.

— Et cette pièce... C'est la pièce où se déroulaient ses ébats secrets avec Carol. Elle amenait sa petite amie ici, dans ce sanctuaire à la dévotion de sa sœur morte. On se demande vraiment comment elle peut être aussi perverse.

— Elle a essayé de remplacer l'une par l'autre, Ryan.

— Elle était folle, complètement maboule.

— Elle n'a pas pu supporter cette perte. Elle adorait Lorna et elle l'a perdue. Ensuite elle a rencontré Carol et elle est tombée éperdument amoureuse. Ryan, est-ce que tu crois... Est-ce qu'elle a pu séduire aussi...

— Lorna ?

— Oui.

— Non ! s'écria-t-il, horrifié à cette idée. Non, il n'y avait rien de ce genre entre elles. Lorna était normale.

— Qu'est-ce que la normalité, tu peux me dire ?

— Elle n'était pas lesbienne ! hurla-t-il. Ma femme n'avait pas ce genre de penchants. Je l'aurais su. Elle était tendre, elle aimait faire l'amour... Au moins au début.

— Je suis désolée, je me demandais simplement si...

— Non, tu te trompes. Lorna aimait sa sœur, mais pas comme ça. Victoria adorait Lorna, l'idolâtrait, la surprotégeait ; elle intervenait peut-être trop dans sa vie, mais il n'y avait rien de physique entre elles, j'en suis certain.

— O.K., mais elle l'aimait, et quand Lorna s'est mariée avec toi, elle a senti qu'elle la perdait.

— Et Carol se préparait à la quitter aussi.

— Elle n'a pas pu supporter, Ryan.

— Donc, elle l'a tuée, tout simplement. C'est ça que tu dis ? Qu'elle a préféré la voir mourir plutôt que de la perdre ?

— C'est ce que je pense, oui. Mais ce n'est pas à moi d'analyser ta belle-sœur. Je me base sur ce que je vois et sur ce que j'ai observé depuis mon arrivée ici. Elle n'arrive pas à se résoudre à la perte d'un être aimé.

— Comme des tas de gens ! répliqua-t-il avec amertume. Mais ils n'en recourent pas pour autant au meurtre.

— Heureusement ! En tout cas, maintenant, Victoria va bénéficier d'une aide psychologique. À son psychiatre de décider.

Eleanor examina les rayonnages de livres. À en juger par sa bibliothèque, Lorna lisait beaucoup : Austen, Thackeray, Lawrence, Swift, Proust, Hardy, Waugh. C'est alors qu'elle aperçut un album placé sous un gros dictionnaire.

Elle le prit et en feuilleta les pages. Son cœur se mit à battre à tout rompre.

— Tiens, Ryan, je crois qu'il faut que tu voies ça.

Il l'ouvrit.

L'album contenait des pages entières de coupures de journaux relatant le meurtre, toutes soigneusement classées et répertoriées par dates.

— C'est à Victoria ?

Il hocha la tête, toujours plongé dans sa lecture.

— Elle a tout consigné, Ellie, prononça-t-il lentement, le visage livide. Le moindre article, la moindre photo, le plus petit détail. Il faut avoir l'esprit dérangé pour faire une chose pareille.

— Merci d'être venue, Mrs Ross, dit Brenda en lui servant un autre café. Je vais mieux que je ne l'aurais cru. Je suis allée voir le médecin, comme vous me l'avez conseillé.

— Vous arrivez à dormir ?

— Il m'a prescrit quelque chose, mais je n'en prends que lorsque j'en ai besoin. Je ne veux pas devenir dépendante.

— Non, bien sûr, mais il faut dormir. Vous avez vu votre père aujourd'hui ?

— Oui. Il va être transféré dans un centre de désintoxication.

— C'est très bien. Et Richard ? J'ai eu une petite conversation avec lui hier soir. Vous pensez qu'il réussit à s'en sortir ?

La jeune fille alluma une cigarette.

— Il ne dit pas grand-chose, mais je sais qu'il souffre du départ de sa grand-mère. Il dit que la maison est vide sans elle.

— C'est vrai. Sa vie tournait autour d'elle.

— Et il croyait que je m'étais retournée contre lui à cause de sa tante. Mais, dans un sens, nous sommes dans la même situation. Nous avons tous les deux perdu quelqu'un que nous aimions. Il aimait sa tante, vous savez. C'est elle qui l'a élevé, et rien ne peut lui faire oublier ce qu'elle a fait pour lui.

— C'est vrai. Elle a été la seule mère qu'il ait connue.

— Je n'ai pas de rancune vis-à-vis d'elle. Je pensais que oui. Pendant cinq ans, je n'ai eu qu'une idée : retrouver l'assassin de ma mère et... le voir devant les tribunaux. Je voulais me venger.

— Et maintenant ?

— Je ne hais pas Victoria Laffan, elle me fait pitié. Mais, pour vous parler franchement, je trouve son... sa relation avec ma mère... dégoûtante.

Eleanor posa son bras autour des épaules de la jeune fille.

— Elles s'aimaient, Brenda. Depuis des années. Pensez à quel point tout cela a dû être dur pour elles. À toute la comédie qu'elles ont dû jouer.

Brenda se mit à jouer avec son briquet sans répondre.

— Et Richard ? Quels sont vos sentiments pour lui ?

— Je l'aime beaucoup, Mrs Ross. Et même plus.

— J'en suis heureuse. Il a besoin de quelqu'un qui l'aide, tout comme vous. Vous a-t-il dit que je lui ai recommandé un thérapeute ?

— Oui, et il ira. Je le pousserai à y aller ! D'ailleurs, il commence à moins bégayer, vous avez remarqué ?

— Ça va prendre du temps.

— Je sais. Au fait, vous partez vraiment demain ?

— Oui, il faut que je rentre.

— Vous manquerez à Richard.

— Nous ne serons pas loin les uns des autres. Vous pourrez venir me voir quand vous voudrez.

— On viendra ! Vous nous avez tellement aidés !

— Et vous, Brenda ? Vous retournez à Londres ?

— Je ne crois pas. Ryan m'a parlé d'un job de réceptionniste au Lodge quand il rouvrira.

— Ça vous plairait ?

Elle sourit.

— Je pense, oui.

— Vous travailleriez avec Rich.

— Il a toujours plein d'idées sur la ferme. Donc, je crois qu'ils ont besoin de quelqu'un pour s'occuper des clients.

— Oui, d'un directeur, en quelque sorte. Ça s'annonce plutôt bien, tout ça. En réalité Coill vous manquait.

— C'est vrai.

— C'est drôle, non ? Avant, vous n'aviez qu'une idée en tête, c'était de partir.

— Oui, mais maintenant... Maintenant il y a Rich. Et j'aimerais être là quand papa rentrera.

En retournant au Lodge, Eleanor croisa Chrissie assise sur un banc.

— Eleanor, je suis contente de vous voir. Barry me dit que vous retournez chez vous ?

— C'est vrai, Chrissie, je retourne dans la jungle des villes.

— Je me demande ce qu'ils vont faire sans vous, au Lodge. Et cette pauvre Mrs Laffan, vous avez des nouvelles ?

— Miss Baker dit qu'elle s'adapte très bien. Elle ne sait pas trop où elle est, bien sûr, mais il fallait s'y attendre.

— Ah ! que Dieu lui vienne en aide... Regardez-moi ça ! Il va chez Coyle ! Ha ha ! J'adore le prendre sur le fait. Allez, venez !

— Où ?

— Au pub, on va boire un petit coup rapide. Non, non, j'insiste. De toute façon, Barry voulait vous payer un pot d'adieu.

— Il est encore un peu tôt pour moi, Chrissie.

— Mais non ! Oh ! peut-être que vous avez... hum... un autre rendez-vous ?

Eleanor sourit.

— Il se trouve qu'Ryan m'attend.

Chrissie l'entraîna en direction du pub.

— Appelez-le et dites-lui de venir nous rejoindre. On va passer la soirée ensemble. Il est temps qu'on rigole un peu ! Avec tout ce qui nous est dégringolé dessus comme malheurs, dans le village, on a de quoi faire jusqu'au restant de nos jours !

— Oh ! je ne sais pas...

— Allez, venez ! C'est votre dernière soirée à Coill. Vous verrez, vous l'oublierez pas de si tôt !

Ryan et Eleanor étaient à la cuisine. Le soleil couchant baignait la pièce d'une chaude lumière rouge orangée.

— On s'est bien amusés hier soir chez Coyle, non ? dit-il en lui versant un autre verre de vin.

— Ils ont été gentils de se joindre à nous, répondit Eleanor. Même Billy et Dora Byrne ! Ce ne sont pas de mauvais bougres, tu sais.

— Non. C'est mon peuple, mais je n'ai jamais rien eu de commun avec eux.

Elle but une gorgée de vin, amusée. Mon peuple. Se prenait-il pour le Messie ?

— Je n'arrive pas à croire que tu pars vraiment.

— Moi non plus.

Leurs yeux se rencontrèrent et s'accrochèrent, comme le premier soir, chez O'Meara.

— C'est la fin de l'été. Il a filé si vite ! Je n'ai jamais passé un été comme celui-ci, dit Eleanor, rêveuse.

— Moi non plus.

— Ces quelques semaines avec toi...

Il se pencha vers elle et l'embrassa.

— Tu vas me manquer.

— Tu seras trop occupée pour que je te manque.

— Et toi, tu seras complètement pris par tes travaux de rénovation.

— Oui... dit-il en caressant ses seins à travers le fin lainage qu'elle portait. Je veux te faire l'amour une dernière fois avant ton départ.

Leurs lèvres se rencontrèrent encore et il l'attira à lui. Eleanor avait envie qu'il la prenne sur place, telle quelle. Ses mains qui plaquaient son corps contre le sien, sa langue qui se mêlait doucement à la sienne... Elle avait envie de le sentir en elle... de faire l'amour à l'infini... Elle se détacha de lui.

— Ce n'est pas possible, Ryan. Mona va arriver d'un moment à l'autre.

Ses doigts enserrèrent les siens et ils s'embrassèrent encore. Avec ferveur.

La porte s'ouvrit.

— Mrs R-Ross, je voul-voulais juste v-vous d-dire au revoir et m-merci pour t-tout.

— Vous n'avez pas besoin de me remercier, Rich.

Elle se leva pour lui serrer la main, encore étourdie par l'intensité du baiser échangé avec Ryan.

— C'est plutôt à moi de vous remercier ; vous avez été d'une grande gentillesse depuis que je suis arrivée ici, ajouta-t-elle.

Il lui tendit un paquet joliment enveloppé d'un papier blanc et fermé par un ruban bleu.

— C'est un l-livre. Il appartenait à m-ma mère. Je voudrais que vous le gardiez.

Elle le prit dans ses bras. Il la serra fort, puis la lâcha et disparut en hâte.

— Il est adorable, Ryan. Tu devrais être fier de lui.

— Je le suis.

Il s'approcha d'elle et la reprit dans ses bras.

— Ellie, Ellie, ne pars pas.

— Il n'y a plus que quatre jours d'ici le week-end, Ryan, dit-elle en lui caressant doucement le visage du dos de la main. Nous le passerons ensemble.

— Sur ton territoire, dit-il en lui embrassant la nuque. Je suis sûr que tu as déjà des projets ?

— Mes parents nous ont invités pour le déjeuner de dimanche, mais nous sommes complètement libres samedi. Nous pourrons faire tout ce que nous voudrons.

— Moi, ce que je veux, c'est passer la journée au lit et...

— Et quoi ?

— Mona !

— Sont-ils pas mignons tous les deux à se faire des mamours comme ça ?

— Salut, Mona ! dit Ryan. Toujours la même. Tu viens mettre les pieds dans le plat comme autrefois. Chaque fois que je voulais séduire ta sœur, tu t'amenais et...

— Arrête de ressasser le passé ! répondit Mona en riant. Regardez-moi cet homme désespéré ! Je ne vais jamais réussir à emmener ma sœur, maintenant !

Eleanor sourit.

— Je suis prête. Rich a descendu mes affaires dans l'entrée.

— Il est en train de les mettre dans mon coffre. Bon, continuez, continuez, embrassez-vous pour vous dire au revoir... C'est plus déchirant qu'une scène de *Love Story*.

431

— Appelle-moi ce soir, dit-elle en montant dans la Golf rouge.

— Je n'y manquerai pas ! Au revoir, Mona, sois prudente au volant !

— Au revoir. Je te verrai sûrement le week-end prochain. Tu viendras boire un coup à la maison avec Ellie. Enfin, si vous réussissez à sortir du lit !

Ryan rit.

Elles descendirent l'allée gravillonnée et Eleanor se retourna une dernière fois.

— Quel été, Mona !

— Tu l'as dit ! Meurtre, mystère et rififi.

— Ce n'est pas à ça que je pensais, répondit sa sœur rêveusement.

— Ah ! la la ! Je le savais ! J'en étais sûre, nom d'une pipe ! Juste un flirt, tu disais. une amourette de vacances. Regarde dans quel état vous êtes. Tu as les yeux brillants, Eleanor.

— Je sais. Je suis folle de lui. Il va terriblement me manquer.

— Tu ne vas pas te mettre à chialer, j'espère !

— Ah ! Mona, regarde-le !

Mona regarda dans le rétroviseur.

— Il a l'air tout petit à côté de la maison, tu ne trouves pas ?

Eleanor descendit la glace et lui fit signe.

— Je pense qu'il se sent seul. Il a l'air un peu perdu, on dirait un petit garçon abandonné.

— Ouais, c'est vrai.

Eleanor soupira.

— Mais il fallait que je rentre. L'été a été merveilleux... fantastique. Mais ce n'était pas... Au fond de moi, je pense que ce n'était pas du réel.

— Et pourtant, c'était du réel. Même Des pense que vous allez très bien ensemble. Vous avez tellement de choses en commun. C'était fatal.

— Je veux le garder dans ma vie, Mona. Je ne peux plus vivre sans lui, maintenant.

— Tu n'auras pas à le faire. Il t'aime, Ellie.

— J'aimerais que ça ne finisse jamais.

— Pourquoi ça finirait ? Tu as vécu une histoire d'amour, une passion intense, pendant des semaines. Tu as de la chance, tu sais, il y a des tas de femmes qui n'auront jamais ce genre de souvenirs.

— Oui... J'ai de la chance.

Elle se retourna et jeta un dernier regard vers la maison. Il agitait toujours la main.

28

En ouvrant la porte, Eleanor fut accueillie par la réconfortante odeur de cire d'abeille caractéristique de sa maison. C'était curieux, chaque maison avait son odeur particulière. Elle sentit une soudaine bouffée de bonheur l'envahir. C'était bon de se retrouver chez soi.

Elle déposa ses sacs et ses valises dans l'entrée et fit un petit tour d'inspection dans les pièces du bas. Tout était en ordre. Elle ouvrit les fenêtres.

— Ces petits O'Leary ont vraiment bien entretenu la maison, dit-elle à sa sœur. Je n'aurais pas pu avoir de meilleurs locataires.

— Viens voir ce qu'ils ont laissé pour toi ! lui cria Mona depuis la cuisine.

Un magnifique bouquet de fleurs, dans un vase neuf, était posé sur la table. Elle trouva un mot à côté.

Chère Mrs Ross,
Au revoir et merci du fond du cœur. Nous espérons que vous avez passé un bon séjour à la campagne. Nous étions bien dans votre maison, elle nous manquera. Nous vous avons laissé quelques petites choses au frigo en guise de remerciement.
Meilleurs sentiments,
Ray et Jo.

— Quelques petites choses ! s'exclama Mona en ouvrant largement la porte du réfrigérateur. Regarde ! De la viande froide, du fromage, des crackers, du lait et... je rêve ! Une bouteille de champagne !

Eleanor était touchée.

— C'est vraiment gentil à eux !

— Il y a une pile de courrier pour toi ici ! (Mona lui tendit une chemise cartonnée marquée « Important ».) C'est sans doute de la part de Thelma Young.

Eleanor l'ouvrit et parcourut son contenu.

— Ce sont de nouveaux dossiers. Elle me demande de lui téléphoner. S'il te plaît, branche la bouilloire. Zut ! On frappe à la porte !

C'était Des.

— Bienvenue chez toi, Ellie ! Je viens pour t'aider à monter ton ordinateur et les autres choses lourdes. Vaut mieux éviter que Mona nous fasse une scène !

— Entre, Des, dit-elle. Qu'est-ce que tu caches derrière ton dos ?

— Oh ! juste un peu de vin ! répondit-il en montrant

434

deux bouteilles. J'ai pensé que nous pourrions fêter ton retour.

— J'ai l'impression que tu n'es pas le seul à avoir eu cette idée ! Regarde !

Les parents d'Eleanor s'avançaient vers la barrière.

— Bonjour, ma chérie, lui dit sa mère en l'embrassant.

— C'est bon de te retrouver, Ellie, dit son père en tendant deux autres bouteilles de vin à Des.

— Entrez, entrez. On dirait que tout le monde s'est donné le mot !

Entourée de sa famille, Eleanor se sentait bien, satisfaite.

— Ça me fait bizarre de me retrouver chez moi, dit-elle, et en même temps, j'ai l'impression de n'être jamais partie. C'est une sensation vraiment curieuse.

— Tu as passé un été mouvementé, remarqua son père en soufflant une bouffée de sa pipe. Dun Laoghaire va te paraître ennuyeux en comparaison.

— Oh ! non, je ne crois pas ! dit-elle en remplissant à nouveau les verres. J'ai vécu tellement d'émotions fortes que ça me suffit pour le restant de mes jours. Et le coup de fil que j'ai passé à Thelma Young m'a ramenée sur terre. J'ai quelques nouvelles dépressions à traiter, dont des dépressions de jeunes mères. Thelma passera demain matin pour me mettre au courant.

— Ah ! tu ne perds pas ton temps !

— Bien, nous n'allons pas te faire veiller trop tard, dit sa mère. Tu dois être fatiguée et tu n'as pas encore défait tes bagages.

— J'ai monté l'ordinateur et l'imprimante dans ta chambre, annonça Des. Les autres paquets, je les ai laissés dans la chambre d'amis, je ne savais pas où les mettre.

— Des, tu es un amour ! Merci.

Le téléphone sonna. Eleanor se leva d'un bond et sortit dans le couloir pour prendre la communication.

Mona donna un coup de coude à sa mère :

— Je parie que c'est son amoureux !

C'était lui. Merci, mon Dieu !

— Alors, tout va bien ?

— Très bien. Je reprends mes marques. Ça fait drôle.

— Moi aussi, ça me fait drôle. Je te cherche des yeux pour te dire quelque chose... et tu n'es pas là. Tu me manques terriblement.

— Ça me fait bien plaisir de te l'entendre dire !

— Petite garce ! Dis donc, tu parais bizarre. Tu as bu ou quoi ?

— Oui, avoua-t-elle. Toute ma famille a rappliqué avec un chargement de bouteilles. Ils ont l'air ravi de me voir revenir.

— Je m'en doute.

— Ça va, toi, Ryan ? Tu m'as l'air un peu tristounet.

— Eh oui, je me fais un peu pitié, reconnut-il. Richard est parti voir Brenda, ce qui fait que je suis livré à moi-même.

— Tu vas pouvoir récupérer un peu, bien au calme. J'attends le week-end avec impatience, Ryan.

— Moi aussi. Je penserai à toi ce soir, au lit, chuchota-t-il.

Elle sourit.

— Je t'appelle demain soir, promit-elle.

— Très bien. Bonne nuit, ma chérie.

— Bonne nuit, Ryan.

Elle raccrocha.

Pendant les jours qui suivirent, elle fut prise dans un tourbillon. Les clients se succédaient à raison de six ou sept par jour, pour des séances de cinquante minutes. C'était exténuant. Il lui fallut trois jours pour retrouver le rythme, puis elle s'accoutuma et bientôt, elle eut l'impression de ne jamais s'être interrompue. Thelma accepta d'assurer les rendez-vous du soir, ce qui lui laissait quelques heures pour écrire. Elle tombait systématiquement dans son lit après minuit, épuisée.

Enfin, le samedi arriva.

Elle se leva à huit heures et se prépara à accueillir dignement son bien-aimé. Elle était en train de mettre la touche finale à son maquillage lorsqu'elle entendit le bruit caractéristique de la Land Rover. Elle dévala l'escalier et ouvrit la porte à la volée.

C'était lui, avec sa guitare dans une main et un sac de sport dans l'autre. Il lui souriait. Quel bonheur !

Il était là, chez elle, dans sa maison, dans ses bras. Ils s'embrassèrent et elle le mena à la cuisine, soudain intimidée. C'est qu'elle ne l'avait pas vu depuis quatre jours ! Il l'attrapa et l'embrassa encore.

Il la regarda d'un air grave :

— C'est bon de te revoir, Ellie.

Elle se sentit maladroite, presque gauche.

— Qu'est-ce que tu voudrais manger, Ryan ?

— Toi !

Elle se dégagea.

— Eh bien, j'avais pensé à une pizza. Ça te va ?

— Très bien. Tiens, j'ai apporté du vin.

Il se dirigea vers la fenêtre.

— Ta maison est belle, Ellie, spacieuse.

— Pas tellement, quand on la compare au Lodge !

— Le Lodge n'est pas à moi. Ah ! voilà les massifs d'arbustes dont tu m'as parlé ! Je vais prendre quelques pousses pour Rich. On mange dehors ?

— Tu crois qu'il fait assez chaud ?

— Mais oui ! Dis-moi, où mets-tu le tire-bouchon ?

— Ici, répondit-elle en ouvrant un placard. Sers-toi, fais comme chez toi, je ne veux pas que tu te conduises en visiteur.

— Et ton livre ?

— J'ai écrit un nouveau chapitre. Tu voudras y jeter un coup d'œil tout à l'heure ?

— J'en serais ravi.

Il s'assit et leur servit deux verres de vin rouge pendant qu'elle préparait une salade.

— Tu veux bien jouer pour moi, Ryan ?

Il alla chercher sa guitare. Il aimait jouer pour elle, elle le savait. Ryan et sa guitare étaient inséparables dans son esprit.

Il caressa quelques cordes.

— Bien, qu'est-ce que tu veux ?

— Ce qui te plaira, répondit-elle en coupant un poivron rouge.

Pendant qu'il chantait, Eleanor souriait d'aise. Dire qu'il était vraiment chez elle, sur son territoire, selon son expression ! En train de jouer de la guitare... Il lui faisait une aubade pendant qu'elle coupait des tomates et lavait la laitue. C'était peut-être ridicule, mais c'était extrêmement romantique... Et pendant deux jours, ils seraient ensemble, ils formeraient un couple.

— « Et elle cheminait vers sa maison sous le regard d'une étoile, pareille au cygne qui, le soir, glisse sur le lac en formant une toile... »

Ils déjeunèrent dehors, au soleil de septembre. Le vin lui monta à la tête. Le vin, le soleil aussi, et sa présence auprès d'elle.

Après le repas, elle lui fit visiter l'étage. Il la suivit dans sa chambre. Elle le quitta pour se rendre à la salle de bains et elle se rendit compte qu'elle tremblait. Mais pourquoi était-elle donc si nerveuse ?

Elle réfléchit au programme de l'après-midi. Ils pourraient aller faire un tour jusqu'au port, ou alors, à Killiney... Soudain, il fut derrière elle et elle sentit ses lèvres dans son cou.

— Oh ! comme tu m'as manqué !

— Ryan, on va...

— Oui, oui, on va...

Il la prit par la main et l'attira doucement vers la chambre. En l'espace de quelques secondes, ils se retrouvèrent nus, à se caresser, à s'embrasser, à se fondre l'un dans l'autre. Elle le désirait si fort qu'elle en avait mal.

Le lendemain, après le déjeuner chez ses parents, Eleanor se retrouva à la cuisine, en tête à tête avec sa mère.

— Je suis d'accord avec Mona. Ryan a un effet remarquable sur toi. Tu es absolument radieuse.

— Je suis heureuse... pour la première fois depuis des années, maman.

— Tu crois que... que ça va te convenir ?

— Quoi donc ?

— Les week-ends. C'est un drôle d'arrangement. Je veux dire, mener des vies séparées pendant la semaine et après...

— Après, deux jours de bonheur ensemble, enchaîna Eleanor. Ça me convient parfaitement. J'ai vécu avec Larry pendant vingt ans. Pendant les quatre dernières années, je me suis contentée d'exister et de vivre au jour le jour. Avec Ryan, je me sens vivante. Vraiment vivante. Je préfère deux jours de délices par semaine à sept jours de...

— D'ennui ? s'enquit sa mère.

— Oui, d'ennui.

— Larry t'aimait, Ellie. Ce n'était peut-être pas la plus excitante des vies, mais il t'aimait.

Ellie rangea les assiettes dans le placard.

— Je sais, maman. C'était un bon mari, mais... ce qu'il a fait... Il a fait une chose que je n'ai jamais pu lui pardonner.

— Tu voulais des enfants et Larry n'en voulait pas, dit sa mère sans fioritures.

— Tu le savais ?

— J'avais deviné.

Eleanor hésita.

— J'ai enfin réussi... à surmonter cela.

— Tu as avancé, Ellie. C'est bien.

— Ryan est... Il est différent. Il me fait me sentir différente.

Sa mère mit le percolateur en route.

— Du moment que tu es heureuse, Ellie, c'est tout ce que je demande.

Lundi matin. La sonnerie du radio-réveil se déclencha. Ryan, encore à demi endormi, tendit la main et appuya au hasard sur les boutons. La sonnerie continua de plus belle. Eleanor éclata de rire et passa par-dessus lui pour l'arrêter.

— Saloperie de réveil ! Qu'est-ce qu'il sonne fort ! Il réveillerait un mort ! grogna-t-il. Quelle heure est-il ?

— Sept heures.

Elle bâilla et s'étira paresseusement.

— Sept heures ? C'est un péché que de se lever à sept heures. À quelle heure dois-tu commencer ?

Elle sourit.

— À neuf heures.

— Pourquoi mets-tu le réveil aussi tôt, alors ? demanda-t-il d'un ton rogue.

— Parce qu'il faut que je prenne ma douche et que je prépare le petit déjeuner.

— Ça ne te prendra pas deux heures, quand même !

Elle se blottit contre lui.

— Tu as raison !

Il gémit, puis il sourit en sentant son corps répondre à celui, chaud et tendre, d'Eleanor.

— Tu sais quoi ? Tu vas me tuer !

Ses lèvres descendirent lentement le long de son torse. Maintenant, elle savait comment s'y prendre...

— Tu es merveilleuse, dit-il dans un souffle.

Puis il se mit sur elle et la pénétra. Elle n'avait plus qu'un désir, lui communiquer le feu qui la dévorait, pour qu'ils ne fassent plus qu'un. Jamais elle ne s'était sentie aussi aimée.

— Avec toi, je suis une fleur qui s'ouvre au soleil, lui chuchota-t-elle à l'oreille.

Il l'embrassa délicatement.

— Tu es un amour de me dire ça.

Elle se leva à regret et mit son peignoir de soie.

Huit heures cinquante. Elle avait revêtu une tenue professionnelle, un ensemble bleu marine.

Il était assis dans le lit et fumait un cigare.

— Tu descends ?

— Oui, Ryan, dans dix minutes environ. Le devoir m'appelle !

Elle s'assit à côté de lui et lui prit la main.

— Oh ! je n'en ai vraiment pas envie ! Je n'ai vraiment pas envie de te dire au revoir.

— Quel bon week-end on a passé, Ellie !

— À quelle heure rentres-tu chez toi ?

— Bientôt. Je dois voir l'architecte à Bray. J'imprime d'abord les prospectus si tu veux bien. Tu m'as laissé ton chapitre ?

— Il est sur le bureau. Tu vas le regarder ?

— Oui.

Il se leva et alla brancher l'ordinateur pour y insérer sa disquette.

— Regarde ça, Ellie !

— Le Lodge ! C'est d'après une photo ?

— Oui. C'est incroyable, non ?

— C'est extraordinaire. Je vois que Rich a fini par enlever les mauvaises herbes du devant !

— Non, c'est moi qui l'ai fait. Regarde, tu as vu les fenêtres ? Je peux éclaircir les montants. Et les nuages ? Je peux les faire bouger, faire ce que je veux. C'est pas fantastique, ça ?

— C'est bien mais... ça fausse la réalité, répondit-elle, prise de doutes.

— Mais il faut que ça accroche, Ellie ! Que ça donne au client l'envie de venir. C'est ce qu'on appelle le marketing.

— Je vois... Bon, maintenant, il faut vraiment que j'y aille, dit-elle après avoir jeté un regard à sa montre.

— Je sais. Salut, chérie, ne travaille pas trop ! répondit-il d'un ton absent, trop absorbé par son écran.

Elle embrassa le haut de sa tête.

— Tu transmettras ma tendresse à Rich.

Elle referma la porte derrière elle.

À ce moment-là, Ryan se retourna.

— Ellie !...

Trop tard. Tout à coup, il se sentit abandonné. Ils avaient passé un week-end mouvementé, plein de rires, de complicité, de passion. Elle avait été aussi sauvage qu'une tigresse, au lit, la nuit précédente. À d'autres moments, elle était réservée, presque timide lorsqu'il lui faisait des avances. C'était un mélange complexe, mais intéressant. Eleanor avait beaucoup de choses pour elle. Il avait vu une nouvelle facette de son personnage pendant le week-end. Elle était entourée de monde. Il ne savait pas qu'on pouvait avoir tant d'amis. Elle avait eu au moins dix appels téléphoniques en deux jours, et plusieurs invitations, notamment une de Noreen, une amie qu'il avait connue lui aussi. Dire qu'elle avait maintenu des liens avec ses copines de classe ! Elle était aimée, chaleureuse, géné-reuse, attentionnée. Oui, elle avait beaucoup de choses pour elle.

Et maintenant, elle était partie... partie pour une séance de thérapie de groupe à l'hôpital. L'après-midi, elle aurait quatre clients à voir chez elle. Pendant la semaine, elle aurait une conférence à donner à un groupe de femmes. Elle était occupée, prise dans un tourbillon toute la semaine. Mais il savait qu'elle aimait son travail, ce rythme effréné, cette vie.

Son regard revint à l'écran. Le Lodge. C'était son toit. Mais ce n'était pas sa maison.

Dans le lit, la place d'Eleanor était encore chaude, mais elle était partie, partie vers son autre vie, dans laquelle il n'avait pas droit de cité... Et lui, il devait retourner à Coill.

Eleanor rentra chez elle à l'heure du déjeuner. Elle était en retard, la séance à l'hôpital avait duré plus longtemps que prévu. Elle avait tout juste le temps d'avaler un sandwich avant son premier rendez-vous, à quatorze heures. Où était le dossier de sa cliente ? Ah oui, elle devait l'avoir laissé dans le tiroir, à côté de l'ordinateur.

Elle se précipita dans sa chambre et jeta sa veste sur le lit. Il y avait un mot sur l'oreiller.

Chère Ellie,
J'ai fait les tabulations sur tes nouveaux chapitres. Tu verras que la pagination a changé. C'est juste pour te prévenir !
Je t'appelle ce soir.
Je t'embrasse.
Ryan.
Tu me manques déjà !

Eleanor sourit, prit le mot et le rangea. Il lui manquait aussi, et pourtant, il n'y avait que quelques heures qu'elle ne l'avait pas vu. Mais peu importait, elle serait très occupée dans la semaine à venir, et le samedi ne tarderait pas à arriver. Et ils se retrouveraient. Et ce soir, il lui téléphonerait.

29

— Vous voyez, Mrs Ross, dit Judy Neville en triturant son mouchoir, je n'arrive pas à croire qu'il ait pu faire une chose pareille. Ça fait un mois et je n'arrive toujours pas à croire qu'il soit parti.

Eleanor l'écoutait avec attention.

— Vingt ans de mariage, deux enfants... et un beau soir, il m'annonce comme ça, sans précaution : "Je te quitte." Je n'ai pas compris, et je ne comprends toujours pas ; d'ailleurs, je ne comprendrai jamais. Qu'est-ce qui lui a pris ? Comment a-t-il pu tout fiche en l'air, tout ce que nous avons mis des années à construire ensemble ? Je n'arrive pas à comprendre.

Elle se mit à pleurer doucement. Eleanor lui tendit un autre mouchoir.

— Je me sens comme morte à l'intérieur.

Eleanor hocha la tête.

— Je le déteste. Non, non, je ne le déteste pas. Je ne sais pas comment il a pu faire ça, c'est tout.

— Et les enfants ?

— Gillian lui en veut terriblement. Elle a refusé de lui parler au téléphone quand il a appelé. Dermot ne dit trop rien, il est pris par ses études. Ils sont très bien tous les deux, mais ils ont leur vie. Je ne peux pas passer mon temps à pleurer dans leur giron. Et de plus, ils l'aiment, c'est leur père.

Ils avaient leur propre chagrin à surmonter...

— Quand est-ce que j'irai mieux, Mrs Ross ? Il y a des jours où je suis furieuse, et le lendemain je passe mon temps à pleurer. Je crois que je suis en train de devenir folle.

— Vous êtes sous le choc, Judy.

— Si seulement je pouvais trouver un sens à tout ça. J'essaie sans arrêt d'analyser. Est-ce que c'est ma faute ? Est-ce que j'ai fait quelque chose qui l'a poussé à partir ? Je ne crois pas... Je pensais que nous étions heureux ensemble. Jamais il n'a fait la moindre allusion, jamais il ne m'a dit qu'il n'était pas bien avec moi. Jamais. (Elle s'arrêta une seconde.) Même notre vie sexuelle... marchait bien... Et puis, tout à coup, il m'a annoncé que c'était fini. Avec une fille de son bureau... Ça fait partie du tableau, n'est-ce pas ? Elle a la moitié de son âge... C'est ça qui est le plus dur à avaler. Que peut-il bien avoir de commun avec une gamine ?

Judy alluma une cigarette et Eleanor lui passa le cendrier.

— Il a fait sa valise et il est parti, tout simplement. Pendant la semaine suivante, je me suis monté la tête en essayant de me convaincre de toutes sortes de choses. Que je ne l'avais jamais aimé. Que notre mariage était un énorme mensonge. Mais ce n'est pas vrai. Nous étions heureux ensemble. Pourquoi ai-je l'impression maintenant de ne l'avoir jamais aimé ?

— C'est le vide, la solitude...

Judy jeta un regard désespéré à sa thérapeute.

— Mais j'aimerais pouvoir recommencer à vivre normalement. Le matin, je me force à sortir du lit. Je fais les choses machinalement. Mais à l'intérieur, je suis... je suis paralysée. Je reste assise dans ma cuisine à boire du café et à rêvasser... parfois pendant des heures. Ensuite, je prends le téléphone et je passe tout mon temps à en parler. À ma belle-sœur, à ma voisine, à tout le monde. Je les ennuie avec ça, à force, c'est pour cette raison que je suis venue vous voir. Vous êtes la seule à qui je puisse vraiment en parler.

— C'est exactement ce qu'il faut faire, Judy. La parole est essentielle.

— J'ai l'impression de n'avoir plus d'avenir. Voilà la vérité. Nous faisions tout ensemble, vous comprenez. Les vacances, les amis, les sorties, le sport... Je ne peux pas supporter d'être seule, Mrs Ross. Je ne vis plus qu'à moitié. Je ne suis plus que la moitié de moi-même. Qu'est-ce que je vais devenir ?

— Judy, écoutez-moi. Jusqu'à présent, vous avez fait ce qu'il fallait. Tout cela est encore très frais. Essayez de vivre l'heure présente, l'instant présent. Ménagez-vous.

Judy soupira et tapota nerveusement sa cigarette pour en faire tomber la cendre.

— Le médecin m'a suggéré de prendre des antidépresseurs. Qu'est-ce que vous en pensez ?

— C'est à vous de décider, mais je vais tout de même vous dire une chose : généralement, ils ne sont pas très efficaces dans ce genre de situation. Ils auront pour effet de vous faire refouler vos sentiments, mais dès que vous arrêterez, tout ressortira de plus belle.

— Donc, il vaudrait mieux que je les affronte ? Que je les accepte ?

— Toutes vos émotions, vos pensées, tourbillonnent dans votre tête. Ce n'est pas une consolation pour vous d'entendre que vos réactions sont parfaitement normales. Mais elles le sont. Vous avez subi le pire choc de votre vie, Judy. Vous allez vous en sortir mais ce ne sera pas facile, inutile de se voiler la face. Vous serez perturbée pendant un temps relativement long.

— Le problème est là. Je ne sais plus du tout où j'en suis... J'essaie désespérément de rester calme, mais à l'intérieur, je suis en ébullition. Ce matin, j'ai crié après ma fille parce qu'elle n'avait pas refermé le litre de lait. J'en ai fait une montagne tout en sachant que ma réaction était disproportionnée, mais je n'ai pas pu m'arrêter.

— Vous êtes en colère. N'essayez pas de dissimuler cette colère, et à vous-même moins qu'à personne. Mieux vaut la laisser s'exprimer.

— Vous avez raison, je suis en colère. Hier... j'ai pris mon répertoire téléphonique et je l'ai déchiré. C'est on ne peut plus stupide !

— Vous avez bien fait ! Donnez des coups de poing dans votre oreiller, trépignez, grimpez sur une colline et hurlez si vous devez vous sentir mieux après.

— Mais j'ai peur de la violence. Que se passera-t-il si je me lâche complètement et si j'accomplis un acte vraiment destructeur ?

— Ignorer votre violence peut être encore plus destructeur, répondit Eleanor en songeant à Victoria Laffan. Vous êtes en colère, mais cela ne signifie pas que vous devez blesser quelqu'un.

Judy eut un mouvement de recul.

— Non, vraiment, je ne suis pas du genre violent. Mais les sentiments que j'éprouve en ce moment le sont, et ils m'effraient.

— Écrivez une lettre bien sentie à votre mari, et dites-lui ce que vous éprouvez.

— Non ! s'écria-t-elle, horrifiée. Je ne pourrais jamais faire ça.

— Vous n'avez pas à envoyer la lettre. Parfois, le simple fait d'écrire soulage. Évitez les reproches. Exprimez simplement votre colère et rappelez-vous que vous êtes vous-même la source de vos émotions. Personne d'autre ne peut contrôler vos pensées ou vos sentiments.

Judy tortilla le mouchoir entre ses mains.

— Je vais essayer, Mrs Ross.

— Autorisez-vous à ressentir, Judy. Ne vous jugez pas vous-même. Vos émotions sont chaotiques en ce moment, c'est normal, croyez-moi. Ne vous censurez pas en vous astreignant à ressentir ce que vous croyez devoir ressentir.

— Jamais je n'y arriverai !

— Avec le temps, vous y arriverez. Mais ne vous accrochez pas à ce but. Vous ne pourrez pas provoquer les choses. Pendant un moment, vous aurez des hauts et des bas, rien ne va jamais de soi.

Judy se leva lentement et prit son sac.

— Merci, Mrs Ross. Vous m'avez été d'un grand secours. Je reviens vous voir dans quinze jours.

Eleanor la reconduisit à la porte.

— Une dernière chose, Judy. Cette semaine, je voudrais que vous fassiez quelque chose pour vous-même.

— Pardon ?

— Faites-vous plaisir. Achetez-vous un vêtement, par exemple. Allez au cinéma ou allez dîner avec des amis... n'importe quoi. Soyez gentille avec vous-même, vous le méritez.

Judy la regarda d'un air ébahi pendant quelques instants, puis un sourire se dessina sur ses lèvres.

— Vous avez raison, je le mérite !

C'était un vendredi soir, il était vingt-deux heures passées. Les deux sœurs étaient dans la cuisine, devant la table jonchée de papiers.

— On se demande comment tu fais pour être encore au boulot à une heure pareille, dit Mona en branchant la bouilloire. Tu es en train de t'épuiser. Tu en es où ?

— À peu près à la moitié. Je vérifie les fautes de frappe. Ryan n'arrête pas de me donner des leçons d'orthographe.

— Oh oh ! il y a de l'eau dans le gaz ? persifla Mona.

— Non, non, pas du tout. C'est simplement que parfois il est d'un pédant ! Mais rassure-toi, c'est toujours lui, l'élu de mon cœur.

Mona servit le café.

— Je ne sais pas comment tu fais pour écrire des livres. Quand je pense que j'arrive à peine à écrire une lettre !

— En ce moment, je traite du handicap.

— Du handicap ? Qu'est-ce que ça vient faire dans ton bouquin ?

— Tu sais, c'est l'une des choses les plus difficiles à

449

vivre. Les parents d'enfants handicapés traversent des moments très pénibles... Ils connaissent la culpabilité, la peur, la déception devant l'écroulement de leurs rêves et de leurs espoirs. Ils doivent se battre contre la dure réalité et faire face à des tâches pratiques très lourdes. Ensuite, il y a la réaction des autres, des amis, ou de la famille qui leur tournent le dos. Ce qui est particulièrement dur à accepter. Ces parents doivent affronter le regard des gens "normaux" devant leur enfant qui ne l'est pas. Mais cet enfant-là est également source de joie et bien souvent, il leur apprend l'amour de la vie et la tolérance.

— Ah oui, je n'avais jamais pensé à ça, dit Mona, la bouche pleine de chocolat. Dis donc, ça ne te démolit pas, d'écrire ce livre ? Tu t'occupes de tes clients en déprime toute la sainte journée, et le soir, rebelote, tu te mets devant ton ordinateur pour écrire sur le même sujet. Je peux te dire que ça me foutrait le cafard, à moi.

— Non, en fait, c'est le contraire. Ce qui me soutient, c'est que je veux donner de l'espoir aux gens, je veux leur montrer que même si ce qu'ils vivent les fait souffrir, il y a une lueur au fond des ténèbres.

— Peut-être bien. Ah ! la la ! La vie est injuste parfois.

— Oui. Surtout, par exemple, quand il s'agit d'affronter des choses aussi terribles que la mort d'un enfant. En ce moment, j'ai un couple qui a perdu un bébé de six mois.

— Je préfère ne pas y penser. Si quelque chose devait arriver à l'un des miens... Je ne sais pas comment... Bon, pensons à autre chose.

Eleanor changea donc de sujet :

— Comment va ton mari ?

— Il est épuisé. Il revient d'un voyage de deux jours à Bruxelles, avec des rendez-vous toute la journée. Il s'est couché tôt ce soir, c'est pour ça que j'ai fait un saut chez les parents, et je me suis arrêtée chez toi au retour. Faut dire qu'on ne te voit pas tellement en ce moment.

— Je sais, admit Eleanor, je suis très occupée toute la semaine et...

— Et tes week-ends sont pris par ton amant !

— Oui... Mais Ryan n'est pas très en forme en ce moment. Il se fâche dès que les choses ne se passent pas comme il veut. Il est contrarié du retard pris dans les travaux du Lodge. Nous sommes fin octobre et ils devraient être terminés depuis des semaines.

— Qui est en retard ?

— D'abord les maçons, ensuite les électriciens... enfin, les histoires habituelles. Richard a commencé à peindre le dernier étage, et Ryan l'aide.

— Ouh là ! Je n'imagine pas Ryan avec le pinceau à la main.

— Tu te trompes, il fait ça très bien. Il est très méticuleux. C'est un perfectionniste, tu peux être sûre qu'il fera du bon boulot.

— Et tu as des nouvelles de la grand-mère ?

— Rich va la voir très souvent. Je crois qu'elle est deux fois plus perturbée qu'avant mais elle semble très heureuse. Il dit que la plupart du temps elle croit être retournée à Donegal.

Mona mit les tasses dans l'évier.

— C'est bien, dans un sens.

— Oui, dans un sens. Mais elle demande toujours à voir Lorna.

— Et Victoria ?

— Non, c'est comme si elle l'avait chassée de son esprit.

— Et elle, comment elle va ?

— Victoria ? Pas bien. Ryan est allé la voir, elle était sous tranquillisants, une vraie zombie. Ce n'est pas très gai.

451

— Non, sûrement pas.

— Mona, je pense que je devrais aller voir Mrs Laffan un de ces week-ends.

— Je t'emmène quand tu veux.

— À moins qu'Ryan ne le fasse. Mais lui, en tout cas, il n'est pas près d'y retourner. Il y est allé une fois, elle a fait un vrai scandale. Elle lui en veut toujours. Ah ! il y a des choses qu'elle n'oublie pas !

— Il n'a pas dû apprécier. Et qu'est-ce que vous allez faire ce week-end ?

— Nous sommes sortis la semaine dernière, je pense que cette fois-ci, nous allons rester ici. Je vais lui faire de bons petits plats, et on boira quelques bonnes bouteilles. On se reposera. Et... il ne vient pas que pour le week-end, il reste toute la semaine.

— Toute la semaine ! Merveilleux ! Tu prends des congés ?

— Oui, pour Halloween. J'ai besoin de quelques jours. Mais on pourra me joindre en cas d'urgence.

— Ah ! tu es bien bonne ! Donc, vous allez passer une semaine ensemble ? Ce seront de vraies vacances !

— Hier soir, au téléphone, il m'a dit que sa mère n'allait pas très bien. Il va aller la voir ; je pense qu'il voudrait que je l'accompagne.

— Ce n'est pas un problème, non ?

— Pas pour moi, mais... ses relations avec sa mère sont un peu... tendues.

— Ah ! la famille ! Je trouve que nous avons beaucoup de chance, finalement.

— C'est certain, Mona !

— Tiens, le téléphone ! C'est lui ?

— Probablement. C'est son heure.

— L'heure du dodo ! Comme c'est mignon !

452

Le samedi soir, Ryan insista pour faire le repas, ce qui arrangeait bien Eleanor. La cuisine, elle en avait eu son compte avec Larry. De plus, elle aimait voir Ryan s'affairer au milieu des casseroles, cela lui donnait l'impression qu'il faisait partie de la maison. Elle le laissa en tête à tête avec les oignons et les poivrons. Il était dans son élément. Il lui préparait une de ses spécialités : du poulet Sé-Tchouan avec du riz basmati. Elle avait investi dans un wok.

Elle alla allumer des bougies et mit une cassette de Mozart. *La Symphonie de Salzbourg*. Elle avait gardé Ravel — son musicien préféré — pour plus tard. Elle plaça une bougie parfumée sur la cheminée. Le reflet de la flamme se mit à danser joliment dans le miroir.

— Ton repas était délicieux, Ryan ! Merci !

Elle lui servit un autre verre de vin rouge et s'assit sur le sol à côté de lui, dans la quiétude du salon où luisaient doucement les bougies. La musique du *Concerto brandebourgeois* les transportait dans un autre monde.

— C'est le deuxième concerto de Bach, non ?

— Oui, l'*Andante*. Il est assez triste, assez mélancolique, mais en même temps, ça me fait du bien de l'écouter, je me sens en paix.

— En paix. C'est vrai, dit-il en l'embrassant. On est bien ici, tous les deux. Je suis content qu'on ne soit pas sortis. Elle ferma les yeux.

— Moi aussi.

La musique changea avec l'*Allegro assai*. Aussitôt, l'humeur de Ryan changea, elle aussi, et il se mit à jouer au chef d'orchestre en agitant une baguette imaginaire.

— Ce cor joue un peu faux, fit-il avec une grimace.

— Un peu, oui, c'est vrai... Dis donc, si on faisait ça en musique ?

453

Il tendit la main vers elle.

— C'est l'*Allegro*. Tu crois qu'on peut tenir le rythme ?

— Oh oui ! Parfois il est lent, parfois il est plutôt endiablé, tout ça pour mieux s'intensifier et se terminer en apothéose !

— Exactement comme nos nuits, Ellie !

Il ouvrit son corsage et ses lèvres descendirent vers ses seins...

Ryan arrêta la voiture devant la maison de convalescence de Glenageary.

— J'ai horreur de ça ! déclara-t-il en guidant Eleanor le long du couloir.

Puis il ouvrit une porte et elle entra à sa suite.

Ryan fit les présentations :

— Voici quelqu'un que tu n'as pas vu depuis très longtemps.

Sa mère était une femme de petite taille, mince et frêle, aux cheveux très noirs. Elle semblait perdue parmi les oreillers. Sa ressemblance avec son fils était stupéfiante. Ce dernier approcha une chaise pour Eleanor et s'assit à côté de la malade.

Celle-ci le regarda, rayonnante.

— Je suis si contente de te voir, Ryan !

Il se força à sourire.

— Eleanor a une mine superbe, n'est-ce pas, Ryan ?

Et pourtant, Mrs Brady ne la connaissait que très peu...

— Ah ! je ne vais pas bien du tout ! C'est mon cœur. Je n'ai jamais été en très bonne santé, précisa-t-elle à l'adresse d'Eleanor.

Ryan se contenta de fixer le sol, comme s'il ne parvenait pas à regarder sa mère droit dans les yeux.

— Je prie pour toi tous les soirs, Ryan. Je me fais du souci.

Oh ! sûrement ! se dit-il. Elle s'inquiète tellement qu'elle n'a même pas l'idée de prendre son téléphone. Jamais elle ne demande de mes nouvelles, ni de celles de Richard, son propre petit-fils.

Elle entama la litanie de ses misères, mais il ne l'écouta pas. Il ne la supportait pas. Il était clair qu'elle avait un problème, mais pas un problème physique. Déjà, ses prétendues maladies étaient son sujet de conversation favori lorsqu'il était enfant. Son cœur, ses poumons, son souffle...

— Tu te souviens de nos sorties du week-end, quand vous étiez petits, Ryan ? Et de notre petit chien ? C'était une vraie terreur.

La mère de Ryan tentait désespérément de trouver un moyen de communiquer avec son fils. Malheureusement, ses efforts tombaient à plat et les réponses plus que concises de celui-ci n'étaient pas faites pour dissiper le malaise qui régnait dans la pièce. Eleanor avait le cœur serré devant le pénible spectacle qu'ils lui offraient tous les deux. Pour couronner le tout, Ryan lui laissait le soin, à elle, d'entretenir la conversation.

— Il y a deux ans maintenant que ton pauvre père est mort, poursuivit Mrs Brady. La maison est vide sans lui.

Son père... Un homme qu'il admirait. Il était intelligent, doué. Mais il était enchaîné par un mariage sans amour. Enfermé par elle, par une femme avec laquelle il n'avait rien en commun, hormis leurs fils. Leur père avait retourné sa frustration contre eux. Au nom de la discipline. Leur mère tenait prête la liste de leurs bêtises... de ses munitions, en quelque sorte. Et elle attendait le retour de leur père, le soir, pour qu'il les prenne en main. Celui-ci les emmenait alors à l'étage et là...

— Votre père était si bon pour vous, n'est-ce pas, Ryan ? Mon mari était un homme très bien, Eleanor.

Ryan se rua littéralement dehors. Il ouvrit la portière de la voiture pour Eleanor et s'assit au volant, tremblant de rage.

— Je la déteste. Je déteste ses mensonges. Tu as entendu ça ? Je prie pour toi tous les soirs ! Ça me donne la nausée. Elle se fout éperdument de moi, et elle éprouve le besoin de raconter des choses pareilles !

— Oh ! Ryan, tu as été très dur avec elle ! À moi, elle a paru faible, fragile.

— Tu ne peux pas comprendre.

Il était de nouveau loin d'elle, plongé dans d'horribles souvenirs d'enfance.

— Ryan...

— Laisse tomber !

— Je crois comprendre, mais...

— Tes parents sont complètement différents... Tu t'es toujours entendue avec eux. Jamais tu ne pourras voir les choses comme moi. Jamais.

Pourtant, Eleanor voyait beaucoup plus de choses qu'il ne l'imaginait.

Sur le chemin du retour, il tint à s'arrêter au cimetière pour aller sur la tombe de son père. Mais, en dépit de leurs efforts, ils ne la trouvèrent pas. Il mit tant d'acharnement à retrouver l'endroit qu'Eleanor en arriva à implorer le Ciel de lui accorder cette grâce. Elle avait le sentiment que s'il pouvait se recueillir sur la tombe de son père et lui parler, il en tirerait quelque apaisement. Mais le Ciel resta sourd à sa prière.

— Ça ne fait rien, dit-il d'un ton détaché. On va rentrer.

Et pourtant, elle savait qu'il était déçu. Très déçu.

Ils parlèrent peu dans la voiture. Il mit la radio. Elle avait envie de lui dire qu'elle comprenait, mais elle ne sut pas trouver les bonnes paroles. Pour une fois, elle était en panne de mots.

30

— Ouf ! c'est fini pour moi aujourd'hui, Dieu merci. C'est à votre tour, maintenant, dit Eleanor en souriant à Thelma Young.

Il était dix-huit heures quarante-cinq.

— Et qui est-ce, votre rendez-vous de dix-neuf heures ?

Thelma jeta un coup d'œil sur sa liste.

— Terry Whitty.

— Ah ? Elle avait l'air bien quand je l'ai vue arriver la semaine dernière.

— Oui, elle est bien. À propos, comment va Judy Neville ? s'enquit Thelma. Vous savez que c'est une de mes amies qui vous a recommandée à elle.

— Elle va un peu mieux... Cela fait deux mois maintenant que son mari l'a quittée, et elle remonte la pente un peu plus chaque jour. Pourtant, c'est dur. Ça va être long, inutile d'attendre des miracles. Mais elle est forte, elle a de la volonté. Elle a rejoint un groupe de femmes et elle a pris un travail à mi-temps.

— Dites-lui que j'ai demandé de ses nouvelles. Et Pamela ? J'ai regretté de devoir vous repasser son dossier.

Je m'étais attachée à elle, elle est très mignonne. Elle doit être enceinte de quatre mois, maintenant ?

— Cinq. Elle ne vient plus me voir... Ce n'était plus la peine. Elle va bien, elle est suivie par des spécialistes. Sa mère a fini par accepter la situation. Je pense que tout ira bien quand le bébé sera là, même si ce n'est pas une situation facile. Elle est déterminée à retourner à l'école pour finir ses études. C'est une fille courageuse.

— Oui, c'est bien pour cette raison qu'elle m'a touchée. Bon, Eleanor, je suis sûre que vous êtes pressée de monter pour aller travailler à votre livre.

— Bien... À demain soir, Thelma.

— Noreen, quelle surprise ! Entre ! s'exclama Eleanor, ravie de voir son amie.

— Je fais juste un petit saut, Ellie. Je sais que je te dérange, mais je voulais te donner ton cadeau d'anniversaire. Mieux vaut tard que jamais !

Elle suivit Eleanor dans la salle à manger. Elle revenait d'un rendez-vous d'affaires, et elle était épuisée.

— Non, dit Eleanor en ouvrant une bouteille de gin. Je suis très contente de te voir. J'ai les yeux qui brûlent à force de fixer ce satané écran. C'est une bonne occasion de se détendre.

Elle prépara un gin-tonic pour chacune.

Noreen lui tendit un paquet magnifiquement emballé.

— Excuse-moi encore de ce retard.

Eleanor ouvrit le cadeau. C'était un mini-déshabillé rouge transparent. En riant, elle le tint contre elle et fit quelques pas en roulant des hanches.

— J'ai pensé qu'il pourrait t'être utile, maintenant que tu es une femme de mauvaise vie ! expliqua Noreen.

Eleanor l'embrassa.

— C'est très joli ! Merci ! Je n'aurais pas acheté ce genre de vêtement, mais je suis sûre que Ryan va apprécier !

Noreen prit une gorgée de gin-tonic.

— Et lui, que t'a-t-il offert ?

— Un stylo Cross, très cher ! Pour signer mes autographes dans les librairies ! Je me demande si je vais finir par le terminer, ce maudit bouquin. Je suis en panne sur les deux derniers chapitres. Mais enfin, ça va, j'ai encore quelques mois avant la date limite. Le problème, c'est que je ne peux écrire que le soir, du lundi au vendredi. Mes journées sont entièrement prises dans la semaine, et le week-end...

— Je sais, pour le week-end ! Espèce de veinarde ! Mais tu ne renoncerais pas au temps que tu accordes à Ryan, n'est-ce pas ?

— Sûrement pas ! Je ne vis que dans l'attente de ses visites ! Mais il ne pourra pas venir, ce week-end, ils mettent la touche finale au Lodge. La grande réouverture se fera pour le Nouvel An. À propos, tu as mangé ?

— Non, pas depuis le déjeuner. Mais ne t'inquiète pas pour ça.

— Bon, on va commander un repas. Je meurs de faim !

— Moi aussi, reconnut Noreen. Chez un Chinois ?

Eleanor se lécha les babines à l'avance.

— Bonne idée ! Des crevettes aigres-douces et du riz frit. Qu'est-ce que tu en penses ?

Ryan l'appela tous les soirs, cette semaine-là. Parfois, il était d'excellente humeur, et parfois, maussade. Il fallait le prendre tel qu'il était ! Il suffisait que la plomberie, ou l'électricité, ou la peinture, n'avance pas comme il le souhaitait pour qu'il perde son sang-froid.

— Calme-toi, Ryan, lui disait alors Eleanor. Tel que je

te connais, tout est parfait. Est-ce que les nouveaux tapis sont arrivés ?

— Oui, hier. Ils finiront de les poser lundi.

— Je suis sûre que la maison est superbe. Qu'en pense Rich ?

— Il est aux anges, il prépare la fête. Brenda passe son temps ici. Nous avons prévu un bureau pour elle à côté du salon et un comptoir de réception dans l'entrée. Ça fera très pro. Malcom a bien réussi son plan. Le père de Brenda est en grande forme. Il a repris ses activités, mais il a gardé son assistant. Les dames ne résistent pas à un jeune dentiste. Rich passera Noël avec les Boylan.

— Je suis très contente pour Brenda et son père. Bien, je crois qu'on a fait le tour. C'est moi qui t'appelle demain. Tu sais que je passerai deux jours à Londres la semaine prochaine ?

— Pour ta conférence, mercredi et jeudi, oui, je m'en souviens. À demain, ma chérie.

Elle rentra de l'aéroport de Dublin vers dix-huit heures, le jeudi suivant. Elle trouva cinq messages sur son répondeur... trois d'entre eux étaient de Ryan. Elle appela le Lodge.

— Ryan ?

— Ellie, c'est bon d'entendre ta voix.

— Je ne suis partie que deux jours !

— Je sais, mais ça fait deux semaines complètes que je ne t'ai pas vue.

Il paraissait anxieux, nerveux.

— Je t'ai acheté des tas de cigares au duty-free et une grande bouteille de scotch. Tu es prêt à venir demain soir ?

Il hésita.

— Tu sais, si tu as trop à faire, viens samedi, le rassura-t-elle. Je comprends. Les détails de dernière minute sont souvent les pires.

— Non, non. Je serai là peu après dix-sept heures. Je suis pressé de te voir.

— Il ne reste plus que quinze jours avant Noël, ensuite, nous serons ensemble pendant toute une semaine.

— Ouais.

— Ryan, tu es bizarre.

— Non, non, ça va. J'ai quelques problèmes ici, je ne veux pas t'ennuyer avec les détails. Tu me manques, c'est tout.

— Je suis heureuse de te l'entendre dire !

— Je t'aime, Ellie.

— Moi aussi, je t'aime. À demain soir, Ryan.

— Dors bien.

Il lui envoya un baiser à travers la ligne. Elle aimait beaucoup.

Son dernier client partit à seize heures trente. Elle était épuisée. Elle but une tasse de café. Elle avait juste le temps de prendre un bain et d'arranger ses cheveux. Elle avait préparé des lasagnes pour le dîner, il ne restait plus qu'à les mettre au four. Ryan n'aimait pas manger avant vingt et une heures. Elle avait acheté de jolies bougies à Londres. Noël était encore à quinze jours de là, mais elle avait descendu le sapin artificiel du grenier et l'avait décoré la veille. Tout était prêt pour une nouvelle soirée romantique.

Il arriva à dix-huit heures. Il pleuvait à verse.

— Désolé, je suis en retard. Mon ordinateur est dans le coffre de la voiture, il fallait que j'aille le faire vérifier. Il vaut mieux que je le rentre.

— Oui. (Elle l'embrassa et le débarrassa de sa guitare

461

et de son sac.) Laisse-le dans l'entrée. Qu'est-ce qui ne marchait pas ?

— Ne me le demande pas ! Il est réparé maintenant. Je t'ai apporté la pub pour le Lodge, tu vas y jeter un coup d'œil.

— Très bien. Va chercher ton ordinateur et viens boire quelque chose, j'ai l'impression que tu en as besoin.

— Un peu, oui.

Il s'exécuta et revint au salon.

— Ah ! tu as préparé le sapin ! C'est beau ! Et les bougies ! Tu t'es donné du mal. Bien, tu veux que je fasse le service ?

— Oui ! Pour moi, ce sera un gin, s'il te plaît. J'ai laissé tes cigares sur la cheminée.

Il la prit dans ses bras.

— Tu es si généreuse, Ellie !

— Tu le mérites ! J'ai pensé que nous mangerions plus tard, tu es d'accord ?

— Très bien. Je n'ai pas encore vraiment faim.

Il se servit un bon verre de whisky et s'assit en face d'elle, de l'autre côté du feu. Il semblait nerveux. Il alluma un cigare, souffla sur l'allumette à la dernière minute et se brûla les doigts.

— Qu'est-ce qui se passe, Ryan ?

— Rien. C'est ce satané ordinateur. Et la circulation, c'était l'horreur. Je déteste conduire dans les embouteillages, quand il pleut et qu'il fait nuit. Les phares m'aveuglent.

— Bon, eh bien, détends-toi, maintenant. Je vais mettre un peu de musique.

— Mets Michel Sardou.

— Tu l'aimes bien, hein ?

— Oui, oui, c'est toi qui m'as influencé.

Il vida son verre en cinq minutes et s'en servit un autre.

« Une mélodie pour Élodie, une petite fille de mes amis, qui avait une drôle de maman, avant... »

Il ferma les yeux et écouta. Eleanor était inquiète. Il avait quelque chose... C'était clair. Peut-être était-ce le Lodge, ou Richard... ou Victoria. C'était ça, il y avait du nouveau pour Victoria. Mais elle attendrait le lendemain pour le questionner. Il était trop tendu pour l'instant.

Il ouvrit les yeux à la fin du disque.

— Je suis fou de toi, Ellie, vraiment.

Elle se pencha sur lui et embrassa ses lèvres. Il l'attira contre lui.

— Tu es si bonne, Ellie, si gentille.

Elle l'embrassa encore, mais il ne répondit pas comme d'habitude. Il lui sourit, d'un sourire un peu triste.

— Tu as eu des nouvelles de ta mère, Ryan ?

C'était peut-être cela qui le tourmentait.

— Non, grâce à Dieu. Il va bientôt falloir que je lui donne mon coup de fil obligatoire. Rien que d'y penser ! Je peux me servir un autre verre ?

— Bien sûr. Veux-tu que je mette le dîner au four ?

— Si tu veux.

Elle se rendit à la cuisine pour préparer le repas.

Ryan était très distant, ce soir... Peut-être était-ce parce qu'ils ne s'étaient pas vus depuis quinze jours. Elle avait hâte de se blottir contre lui au lit. Mais en attendant, il est en train de vider la bouteille de whisky... songea-t-elle. C'est sûrement Victoria... Mais il me le dira quand il sera décidé...

Elle pensa qu'il serait plus simple de faire la dînette au salon.

Il but presque toute la bouteille de vin à lui tout seul.

— Comment trouves-tu les lasagnes ? lui demanda-t-elle.

463

— Elles sont délicieuses. Tu les réussis toujours très bien.

Il mangeait lentement, de moins bon appétit que d'habitude. Il toucha à peine à la salade et au pain à l'ail.

— Excuse-moi, Ellie, mais je n'ai vraiment pas faim.

— Ça n'a pas d'importance, ne t'inquiète pas.

Il se leva et se servit une nouvelle rasade de scotch.

— Tu bois beaucoup, ce soir !

Elle ne voulait pas paraître donneuse de leçons, mais il fallait reconnaître qu'il y allait fort !

— Je sais ! répondit-il. À partir du Nouvel An, j'arrête de picoler et de fumer.

— Ce n'est pas un peu radical ? Donc, en même temps que le Nouvel An, nous aurons un nouveau Ryan Brady ! le taquina-t-elle.

— Tu veux que je te joue un air de guitare ? demanda-t-il en saisissant l'instrument. Ça m'aidera à me calmer.

— S'il te plaît, chante-moi *Les verts champs de France* !

Il trouva les bons accords et chanta les deux premières mesures. Soudain, il s'arrêta.

— Je ne peux pas, Ellie. À chaque fois, je pense à lui, à ce jeune garçon couché dans l'herbe, mort pour rien.

Il était si sensible ! Même les simples paroles d'une chanson pouvaient le bouleverser. Cet aspect de sa personnalité l'attendrissait.

Il commença une autre chanson : *Pas de femme, pas de crime*. Elle ne l'aimait pas, celle-là, mais elle ne dit rien. Sa voix était différente, plus âpre, plus dure. Peut-être était-ce à cause du whisky. Il continuait à boire. La bouteille de scotch était presque vide. Il aurait une sacrée gueule de bois le lendemain matin !

— Ryan, il est temps d'aller se coucher, je crois.

Il sembla ragaillardi à cette idée.

464

Posant sa guitare, il traversa la pièce et la prit dans ses bras.

— J'ai envie de toi, Ellie. J'ai besoin de te faire l'amour.

Ils montèrent et Eleanor se glissa dans la salle de bains. Dès qu'il serait dans ses bras, il irait mieux. Il avait besoin de tendresse et d'affection pour l'aider à surmonter ce passage à vide. Elle l'avait déjà vu ainsi mais, après l'amour, il s'était ressaisi. Elle mit le déshabillé sexy que Noreen lui avait offert. Elle avait envisagé de le garder jusqu'à Noël, mais à quoi bon attendre ?

Il patientait, assis dans le lit.

— Tu as tout d'une vamp !

Il avait monté la bouteille de whisky et l'avait posée sur la table de chevet. Elle s'installa à côté de lui. Il était vraiment ivre, à présent, mais cela ne l'avait jamais arrêté. Elle l'embrassa avec avidité.

— Je t'aime, Ellie, vraiment, je t'aime.

— Je sais.

Elle posa ses lèvres tour à tour sur ses yeux, son nez, son menton, sa nuque, sa poitrine... Soudain, il la repoussa et la regarda avec les yeux remplis de larmes.

— Arrête, Ellie. Je ne peux pas.

— Ryan, s'exclama-t-elle, stupéfaite, qu'est-ce qui ne va pas ? J'ai fait quelque chose de mal ?

— Non, non, ce n'est pas toi. Bien sûr que ce n'est pas toi.

— Mais qu'y a-t-il, alors ? Il faut que tu me le dises.

Il soupira.

— Éteins la lumière, tu veux bien ?

C'était pour le moins inhabituel. Ils aimaient tous les deux faire l'amour avec la lumière allumée. Elle étendit le bras et tira sur le cordon à l'ancienne mode qui pendait

465

au-dessus du lit. L'obscurité les enveloppa, un peu menaçante. Il mit ses bras autour d'elle et embrassa ses cheveux.

— Ellie... Oh ! Ellie... Je t'aime, tu le sais. Tu es géné-
reuse, drôle, chaleureuse, passionnée. Je suis fou de toi.
Je...

— Qu'est-ce qu'il y a ? l'implora-t-elle.

— Je ne peux pas... dit-il en enfouissant son visage dans
son cou.

Elle caressa son visage.

— Ryan, je déteste te voir comme ça. Nom d'une pipe,
vas-tu me faire confiance ? Peu importe ce que c'est, tu
peux me le dire, à moi.

Il se pencha hors du lit pour attraper la bouteille, dont
il but une bonne gorgée.

— Ce n'est pas ça qui va t'aider, dit-elle doucement.
Serre-moi et dis-moi ce qui ne va pas. Peut-être que je peux
t'aider. C'est à propos de Victoria ?

— Non, non... Ça n'a rien à voir avec Victoria.

Il la reprit dans ses bras et embrassa sa joue.

— Ryan, pour la dernière fois, dis-moi ce qui ne va pas.

— Je ne sais pas comment le dire, répondit-il en
caressant doucement son sein gauche.

Elle retint son souffle.

Il enleva brusquement sa main.

— Il n'y a pas de bonne façon de le dire.

— Quoi ? Quoi ?

— Je... j'ai... J'ai rencontré quelqu'un d'autre.

31

Le cœur d'Eleanor s'arrêta. Puis il se remit à battre si fort qu'elle eut l'impression de l'entendre cogner dans la pièce. Boum, boum, boum.

— Ellie...

Sa bouche était desséchée. Elle ne respirait qu'à grand-peine. Elle posa ses mains sur son estomac et se plia en deux.

— Je suis désolé, Ellie...

Le sang lui monta à la tête. Une petite pulsation se mit à battre sur sa tempe, puis gagna son cerveau en battant de plus en plus fort. Son corps devint insensible, comme anesthésié. Elle était incapable de bouger. Elle s'affola, cherchant désespérément à respirer.

— Ellie, dis quelque chose. Frappe-moi. Engueule-moi. Fais quelque chose.

Mais elle resta immobile. Non, ce n'est pas vrai, j'ai mal entendu. Reste bien calme. Inspire profondément. Reste calme, respire lentement.

Finalement, elle retrouva sa voix, une voix faible qui ne ressemblait pas à la sienne.

— Je t'aimais, Ryan... Je te faisais confiance.

Il prit sa main et s'y agrippa.

— Je n'ai pas voulu te faire de peine, crois-moi.

Des mots.

— Je ne l'ai pas fait exprès. Je ne l'ai pas voulu.

Des mots, encore des mots.

— S'il te plaît, Ellie, il faut que tu me comprennes.

Elle se sentait mal.

Il essaya de passer son bras autour d'elle, mais elle le repoussa. Réveille-toi, Ellie. Bouge ! Comment faire pour sortir de ce lit et s'enfuir au loin ? Il fallait qu'elle sorte de cette pièce. Allez, lève-toi ! Sauve-toi. Cet homme est venimeux.

Mais elle resta couchée, en état de stupeur, les yeux grands ouverts dans l'obscurité.

— Ce n'est pas à cause de toi, Ellie. Tu n'as rien fait, marmonna-t-il d'une voix d'ivrogne. Ce n'est pas ta faute... Tu n'as rien dit ni rien fait pour... Je l'ai rencontrée et... c'est arrivé comme ça.

Ce genre de chose n'arrive pas comme ça.

— Tais-toi, Ryan, je ne veux plus rien entendre.

— Mais il faut que je te parle...

— Non, ne me dis plus rien.

— Ellie, s'il te plaît...

— Dors, tu es bourré.

En l'espace de quelques secondes, il se mit à ronfler. Le whisky avait fait son œuvre... l'avait abattu. Elle se tourna de l'autre côté, mais elle sentait son corps à quelques centimètres du sien. Elle sentait son haleine aigre. L'homme qu'elle aimait. L'homme qui avait rempli sa vie, ses rêves, ses espoirs pendant les six mois passés.

C'était un serpent, et il l'avait mordue. Sauvagement.

Pendant qu'il dormait à poings fermés, elle se glissa hors du lit, tâtonna dans le noir pour retrouver sa robe de chambre et regarda l'heure affichée par son radio-réveil. Il était cinq heures cinquante. Il faisait encore nuit noire. Elle se souviendrait toujours de ce moment. Elle reverrait toujours les chiffres rouges illuminés : 5 : 50.

À cinq heures cinquante, un samedi matin de la mi-décembre, elle savait qu'Ryan Brady avait détruit son bonheur. En une seule phrase, il avait effacé six mois d'allégresse. Six mois de passion, d'amitié, d'amour. En une petite phrase, il avait pulvérisé son rêve.

« J'ai rencontré quelqu'un d'autre. »

Elle ferma la porte de la chambre et descendit à la cuisine. Elle frissonna dans l'air glacé de l'aube et augmenta le chauffage. Sa guitare était là, posée contre une chaise. Elle eut envie de la piétiner, de l'écrabouiller comme il l'avait écrabouillée, elle.

Brusquement, elle se sentit faible, ses jambes se mirent à trembler. Son corps tout entier se désintégrait. Elle se força à se préparer une tasse de café instantané et s'assit.

En ce moment même, il était là-haut, dans son lit. Son amant. Son partenaire... son ami. Son ennemi mortel. Il dormait dans son lit.

Comment avait-il pu faire une chose pareille ? Jouer double jeu de cette façon ? C'était la dernière des tromperies. Elle enchaîna les tasses de café les unes derrière les autres. Soudain, elle fut prise de nausées. La bile envahit son estomac, et elle courut à l'évier, en proie à des haut-le-cœur.

Elle se sentait usée. Sale.

Les souvenirs vinrent danser une folle sarabande dans sa tête : leurs sorties, leurs promenades le long du lac ou dans le bois les soirs d'été, la journée à la plage, la journée superbe passée à Avondale. Elle avait fait partie de sa famille.

Puis les quatre mois passés à Dun Laoghaire ; les week-ends chez elle, les dîners préparés ensemble, les promenades le long du port, les sorties et les soirées entre amis. Ses mains, ses lèvres, ses mots d'amour.

Elle l'avait accueilli dans sa vie, sa famille, sa maison... son lit. Et leur amour d'autrefois, la façon dont elle l'idolâtrait... Il avait été son premier amour, et il l'avait trahie, déjà.

Non, ce n'était pas possible. Ce n'était pas vrai. Le whisky lui était monté à la tête. C'étaient des paroles d'ivrogne. Il avait dit qu'il n'avait pas voulu. Que c'était une erreur, une aberration. Qu'il l'aimait et ne la quitterait jamais.

Elle aurait bien remarqué que quelque chose n'allait pas... Elle l'aurait senti, instinctivement. Deux soirs seulement auparavant, il lui avait dit au téléphone qu'elle lui manquait. Qu'il était impatient de la revoir. Avait-elle imaginé tout cela ?

— Marie ? fit-elle en jouant avec le fil du téléphone. C'est moi, Ellie.

— Salut, Ellie, répondit une voix endormie.

— Je suis désolée de te réveiller si tôt.

— Il est quelle heure ?

— Huit heures. Je... j'ai besoin de te parler. C'est à propos de Ryan.

— Tout va bien ? Tu as l'air bizarre.

— Je... C'est Ryan, dit Eleanor en refoulant un sanglot.

— Ellie, Ellie ! Qu'est-ce qui se passe ? Excuse-moi, je dormais à moitié. Qu'est-ce que tu dis ? Il y a quelque chose qui ne va pas avec Ryan ?

— C'est fini, Marie.

— Quoi ?

— Il a rencontré quelqu'un d'autre.

Silence.

— Marie ? Tu es là ?

— Répète-moi ça... lentement.

— Il me quitte. Pour une autre femme.

— Une autre... Non, je n'arrive pas à le croire.

470

— Bon Dieu, je...

— Ellie, ce n'est pas vrai...

— Si. Il me l'a dit hier soir. Il dort toujours.

— Il est là ? Il est toujours là ? demanda Marie, incrédule.

— Oui. Il ne me l'a pas dit avant de se coucher. J'ai cru qu'on allait faire l'amour, mais c'est là...

— Le salaud !

— Marie, non. Ne le traite pas de salaud.

— Ellie, écoute-moi. Je me dépêche et j'arrive. Je suis là dans une demi-heure.

— Non, non, ne fais pas ça.

— Fous-le dehors, Ellie, et vite. Fous-moi ce fumier à la porte. Tout de suite.

— Non, prononça lentement Eleanor, je ne peux pas.

— Tu es folle ? C'est un... C'est un salopard, Ellie. Comment a-t-il pu te faire ça ? Après tout ce que vous avez été l'un pour l'autre ? Fous-le dehors !

— Non, Marie, je ne jouerai pas ce jeu-là.

— Qu'est-ce que tu veux dire ?

— Moi, je n'y suis pour rien dans tout ça. J'ai été mise devant le fait accompli. C'est lui qui a décidé de rompre. Bien. Je ne vais pas jouer le rôle de la femme humiliée. C'est lui qui a pris la décision. C'est lui qui doit partir, sans que je l'y aide.

— Ellie, tu es sous le choc. Tu n'arrives pas à raisonner correctement. J'arrive.

— Non, Marie. J'ai bien réfléchi cette nuit. Je le laisse passer le week-end ici comme prévu.

— En tout cas, ce n'est pas ce que je ferais. Moi, je l'éjecterais avant qu'il se rende compte de ce qui lui arrive. Je l'entends encore, cette ordure. "C'est la meilleure chose qui ait pu m'arriver, Marie. Je n'ai jamais été aussi

471

heureux." Qu'est-ce qui ne va pas chez lui ? Il a disjoncté ou quoi ?

— Je ne sais pas... C'est arrivé de façon si brutale que je ne saisis pas. Je veux voir comment il va être avec moi, ce qu'il va me dire, comment il va essayer de s'expliquer. Rappelle-toi, Marie, quand Larry est mort, il était trop tard, je n'avais pas pu lui parler avant. Il m'a été enlevé brutalement alors que tant de choses n'avaient pas encore été dites !

Marie soupira à l'autre bout de la ligne.

— C'est arrivé si soudainement... reprit Eleanor. Je n'ai pas eu la possibilité de lui parler. Cette fois-ci, je veux aller jusqu'au bout ; tu as cependant tout à fait raison : je suis sous le choc.

— Tu es sous le choc ? Moi aussi !

— Je suis là en train de te parler, je m'entends prononcer les mots "Il me quitte" mais...

— Je n'arrive pas y à croire. Qui c'est, cette femme ?

— Je ne sais pas. Je ne veux même pas savoir. En ce qui me concerne, elle ne compte pas. Si ce n'était pas elle, ce serait une autre.

— Oh ! Ellie, je suis furieuse ! Vous étiez si heureux ! Lui aussi, il était heureux, il t'aimait, je l'ai vu de mes yeux.

— Eh bien, nous nous trompions. S'il m'avait aimée, il...

— Quel beau salaud ! Comment a-t-il pu ! J'ai envie de le tuer !

— Non, non, ne dis pas ça. J'essaie de ne pas être amère.

— Mais merde, pourquoi ne serais-tu pas amère ? Tu as le droit de l'être ! Bon, peu importe, je suis furieuse pour deux. On devrait le castrer, ce mec !

— Il n'y peut rien. Il est comme ça !

— Ça me donne envie de vomir ! Arrête d'être aussi

noble ! Je te dis que j'ai envie de l'étrangler ! Plus j'y pense... Tu es sûre que tu ne veux pas que je vienne ?

— Non, je t'appelle ce soir.

— O.K., Ellie. Si je peux faire quoi que ce soit... Oh ! tu le sais ! Je suis là pour toi.

— Merci, Marie. Je t'appelle plus tard.

Elle monta du café et de l'aspirine. Elle se rendit à la salle de bains et fit sa toilette. Ses yeux étaient horriblement cernés. Elle était à faire peur.

Elle n'était pas fière de ce qu'elle s'apprêtait à faire, mais elle s'y sentait obligée. Elle voulait voir comment il réagirait. Elle l'aimait toujours et elle ne pouvait pas le laisser partir ainsi. Elle voulait reprendre le contrôle des choses. Pour le reste du week-end, ce serait elle qui écrirait le scénario.

Ryan aimait à occuper le devant de la scène, elle le comprenait maintenant. Nous sommes tous plus ou moins dans le même cas, songea-t-elle, mais, au moins, nous laissons ceux que nous aimons partager les feux de la rampe. Je n'ai été qu'une actrice intermittente dans sa petite pièce personnelle. Un intermède entre les grandes amours de sa vie. La suivante était déjà sur les rangs, l'attendant dans les coulisses. Mais pas encore...

Il ouvrit lentement des yeux injectés de sang.

— J'ai pensé que tu aurais besoin de ça, dit-elle en lui tendant un verre d'eau et deux comprimés.

Il s'assit dans le lit.

— Merci.

Elle emporta la bouteille de whisky et posa une tasse de café à sa place.

Il avala l'aspirine

— Ellie, reviens te coucher.

Oui, c'était ce qu'elle avait décidé. Elle lui sourit lors-qu'elle le vit faire un mouvement vers elle.

— Comment vas-tu ce matin ? demanda-t-il, penaud, évitant ses yeux. Tu as dormi ?

— Comme ci comme ça. Ta tête te fait mal ?

Elle se trouvait très bonne...

Il la prit dans ses bras.

— Ma tête, on s'en fiche. Tu vas bien, Ellie ?

Comment pouvait-il penser qu'elle allait bien ?

— Ellie, tu veux que je parte ?

— Non.

— Je ferai ce que tu voudras. Si c'est trop... si tu veux que je m'en aille, je comprendrai.

— Je ne veux pas que tu t'en ailles, Ryan.

— Tu es vraiment un être fantastique. Tu prends les choses si calmement !

Pensait-il vraiment ce qu'il disait ?

— On peut quand même passer un bon week-end ensemble, non ? enchaîna-t-il.

Elle hocha la tête.

— Bien sûr, pourquoi pas ?

Elle fit glisser sa main le long de son corps. Elle allait le séduire. Quelque chose en elle l'y poussait. À son tour d'être manipulatrice.

Il l'embrassa et caressa ses seins comme elle aimait. Son corps lui répondit, exactement comme avant... ce qui la contraria, car ce n'était pas prévu au programme. Ce n'était pas souhaitable.

— Oh ! Ellie ! Je te désire comme un fou. Tu es si pas-sionnée, je te l'ai toujours dit. Jamais je n'ai connu quel-qu'un d'aussi passionné que toi.

Il la rendait malade ! Mais elle résista, le caressa et suscita son désir. Elle fit tous les gestes requis, émit tous les sons d'usage, et bientôt ils firent l'amour comme si tout allait pour le mieux dans le meilleur des mondes. À présent, elle se contrôlait parfaitement.

Soudain, il s'arrêta.

— Comment peux-tu faire ça, Ellie ? Comment peux-tu faire l'amour avec l'homme qui... qui t'a trahie ?

Ah ! il le reconnaissait, finalement !

Mais là n'était pas la question. La vraie question était : comment pouvait-il le faire, lui ? Elle l'avait aimé de tout son cœur, de tout son corps et de toute son âme. Elle l'aimait encore. Elle ne pouvait pas ouvrir et fermer ses sentiments comme un simple robinet.

— Je fais l'amour avec l'homme que j'aime, Ryan.

Et c'est la vérité, se dit-elle avec tristesse.

— Redis-moi tout, Ryan. Il faut que tu m'en parles encore.

Il avait remonté du café.

— Ça ne marchait pas bien entre nous. Ça ne fonctionnait pas.

Première nouvelle. Pourquoi n'avait-il rien dit avant ?

— Tu m'as dit que tu m'aimais... Je te croyais.

— Je t'aime, mais on est trop différents, toi et moi. Tu as les pieds bien sur terre. Tu es si enracinée, en paix avec toi-même...

Mensonges.

— Tu as ta maison, ta carrière, ta famille, tes amis. Tu as trouvé ce que tu cherchais dans la vie. Pas moi... pas encore.

Elle l'avait trouvé, lui. C'était cela qu'elle cherchait dans la vie.

— Je ne peux pas me fixer, Ellie. Ce n'est pas ta faute. Ça n'a rien à voir avec toi. Quand je t'ai retrouvée, j'ai pensé : "Oui, c'est elle !" et j'ai essayé, j'ai sincèrement essayé. Mais ensuite... il s'est passé quelque chose... C'est difficile à expliquer.

Pas si difficile que ça.

— Je suis un nomade.

Elle ne répondit pas. Elle ne pouvait pas.

— Mais nous avons passé quelques bons moments ensemble, et je ne les oublierai jamais.

Quelques bons moments. Voilà tout ce qu'elle représentait pour lui.

— Tu me manqueras. Vraiment, reprit-il.

L'espace d'une seconde, elle le haït.

— Mais tu l'auras, elle, Ryan !

— Cela ne changera rien à l'affaire. Je regretterai ta compagnie. Cette maison. Nos week-ends ensemble. C'était merveilleux. Étrange.

Exactement, il l'avait dit. C'était merveilleux.

— Je pensais que nous étions bien ensemble, Ryan. Tu me disais que tu avais l'impression de rentrer chez toi. Nous avions beaucoup de choses en commun. Jamais je n'ai partagé autant avec un homme. Nous allions très bien ensemble. Tout le monde le pensait.

Il tira sur son cigare.

— Oui, nous allions très bien ensemble à cette époque, mais certaines choses sont faites pour ne durer qu'un temps très court.

Certaines choses !

— Il faut que je bouge. Si nous étions restés ensemble, je serais devenu amer et frustré... Et toi, tu aurais fini par me détester. Au bout de toutes ces années, je sais qui je suis.

Elle aussi commençait à le savoir. Comment avait-elle pu être aussi stupide ? Si éprise de lui ?

476

Il fallait qu'elle réussisse à lui poser la question.

— Et cette femme, Ryan ?

— Elle est comme moi. Mon âme sœur.

Le couteau s'enfonça encore un peu plus profondément.

— C'est un esprit libre. Elle a beaucoup voyagé. On partira sans doute ensemble.

Arrête, arrête ! Elle avait envie de lui hurler au visage, maintenant. Mais elle ne le fit pas. Elle conserva sa voix calme et constante. Plus tard, elle se demanda comment elle avait fait pour supporter tout cela. Elle le laissa parler.

À l'intérieur, elle se désagrégeait, partait en lambeaux, morceau par morceau. Une lente torture. Et lui ne le voyait même pas. Il se mit à discuter de ses projets d'avenir. Il était dans ses bras, mais à des milliers de kilomètres d'elle. Sur une autre planète. Il avait tout oublié de leurs projets communs. Noël, le Nouvel An, le voyage qu'ils avaient prévu de faire à Paris, à Pâques. Il avait tout annulé d'un seul coup.

— Ellie, je crois que nous sommes sur cette terre pour trouver notre mission. Ceux qui croient en la réincarnation ont raison sur un point. Il faut que je parte à la recherche de ce pour quoi je suis prédestiné. Je dois contrôler ma propre destinée.

— Je vois, dit-elle d'une voix sans timbre. Oui, je vois très bien.

Elle voyait tout, maintenant. Son destin, sa destinée.

— Je t'aime, Ellie. Je t'aimerai toujours. Tu seras toujours dans mes pensées et dans mon cœur. Mais je dois suivre mon étoile.

Cet homme était un cliché ambulant.

Et il avait réduit tout ce qu'ils avaient eu en commun à quelques mots choisis avec soin.

477

Elle réussit à passer le samedi.

Ils allèrent faire les courses ensemble. Elle arpentait les allées en état de stupeur pendant qu'il remplissait le Caddie. Lorsqu'ils rentrèrent, il passa l'aspirateur. Elle le laissa faire. Elle lui aurait laissé bêcher le jardin s'il le lui avait proposé ! Elle prépara le dîner, mais fut incapable de manger. Il reprit de tout.

Le soir, ils sortirent comme d'habitude. Il lui tint la main et l'embrassa dans la rue sur le chemin du retour, comme si rien n'était changé.

En réalité, elle ne l'avait jamais connu. Elle n'avait vu que ce qu'il avait voulu qu'elle voie, cru ce qu'il avait voulu qu'elle croie.

Elle était tombée amoureuse de Ryan, complètement et absolument. Mais c'était de ce qu'il lui avait montré qu'elle s'était éprise. Du baratin. De la pub. Maintenant, elle avait l'image complète.

Le dimanche matin, ils refirent l'amour... avec avidité, avec fièvre, avec volupté. Elle s'en voulut de l'avoir sollicité. Une partie d'elle-même refusait de croire que c'était fini. L'amour physique et un même désir les unissaient, leur intimité était intacte... même si ce n'était que pour quelques heures. À présent, elle se sentait coupable parce qu'il appartenait à quelqu'un d'autre.

Mais pourquoi, bon Dieu, était-ce elle qui se sentait coupable ?

Ce n'était pas elle qui avait fait cette saloperie. Ce n'était pas elle qui avait trahi, qui avait déserté. Jamais elle n'avait fait la moindre chose qui pût le décevoir, le blesser, jamais.

Ce qu'il ne semblait pas voir, c'était que, pendant qu'il était dans son lit en train de lui faire l'amour, il la trompait non seulement elle, mais également sa nouvelle petite amie. Et, ce qui était pire, il se trompait lui-même.

Comment concilier son attitude avec la loyauté, la fidélité, l'amitié véritable ? Était-il si immoral que cela ? Ou si amoral ?

Elle ne pourrait jamais excuser son attitude, aussi long-temps qu'elle vivrait.

Il lui chuchotait les mêmes mots que d'habitude.

Je t'aime, Ellie. Je suis fou de toi.

Elle pouvait toujours analyser, rationaliser, examiner son cas jusqu'à s'en faire éclater la cervelle. Elle pouvait lui coller une étiquette et le classer dans son dossier sous B pour Brady. Mais elle ne le comprendrait jamais.

Il avait raison.

En dépit de tout ce qu'ils avaient partagé, ils étaient aux antipodes. Ils n'avaient pas de réelle base commune. Il était né à quelques rues de chez elle. Ils avaient grandi dans la même ville, au même moment, et venaient d'un milieu similaire. Mais une ombre avait fait irruption dans sa vie quand il était jeune. Cette ombre l'avait gâché, avait influencé tout son être. Il quittait un métier pour un autre, une femme pour une autre, menait une existence d'er-rance perpétuelle. Pas de liens, pas de responsabilités, pas de continuité. Rien ne changerait tant qu'il n'affronterait pas son problème, quel qu'il soit.

Il pensait qu'il avançait. Non. Il tournait en rond. Oui, elle était enracinée. À ses yeux, c'était de la stagnation. Mais les plantes enracinées s'épanouissent et croissent. Il pensait être libre. Non, c'était faux. Il était pris au piège dans un processus répétitif. Il n'était absolument pas libre, il ne connaissait ni trêve ni repos. Grosse différence. Elle l'avait gardé près d'elle ce week-end, dans l'espoir d'arriver à comprendre son point de vue. Mais elle ne le comprendrait jamais, pas plus qu'il ne comprendrait le sien. Ils ne parlaient pas le même langage.

L'après-midi, ils marchèrent dans les jardins publics main dans la main. Il avait voulu visiter la roseraie avec elle pour la dernière fois. Il espérait voir des roses au milieu du mois de décembre ! Ils empruntèrent le petit pont et traversèrent le ruisseau.

— Ah ! Ellie, je n'y crois pas ! Elles sont toutes mortes, fanées.

— Ta façon de raisonner me fait pitié, Ryan.

— Qu'est-ce que tu veux dire ?

Elle se retourna et s'éloigna. Évidemment que les roses étaient mortes ! Il n'avait tout simplement pas réfléchi qu'elles ne fleurissaient plus à cette époque de l'année. Exactement comme il n'avait pas idée des ravages qu'il avait faits en elle. Cet homme ne songeait jamais aux conséquences de ses actes.

À ce moment-là, elle lui pardonna. Il n'avait effectivement pas la moindre idée de l'ampleur de sa blessure. Il était sur une autre longueur d'ondes. Loin de toutes les réalités qu'elle connaissait.

Elle lui sourit en le voyant courir vers elle. C'était leur dernière journée ensemble. Jamais plus elle ne reviendrait ici en sa compagnie. Plus de week-ends pour se marrer. Il ne l'appellerait plus "chérie" quand il raccrocherait le téléphone, le soir. Ils ne se tiendraient plus par la main, ils n'écouteraient plus de musique ensemble, ne s'embrasseraient plus, ne feraient plus l'amour. Il ne gratterait plus les cordes de sa guitare pour elle, les soirs d'hiver, à côté du feu. Le lendemain matin, il quitterait sa maison et sa vie. Pour toujours.

C'était fini.

32

Mona, perchée en équilibre précaire sur une chaise dans le salon de sa mère, suspendait les rideaux que celle-ci venait de laver.

— J'ai appelé Ellie, tout à l'heure, mais j'ai eu son répondeur. D'habitude, elle ne sort pas le mardi soir, il me semble ?

— Non, elle est chez elle, mais elle ne veut pas être dérangée, répondit Mrs Moore en lui tendant d'autres crochets.

— Comment va-t-elle, tu le sais, maman ?

— Non, je n'en sais rien. Ça fait trois mois maintenant qu'elle a rompu avec Ryan. Elle a dû finir par accepter les choses.

— J'aimerais pouvoir en faire autant, répliqua Mona. Ce Ryan Brady, on devrait pouvoir lui apposer un tampon officiel avec un avertissement du style : "Cet homme nuit gravement à la santé."

— Comme pour les cigarettes ? Mais ce n'est pas ça qui empêche de fumer ! Ellie n'est pas du genre victime. Elle est très indépendante et n'a pas de temps à perdre à essayer d'imaginer ce qui aurait pu être. Elle a trop à faire avec son travail et son livre. Voilà pourquoi elle ne répond pas au téléphone ce soir. Elle espère avoir fini le premier jet à la fin de la semaine, c'est ce qu'elle m'a dit.

Mona laissa tomber un crochet et poussa un juron étouffé.

— Je me demande comment elle fait pour ne pas craquer. Mais cette rupture lui a vraiment fait mal, tu sais. Elle s'est sentie seule pendant des semaines, après... Abandonnée... Ça se voyait sur son visage. Elle avait l'air lugubre.

— Je sais, elle n'arrivait pas à dormir. C'était ça le pire.

— Rien que de penser qu'il a eu un effet pareil sur elle, ça me fout en rogne.

— Elle l'aimait, Mona. Elle croyait en lui.

Mona descendit de son perchoir pour prendre le second rideau étalé sur le canapé.

— Ce n'était qu'un sacré égoïste.

— Je ne pense pas que les dégâts causés par Ryan Brady soient irréparables, poursuivit sa mère en comptant les crochets.

— Et qu'est-ce qui te fait dire ça ? Elle était aux anges quand il était avec elle ! répliqua Mona en allant poser la chaise de l'autre côté de la fenêtre. Dire qu'il l'a jetée comme ça, sans prévenir, sans dispute, en pleine idylle ! On est passé sans transition du grand amour à...

La jeune femme se retourna pour regarder sa mère et la chaise bascula légèrement.

— Fais attention à ce que tu fais, Mona !

Mais cette dernière poursuivit sans tenir compte de la remarque de sa mère :

— Et il était si crédible, si attentif, si attentionné... le salaud ! Il m'a eue jusqu'au trognon ! Moi qui étais sûre qu'ils étaient faits l'un pour l'autre... Il l'a trompée, c'est ce qui a été le plus dur à avaler pour elle. Il lui a juré qu'il ne lui avait jamais menti, mais derrière son dos, il...

— Les choses ne se sont pas faites, parce qu'elles ne devaient pas se faire, il faut que tu l'acceptes, comme elle.

— Eh bien moi, je ne peux pas ! Tu te rappelles ce qu'il lui a dit ? Ça me reste en travers de la gorge : "Je dois suivre mon étoile." Je vous demande un peu ! De toute façon, c'est facile pour lui, il n'a pas les pieds sur terre, il plane complètement ! persifla-t-elle en accrochant le rideau avec des gestes rageurs.

— Ryan me donnait l'impression de ne pas être sûr de lui. Elle était de loin la plus forte des deux, et je ne dis pas cela parce que c'est ma fille.

— Je sais. Elle est tellement équilibrée... Enfin, avant que ce connard débarque... Elle n'a pas mérité d'être traitée comme ça. Elle était gentille avec lui, et lui, il faisait semblant d'être aux petits soins... avant de s'en débarrasser comme d'un vieux chiffon.

— C'est vrai, Mona, je suis d'accord avec toi, mais elle va s'en sortir. Elle a vu pire.

— C'est bien pour ça que je souhaitais que ça marche. J'espérais le happy end.

— Mona, je pense que c'est le happy end. Ça n'aurait jamais marché avec lui, elle le disait elle-même. Elle le sentait au plus profond de son cœur.

— Au début, mais après elle a pris la chose très au sérieux, objecta la jeune femme en sautant de sa chaise. Et même si elle est très équilibrée, ce n'est pas ce qui va l'empêcher de souffrir. Elle l'aimait. Elle est si douce...

— Oui, mais sa douceur est sa force. L'alternative est d'être dur et cynique. Et je suis reconnaissante à Ryan Brady.

— Hein ? Reconnaissante ?

— Parce qu'il a enterré le fantôme de Larry. Elle n'avait pas résolu son problème avec la mort de Larry avant sa rencontre avec Ryan. Elle se reprochait de ne pas avoir réglé certaines choses avec lui. Je savais depuis longtemps que tout n'allait pas pour le mieux entre eux. Ellie voulait des enfants.

— Ah bon, je n'avais jamais pensé à ça ! avoua Mona, penaude. Et moi qui enviais sa liberté !

— Tu sais, tout le monde n'en veut pas, des enfants. Larry n'en voulait pas.

— C'est ce que m'a dit Ellie il n'y a pas très longtemps.

— Mais Larry ne lui a pas laissé le choix et c'est terrible de faire une chose pareille à quelqu'un. Il l'aimait, il la désirait, mais il ne voulait pas d'enfants.

— Oui, mais au moins, il était fidèle ! lança Mona.

— C'est vrai. Il ne l'a pas blessée délibérément, mais Ryan non plus, je pense. Tu sais, pour bien s'entendre avec quelqu'un, il faut avoir des points communs, partager la même vision de la vie. Et les gens changent. Ellie avait changé, mais pas Larry. Elle a essayé malgré tout de rester avec lui. Mais elle a eu beaucoup de mal à tenir le coup. Parfois, il vaut mieux rompre.

— En tout cas, Ryan Brady n'avait pas non plus la même conception de la vie qu'elle ! Tu sais ce qu'il lui a dit ? Que dans la vie, on fait obligatoirement du mal aux autres. Si c'est vraiment ce qu'il croit, c'est sinistre.

— Et d'où tire-t-il cette expérience ? soupira sa mère. Il a dû être blessé lui-même, tu sais.

— Je m'en fiche, moi ! Ce n'est pas ça qui lui donne le droit de blesser Ellie !

— Non, bien sûr. Écoute, Ryan n'était qu'une passade, jamais il ne l'aurait rendue heureuse. Peut-être qu'il le savait et qu'il lui a fait la grâce de disparaître avant de causer trop de dégâts.

— Oh ! s'exclama la jeune femme avec impatience. Je ne vois pas pourquoi vous vous évertuez à prendre sa défense, toi et Ellie ! Moi, tout ce que je vois, c'est que ce salaud s'est introduit dans sa vie, qu'il l'a séduite sans vergogne et qu'ensuite il s'est tiré sans se soucier des conséquences. Il s'est servi d'elle, c'est tout.

— Eh bien, Ellie ne partage pas ce point de vue. Elle

dit avoir passé des mois extraordinaires avec lui. "Des moments magiques", voilà comment elle les décrit.

— Magiques ? répliqua Mona. Sûrement, et d'ailleurs, le plus magique là-dedans, c'est la façon dont il s'est évaporé. Ah ! c'est un artiste !...

— Allez, inutile de t'énerver. C'est du passé, pense à autre chose... Ton mari et toi, vous avez été très bien pour Ellie pendant toute cette période. Elle m'a dit qu'elle n'aurait jamais tenu le coup sans vous et ses amies.

— Eh bien, soupira la jeune femme, au moins, on lui devra ça, à ce cher Ryan ! Toute cette affaire m'aura rapprochée de ma sœur.

— Très bien ! approuva sa mère.

— Et, heureusement, elle ne s'est pas cloîtrée comme après la mort de Larry. Il faut prendre rendez-vous pour la voir le samedi soir ! Mais je continue à dire que le comportement de cet individu a été abominable. C'est lui qui menait la barque.

— Sauf que la barque était à elle. Ryan n'était pas exactement ce que ton père appellerait le "gros lot". Parce qu'il ne faut pas oublier que c'était elle qui avait la maison, la carrière, les perspectives. Et elle les a toujours. Elle a travaillé d'arrache-pied dans ce but et c'est très important pour elle. Il n'avait rien à lui offrir en termes concrets.

— Mais ce n'était pas ce qui l'intéressait chez lui, maman. Ellie n'est pas une matérialiste, elle n'avait pas besoin de ce genre de sécurité. Tout ce qu'elle voulait, c'était son amour.

— Mais il le lui a donné pendant ces quelques mois, sans penser à l'avenir.

— Tu le crois vraiment ?

— Je lui accorde le bénéfice du doute.

— Il n'aime que lui. Il a renoncé à la bouteille, aux

cigarettes et à Ellie, comme si elle était une mauvaise habitude ! Pas mal pour l'amour-propre d'une femme, non ? Et en plus, il l'a larguée pour quelqu'un d'autre !

— C'est un instable, mais il lui faut une femme dans sa vie. Il lui suffit de transférer son affection de l'une sur l'autre. Il y a des hommes qui sont ainsi, Mona.

— Par bonheur, Des n'en fait pas partie !

— Tu n'as pas à t'inquiéter à ce sujet. Des est très solide. Allez, viens prendre une tasse de thé à la cuisine, ma chérie. Et ne te tourmente plus pour ta sœur. Elle contrôle bien sa vie.

— Justement, c'est ça ! Il a essayé de la mettre sous contrôle. Même après leur rupture, il a voulu rester son ami. Il lui a proposé de l'aider pour son manuscrit. Quel culot !

Sa mère comprit qu'elle perdait son temps.

— Peut-être était-il plein de bonnes intentions, Mona. La plupart des hommes veulent garder le contrôle. Ton père s'imagine bien que c'est lui qui commande ici ! Mais si ça le rend heureux de se faire des illusions, où est le mal ?

— Le plus drôle de l'histoire, c'est qu'Ellie écrit beaucoup plus facilement depuis qu'il est parti. Le week-end, il avait pris l'habitude de vérifier ce qu'elle avait fait, de corriger la ponctuation, etc. Résultat, ça l'empêchait d'écrire naturellement. C'était un mordu de l'orthographe. Dommage qu'il ne soit pas un mordu des vertus comme l'amour, la fidélité... Oh ! et puis zut, changeons de sujet ! Ryan Brady me gonfle !

Sa mère sourit.

— Très bien, Mona. Cela ne nous regarde pas, c'est l'affaire d'Ellie.

486

— Elle va bientôt avoir fini son livre. Est-ce qu'elle a des projets pour Pâques ?

— Je ne sais pas, pourquoi ?

— Je viens d'avoir une idée.

L'infirmière conduisit Eleanor au salon.

— Son petit-fils est avec elle en ce moment. Mais elle sera enchantée d'avoir une autre visite.

La pièce était très belle : meublée à l'ancienne, avec des meubles cirés et des fauteuils aux tons vifs.

Eleanor eut une réaction de surprise en voyant Mamie Laffan dans une chaise roulante, mais elle réussit à sourire en s'avançant vers elle.

Richard se leva d'un bond.

— Mrs Ross ! Quelle b-bonne surprise !

Il lui avança un siège.

— Regarde qui est là, Mamie, regarde qui est venue te voir !

La vieille dame examina sa visiteuse de la tête aux pieds, puis ses yeux s'éclairèrent et elle se mit à rire de plaisir.

— Lorna, Lorna, je savais que tu viendrais ! dit-elle en saisissant sa main. Je leur avais bien dit ! Je leur avais dit que tu reviendrais. Je le savais !

C'était plus que Richard ne pouvait en supporter. La mère qu'il n'avait pas connue continuait à hanter l'esprit de sa grand-mère.

— Je sors, dit-il avec précipitation, je vous laisse ensemble. Je vous attendrai au jardin, Mrs R-Ross.

Il sortit, et soudain, Eleanor réalisa qu'il bégayait beaucoup moins qu'auparavant.

— Comment allez-vous, Mrs Laffan ?

Cette dernière se redressa dans son fauteuil.

487

— Ça va, je ne prends pas trop la poussière ! Depuis quand êtes-vous ici, à l'hôtel ?

— Euh... je viens d'arriver.

— C'est très bien ici, vous savez, déclara la vieille dame avec hauteur.

Eleanor sourit. Ah ! il y avait un reste de la fierté des Laffan en elle !

— Vous vous plaisez ?

— J'adore. Le personnel est très gentil, très attentif. Avez-vous rencontré mon frère, Flor, en arrivant ?

— Non... peut-être est-il...

— Retourné travailler. Oui. C'est un merveilleux tisserand. (Elle tapota sa jupe.) C'est une de ses fabrications. C'est beau, n'est-ce pas, Mrs... euh... ?

— Ross, répondit Eleanor d'un ton doux. Eleanor. J'étais chez vous cet été.

— Ah oui ? Dans cet hôtel ? Voyez-vous cela ! Non, non, je ne crois pas. Vous devez me confondre avec quelqu'un d'autre... une autre cliente. Un tas de personnes passent leurs vacances à Ardara en ce moment.

Eleanor hocha la tête. La vieille dame ne se souvenait plus de rien. C'était tout aussi bien. Pourquoi donc lui rappeler le Lodge ? Il valait bien mieux qu'elle oublie !

Mamie Laffan ferma les yeux et somnola pendant quelques minutes. Elle paraissait très faible, mais digne. Ses cheveux étaient parfaitement coiffés, ses vêtements impeccables. Elle ouvrit lentement les yeux et regarda sa visiteuse d'un œil fixe. Impossible de savoir ce qu'elle pensait. Son regard était déterminé, comme celui d'un enfant.

— Lorna ? C'est toi, Lorna ? demanda-t-elle d'une voix faible.

488

Eleanor se contenta de caresser les cheveux de la vieille dame sans répondre.

— Tu es rentrée à la maison, Lorna ! Oh ! c'est bon ! Je m'inquiétais pour toi.

— Oui, je suis rentrée, la rassura Eleanor.

Mamie Laffan se retourna et regarda par-dessus son épaule.

— Est-ce qu'il est là ? chuchota-t-elle.

Toujours la même vieille histoire.

— Non, il n'est pas là, Mrs Laffan. Il est parti.

La vieille dame poussa un grognement et regarda son interlocutrice d'un air sévère.

— Je suis fatiguée d'entendre toujours le même refrain. Tu me l'as déjà dit avant, Lorna, mais il est revenu. Il est revenu, et toi, tu t'es enfuie avec lui.

— Mais cette fois-ci, répondit doucement Eleanor, je ne pars plus nulle part.

La vieille dame s'affaissa dans son fauteuil.

— Tu me le promets ?

— Oui.

— Quand tu es partie pour l'Angleterre, Lorna, je me suis fait beaucoup de souci. Il n'était pas fait pour toi, mais tu n'as voulu écouter personne. Je t'avais prévenue qu'il te briserait le cœur, mais tu n'as pas voulu m'écouter...

Sa voix s'étrangla.

— Tout va bien. Je suis là. Je suis rentrée pour de bon.

Mamie Laffan se calma un peu.

— J'en remercie le Seigneur. Tu es revenue, saine et sauve. Tu t'en es vraiment bien tirée, ma fille.

Elles restèrent assises ainsi pour ce qui parut une éternité à Eleanor, chacune plongée dans ses propres pensées.

— Vous n'êtes pas Lorna, n'est-ce pas ?

489

— Je suis Eleanor, Eleanor Ross. Une de vos bonnes amies.

Iris Laffan gémit doucement.

— Toutes mes amies sont mortes depuis longtemps. J'avais une autre fille mais elle est... partie, maintenant. Elle est morte aussi, je suppose.

— Mrs Laffan...

— Lorna ? C'est toi. Oh ! ma chérie, je suis désolée ! Je ne sais vraiment pas ce qui se passe. Je me demande ce que j'ai...

Eleanor songea qu'elle n'aurait pas dû venir. Sa visite perturbait la vieille dame, et telle n'avait pas été son intention. Des souvenirs qui auraient dû rester enfouis, pour son bien, resurgissaient... chez toutes deux. Mamie Laffan sourit poliment mais elle était désorientée. Tendue. Bientôt, ses yeux se fermèrent à nouveau.

Eleanor attendit que son souffle devienne régulier. Elle arrangea alors doucement la couverture autour des genoux de la vieille dame et se leva. Elle laissa une boîte de chocolats sur la table basse et sortit de la pièce. Elle savait que c'était sa dernière visite.

Richard était assis dans le jardin, face à la promenade et au bord de mer.

— Mrs Ross, dit-il, comment trouvez-vous ma grand-mère ?

— Elle a l'air très bien, Rich.

Elle lui cacha ses sentiments réels... Pour elle, Mamie Laffan avait perdu sa personnalité depuis qu'elle avait été prise en main par les institutions.

— Ils prennent b-bien soin d'elle.

— Oui, il me semble.

— C'est t-très gentil à v-vous d'être venue la voir.

— Je pense souvent à elle. À vous tous. Comment va votre tante ?

Il se mordit les lèvres.

— Elle passe un moment terrible. Elle a fi-finalement reconnu avoir... commis le meurtre. Mais c'est très étrange, quand elle en parle, elle justifie son acte, d'une certaine façon... Elle n'éprouve aucun re-remords... C'est difficile à expliquer.

— Qui sait ce qui se passe dans sa tête, Rich ? Y aura-t-il un procès ?

— Sans doute pas. Le sergent Mullen dit qu'elle a été déclarée irresponsable par les médecins. Il y a des rapports psychiatriques, la police traite toute l'affaire avec délicatesse.

— Oui, c'est ce que je pensais, répondit Eleanor.

— Le sergent Mullen a été très bien. Il a essayé de garder tout ça secret, mais je ne vois pas comment il pourra faire pour empêcher la presse de ra-rappliquer à Coill si jamais...

— Attendez de voir, Rich. Inutile de vous faire du souci à l'avance. Et Brenda ?

— Elle va très bien. Elle a vraiment bien pris la chose... Elle voulait même aller voir m-ma tante, mais je l'en ai empêchée. Elle s-s'entend mieux avec son père maintenant. Et pour le Lodge... Je ne sais pas comment j-je m'en sortirais sans elle. Nous sommes complets pour juin et juillet et il ne reste que d-deux appartements libres pour août. La publicité faite par mon père y est pour quelque chose.

— Oui, j'ai vu les brochures et les annonces. Il est doué pour ce genre de choses.

— Mrs R-Ross... J'ai pensé vous écrire a-a-après... que vous et mon père...

491

— C'est très bien, Rich.

— Non, objecta-t-il avec vivacité, j'aurais dû le faire. Mais j-je ne savais p-pas quoi dire. J'étais si sûr que cette fois-ci...

— Ne vous inquiétez pas, Rich. Qu'est-ce que vous auriez pu dire ? Maintenant, avec le recul, je crois que je comprends votre père.

Il lui adressa un sourire reconnaissant.

— Ça m'a pris des années, à moi... pour le comprendre. Je lui en voulais, avant. Quand j'étais petit, il me disait tout le temps qu'il m'aimait, mais il n'avait pas de temps à me consacrer... pour un match de f-foot, un con-concert à l'école. Il me faisait des promesses, et après il oubliait ce qu'il m'avait dit. Il partait pour l'Angleterre, ou l'Amérique, ou n'importe où. Je pleurais le s-soir en m'endormant. L'amour, c'est plus que d-de dire des mots.

Eleanor contempla les buissons de roses. Dans quelques semaines, ils seraient en fleurs.

— Et après, on m'a en-envoyé en pension. C'était l'idée de Victoria, bien sûr, mais jamais il ne s-s'en mêlait, il n'intervenait pas. Toutes les décisions, il les laissait à ma tante et à m-ma grand-mère. Il n'a été qu'une ombre pour moi pendant toute mon enfance. Il restait un peu, faisait le maximum p-pour s-s'intéresser au Lodge, mais jamais il ne s'y sentait chez lui ; alors il repartait.

Jamais il ne s'y sentait chez lui. Ni au Lodge ni chez elle, à Crofton Avenue, en dépit de tous ses efforts.

— Vous ne pouvez pas retenir un papillon, Rich... et vous ne le voudriez pas.

— Non, répondit-il avec simplicité. Il m'a envoyé une carte postale la semaine dernière. Ils sont... je veux dire, i-i-il est...

— Pas de problème, Rich, racontez-moi.

492

— Il vit dans un petit village de Toscane... Je ne me s-souviens pas du nom. Il aide à restaurer une vieille église. J'imagine bien papa travaillant torse nu au soleil pendant la journée et buvant du chianti le soir en bavardant avec les autochtones. Il dit qu'ils ont re-retrouvé des peintures anciennes. Il est tout feu tout flamme.

— J'en suis heureuse pour lui, il a toujours eu envie de vivre en Italie.

Le jeune homme n'en revenait pas.

— Vous ne le détestez pas, alors ?

— Détester votre père ? Non, non, pas du tout. Je ne pourrais pas. Pendant six mois de ma vie, il m'a rendu ma jeunesse.

Elle évita cependant de mentionner le côté sombre de l'expérience.

— Je vois ce que vous voulez dire. Quand il est là, il vous communique son enthousiasme. Il vous raconte ses projets, ses plans, ses rêves. Et quand vous vous retournez pour lui parler, il est parti.

Elle n'aurait pu mieux l'exprimer.

— Mais il y a aussi l'autre facette de son personnage, poursuivit Richard, le regard légèrement voilé. Parfois, il lui est arrivé de me blesser. Je ne sais pas s'il s'en rend compte.

— Non, je ne crois pas.

— Mrs Ross, j'ai cessé d'attendre quoi que ce soit de lui. Il n-n'était pas fait p-pour être père.

Pas plus que Larry mais, au moins, ce dernier le savait.

— Je veux dire que j-jamais il n'a eu à s'inquiéter de carnets scolaires, de t-traites, de factures de gaz, d'électricité ou de téléphone. Il se fiche du côté pratique des choses. Il ne s'en est j-jamais occupé l-lui-même. Tante V-Victoria le disait. Il ne v-veut pas s'installer, ça lui f-fait peur.

493

— Vous avez raison, il est beaucoup mieux en globe-trotter. En principe, on ne vit qu'une vie, mais votre père en aura vécu au moins dix quand son heure sera venue.

Richard sourit.

— Jamais j-je n'oublierai ce que v-vous avez fait pour nous l'été dernier. Vous avez toujours été là quand n-nous avons eu besoin de v-vous.

— J'ai beaucoup apprécié mon séjour au Lodge. L'été n'a pas été de tout repos pour tout le monde, mais moi, j'ai aimé !

— Vous s-serez toujours la bienvenue. Vous ne reconnaî-triez rien, maintenant, avec tous les changements !

Elle hésita.

— Je crois que je préfère me souvenir du Lodge tel qu'il était à l'époque. Vous savez, votre tante m'a dit un jour une phrase que je n'ai jamais oubliée.

Il lui jeta un regard interrogatif.

— Elle m'a dit qu'il pouvait être dangereux de remuer le passé. Elle avait raison.

— Peut-être bien, répondit-il tranquillement. Quand vous êtes entrée, aujourd'hui, et que ma grand-mère vous a prise pour ma mère, ça m'a fait un choc. Je me suis souvent posé des questions sur sa mort. Sur sa pneumonie.

Ah ! c'était donc ainsi qu'ils la lui avaient présentée ?

— Ma tante Victoria a toujours reproché à mon père d'avoir négligé ma mère. Est-ce que vous croyez que c'est vrai ? C'est peut-être à cause de ça qu'il est...

— Votre père a ses propres démons. Comme tout le monde, il survit comme il peut.

Mais Eleanor savait que les démons de Ryan le poursui-vaient depuis une époque bien antérieure à son mariage.

— Mrs Ross, je r-regrette vraiment que v-vous ne soyez

494

pas restés ensemble. J'ai t-toujours pensé que vous étiez la femme qu'il lui fallait.

— Moi aussi, je l'ai pensé, mais j'avais tort. Les quelques mois que nous avons passés ensemble étaient des vacances, un rêve... Ce n'était pas du réel.

Malheureusement, la souffrance qu'elle avait ressentie ensuite avait été bien réelle, elle.

— Je suis surpris de voir que vous ne le détestez pas, répéta Richard en la raccompagnant un peu. Vous êtes complètement d-différente de t-toutes les personnes que je connais.

— Vous l'avez dit vous-même, Rich. Vous avez cessé d'attendre de lui des choses qu'il ne peut vous donner. Eh bien, j'ai fait pareil et c'est pour cela que je ne le détesterai jamais. Qui pourrait détester Peter Pan ?

Mona lui fit signe depuis le parking et plaça des paquets dans le coffre. Eleanor traversa la rue pour la rejoindre.

— J'ai fait mes courses, annonça sa sœur. Comment va Mrs Laffan ? Tu parlais avec Richard, non ?

— Oui, il m'a donné les dernières nouvelles de Coill. Billy Byrne, le facteur, prend sa retraite cette année. Oh ! et le cabinet du dentiste a été rénové !

— Il était plus que temps ! commenta Mona en ouvrant la portière pour sa sœur. Il va avoir plus d'argent à mettre dans la décoration, maintenant qu'il a renoncé à boire !

Eleanor s'installa dans la voiture.

— Chrissie Mullen veut faire une surprise au sergent. Elle organise une fête pour leur anniversaire de mariage. Je suis invitée.

— Tu iras ?

— Non.

— Regarde, voilà Richard qui passe. Tu ne trouves pas

qu'il a la démarche bondissante de son père ? Qu'est-ce qu'il lui ressemble !

— Physiquement seulement. Autrement, il n'est pas du tout comme lui.

Mona dévisagea sa sœur.

— Tu vas bien ?

Eleanor mit sa ceinture de sécurité avant de répondre :

— Cette visite a été un peu pénible, avoua-t-elle. Je ne reviendrai pas.

Mona démarra sans répondre. Devant l'expression morose de sa sœur, elle décida de ne pas poser de questions. Elles rentrèrent à Dun Laoghaire sans échanger un mot. Mais, en s'arrêtant devant la maison d'Eleanor, Mona lui tendit une enveloppe.

— Qu'est-ce que c'est ?

— Ouvre ! la pressa Mona, rayonnante.

Des billets d'avion et une réservation d'hôtel pour un week-end à Paris.

— Mona !

— C'est à l'hôtel Lautrec-Opéra. J'ai pensé que tu serais contente.

— Ah ! Mona, c'est vraiment gentil à toi !

Cette dernière toussota.

— Je sais, ce n'est pas la même chose que d'y aller avec... Ryan, mais Paris, c'est Paris. Peut-être que tu pourrais emmener Marie ou Noreen ?

— Et toi ? Tu ne voudrais pas venir ?

— Moi ? s'étonna Mona. Tu as envie que ce soit moi qui t'accompagne ?

— Je ne m'imagine pas flâner le long des Champs-Élysées au printemps avec quelqu'un d'autre que ma propre sœur, répondit Eleanor en l'embrassant. Merci, Mona.

— Pas de quoi, répondit négligemment celle-ci pour

cacher son émotion. Allez, grouille-toi de finir ton dernier chapitre. Pas de faux-fuyants ! Je veux que tu sois fin prête pour vendredi prochain.

C'était sa dernière phrase. Eleanor voulait conclure par une citation appropriée. Quelque chose qui exprimerait l'idée qu'il ne faut pas se contenter de rester sur place, dans la même peau, qu'il faut avoir le courage de franchir l'étape suivante. Une phrase philosophique. Elle prit *Le Crépuscule celte* dans sa bibliothèque et l'ouvrit à la dernière page.

Et le temps et le monde sont toujours en mouvement.

Ce sera parfait, pensa-t-elle.

Elle tapa la phrase, fit "Enregistrer" puis "Quitter" et arrêta l'ordinateur. Elle ouvrit alors le livre de Yeats à la page de garde et y trouva une écriture familière.

Ton ami pour toujours, Ryan.

Tout était dit. Elle ferma le livre et le reposa sur l'étagère.

Mieux valait en sourire.

Quelques mots de Mary McCarthy, en exclusivité pour France Loisirs

Je suis née à Dublin en 1951. Dans le quartier de Glasnevin où je vis avec mon fils de seize ans, je suis professeur d'anglais et de français dans une école secondaire, et j'enseigne à toutes les classes jusqu'à la terminale. L'enseignement m'occupe énormément. Comme j'ai travaillé à temps partiel l'an dernier, j'ai la charge de sept ou huit nouvelles classes cette année, soit quelque 220 nouveaux élèves... ce qui pose certains problèmes pour quelqu'un comme moi, qui n'a pas la mémoire des noms !

J'adore enseigner, particulièrement l'anglais, car cette matière se prête à des interventions personnelles, des discussions et parfois des débats très animés. L'écriture étant une activité solitaire, qui a tendance à vous isoler des autres, j'ai besoin de la stimulation que m'apportent mon travail à l'extérieur et le contact humain. Je « teste » souvent mes nouvelles idées pendant mes cours d'anglais en les soumettant à mes élèves et j'exige d'eux, dans leur travail, énormément de rigueur et de précision dans la description des faits. Dans toutes les écoles, la salle des professeurs est une mine d'informations. Pour mon dernier livre, *Crescendo*, dont un tiers environ se passe à Vienne, dans le milieu musical, mes collègues enseignants d'allemand m'ont aidée avec la traduction de certaines

499

expressions et j'ai puisé une foule de conseils auprès du département de musique.

Mon premier roman m'a porté chance. Il s'en est vendu plus de 25 000 exemplaires et a figuré sur la liste des best-sellers pendant tout l'été 1996. Sa publication a considérablement changé ma vie : interviews à la radio et à la télévision, articles dans les magazines, critiques dans les journaux, etc. J'ai participé à des séminaires, fait un discours pour inaugurer un cours d'écriture créative et je suis également intervenue lors du Festival de Bangor, où j'ai parlé de la fiction populaire. À en juger par les nombreuses lettres que j'ai reçues, le thème — l'adoption — a touché beaucoup de gens.

Un été si tranquille, mon deuxième roman, porte le thème du deuil, du changement, de l'amour et de la trahison, autant de sujets graves que j'espère avoir traités avec un peu d'humour et de légèreté. Il m'a fallu un an pour mener ce livre à terme, après un certain nombre de faux départs et d'essais avortés.

Dans mes livres, je me préoccupe plus des réactions de mes personnages aux situations dans lesquelles ils se trouvent qu'aux événements eux-mêmes. Pour moi, l'élément le plus important dans un roman est la perspective : être capable d'exprimer les choses du point de vue de chacun des différents personnages.

Mes ambitions pour l'avenir ? J'espère que mes livres connaîtront le succès. Par la suite, j'aimerais bien me consacrer à la formation des adultes... Ce doit être formidable d'enseigner à des adultes fortement motivés ! Enfin, je voudrais écrire une pièce de théatre. J'y pense depuis longtemps. J'adore le théatre et j'ai passé mes vacances l'été dernier à Stratford-upon-Avon, pour la première fois sans être là pour accompagner des groupes d'élèves qu'il

fallait passer mon temps à compter. J'ai l'intention d'y retourner bientôt avec mon fils que j'aimerais bien voir s'intéresser davantage à l'anglais (il préfère l'allemand et l'histoire). J'ai assisté à des représentations d'œuvres de Shakespeare (*La Tempête*, entre autres), remarquablement mises en scène et interprétées, ainsi qu'une pièce moderne. Mais ce que j'ai vu de plus éblouissant était *Eclipsed*, une pièce présentée « chez nous », dans notre Andrew's Lane theatre. Comme j'aimerais savoir écrire avec un tel talent !

Composition réalisée
par S.C.C.M. (groupe Berger-Levrault)
Paris XIVe

Achevé d'imprimer par GGP
en mai 1999
pour le compte de France Loisirs Paris

Imprimé en Allemagne

Dépôt légal : mai 1999
N° d'édition : 31650

Cet ouvrage a été imprimé
sur du papier Bouffant Skoura
sans bois et sans acide
des papeteries de la Gorge de Domene
et relié par GGP en Allemagne